Carsten Sebastian Henn

Rum oder Ehre

Carsten Sebastian Henn

Rum oder Ehre

Kriminalroman

DUMONT

FÜR MEINE MUTTER,
MIT DER ICH DAS FERNWEH TEILE.

»Alle schlechten Eigenschaften entwickeln sich in der Familie. Das fängt mit Mord an und geht über Betrug und Trunksucht bis zum Rauchen.«

Alfred Hitchcock

PROLOG

Hey Tagebuch,

hast du alles gepackt? Bist du gut vorbereitet?
Also ich kann weder die eine noch die andere Frage mit Ja beantworten. Aber es ist ein verdammt gutes Gefühl, wenn das Leben den Weg ändert und man selbst die Richtung ausgesucht hat! Meiner soll über mehr als achttausend Kilometer in die Karibik nach Jamaika führen. Auf die Insel der Rastafaris und Sprinter, die Insel von Rum und Reggae. Keine Ahnung, ob das alles nur Vorurteile oder Werbe-Images der Tourismusbehörde sind. Ich werde es herausfinden!
Und du wirst alles erfahren. Denn ab heute wirst du immer mit dabei sein, damit ich hier alles reinschreiben kann, was ich erlebe. Und manches loswerde.
Es ist nämlich nicht alles eitel Sonnenschein, weiß Gott nicht. Vielleicht habe ich die krude Hoffnung, dass es sich anfühlt, als hätte ich mein Leben irgendwie unter Kontrolle, wenn ich darüber schreibe. Auch wenn ich das nicht habe. Ganz und gar nicht. Es ist ein Gefühl wie bei einer sich nähernden Gewitterfront. Ne, noch schlimmer. Es ist, als stündest du mitten im Gewitter, kalter Regen peitscht dir ins Gesicht, und du weißt ganz sicher, dass der nächste Blitz dich trifft. Wenn ich in Flensburg bleibe, passiert etwas – und zwar mir. Wenn ich nur dieses schreckliche Unglück ungeschehen machen könnte … Ich fühle mich extrem schuldig, obwohl ich ja eigentlich nichts dafür kann. Eigentlich … drei Silben, aber sie ändern alles. Sie machen den ganzen Unterschied.
Ich werde Martin natürlich nicht erzählen, wie ich mich fühle und was noch hinter der Reise steckt, er macht sich sonst nur Sorgen. Macht er sich ja eh immer um mich, guter großer Bruder. Ich werde

ihm nur den offiziellen Grund für die Reise nennen: dass ich mit fast vierzig jetzt endlich Rum machen will, wie es die Jamaikaner tun. Und dafür muss ich zu einem werden. Flensburg ist einfach nicht karibisch genug, egal, wie viel Reggae-Musik ich auflege und wie viele Palmenposter an den Wänden hängen. Flensburg wird immer an der Ostsee liegen. Man braucht schon verdammt viel Rum, damit es sich zumindest ein wenig wie Karibik anfühlt.
Ich werde meinen großen Bruder sehr vermissen, doch auch das darf er nicht wissen, sonst will er noch mitkommen. Aber er gehört hierhin, sein Anker hat sich tief eingegraben in den Grund der Förde. Ich werde ihm schreiben von jenseits des Ozeans. Und wenn ich Rum wirklich verstanden habe, dann komme ich vielleicht zurück. Falls das Gewitter sich verzogen hat. Dann trage ich Jamaika nämlich in mir. Und vermutlich eine Menge Rum.

Bis morgen, Tagebuch!
Christian

EINS

»I Can See Clearly Now«

Martin glaubte nicht an Übersinnliches, aber an diesem Tag sprach ihn jemand aus dem Grab an.

Natürlich war es Lasse.

Martin hieß mit Nachnamen Störtebäcker (zu seinem Bedauern nicht verwandt mit dem Seeräuber ähnlichen Namens), aber alle nannten ihn nur den Käpt'n. Oder den Einbeinigen, obwohl er in der Regel auf zwei Beinen unterwegs war. Wenn er sich das linke hochband, war er für seine Piratenschule im Einsatz und veranstaltete Kindergeburtstage. Dabei fragten die Kinder ihn oft, ob er in Wirklichkeit Käpt'n Iglo wäre, wegen des weißen Barts, und auch sonst sähe sein Gesicht aus, als gehörte es auf eine Packung Fischstäbchen. Martin musste dann immer bedauernd verneinen, denn das Geld für solch einen Werbedeal hätte sicher dafür gesorgt, dass er nicht immer knietief im Dispo steckte.

Geldsorgen waren allerdings das Letzte, was ihn in diesem Moment beschäftigte: Der Mann, der heute beerdigt wurde und in dessen Grab er gerade mit einem Schäufelchen voller Erde in der Hand herabsah, war Lasse, sein bester Freund.

Lasse und er hatten eine Wette laufen gehabt: Wer zuerst stirbt, hat gewonnen. Dabei hatte Lasse wegen seiner schwachen Pumpe und seinem jahrzehntelangen Diabetes die deutlich besseren Chancen gehabt. Der Einsatz: ein HSV-Trikot. Wenn Martin zuerst gestorben wäre, hätte er Lasses 1979er von Kevin Keegan bekommen, also mit ins Grab. Martin musste ihm nun sein von Uwe Seeler bei der Meisterschaft 1960 vollgeschwitztes und signiertes Trikot hinterherwerfen. Das tat echt weh, aber Wettschulden waren Ehrenschulden. Außerdem wusste Martin, dass Lasse bestimmt an dieses Trikot gedacht hatte, als ihm klar geworden war, dass der Herzinfarkt sein Ende einläutete.

Die Beerdigung fand auf dem Mühlenfriedhof statt, Lasse hatte ein Grab in direkter Nähe des Wasserturms bekommen – was dem alten Segler sicher gut gefallen hätte. Und falls er wiederauferstehen würde, wäre der Ausgang auch nicht weit.

Viele Leute waren nicht zu seiner Beerdigung gekommen, vielleicht zwei Dutzend, fast alle in Lasses Alter. Das leider auch Martins Alter war: zweiundsiebzig. Und egal, was Udo Jürgens mal gesungen hatte, das Leben hatte leider nicht erst mit sechsundsechzig angefangen. Martins Knochen fühlten sich morsch an, die Lunge löchrig, und die meisten Muskeln hatten schon längst das sinkende Schiff verlassen.

Obwohl Lasses drei Exfrauen anwesend waren, trat Martin als Erster ans Grab, so war es vereinbart. Zwar hatte Lasse sich auf seine alten Tage und in Anbetracht seines miserablen Gesundheitszustands mit ihnen allen ausgesöhnt, aber der Käpt'n war nun mal bis zum Schluss der wichtigste Mensch in seinem Leben gewesen.

Damit das Trikot halbwegs ordentlich auf dem Sarg lag, beugte Martin sich ächzend hinunter, breitete den Stoff aus und machte sich bereit loszulassen.

Das war der Moment, in dem Lasse aus dem Grab sprach.

Beim Klang seiner Stimme schrien einige in der Trauergemeinde vor Schreck auf, eine entfernte Cousine von Lasse lief sogar weg. Die meisten wurden leichenblass, was dem Anlass natürlich gut entsprach. Martin selbst erstarrte, sein Hals pochte schwer.

Lasses erstes Wort heulte wie eine Sirene durch die Luft. Er zog die Vokale lang, wie immer, wenn er Martin begrüßte.

»Kääääpt'n, du alte Bangbüüüüüx! Jetzt bin ich tot, du aber nicht. Also mach was draus, ja? Du weißt, wie es mit den letzten Wünschen von Verstorbenen ist, oder? Die muss man erfüllen! Komme, was da wolle! Achtung, hier ist meiner: Mach endlich die Reise nach

Jamaika, auf den Spuren deines verschwundenen Bruders. Du hast mich jahrelang damit gequält, immer wieder über diesen Traum geschnackt, und dann biste doch nie los. Das ertrage ich nicht mehr! Vor allem weil ich jetzt tot bin.«

Lasse, man konnte es nicht anders nennen, beömmelte sich.

»Und einen zweiten Wunsch habe ich noch: Amüsiere dich dabei, lass es dir auf deine alten Tage gut gehen. Du hast es echt verdient. Und jetzt wirf endlich das verdammte Trikot runter, sonst komm ich nämlich hoch und hol es mir!«

Martin warf schnell das Trikot ins Grab, bevor sich der Sargdeckel noch öffnete.

Natürlich war ihm klar, dass Lasses Stimme eine Aufzeichnung gewesen sein musste, aber sicher war sicher.

Dann trat einer der Sargträger vor. Es war Knut, in seiner Hand eine Fernbedienung mit einem einzigen großen Knopf, wie man sie von Garagentoren kannte. Knut war Elektriker und Teil der Kegelrunde von Lasse und Martin.

»War sein letzter Wunsch«, sagte Knut entschuldigend. »Also einer seiner letzten. Ich musste auf die *Alex* schwören.«

Die *Alex*, eigentlich *Alexandra*, war der Salondampfer im Hafen von Flensburg, dem Knut sein Leben verschrieben hatte. Im Förderverein hielten sie den 1908 erbauten und heute letzten seegehenden kohlenbefeuerten Passagierdampfer Deutschlands instand. Knut und die *Alex* führten seit vielen Jahren eine intensivere Beziehung, als die meisten Ehen eine waren.

Martin rappelte sich mühsam auf, trat zu Knut, legte ihm die Pranke auf die Schulter und fing an zu lachen. Zuerst war er der Einzige, aber dann machte Knut mit und schließlich die ganze Trauergemeinde.

Sogar die Cousine kam zurück und lachte mit.

Das hätte Lasse gut gefallen, dem nie ein Witz zu flach, nie eine Pointe zu derb war. Als Achtjähriger hatte er mal ein Furzkissen auf den Platz des Pfarrers in der Marienkirche gelegt – und seitdem hatte sich sein Humor nicht wirklich weiterentwickelt.

Es war einer der Gründe, warum Martin ihn so ins Herz geschlossen hatte.

Danach trafen sich alle im »Piet Henningsen« unter an die Decke gepinnten Netzen und Schlangenhäuten. Martin versuchte, sich nicht davon irritieren zu lassen, dass ausgestopfte Fische, ein Taucherhelm und eine Gallionsfigur ihn beim Essen beäugten. Es gab Hering. Er konnte Fisch nicht besonders gut leiden, was er in Flensburg natürlich niemandem sagen durfte, weil sonst sein Charakter angezweifelt worden wäre. Über die Jahre hatte er deshalb viele Ausreden entwickelt, warum er ausnahmsweise keinen Fisch aß, obwohl er ihn sonst natürlich über alles liebte.

Dieser Leichenschmaus war ein weiterer posthumer Witz von Lasse. »Und dann drücken die sich alle den fiesen Hering rein!«, hatte er gesagt, als er ihm bei einer guten Flasche Rum von diesem Plan für die Festlichkeiten nach seinem Ableben erzählt hatte. »Nur weil ich tot bin! Ich schmeiß mich weg!«

Nach dem Essen musste Martin schnell zurück in seine Mühle, denn für den Nachmittag hatte sich eine Kindergeburtstagsgruppe angemeldet, die bei ihm auf die Piratenschule gehen wollte.

Erst als die schwere hölzerne Tür hinter ihm ins Schloss fiel, in die Martin vor nicht allzu langer Zeit in mühevoller Kleinstarbeit die Köpfe berühmter Piraten geschnitzt hatte, kamen die Tränen. Martin hatte nie gelernt, vor seinen Freunden zu weinen. Er konnte mit ihnen stundenlang über Gott und die Welt reden, laut feiern, dreckig lachen, sich besinnungslos besaufen, nur das Weinen hatte er sich nie mit ihnen zu teilen getraut. Seinen Tränen ließ er nur in seiner Mühle freien Lauf, die er vor ein paar Jahren der Stadt abgekauft und renoviert hatte, ja eigentlich immer noch renovierte. Das alte Mädchen hielt ihn auf Trab, indem sie immer wieder irgendwo etwas kaputtgehen ließ. Martin lief das Wasser herunter, weil Lasse ihm so verdammt fehlte – und er sich so elend allein fühlte. Lasse war Kernfamilie gewesen, das letzte Mitglied davon. Es gab andere

Freunde und etliche Bekannte, aber Lasse war der Letzte gewesen, mit dem ihn ein richtig dickes Band verbunden hatte.

Martin ging die Treppe hoch in den ersten Stock. Sie war steil und schmal, die in den zweiten sogar noch enger. Der Aufstieg verlangte ihm einiges ab. Es war, wie in einen Trichter zu kraxeln. Martin war schon lange nicht mehr ganz oben gewesen, obwohl der Raum dort der schönste war, die Aussicht traumhaft. Es war das Zimmer seines kleinen Bruders Christian. Oder eher dessen Museum. Martin hatte viele der Möbel und Sachen aus Christians ehemaliger Wohnung mitgenommen und hier wieder aufgebaut – falls er irgendwann zurückkehren würde. Da waren die Reggae-Poster und -Platten von Peter Tosh, Gregory Isaacs und natürlich Bob Marley, die angebrochenen Rum-Flaschen, Dutzende. Egal, ob weiß oder braun, spiced, flavoured, ob in der Karibik gelagert oder in Europa, die Buddel in Form eines Totenkopfs oder mit aufwendig gezeichnetem Etikett, sein kleiner Bruder liebte Rum in all seinen Facetten. Auch Christians altes Aquarium mit darin versenktem Buddelschiff stand hier, und der leere Glaskubus machte Martin mehr als alles andere klar, dass sein kleiner Bruder fehlte. Christian war das klassische Nesthäkchen, für alle überraschend zwölf Jahre nach dem Erstgeborenen auf die Welt gekommen. Ein Unfall oder ein Wunder, je nachdem, wie man es sah. Von klein auf war das strohblonde Energiebündel der Sonnenschein der ganzen Familie gewesen. Martin hatte in der Jugend fast väterliche Gefühle für seinen Bruder entwickelt – wenn er sich nicht gerade darüber geärgert hatte, dass er auf ihn aufpassen musste. Sehr lange her war das. Es wirkte fast wie aus einem anderen Leben.

Martin ging zu dem alten Telefunken-Plattenspieler und legte das Album mit den größten Reggae-Hits aller Zeiten auf, das ihm Christian damals aus Jamaika geschickt hatte. In der Hülle steckte eine Postkarte, das Letzte, was er von ihm gehört hatte. Die Tinte war verblichen, aber Martin wusste genau, was daraufstand: *Mach dir keine Sorgen um mich, großer Bruder! Genieß dein Leben!*

Keine Platte hatte er seit dem Verschwinden Christians so oft gehört. Martin konnte alles mitsingen, hatte darüber Englisch gelernt, wenn auch eines mit stark jamaikanischem Akzent.

»Gerade haben wir Lasse beerdigt«, sagte Martin und schaute das Foto an der Wand an, das Christian mit dem Gewinnerpokal des Chemiewettbewerbs der weiterführenden Schulen Norddeutschlands zeigte. Die Hoffnung ihrer Eltern war groß gewesen, einen zukünftigen Nobelpreisträger in der Familie zu haben. Aber dann war eine andere Art von Experimenten viel interessanter für Christian geworden – nämlich mit Mädchen.

Er sah seinem Bruder sehr ähnlich, fast kam es Martin vor, als blicke er nicht auf ein Foto, sondern in sein eigenes Spiegelbild, wenn auch eines, das Jahrzehnte jünger war. Allerdings hatte er nie das Accessoire getragen, das Christian auf dem Schnappschuss trug und um das ihn damals alle Jungs beneidet hatten: eine Halskette mit einem kopflosen Piraten als Anhänger, auf dessen Brust die Zahl elf prangte. Jeder, der sich für Freibeuter interessierte, wusste natürlich, warum. Klaus Störtebeker war nach seiner Hinrichtung kopflos an elf seiner Männer vorbeigegangen, um ihnen die Todesstrafe zu ersparen. Verschont wurden sie dann allerdings doch nicht, der Bürgermeister von Hamburg brach sein Versprechen. So was hatte Tradition, nicht nur in Hamburg.

»Lasse will, dass ich dich auf Jamaika suche. Jetzt, nachdem du gut zwanzig Jahre weg bist.«

Er würde natürlich nicht nach Jamaika reisen. Er war längst zu alt dafür. Wenn er tatsächlich in den Spiegel blicken würde, sähe er wahrscheinlich nur wenig lebendiger aus als Lasse.

Jamaika, das war immer eine Verheißung gewesen, der Name klang wie schwungvolle Musik, wie ein exotischer Cocktail oder eine schöne Frau, deren Sprache man nicht beherrschte. Martin mochte es, das Wort auszusprechen, es fühlte sich irgendwie köstlich am Gaumen an. Und es war wundervoll gewesen, den Traum von Jamaika all die Jahre zu haben. Aber es war eigentlich nie mehr gewesen, nur ein Traum.

»Besser, du kommst jetzt endlich mal zurück, kleiner Bruder«, sagte Martin mit brüchiger Stimme. »Ich könnte dich hier wirklich gut gebrauchen.« Jetzt noch mehr, wo Lasse fort und keiner mehr da war, mit dem er bis spät in die Nacht am Lagerfeuer sitzen und

Seemannslieder singen konnte, und zwar so schlecht, dass allen in Hörweite die Ohren abfielen.

Er setzte sich aufs Bett und blieb noch ein paar Minuten, dann ging er leise und schloss sanft die Tür. Er musste noch einiges für den Piratengeburtstag vorbereiten: sich selbst in einen echten Piraten verwandeln, den Schatz verstecken, die Stroboskopblitze im nachgebauten Piratenschiff anschließen und das Skelett prüfen, das aus einem Schrank hüpfen sollte. In letzter Zeit war es häufiger hängen geblieben, und statt sich wohlig zu gruseln, hatten die Kinder sich schlappgelacht. Was für eine Horde wilder siebenjähriger Piraten allerdings völlig in Ordnung war. Auch die Pyramide aus rostigen Blechdosen musste aufgebaut werden, das war besonders wichtig. Die Kinder sollten sie mit handtellergroßen Steinen zum Einsturz bringen. Martin behauptete seinen Schülern gegenüber immer, die Piraten hätten früher so ihre Wurftechnik geübt. War natürlich Blödsinn, aber ein großer Spaß. Er war über die Jahre verdammt gut im Zielen geworden, was ihm stets bewundernde Blicke der Kinder einbrachte. In denen ein kleines bisschen Angst lag, er könnte sie mit etwas abwerfen.

Diese Angst erleichterte seine Arbeit ungemein.

Jetzt erst bemerkte er den Umschlag auf dem Teppich, den der Briefträger durch den Türschlitz geworfen haben musste, während er selbst oben gewesen war. Die Schrift, in der sein Name daraufstand, erkannte Martin sofort: Es war Lasses. Das war überraschend, denn dieser hatte seit Jahren so sehr unter Parkinson gelitten, dass er keinen geraden Satz mehr hatte schreiben können. Martin hob den Umschlag auf und sah, dass das Papier vergilbt war. Es war sicher etliche Jahre alt.

Die alte Schiffsglocke über der Eingangstür läutete. Martin blickte auf seine Armbanduhr: Noch eine halbe Stunde, bis die Kinder eintreffen sollten. Wer auch immer das war, er hatte keine Zeit für ihn. Schnell öffnete er die Tür – und blickte in überraschte Kinderaugen. Es waren die von Dennis, der heute Geburtstag feierte. Daneben stand seine Mutter mit einer Geburtstagstorte in Form einer Totenkopfflagge im Arm. »Hallo, Herr … Käpt'n. Ich dachte, ich bringe die schon mal vorbei, dann muss ich sie gleich nicht mitschleppen.«

Martin salutierte vor dem Jungen. »Wünsche einen mörderisch schönen Geburtstag, junger Pirat!«

Dennis hatte schon sein Kostüm an, Typ »Roter Korsar«. Er zeigte mit dem Säbel auf Martins Beine. »Du hast ja zwei! Wieso hast du zwei? Du bist doch der Einbeinige! Hast du dir ein neues gekauft?«

Martin sah Dennis' Mutter hilfesuchend an, aber die verschränkte die Arme und signalisierte damit, dass er das mal schön selbst ihrem desillusionierten Sohn erklären sollte.

»Ist mir ... nachgewachsen, hat die ... ähm ... Meerhexe gezaubert.«

Dennis' Mutter zog die Augenbrauen hoch. Anscheinend war das die falsche Antwort gewesen.

»Ich habe es nur für kurze Zeit bekommen«, fuhr Martin fort. »Gleich will sie es wieder zurück. Weißt du, es kostet sehr viel Gold, wenn man für ein paar Stunden wieder ein Bein haben möchte. Ist aber sehr praktisch.«

»Ja, das kann ich mir gut vorstellen«, sagte Dennis mit Kennermiene.

Als er begann, Piratengeburtstage zu veranstalten, hatte Martin es zuerst als Einarmiger versucht. So war er allerdings arg eingeschränkt, wenn er mal wieder einen kleinen übermütigen Hosenscheißer aus der Takelage entknoten musste. Als Nächstes war die Augenklappe dran gewesen. Für ein paar Stunden ging das gut, doch nach einem ganzen Tag einseitigen Sehens hatte sein Kopf gebrummt, als wäre ein Bienenvolk eingezogen. Das mit dem Beinhochbinden war zwar auch nicht ideal, aber seit er eine extrem weite Piratenhose gefunden hatte, bei der er das Bein nicht mehr so eng anlegen musste, war sein Unterschenkel nach einer Geburtstagsfeier wenigstens nicht mehr komplett taub.

Dennis' Mutter stellte den Kuchen ab. »Wenn wir gleich wiederkommen, sind Sie hoffentlich zurück von der Meerhexe ...«

»Klar, die wartet schon in Wassersleben auf mich. Ich segele gleich mit dem *Fliegenden Holländer* zu ihr.«

Die beiden hatten ja keine Ahnung, dass er nie zur See gefahren war, weil ihm immer schlecht wurde, sobald er ein Schiff betrat.

Wieder rollte Dennis' Mutter die Augen. Vermutlich würde ihr Sohn jetzt nie mehr nach Wassersleben wollen. Na ja, man konnte nicht alles haben.

Das Piratenleben war hart und unbarmherzig.

Er konnte in den Augen von Dennis' Mutter lesen, was er in den Augen vieler Flensburger sah: Für die meisten war er das städtische Faktotum, der verrückte Alte. Dabei machte er einfach nur sein Ding, war geradeaus und nahm kein Blatt vor den Mund. Er war einfach Martin. Durch und durch. Und je älter er wurde, desto mehr war es so, desto schnurzpiepegaler wurde ihm die Meinung der anderen.

Als sich abends seine Freunde bei ihm im Garten zum Kegeln trafen, hatte Martin den Umschlag von Lasse immer noch nicht geöffnet. Es würden die letzten Worte seines besten Kumpels sein, die ihn erreichten, und die wollte er nicht hastig in den wenigen Minuten lesen, die ihm zwischen dem Versuch, den Kuchen aus der Piratenflagge zu bekommen, und dem Vorbereiten des Grillguts zur Verfügung gestanden hatten. Er wollte sie ganz in Ruhe lesen, mit einem Glas, nein, einer ganzen Flasche von Lasses Lieblingsrum in der Hand. Und zwar am Steg, wo dessen geliebtes, wenn auch leicht marodes Segelboot, die *Hoppetosse*, lag. Nachdem Beate Uhse ihn damals entlassen hatte, weil die großen Zeiten des Flensburger Versands Geschichte waren, war Lasse aufs Segeln umgestiegen, als Lehrer. Wenden waren die einzigen Kurven, die ihn von da an noch interessiert hatten.

Bei ihren Kegelrunden hatten sie noch nie gekegelt. Keiner von ihnen konnte es. Weder Rutger, Knut, Bendix noch Imke, Lasse oder Martin. Aber Lasse hatte irgendwann mal aus Witz gesagt, sie könnten sich ja zum Kegeln treffen, weil das sportlicher klang. Und es war hängen geblieben. Genau wie diese komische Truppe aneinander hängen geblieben war. Manches passierte einfach.

Die verbliebenen Kegler saßen in Martins Garten ums Lagerfeuer und schwiegen. Wind war aufgekommen, die Flügel der Mühle drehten sich, krächzten und ächzten, der schwere Stoff knarzte, als würden Waschfrauen Laken stramm aufspannen.

»Auf Lasse!«, sagte Rutger schließlich und hob sein Glas mit Rum. »Seine schlechten Witze werden uns fehlen! Und seine guten werden wir jetzt nie erleben!«

»Hört! Hört!«, erwiderten die anderen und: »Auf Lasse!«

Rutger trug immer eine Arbeitsweste, die unzählige Taschen besaß: Vom Angelhaken über Feuerzeug, Zigaretten, Zigarillos, Zigarren bis Sekundenkleber, Allzweckwerkzeug, Würfel und Pflaster hatte er darin alles parat. Er war wie ein kleiner Heimwerkerladen auf zwei Beinen. Jetzt wandte er sich an Martin.

»Und was das betrifft, also das, was der Lasse gesagt hat, ich meine auf dem Friedhof, im Grab, also aus dem Grab heraus«, so umständlich, wie Rutger eine Glühbirne eindrehte, sprach er auch, »das lässt du mal schön bleiben. Nach all den Jahren findest du da bestimmt keine Spur mehr von deinem Bruder. Außerdem bist du in deinem Alter gar nicht mehr fit genug für so eine Reise.« Er blickte zu Bendix, Knut und Imke. »Oder seht ihr das etwa anders?«

Bendix schüttelte entschieden den Kopf. »Und mal abgesehen von Christian: Was fasziniert dich überhaupt so an Jamaika?«

»Rum?«, fragte Martin grinsend, der Bendix gern ein bisschen foppte. Der regte sich dann immer so herrlich auf.

»Haben wir hier auch«, stellte Bendix fest.

»Ist meist aber nur Verschnitt«, erwiderte Martin.

»Aber den Rum aus Jamaika kannst du auch hier kaufen. Also, was erhoffst du dir von der Reise?«, hakte Rutger ein, nun schon mit deutlich mehr Nachdruck in der Stimme.

»Sonne?«

»Gibt es hier genauso. Also manchmal. Und sonst garantiert im Sonnenstudio.«

»Strand?«

»Was ist mit der Solitüde? Da bekommst du sogar was zu essen und zu trinken, und Eis gibt es auch.« Rutgers Gesicht wurde leicht rot. »Ist also quasi genau wie Jamaika!«

»Andere Gesichter?«

»Ach was!« Rutger holte eine Zigarre aus einer Westentasche und einen silbernen Zigarrenschneider aus einer anderen. »Gibt es hier alles auch. Fährste einfach nach Glücksburg oder Harrislee oder Sønderborg oder was weiß ich, kommt dich alles viel billiger.« Routiniert schnitt er die Spitze der Zigarre ab und zündete sie am Lagerfeuer an. Meine Meinung: »Du solltest hierbleiben. Hier hast du alles, was du brauchst.«

»Wir haben ja auch die *Alex*«, sagte Knut. Seine erste richtige Bemerkung an diesem Abend. »So ein Dampfschiff wie die *Alex* gibt es nirgendwo anders.« Das war für ihn schon ein sehr ausführlicher Wortbeitrag. Am meisten redete Knut eigentlich im Schlaf, wenn er mal am Lagerfeuer wegknackte. Dann konnte man die besten Gespräche mit ihm führen.

Martin nickte, denn es stimmte, was Knut gesagt hatte. Dann blickte er zu Imke, die auffallend ruhig geblieben war. Sie war Christians Freundin gewesen und damals genauso verlassen worden wie er. Imke war eher der burschikose Typ, kurze Haare, trug niemals Rock und hatte schon mehr als einen Kerl unter den Tisch gesoffen. Am rechten Unterarm trug sie noch immer ein Tattoo mit dem Namen seines Bruders in einem Herz. Es war nie ein neues dazugekommen.

Imke arbeitete in einem Supermarkt an der Kasse und wirkte so, als hätte sie schon alles im Leben gesehen. Das mochte sogar der Fall sein, aber es bedeutete nicht, dass sie alles unberührt ließ. Manchen wuchs eine Hornhaut um die Seele, Imke ließ das die Leute nur denken. So sah Martin das zumindest.

»Ach, weißt du …« Sie winkte ab und stieß mit ihm an.

»Ne, weiß ich ja eben nicht«, sagte Martin. »Also eigentlich schon, aber ich will es hundertprozentig wissen.« Martin hatte das Gefühl, jetzt und hier die letzten Prozentpunkte an Unklarheit bezüglich dieser Frage tilgen zu müssen.

Imke nahm einen großen Schluck des Flensburger Rum-Verschnitts, den sie nur tranken, weil Knut manchmal bei der Brennerei aushalf und das Zeug billiger bekam. Es war zwar ohnehin nicht teuer, aber ab einem gewissen Konsum machten auch ein paar Euro weniger aufs Jahr gerechnet viel aus. »Das mit Christian ist so lange her, viel zu lange. Und man muss auch nicht jeder dummen Idee von Lasse folgen. Finde ich.«

Martin nickte, spürte allerdings, dass sich ein großes »Aber« in seinem Kopf bildete. Dieses »Aber« kratzte an seiner Seele, wie ein treuer Hund, den man ausgesperrt hatte.

»Wovon würdest du das auch bezahlen wollen?«, fragte Rutger. »Lasse hat dir sicher nichts vererbt. Außer ein paar alten Fischköppen.« Er lachte schallend.

Rutger half Martin bei der Steuer und wusste um seine Finanzen. Kinder feierten leider nicht jedes Jahr einen Piratengeburtstag, sondern meist nur einmal im Leben. Und die alte Mühle verschlang ständig Geld.

»Weißt du, Martin, wir wollen dich nicht auch noch verlieren«, sagte Bendix, der mit jedem Jahr mehr aussah wie Helmut Schmidt. Wie er das machte, war allen ein Rätsel. Er hatte mal als Gerhard Schröder angefangen. Immerhin blieb er einer Partei treu. Natürlich konnte im hohen Alter noch Konrad Adenauer folgen, zuzutrauen war es Bendix' Gesicht.

Bendix legte eine Hand auf Martins Schulter und drückte liebevoll zu. »Ohne dich hätte Flensburg keinen Einbeinigen mehr. Und das gehört sich nicht für eine alte Piratenstadt.« Er holte tief Luft, war anscheinend noch nicht fertig. »Das mit Jamaika war bei deinem Bruder schon eine Schnapsidee, der hätte einfach hierbleiben sollen. Christian war Flakes bester Mann, das weiß jeder. Mit dem hätten die nie zugemacht, der wäre da heute Geschäftsführer, wenn ihm nicht sogar der ganze Laden gehören würde. Jedes Fass kannte der mit Vornamen und konnte Verschnitte zusammenstellen wie kein Zweiter. Der Christian war ein Magier in Sachen Rum, hab ich immer gesagt. Aber was hat ihm das gebracht? Nu ist er verschwunden, Jamaika hat ihn verschluckt. Mach nicht denselben Fehler wie dein Bruder, Käpt'n.«

»Ihr habt ja recht«, sagte Martin.

»Sowieso«, sagte Rutger. »Also ich immer!«

Martin stand auf und holte ein paar Äste mit Stockbrot, die von der Piratenfeier übrig geblieben waren. »Für jeden von euch ist noch eins da, das Feuer hat jetzt genau die richtige Temperatur.«

Sie hielten den Brotteig in die knisternden Flammen und sahen schweigend zu, wie er nach und nach braun und an einigen Stellen schwarz wurde.

Martin blickte auf den freien Platz in der Runde, er hatte ganz automatisch wieder sechs Baumstümpfe um das Feuer gestellt. »Er fehlt an allen Ecken und Enden …«

Rutger grunzte. »Auf Jamaika würden wir alle dir fehlen. Und es gäbe noch nicht mal Ecken und Enden, die du kennst. Komm, ist gut jetzt.«

»Wir Dänen sagen immer: Wie hoch ein Vogel auch fliegen mag, seine Nahrung sucht er auf der Erde.« Bendix nickte, als hätte nicht er selbst, sondern jemand anders etwas Kluges gesagt, dem er zustimmen würde.

»Du bist kein Däne«, sagte Martin. »Du bist in Gelsenkirchen geboren.«

»Ich bin Däne nach Gesinnung! Und ihr wisst alle sehr gut, dass das bei uns in Flensburg reicht. Deshalb habe ich auch einen dänischen Pass. Vor Gott und der Welt bin ich Däne!«

Rutger schüttelte den Kopf. »Du kannst kein Wort Dänisch.«

»Skål!«

»Okay, eins.«

Martin war froh über das Geplänkel, denn es verschaffte ihm eine Pause vom Nachdenken über seinen Bruder, über Lasse und über den Tod.

Er lachte sogar, als Rutger lautstark über sein Stockbrot fluchte, das sich in ein Brikett verwandelt hatte. Während die anderen palaverten (oder im Falle Knuts stumm nickten), nippte Martin an seinem Glas Rum und ließ sich von innen wärmen. An manchen Abenden war es verdammt schön, dass es Trost in flüssiger Form gab.

Martin hatte schon leicht einen im Kahn, als er sich Ölzeug und Südwester griff. Es trieb ihn in die Stadt, an einen Platz, an dem er sich Lasse näher fühlen würde.

Der Regen hatte Flensburg leer gefegt, und Martin genoss, dass die Wege und Straßen ihm jetzt allein gehörten. Er war schon lange nicht mehr spazieren gegangen, zumindest nicht als Martin. Als

Käpt'n gehörte es zu seinem Job, mit einem Plüschpapagei auf der Schulter Seemannslieder zu singen und Werbeprospekte für seine Piratengeburtstage zu verteilen. Die Innenstadt war seine Arbeitsstelle, jetzt allein im Regen war sie seine Heimat.

Und überall traf er Lasse.

Der sich über die Stadt lustig machte.

Manchmal, wenn Lasses Geld mal wieder knapp gewesen war, hatte er Stadtführungen gegeben, aber den Leuten immer nur die geschminkte Version von Flensburg gezeigt, um sie nicht zu verschrecken. »Wenn ich nicht mehr auf deren Kohle angewiesen bin«, hatte er mal zu Martin gesagt, »werde ich ihnen Flensburg ohne Makeup geben. Das wird ein Spaß!«

Martin beschloss, die Rum-&-Zucker-Meile abzugehen, die aus immerhin zwanzig Stationen bestand, vor allem aus ehemaligen, zum Teil sogar abgerissenen Handelshäusern. Er würde Lasses Traum heute Nacht wahr werden lassen! Wer brauchte schon echtes Publikum? Er stellte sich einfach eine Touri-Gruppe vor und legte los: »Früher hatten wir über dreißig Rum-Produzenten in Flensburg, echte Dynastien wie Johannsen, Asmussen und Dethleffsen. Jede Familie, deren Name auf ›sen‹ endete, machte damals mit Rum rum! Heute gibt es nur noch zwei. Der in der Roten Straße füllt vor allem Spiced Rum ab – nichts als Panscherei!« Er rief das letzte Wort anklagend in die Nacht. »Der in der Marienstraße verkauft hauptsächlich Rum-Verschnitt und süßen Likörkram. Rum-Verschnitt ist auch gepanschtes Zeug. Allerdings …« Er hob energisch den Zeigefinger und geriet dabei etwas aus dem Gleichgewicht. »… ist das in unserem Fall geschichtlich bedingt, und deshalb meint man, es euch Touris als Traditionsware verkaufen zu können.« Martin bemerkte, dass er zu humpeln begann, als hätte er ein Holzbein umgeschnallt. Die Sache fing an, ihm Spaß zu machen. »Früher war Flensburg Teil Dänemarks und ein Zentrum des Rum-Handels. Im 18. Jahrhundert wurden dann mit einem Mal hohe Einfuhrzölle auf Spirituosen, allen voran auf Rum, erhoben. Die Flensburger, gar nicht dumm, mischten den Rum mit Wasser und neutralem Alkohol. Versteht ihr waRUM?« Er blickte zu seiner imaginierten Touri-Gruppe und stellte sich vor,

Lasse wäre unter ihnen. Der hätte sich köstlich amüsiert! »Weil man dadurch geringere Mengen importieren musste, zahlte man automatisch weniger Einfuhrzoll. Wie viel echter Jamaika-Rum ist wohl in so einer Buddel Verschnitt drin? Na, wer weiß es?« Keine Antwort. »Gerade mal fünf Prozent! Damit das Zeug überhaupt nach etwas schmeckt, braucht man den stärksten, den wildesten und verrücktesten Rum als Grundlage: den aus Jamaika. Die produzieren dort extra für den deutschen Markt ein so intensives Destillat, dass man es pur nicht trinken kann. Die Rum-Stadt Flensburg ist also eine Stadt der Verdünnisierer!«

Es war Martin, als würde Lasse neben ihm kichern.

In der Johannisstraße, wo er eigentlich über Flensburgs erste Zuckersiederei referieren wollte, von der heute nur noch ein Speicher existierte, kam er zu einem abrupten Halt.

Er stand vor seinem alten Elternhaus.

Das erste Mal seit Jahren.

Martin hatte immer einen Bogen darum gemacht, ohne es so richtig zu merken. Als läge im Zentrum von Flensburg ein schwarzes Loch, dessen Ereignishorizont er nicht überschreiten durfte, wollte er nicht eingesogen werden.

Nun hatte er es getan.

Nach dem verfluchten Unfall hier war Christian nach Jamaika gegangen. Martin, der damals noch in einer kleinen Wohnung in Tarup lebte, hatte seine Eltern in der Zeit danach immer seltener besucht. Das Verschwinden ihres jüngsten Sohns zog seine Mutter und seinen Vater in eine trostlose Düsternis: Sie stellten unzählige Fotos von ihm auf, mit schwarzem Trauerband, und verschrieben sich ganz der Erinnerung. Martin hatte das irgendwann nicht mehr ausgehalten und war ganz ferngeblieben. Nach dem Tod der Eltern hatte er das Haus dann schnell verscherbelt und sich mit dem Geld die Mühle gekauft.

Martin blickte über den niedrigen Jägerzaun in den Garten, der aussah, als wäre nie etwas Tragisches in ihm geschehen.

Als die Erinnerungen sich weiter verfestigten und wie Geschwüre auf sein Herz drückten, ging er schnell weiter.

Die Führung war beendet.

Der Regen wurde dünner und langsamer, wie die Strahlen einer Gießkanne, die sich nahezu geleert hatte. Und dann war er plötzlich fort. Der Wind aber verschwand nicht, er wehte so stark, als wolle er Flensburg schnell wieder trocken bekommen.

In der Jollensammlung des Museumshafens lag Lasses historisches Segelboot.

Die *Hoppetosse* war klein, und man sah ihr an, dass die ochsenblutrote Farbe an Steuerbord abblättern würde, sobald sie an Backbord komplett aufgetragen war. Es war ein Lebenswerk. Eines von der Sorte, das seinen Namen zu Recht trug, weil es nie im Leben fertig wurde. Die *Hoppetosse* sah nicht aus, als würde sie den kleinsten Törn überstehen, aber Lasse hatte immer behauptet, dass die Winde stets auf seiner Seite waren. Segelschüler hatte er allerdings nie auf sein heiliges Schiff gelassen.

Martin setzte sich auf den Steg. Dies war der richtige Ort für den Abschied von Lasse. Nicht der Friedhof, auf dem Lasse nie zuvor gewesen war und wo nun seine sterbliche Hülle lag. Wenn seine Seele sich tatsächlich einen neuen Platz gesucht hatte, dann in diesem Schiff – zumindest bis es irgendwann auf den Grund des Hafens sank.

Es war der Platz, an dem er Lasse gestehen musste, dass er seinen letzten Wunsch nicht erfüllen würde. Martin redete nicht lange um den heißen Brei herum.

»Tut mir wirklich leid, Lasse, aber das mit Jamaika wird nichts. Ich will auch nicht von dir überredet werden, den Brief hättest du dir sparen können.«

Er warf den Umschlag ins Wasser.

Beziehungsweise: Er versuchte es.

Der Wind warf ihn zurück.

Martin sah auf die *Hoppetosse*. Ihm war, als säße Lasse dort mit prall aufgeblähten Wangen und pustete in seine Richtung. Doch da war natürlich niemand, also warf er den Umschlag wieder zum Wasser, diesmal mit mehr Kraft.

Aber der Wind hatte seine Kraftreserven noch nicht geleert. Als der Umschlag wieder vor seinen Füßen landete, schüttelte Martin den Kopf. »Lasse, du alter Dickkopf! Ich *will* nicht!« Er holte tief Luft.

»Okay, ich lass mich auf einen Deal ein: Wenn du mir den Umschlag noch einmal zurückbläst, öffne ich ihn und lese den Brief, okay?«

Der Wind heulte leise. »Ich nehme das mal als Ja.«

Um mehr Schwung zu bekommen, stand Martin auf und holte weit aus.

Diesmal flog der Umschlag schnurgerade Richtung Wasser.

Für einen Moment schien es völlig windstill zu sein.

Bis wieder eine Böe eingriff und den Umschlag abermals ans Ufer warf wie einen frischen Fang.

»Hast es spannend gemacht«, sagte Martin und musste grinsen. Er gestand weder sich noch Lasses Geist ein, dass er trotz des weiten Ausholens etwas schwächer geworfen hatte als die Male zuvor.

Sachte öffnete er den Umschlag und faltete den Brief vorsichtig auseinander. Rechts oben stand ein Datum, der 11. März 1999. Rund zwanzig Jahre war das her. Damals war sein Bruder seit zwei Monaten auf Jamaika gewesen – und der Kontakt abgebrochen. In dieser Zeit war Lasse von einem guten zu Martins wichtigstem Freund geworden. Und es bis an sein Lebensende geblieben.

Martin begann zu lesen.

Ahoi, Käpt'n!
Wenn du das liest, bin ich tot. Deshalb erst mal: mein tief empfundenes Beileid. Ich gehe mal schwer davon aus, dass mein Tod dich mehr schmerzt als mich. Denn ich bin jetzt ja bei den Fischen oder wo immer ihr mich entsorgt habt.
Ich find's super, dass ich jetzt so einen »Im Todesfall versenden«-Brief schreiben darf, und vielleicht schreibe ich gleich noch ein paar. Einfach aus Spaß an der Freude. Außerdem habe ich da noch ein paar Rechnungen offen, die ich ausgesprochen gern begleichen würde, ohne dass ich Rache befürchten muss.

Der Brief stammte auf jeden Fall von Lasse.

Ich sag, wie es ist: Ich habe mir Mut angetrunken. Mit Rum aus Jamaika, genauer aus Trelawny, von der Hampden Distillery, wo

dein Bruder eine Zeit lang gejobbt hat. Also da, wo sie das Zeug mit dem hohen Estergehalt produzieren, das nur Verrückte trinken. Das Rum-Äquivalent zur Whisky-Insel Islay. Entweder du vergötterst das Zeug, oder du verachtest es. Schmeckt so was von nach Banane und flambierter Ananas, irre. Ich schweife ab, aber du kennst das ja.
Die Buddel, die ich mir gerade genehmige, hat mir dein Bruder geschenkt, bevor er sich vom Acker gemacht hat. Und um deinen Bruder geht es jetzt auch … Sitzt du, Käpt'n? Bestimmt sitzt du, du fauler Hund!

Martin musste lächeln. Es tat gut, und es tat weh.

Dein Bruder hat mich ein paarmal aus Jamaika angerufen – er hatte nämlich eine Wette verloren. Ich sag nur: Bismarck-Heringe! Es bekommt halt keiner mehr von dem Zeug runter als ich. Auf jeden Fall war er verpflichtet, mir Lageberichte zu geben. Dich hat er nicht angerufen, weil er nicht wollte, dass du dir Sorgen machst.
Und du hättest dir welche gemacht.
Das wäre allerdings auch angemessen gewesen …
Bei einem Anruf meinte er, dass er fast bei einem Brand ums Leben gekommen ist, und bei einem anderen, dass er sich mit Leuten eingelassen hat, mit denen man sich echt nicht einlassen sollte.
Ihm ist etwas passiert, da bin ich mich ganz sicher. Und wenn du wissen willst, was, musst du nach Jamaika. Du fragst dich jetzt sicher, warum ich dir das alles nicht direkt erzählt habe.

Das hatte sich Martin in der Tat gefragt.

Ganz einfach: weil dein Bruder mich darum gebeten hat. Er hatte Angst, dass dir etwas passiert, falls du nach Jamaika reist. Ich musste ihm hoch und heilig schwören, dir nix zu sagen, mein ganzes Leben lang. Merkst du was? Jetzt darf ich!

Ich mach hier Faxen, dabei ist die Sache sehr ernst. Käpt'n, ich glaube, dein Bruder ist ermordet worden. Und ich glaube nicht, dass die jamaikanische Polizei davon weiß, geschweige denn erfolgreich ermittelt. Was bedeutet: Du bist der Einzige, der die Chance hat, rauszufinden, was passiert ist, und den Täter zur Rechenschaft ziehen kann. Für deinen kleinen Bruder! Aber pass gut auf dich auf, ja?

Martins Hände krampften sich um das Papier. Es kostete ihn viel Kraft weiterzulesen.

Ich habe dir einen Zettel beigelegt, auf dem steht, wo Christian auf Jamaika überall war. Das sind die Orte, von denen ich weiß. Was immer ich von hier oben aus für dich tun kann, werde ich machen. Okay, zugegeben, ich bin wohl eher nach unten gereist. Aber vielleicht gibt es da ja auch ein paar Hebel. Für Blitzschlag oder so, Heuschreckenregen, was weiß ich.

Dein Lasse (der jetzt mehr weiß als alle Wissenschaftler. Wenn das meine alte Klassenlehrerin noch erlebt hätte, die meinte ja immer, ich würde nie etwas begreifen!)

Martin erhob sich zitternd.

Als er auf die Häuser im Hafen von Flensburg blickte, sagte er leise Lebewohl.

Über achttausend Kilometer entfernt, unter der flirrenden Sonne Jamaikas, saß in diesem Augenblick eine Frau in ihrem Wagen und blickte konzentriert auf eine Rum-Distillery. Es gab insgesamt sechs auf der Insel, einige davon waren für Besucher geöffnet, bei anderen wussten mitunter nicht einmal Rum-Experten, wo sie sich befanden.

Diese gehörte zur zweiten Sorte.

Jo'anna Desmond hatte ihr in den Unterlagen den Codenamen »Kill Devil« gegeben. Unter dieser Bezeichnung war Rum jahrhundertelang bekannt gewesen, vermutlich weil der Genuss des Zuckerrohrbrands alles Teuflische abtötete – oder gleich den Teufel selbst.

Seit Stunden schon hockte sie allein in ihrem blauen Honda Civic und beobachtete das Geschehen in der Distillery mit einem Fernglas. Das Ensemble aus Wellblechgebäuden und Schornsteinen wirkte wie ein auf Grund gelaufener, alter Frachtkahn. Da es keinen Publikumsverkehr gab, machte man sich offenbar nicht die Mühe, irgendetwas aufzuräumen: Rostige Gerätschaften und ausgediente Fässer lagen rundherum, etliches davon hatte sich die Natur schon zurückgeholt und überwuchert.

Der Civic war ihr privater Wagen, nicht ihr dienstlicher von der JCF, der Jamaica Constabulary Force. Auch ihre Uniform trug Jo'anna nicht, sondern hatte sie gegen ein geblümtes Kleid eingetauscht. In der JCF hatte Jo'anna den Rang eines Inspectors inne, aber heute war sie nicht in offizieller Mission unterwegs. Was Superintendent Reginald Bolt sicher nicht gefallen würde. Egal. Er war ihrer Meinung nach ein absoluter Vollidiot, dessen Dummheit durch die Verbeamtung nur zementiert worden war. Bolt mochte keine Frauen, noch weniger mochte er Frauen über fünfzig, und am allerwenigsten mochte er Frauen mit Jo'annas Körperumfang. Aber wenn sie etwas Selbstgemachtes ins Police Office mitbrachte, wie Brown Stew Chicken, Peppercorn Soup oder ihren berühmten Rum Cake, dann schlug Bolt immer hemmungslos zu.

Jo'anna zündete sich eine Zigarette an, um ihre Nerven zu beruhigen. Sie rauchte *Matterhorn*, nicht wegen des Geschmacks, der zugegebenermaßen etwas fragwürdig war, sondern weil sie das Bild des schneebedeckten Berges auf der Packung so herrlich exotisch fand. Einmal in ihrem Leben wollte sie so einen Berg sehen. Aber ihr Gehalt gab nicht viel her, und das meiste ging für die Familie drauf. Jo'anna strich mit den Fingerspitzen über den Umriss des Berges, der nur entfernt an das echte Matterhorn erinnerte, wie sie aus einer Dokumentation auf Television Jamaica wusste.

Aus den Boxen des Wagens drang Joan Hicksons angenehme Stimme, die Agatha Christies »Ein Mord wird angekündigt« vorlas. Jo'anna liebte Miss Marple und fand, dass die berühmte Detektivin durchaus etwas Jamaikanisches hatte. Zum Beispiel kannte sie alle ihre Nachbarn sehr gut – und all deren Schwächen. Genau wie Jo'anna.

Aber jetzt stellte sie das Hörbuch aus.

Sie brauchte Beweise.

Handfeste Beweise.

Und das bedeutete: Fotos, Videos, etwas Schriftliches.

Jo'anna blickte aus dem Fenster. Die wenigen Menschen, die vor der Distillery zu sehen waren, rauchten auch oder telefonierten. Gestern hatte Jo'anna durch einen Kontaktmann erfahren, dass die Spuren eines Rings, der illegale Arbeitet vermittelte, hierherführten. Es ging ihr bei dieser Undercover-Ermittlung nicht nur um das Gesetz, es war eine persönliche Sache. Ihr Sohn Isaac war bei einer Konkurrenz-Distillery entlassen worden, weil deren Rum nicht mehr so gut lief, seit »Kill Devil« die Preise gesenkt hatte – was aufgrund der unterbezahlten illegalen Arbeiter plötzlich möglich war. Es war Isaacs erster fester Job seit Monaten gewesen, jetzt lungerte er wieder den ganzen Tag in Spelunken rum, rauchte Marihuana, trank billiges Bier und versuchte, beim Dominospiel Geld zu gewinnen, verlor aber nur mehr und mehr. Er war ein guter Junge – mit schlechten Angewohnheiten. Sie konnte ihn ermahnen, so viel sie wollte, von der Straße bekäme sie ihn nur mit einem Job.

Und dafür musste sie jetzt etwas tun.

Jo'anna beschloss, den Versuch zu wagen, die Arbeiter anzusprechen. Sie schnippte die Zigarette aus dem offenen Fenster, richtete ihr dunkles, dichtes Haar und stieg aus.

In diesem Moment fiel ein Schuss.

Und er traf sein Ziel.

ZWEI

»I Got You Babe«

Martin hatte gedacht, ihn würde auf Schiffen die schlimmste Übelkeit ereilen.

Das lag allerdings nur daran, dass er noch nie geflogen war.

Eingeklemmt in einem schmalen Economy-Class-Sitz hätte Martin alles dafür gegeben, an der Reling eines Überseekreuzers zu stehen und auf Wasser zu starren. Wasser war zumindest deutlich handfester als Luft, von der sich viel zu viel unter dem Rumpf des Flugzeugs befand. Um das zu vergessen, beschäftigte er sich intensiv mit der Bordbar, vor allem die geschmacklichen Unterschiede der dort angebotenen Alkoholika unterzog Martin einer intensiven Inspektion. Aber gnädigen Schlaf schenkten sie ihm nicht.

Als er am Sangster International Airport von Montego Bay aus dem Flugzeug stieg, war er deshalb gleichermaßen angetrunken wie übermüdet. Am liebsten hätte er sich sofort auf den Boden gelegt und ein Nickerchen gemacht oder gleich zwei, die nahtlos ineinander übergingen. Aber er musste zunächst die langwierigen Einreisemodalitäten über sich ergehen lassen.

Der Mann in der Schlange hinter ihm hustete, und Martin musste an die vergangene Woche denken, in der er die Reise vorbereitet hatte und das erste Mal seit Langem mal wieder bei seinem Hausarzt Dr. Simon Schäfer vorbeigeschaut hatte, um sich gegen Hepatitis A, B, gegen Typhus und Tollwut impfen zu lassen. Dabei war auch gleich ein Check-up gemacht worden, mit EKG, Blutdruck, Urinuntersuchung und großem Blutbild.

Das Ergebnis war überraschend gewesen.

Überraschend schlecht.

Die Leberwerte waren nah an der Zirrhose, Cholesterin und Triglyzeride schossen durch die Decke, auch der Blutdruck war viel zu hoch, der Puls dafür zu niedrig. Martins Gesamtzustand war so mies, dass Dr. Schäfer, der ein offenes Wort schätzte und Einfühlsamkeit eher weniger, ihm gesagt hatte, dass sein Ende absehbar war, falls sich nicht grundlegend etwas änderte.

Die Aussage war Martin vorgekommen, als hätte der Arzt ein Verfallsdatum auf seine Stirn geschrieben. In Rot.

Vielleicht würde er es schon hier auf Jamaika erreichen.

Es kam Martin wie eine Ewigkeit vor, bis ihn die Flughafentüren auf die Insel spuckten. Wo ihm die Luft wie ein lauwarmer, nasser Waschlappen ins Gesicht schlug. Und neckisch auf alle anderen freien Körperstellen, als wäre es für alle Beteiligten ein großer Spaß.

Dafür hatte er also seine Lebensversicherung gekündigt.

Seinen alten Volvo verkauft.

Und die Mühle mit einer so schweren Hypothek belastet, dass ihre Flügel sich eigentlich nicht mehr bewegen dürften.

Andererseits war er nicht hier, um eine gute Zeit zu haben. Wer an einem zwanzig Jahre fest verschlossenen Mysterium rüttelte, musste damit rechnen, dass es unbequem wurde. Gut möglich, dass ihn derjenige hörte, der damals den Schlüssel abgezogen hatte.

Dies war das Land seiner Träume, aber es konnte sein, dass er in einem der Träume gelandet war, die sich in einen Albtraum verwandelten.

Dank des Alkohols in seinem Blut kam Martin der Gedanke allerdings gerade wie ein guter Witz vor, und er musste grinsen.

Er brauchte jetzt ein Taxi, das ihn zu einem Hotel mit einem Bett fahren würde oder auch nur einer Pritsche, egal. Er würde gerade sogar auf einer Schotterpiste schlafen. In seinem Alter steckte man eine zehnstündige Flugreise nun mal nicht mehr so leicht weg. Aber was tat er nicht alles für Lasse – und für seinen eigenen Seelenfrieden.

Der Typ neben ihm im Flieger hatte ihm erklärt, wie man auf Jamaika ein Taxi rief: Man hielt den Finger hoch, wenn man jemanden für eine lange Strecke brauchte, und nach unten, wenn es um eine kurze ging. Da es bis Kingston ein ordentliches Stück war, hielt Martin den Finger sehr hoch. Der Typ hatte zudem gesagt, er solle darauf achten, eines der Taxis mit rotem Nummernschild zu nehmen, das staatlich geprüften Route-Taxis vorbehalten war. Sie fuhren zwar erst, wenn sie voll besetzt waren, dafür kamen sie einen billiger als Charter-Taxis, die von Durchschnittstouristen bevorzugt wurden.

Doch bevor Martin sich die Nummernschilder der Fahrzeuge vor dem Flugzeug in Ruhe anschauen konnte, tauchte eine junge Frau vor ihm auf. »Taxi?«

Prompt erschien hinter ihr ein stämmiger Jamaikaner und kreuzte die muskulösen Arme vor der Brust. »Willst du mir etwa schon wieder einen Kunden wegschnappen, Babe?«

Sie achtete nicht auf ihn. »Ich mache Ihnen einen guten Preis! Lassen Sie sich nicht von dem Typen da über den Tisch ziehen!«

»Stell dich hinten an«, sagte der Jamaikaner. »Immer wieder machst du den Typen schöne Augen. Das endet irgendwann böse, Babe!« Er packte sie an den Schultern.

Aber die junge Frau behielt Martin im Blick. »Ich brauch das Geld, bitte!«

Der Taxifahrer schob sich vor sie. »Frauen können sowieso nicht Auto fahren.« Er lachte schallend. »Steigen Sie in mein Reggae-Taxi, kleine Sightseeing-Tour inklusive.« Er zeigte auf einen Wagen, der in den Nationalfarben Jamaikas gelb, schwarz und grün gestrichen war.

»Ich fahre mit ihr«, sagte Martin. »Frauen am Steuer sind mir lieber!«

Das stimmte nicht, im Gegensatz zu vielen anderen Männern seiner Generation war es ihm völlig egal, welches Geschlecht hinter dem Steuer saß. Es war ihm aber überhaupt nicht egal, welches Geschlecht dumme Sprüche machte.

»Ich muss allerdings erst meine ganzen Koffer in den Griff bekommen.«

Die Frau schnappte sich einen Teil des Gepäcks und führte Martin, der den Rest schleppte, zu ihrem Auto.

Es war ein flamingorosa gestrichener Golf.

»Ein deutsches Auto?«, fragte Martin, als er auf dem Beifahrersitz Platz nahm.

»Ist stabil. Und es gefällt den deutschen Touristen.« Sie grinste.

»Absolut.«

Sie startete den Wagen und fuhr ohne Schulterblick los. »Woher stammst du?«

»Flensburg. Das ist im Norden. Fast schon Dänemark.«

»Ah, Flensburg, kenne ich.«

»Das sagst du doch jetzt nur so, oder?«

»Nein, wegen der Schießerei, die wir vor Kurzem hier hatten. In einer Rum-Distillery sind Fässer angeschossen worden – die sollten eigentlich nach Flensburg. Es sind auch Menschen angeschossen worden, aber das mit den Fässern hat die Leute hier mehr mitgenommen. Willkommen auf Jamaika!« Sie reichte ihm die Hand. »Ich bin Babe, und wer bist du?«

»Ich bin der Käpt'n. So nennen mich alle. Eigentlich heiße ich anders.«

»Da haben wir etwas gemeinsam.« Sie nahm die nächste Kurve so scharf, dass Martin sich wie in einer Achterbahn vorkam. Der Linksverkehr machte das Ganze doppelt beängstigend. »Ich heiße eigentlich auch anders. Aber als Kind wollte ich nie einschlafen, und das Einzige, was geholfen hat, war ›I Got You Babe‹ von Sonny & Cher. Meine Mum hat den Song immer in der Reggae-Version gesungen. Der Ohrwurm meines Lebens!«

Jetzt erst kam Martin dazu, sich seine Fahrerin richtig anzuschauen. Babe erinnerte ihn an eine Sängerin mit cappuccinobrauner Haut aus den Achtzigern, die auch mal in einem schmalzigen Film mitgespielt hatte. Kevin Costner war auch darin, und die Frau hieß … Whitney Houston! Babe sah mit ihrer Löwenmähne, bei der man fast Mühe hatte, ihr Gesicht zu finden, aus wie Whitney Houston in diesem Film. »*They say we're young and we don't know, we won't find out until we grow*«, sang Babe die ersten Zeilen des berühmten Sonny-&-Cher-Songs.

»*Well I don't know if all that's true, 'cause you got me and baby I got you*«, stieg Martin mit seinem tiefen Bass ein.

»Du kennst den Song?« Babe strahlte über das ganze Gesicht.

»In- und auswendig.«

»Das gibt einen dicken Sonderpunkt! Warst du schon mal auf Jamaika?«

»Nur hiermit«, er tippte gegen seine Schläfe. »Und hiermit«, Martin klopfte auf sein Herz.

Babe sah ihn stirnrunzelnd an. »Warum sprichst du dann Englisch mit jamaikanischem Akzent?«

Martin lächelte. »Weil ich gut zuhören kann. Ich habe zu Hause eine Platte mit den besten Reggae-Hits aller Zeiten. Die Texte habe ich mir alle draufgeschafft und so Englisch gelernt. Okay. Ein bisschen Volkshochschule kam auch dazu. Aber da hat mich die Lehrerin immer wegen meines Akzents getadelt.«

»Und warum bist du nach Jamaika gekommen? Urlaub? Oder geschäftlich?«

»Wegen einer Familienangelegenheit. Man könnte auch sagen: weil ich es einfach nicht ertrage, das Ende einer Geschichte nicht zu kennen. Vor allem nicht, wenn ich am Buch mitgeschrieben habe.«

Sie setzte den Blinker, wechselte aber im selben Augenblick die Spur. »Sprichst du immer in Rätseln?«

»Eigentlich nie, ich bin ja Norddeutscher.« Als Babe ihn fragend anblickte, setzte er hinzu: »Wir sind dafür bekannt, klare Kante zu zeigen. Gerade bin ich allerdings nur müde und muss dringend ins Bett.«

»Ich habe ganz vergessen zu fragen, wo du hinwillst! Dachte automatisch, du hast ein Zimmer in MoBay.«

»Nein, ich will hierhin.« Er hielt ihr den Zettel von Lasse hin, der während des tagelangen Aufenthalts in seiner Hosentasche deutlich gelitten hatte, und zeigte auf den Namen ganz oben. »Da fängt alles für mich an.«

»Echt? Bist du dir sicher, dass du da absteigen willst?«

»Völlig. Wieso?«

»Da sieht man kaum Touristen. Hat keinen so guten Ruf.«

»Hab ich auch nicht.« Martin lachte dröhnend. »Dann werde ich mich da sicher wohlfühlen.«

Ein paar Sekunden blickte Babe auf die Straße, an deren Rändern so viele Schilder standen, wie Martin es noch nie gesehen hatte. Auf Jamaika liebten sie anscheinend Schilder über alles. Oder der Schilderproduzent war der Schwager des Staatschefs.

»Ich kann dich gut leiden«, sagte Babe.

»Das sagst du aber jetzt nur, weil du auf ein ordentliches Trinkgeld hoffst.«

»Nö.«

»Sondern?«

Babe klimperte mit ihren langen Wimpern. »Weil ich gern deine Fahrerin hier auf Jamaika wäre. Aus einem ganz uneigennützigen Grund: damit die allerbeste dich fährt. Das hast du verdient.« Sie hob den linken Arm und spannte ihren Bizeps an. »Außerdem mach ich auch Kickboxen, kann dich also verteidigen. Ist praktisch, wenn man weiß, wohin man am besten tritt und schlägt. Vor allem als Frau auf Jamaika.«

»Kann ich mir dich denn überhaupt leisten? Ich bin nämlich kein Millionär.«

»Käpt'n«, sagte Babe. »Da haben wir schon wieder etwas gemeinsam!« Wieder dieses strahlende Lächeln. »Sagst du mir, wohin ich dich bei deiner ersten Tour fahren soll? Dann kann ich schon mal alles vorbereiten.«

Als sie hörte, wohin es ging, war sie ganz aufgeregt.

Auf dem Zettel von Lasse stand unter der Unterkunft der Name der Distillery, bei der Christian damals zuerst gejobbt hatte. Ihr Name: Hampden.

Hey Tagebuch,

verdammt, ich bin in einem echten Drecksloch von Hotel gelandet. Dabei heißt es »Jamaican Heavenly Palace«! Ich meine, das klingt doch nach was. Also nach goldenen Wasserhähnen, Marmorbüsten und leicht bekleideten Frauen, die einem mit Palmwedeln Abkühlung verschaffen. Tja, ich sag mal so: Jede deutsche Jugendherberge

ist komfortabler – und zwar Stand 1960. Die Frau an der Rezeption, okay: am Verschlag, sagte eben, ich soll gut aufpassen, denn es gäbe Gegenden, da sollte man nachts als Touri nicht hingehen. Und als ich fragte, welche denn zum Beispiel, antwortete sie: Na ja, genau die hier zum Beispiel.
Kein Wunder, dass ich mich verfolgt fühle.
Ist sicher nur die ungewohnte Umgebung, Kingston ist halt nicht Flensburg.
Und Trenchtown erst recht nicht.
Immerhin bin ich hier in der Keimzelle des Reggae, die Tuff Gong Studios in der Little Bell Road liegen gleich um die Ecke. Vorhin hab ich das Mischpult, an dem schon Wailers-Songs gemischt wurden, gesehen und Bob Marleys alten Flügel. Ich durfte ihn sogar berühren! Danach bin ich die Orange Street rauf und runter, die galt in den Sechzigern bis Anfang der Achtziger als Epizentrum des Reggaes. In den Aufnahmestudios und Plattenläden, da wurden viele Stars geboren. Doch die Zeiten sind leider vorbei. Alles ist zwar bunt, aber runtergekommen, etliche Plattenläden sind für immer geschlossen. Bei Butch Braithwate im »Rockers International Records« hab ich aber noch ein paar Raritäten finden können, und er hat extra für mich Peter Toshs erstes Album aufgelegt! Das fühlte sich an, wie zu Hause sein. Mit Butch hab ich echt lange gesprochen, er hat viel von sich erzählt und dabei etwas gesagt, das mich echt zum Nachdenken gebracht hat: Hier auf Jamaika kommst du nur raus, wenn du hart arbeitest und eine Chance kriegst, meinte er. Aber Chancen sind rar auf diesen Straßen. Musik ist immerhin eine. Verbrechen eine andere. Trotz dieser bedrückenden Aussichten sind die Menschen hier entspannt und nett. Deshalb mache ich mir auch keinen Kopf und gehe heute Abend auf eine Streetparty. Hab auf einer bunten Tafel an einem Strommast davon gelesen. Ab morgen gucke ich mir dann mal an, was die Distillerys auf Jamaika so zu bieten haben. Ich will mir erst ein paar anschauen und dann mal überlegen, wo ich anheuere. Über Hampden hab ich viel Gutes gehört, aber die erste Besichtigung ist bei Appleton gebucht. Ich bin gespannt.
Jamaika, ich bin endlich da!

Flensburg, ich bin endlich weg!
Und jetzt ruh dich aus, Tagebuch. Heute Abend musst du fit sein!

Dein Christian

Martin mochte den »Jamaican Heavenly Palace« auf Anhieb. Der junge Mann an der schlichten, aber aufgeräumten Rezeption wirkte zwar nicht direkt wie ein Bankangestellter, aber einigermaßen vertrauenswürdig. Das Haus war sauber, das Zimmer einfach, die Matratze angenehm fest.

Nach Babes Warnung hatte er eine andere Behausung erwartet. Vielleicht hatten das Hotel und die Gegend auch nur den Ruf, gefährlich zu sein. Das mit dem Ruf war immer so eine Sache. Über ihn sagten ja auch einige Flensburger, er sei etwas wunderlich, womöglich sogar gefährlich, nur wegen dieser Piratensache. Die Leute sahen manchmal Gefahren, wo einfach nur Menschen waren, die sich von ihnen unterschieden.

Nachdem Martin vierzehn Stunden am Stück geschlafen hatte, fühlte er sich ein wenig frischer. Aber das Klima machte ihm zu schaffen und die fremde Umgebung auch. Alles war so gar nicht Flensburg. Ihm fehlte seine Mühle, seine Kegelrunde, der Geruch der Ostsee. Martin fühlte sich wie eine Pflanze, die in die falsche Erde umgetopft worden war und deren Wurzeln keinen Halt fanden.

Aber hier im Hotelzimmer würden sie diesen auch nicht finden.

Wie eine Pflanze musste er die Blätter Richtung Sonne strecken, dann kam die Kraft.

Er beschloss, sich die Beine zu vertreten. Nach einigem Herumspazieren in den von der Sonne flirrenden Straßen, einem frittierten gelben Fisch, den ihm ein Händler an einem Straßenstand aufgeschwatzt hatte, und einem kühlen Bier, das er sich danach besorgt hatte, landete er in einem Laden namens »Rockers International Records«. Außer ihm war niemand in dem kleinen, engen Laden, und er kam schnell mit dem Ladeninhaber ins Gespräch. Butch trug graue Dreadlocks, und sein Gesicht erinnerte an einen Schrumpfkopf, was vermutlich vom Kettenrauchen kam. Die ganze Zeit hatte Butch eine glühende Fluppe im Mundwinkel.

»Was hast du denn so an Reggae-Platten?«, fragte er Martin. Ohne die Fluppe dafür aus dem Mundwinkel nehmen zu müssen.

»Am liebsten mag ich ›The 40 Greatest Reggae Hits of All Times‹. Die kam Ende der Achtziger raus. Ist da alles Wichtige drauf?«

»Ja, klar«, sagte Butch. »Mehr braucht absolut niemand an Reggae.«

»Wirklich?«

Butch lachte laut auf und breitete die Arme aus. »Dann könnte ich meinen Laden zumachen! Du weißt nichts über jamaikanische Musik, mein Freund, gar nichts! Hier, hör dir das mal an. Bob Marley ist großartig, aber kennst du Peter Tosh? Sein erstes Album? Wenn du ein Herz hast, gehört es danach dem Reggae. Ansonsten bist du kein Mensch, dann bist du ein Stein!«

Er drehte die Anlage auf, und die ersten Takte von »Legalize It« dröhnten durch den kleinen Laden, brachten sogar die Platten an den Wänden zum Vibrieren.

Dann klingelte Butchs Handy, er drehte die Musik seufzend leiser, nahm den Anruf an und sprach dabei Patois, die jamaikanische Kreolsprache – Martin verstand kein Wort. Deshalb schaute er sich um und blätterte durch die unzähligen LPs mit bunten Farben und miserablen Fotos. Als Butch das Telefonat beendete, ging Martin mit Peter Toshs erstem Album zur Theke: Er vertraute dem Musikgeschmack des Ladenbesitzers. Martin öffnete sein Portemonnaie, und Butch erblickte den Personalausweis. Ein breites Grinsen erschien in seinem Gesicht.

»Deutschland!«, stieß er aus. »Ich liebe eure traditionelle Musik.«

Martin zog die buschigen Augenbrauen empor. »Die ist aber das Gegenteil von Reggae.«

Butch beugte sich hinter dem Tresen hinunter und kam mit mehreren LPs wieder hoch. Martin traute seinen Augen nicht.

»Wildecker Herzbuben! Großartig! Kastelruther Spatzen! Fantastisch!« Butch schunkelte, um seine Zuneigung zu demonstrieren. »Und erst die Zillertaler Schürzenjäger! Ich liebe sie!«

Martin war gelinde gesagt fassungslos. »Wie bist du denn an all die Platten gekommen?«

»Mir hat mal ein Deutscher von den Bands erzählt. Und dann habe ich mir die besorgt. War gar nicht so einfach.«

»Der wollte dich sicher auf den Arm nehmen.«

»Nein, der war ein Freund. Er sagte: Falls du mal was richtig Abgefahrenes hören willst, dann besorg dir die. Abgefahrener geht's nicht. Soll ich eine davon auflegen?«

»Ne, lass mal stecken. Vielleicht ein andermal.« Martin schob das für die LP abgezählte Geld über den Tresen.

»Wie heißt du eigentlich?«

»Ich bin der Käpt'n«, sagte Martin. »Ganz einfach der Käpt'n.«

Butch salutierte, und Martin salutierte zurück. Es war zwar Blödsinn, aber Butch schien seinen Spaß dabei zu haben.

Martin schlenderte zurück ins »Jamaican Heavenly Palace« und fragte Babe per SMS, ob sie ihn demnächst für die erste Tour abholen könnte. Dann schaltete er sein Handy wieder in den Flugmodus, denn im Bordmagazin des Flugzeugs hatte er gelesen, dass sonst vielleicht hohe Telefonkosten auf ihn zukamen. Jetzt konnte ihn zwar niemand aus Deutschland mehr erreichen, aber wer sollte das auch wollen? Außer der Kegelrunde hatte er niemandem gesagt, wohin es für ihn ging. Und der hatte er eingetrichtert, es bloß keinem zu erzählen, sonst würde er danach nämlich von jedem Dämlack auf die Reise angesprochen werden.

Vor dem Spiegel richtete er seine Kapitänsmütze. Ohne kam er sich richtiggehend nackt vor und hatte ständig das Gefühl, alle würden ihm auf den Kopf schauen. Nicht, dass es da besonders viel zu sehen gab.

Kurze Zeit später sammelte Babe ihn vor dem Hotel ein.

Sie hatte ihre Haarpracht zu einer beeindruckenden Palme hochgesteckt und trug ein gebatiktes T-Shirt zu einer rissigen Blue Jeans.

»So geht das nicht, Käpt'n«, sagte sie zur Begrüßung, als Martin sich in ihren rosa Golf setzte.

»Was meinst du?«

»Das!« Sie deutete mit dem Finger auf Martin – und schien sein Outfit zu meinen.

»Was stimmt nicht mit meiner Kleidung?« Eine dunkelblaue Bundfaltenhose passte doch immer. Und auch weiße Hemden kamen nie aus der Mode. Ledersandalen schon mal gar nicht. Auf die hatte bereits Jesus geschworen.

»Nichts stimmt, und das ändern wir jetzt! Wenn du Jamaika richtig erleben willst, musst du zumindest ein bisschen wie ein Jamaikaner aussehen.«

Martin wollte protestieren, hatte den Mund schon geöffnet, aber dann schaltete sich sein Hirn ein. Wenn in Flensburg Leute wie Touristen rumliefen, mit Kamera um den Hals und Stadtplan in der Hand, dann wurden sie auch wie Touristen behandelt. Er wollte von den Jamaikanern aber wie ein Freund behandelt werden, denn nur mit jemandem, dem man vertraute, sprach man wirklich. Und wenn er seinen Bruder finden wollte, war er genau darauf angewiesen.

»In Ordnung«, sagte er deshalb. »Aber nichts in Neonfarben. Und die Sandalen bleiben dran.«

Kurze Zeit später parkte Babe vor einem kleinen Klamottenladen. Als sie wieder herauskamen, trug Martin knielange Bermuda-Blue-Jeans mit modischen Löchern, dazu ein blau-weiß kariertes Polohemd. Damit sähe er auf einen Schlag zehn Jahre jünger aus, hatte Babe ihm versichert.

Ohne ramponierte Kapitänsmütze und Sandalen wären es sogar zwanzig gewesen.

»Schnall dich gut an, Käpt'n«, sagte Babe, als sie wieder im Wagen saßen. »Jetzt bring ich dich fix zum Rum!« Dann trat sie aufs Gas.

Martin kam sich vor wie in einem Gokart.

»Ich will übrigens nicht mein ganzes Leben lang Taxi fahren. Ganz bestimmt nicht!«

»Das freut mich«, sagte Martin. *Für alle anderen Autofahrer Jamaikas.* »Willst du lieber Formel-1-Pilotin werden?«

»Du bist lustig!«

»Als Käpt'n muss man seine Mannschaft immer bei Laune halten.«

»Ich werde studieren, in den USA. Und dann werde ich Architektin!«

»Was willst du denn architekten?«

»Hochhäuser, riesige Wolkenkratzer.« Sie hob die Hände vom Lenkrad bis zur Wagendecke.

»Hast du denn schon mal einen gesehen?«

Babe schmunzelte. »Ich weiß nicht, ob man das behaupten kann. Bin ja noch nie woanders als auf Jamaika gewesen. Und unser höchstes Gebäude ist das ›Le Meridien Jamaica Pegasus Hotel‹ in New Kingston. Das wurde 1973 gebaut, hat siebzehn Etagen und ist genau 61,01 Meter hoch. Wenn man bedenkt, dass das höchste Gebäude der Welt, der Burj Khalifa in Dubai, einhundertdreiundsechzig Etagen hat und achthundertachtundzwanzig Meter hoch ist, wird einem klar, wie läppisch das ist.« Babe nahm die nächste Kurve so rasant, dass sie mit den Reifen ein wenig von der Fahrbahn abkam. Sie jauchzte vergnügt auf.

Martin dagegen hielt kurz die Luft an. »Warum gerade Hochhäuser?«

»Die sind so schön exotisch!«

Martin musste grinsen. »Du hast viel Energie, ich trau dir einiges zu. Aber tu einem alten Mann den Gefallen, und setz etwas weniger Energie aufs Gaspedal, ich brauch meinen Magen gleich noch.«

Babe wurde langsamer. »Bist du eigentlich ein großer Rum-Trinker?«

»Eher ein großer Trinker.« Martin fuhr das Fenster herunter und ließ den warmen Wind hereinwehen. »Und da ich aus Flensburg komme, Deutschlands Rum-Metropole, ist Rum das Getränk meiner Wahl.«

»Und warum willst du ausgerechnet zu Hampden?«

Martin zögerte einen Moment, ehe er geheimnisvoll raunte: »Weil der Wind mich dahintreibt.«

»Du bist ja ein echter Poet!«

Martin wusste nicht, warum er Babe verschwieg, was ihn hergeführt hatte. Vielleicht war diese Verschlossenheit typisch norddeutsch, wobei er durchaus einige Flensburger kannte, die jedem x-Beliebigen direkt ihr ganzes Leben und all ihre Sorgen mitteilten. Der Unterschied zum Rheinland war nur, dass man solche Redseligkeit im Norden nicht schätzte, weil die Menschen dort offenbar verstanden hatten, dass damit immer auch ein Teil fremden Schmerzes auf einem abgeladen wurde. Und da wollte man doch gern vorher gefragt werden.

»Ich habe gestern schon bei Hampden angerufen«, unterbrach Babe seinen Gedankenfluss, »damit du einen Termin bei Ziggy bekommst. Normalerweise gibt er keine Touren, aber für dich macht er heute eine Ausnahme!«

»Wohl eher für dich. Wie kommt es? Und wer ist Ziggy?«

»Ich habe mal bei ihm gejobbt. Er ist die Seele des Ladens – und die Leber. Ein echt toller Kerl, er hat ein großes Herz und ist immer gut gelaunt. Wegen ihm war die Arbeit bei Hampden eine einzige Party.« Sie hob die Arme und machte einige Tanzbewegungen, bis der Wagen von der Spur abkam und sie das Steuer wieder ergriff.

»Ist er schon lange da?«

»Ewig! Er hat immer da gearbeitet.«

»Hat er denn früher häufiger Touristen rumgeführt?« Martin merkte, dass seine Frage nicht so beiläufig klang wie erhofft. Er hatte keine Routine darin zu ermitteln.

»Ja, glaube schon. Er hat eine Zeit lang so was wie das Maskottchen von Hampden gegeben, aber das macht er seit ein paar Jahren nicht mehr.«

Nachdem sie den Highway an Jamaikas Nordküste verlassen und in Richtung Wakefield abgebogen waren, änderten sich die Straßenverhältnisse – aber nicht zum Besseren. Dass Babe erwähnte, in der Gegend würden einige der letzten jamaikanischen Krokodile leben, machte Martin nicht unbedingt entspannter. Er betete still, dass der Wagen die Fahrt auf der Huckelpiste überstand und sie nicht liegen bleiben würden.

Ein Schild an der einspurigen Straße, die einem Feldweg glich, verkündete irgendwann, dass man Hampden Estate erreicht hatte.

Babe bog links ab. Der Weg hatte so viele Hubbel, dass Babe Slalom fahren musste. Zuckerrohrfelder tauchten auf, aber nicht in perfekten Rechtecken, wie sie in Deutschland üblich gewesen wären, sondern wie zufällig gewachsen. Erst eine Allee von hohen Palmen, deren Sockel hell getüncht waren, zeugte von menschlichem Gestaltungswillen. Die Palmen wirkten, als hätten sie sich herausgeputzt und trügen jetzt weiße Socken, so weit hochgezogen, wie es nur ging.

Ein prächtiger Pfau erschien neben dem Weg und schrie zur Begrüßung, drei andere rannten hinter ihm her. Vor einer alten, ausrangierten Brennblase, die wie ein Denkmal vor dem Anwesen platziert war, parkte Babe. Martin kniff die Augen zusammen und erkannte darauf eine metallische Plakette mit der Aufschrift »Hampden Rum Estate«.

»Aufgeregt?«, fragte sie und schwang sich aus dem Wagen.

»Seit ich das Flugzeug nach Jamaika bestiegen habe, hab ich mich nicht mehr abgeregt. Aber ja, jetzt bin ich gerade noch ein bisschen aufgeregter als ohnehin schon.«

Martin war zudem froh, wieder festen Boden unter den Füßen zu haben.

Ein süßer Geruch lag in der Luft, als wäre die Welt hier mit Akazienhonig bestrichen.

»Dahinten in dem Pavillon gibt es Rum-Punsch zur Begrüßung«, erklärte Babe und ging schnellen Schrittes vor.

»Ist noch ein bisschen früh dafür, oder?«

»Also mit dieser Einstellung kommst du hier nicht weit!« Babe lachte. »Alle auf Hampden Estate sind stolz auf ihren Rum, du beleidigst sie, wenn du nichts trinkst.«

»Und ich erfreue sie, wenn ich mich ins Koma saufe?«

»Ganz genau, jetzt hast du es endlich verstanden!« Sie waren am Pavillon angekommen, wo sie eine Mitarbeiterin von Hampden freundlich begrüßte und auf die bereitstehenden Gläser mit Rum-Punsch wies.

Babe griff sich zwei und reichte Martin eines davon. »Willkommen auf Jamaika!« Dann stießen sie an.

Martin hatte sich in seinem Leben noch nie mehr als Flensburger gefühlt als hier in diesem tropischen Park, in dem Bougainvilleen in ausrangierten Rum-Fässern wuchsen. Aufgeregt schreiend näherten sich die Pfaue. Es sah aus, als hätten sie eine Angriffsformation eingenommen.

»Wollen wir reingehen?«, fragte Babe.

»Unbedingt. Wenn ich schon um diese Uhrzeit Rum trinke, dann lieber pur.«

Babe kräuselte die Stirn. »Es ist keine Schande, Rum-Punsch zu trinken. Ihr Europäer seid so extreme Pur-Trinker. Wir auf Jamaika haben nichts gegen Cocktails. Unsere Overproof-Rums kann man pur gar nicht trinken.« Babe setzte einen der blauen Helme auf, die für Besucher bereitlagen, und nötigte Martin, seine Kapitänsmütze gegen einen davon einzutauschen, was dieser nach angemessenem Grummeln tat.

Zu Hampden Estate gehörte auch ein prachtvolles Herrenhaus, das eine Art Museum zu sein schien. Es sah gleichermaßen einladend wie einschüchternd aus. Martin und Babe gingen daran vorbei in die Distillery, die wie eine riesige, alte Autowerkstatt wirkte. Die Bottiche waren weiß getüncht, aber die Farbe war an etlichen Stellen abgeplatzt, die Holzfässer ordentlich angeschrammelt. Babe machte etliche Selfies vor diesem Ambiente und nötigte Martin, sich zu ihr zu stellen und ein Lächeln zu versuchen – oder wenigstens nicht so zu gucken, als würde er sich am liebsten in Luft auflösen. Er würde die jungen Leute und ihren Zwang, sich zu jeder möglichen und unmöglichen Gelegenheit zu fotografieren, nie verstehen.

Ein Mann stand an einem der sicher hundert Maischebottiche, die mindestens zehntausend Liter fassen mussten, und hob gerade den Holzdeckel empor. Sofort schwirrten Hunderte kleiner Fliegen um ihn, was den Mann aber nicht zu stören schien. Seine Haut war von so dunklem Schwarz wie der irre süße Lakritzlikör von Johannsen in Flensburg. Der Mann schnupperte an der Flüssigkeit, in der große grüne Früchte schwammen, und nickte zufrieden. Martin kam der groß gewachsene Jamaikaner wie ein Alchemist alten Schlages vor, der ein magisches Gebräu überwachte.

»*One love*, Ziggy!«

»*One love*, Babe. Ist das dein Deutscher?« Er schaute grimmig zu Martin.

»*Eeh*«, erwiderte Babe.

Das hieß ›Ja‹, so viel hatte Martin vom Patois schon aufgeschnappt, dieser merkwürdigen Sprache, die einen so angenehmen Klang hatte. Rhythmisch und kraftvoll. Aus Ziggys Mund hörte es sich allerdings sehr hart an. Er musterte Martin eindringlich.

»Bist sicher hier, um was zu trinken? Echten jamaikanischen Rum?«

»Auch, natürlich. Sehr gern«, antwortete Martin.

»Einen Rum, der nicht nur hier gebrannt, sondern auch hier gelagert ist? Das ist nämlich ganz was Besonderes. Ihr Europäer lasst die Fässer gern bei euch reifen und schreibt dann großkotzig ›Continental‹ drauf. Aber nicht bei uns, nicht bei Hampden! Das ist hundert Prozent Jamaika, vom Brennen bis zur Füllung.«

»In Flensburg lagern wir schon seit Jahrhunderten …«

»Kann man nicht vergleichen!«, unterbrach ihn Ziggy. »Das ist wie mit Hundejahren und Menschenjahren. Sieben Jahre Reifung hier sind wie fünfundzwanzig Jahre in Europa. Jawohl, so sieht es aus!« Ziggy trat sehr nah zu ihm, das Weiß in seinen Augen schien zu funkeln. Martin spürte eine Feindseligkeit, die er so auf Jamaika noch nicht erlebt hatte.

»Du willst was Süßes, oder? Ich verrate dir was: In der Süße schwingt immer auch eine Bitterkeit mit. Rum bedeutet, die Süße im bitteren Leben zu finden und sich nicht kleinkriegen zu lassen. Es waren Sklaven, die ihn erfunden haben. Aus dem, was bei der Zuckerproduktion übrig blieb, haben sie solch ein köstliches Getränk hergestellt. Aus Melasse. Das ist Abfall, verstehst du? Aber der Rum hat für sie alles nur noch schlimmer gemacht. Rum wurde ein Riesengeschäft, und dafür wurden noch mehr Zuckerrohrplantagen und noch mehr Sklaven gebraucht. Der Rum war Trost und Peitsche für die Sklaven. Ihr Weißen wisst nichts, ihr trinkt Rum, ohne drüber nachzudenken, dabei ist er flüssige Geschichte, und zwar die der Ausbeutung armer Menschen.«

Es kam Martin vor, als werfe Ziggy ihm das alles persönlich vor. »Es gibt nicht nur auf Jamaika Armut, auch in Europa. Wenn Rum zeigt, wie man aus Nichts etwas machen kann, wenn er die Geschichte erzählt, wie man Unterdrückung überwinden kann, dann ist er universell.«

Martin sagte nicht, dass er Armut kennengelernt hatte, weil seine Eltern Spätaussiedler aus der Ukraine waren und sie zu Anfang fast gar nichts hatten. Wenn man Armut so früh erlebt hatte wie er, dann wurde man sie nie mehr los. Sie lagerte sich im Herzen ab und im Hirn. Und jemand anders, der auch wusste, was Armut bedeutete, konnte das erkennen. Ziggy musterte ihn nochmals.

»*Everyt'ing irie?*«, fragte Babe, womit sie in Erfahrung bringen wollte, ob alles in Ordnung war.

Ziggy drehte sich um und blickte wieder in den Bottich. »Wir machen den Rum noch genauso wie vor zweihundert Jahren. Mit Pimento, also Jamaikapfeffer, im Zuckerrohrsaft. Und als eine von ausgesprochen wenigen Distillerys verwenden wir die Rückstände, die bei der Destillation und während der Gärung am Boden der Brennblase anfallen. Wir nennen diese dunkle, dicke Flüssigkeit Dunder. Die ist dahinten drin, und da auch und da. Das ergibt einen besonderen Rum mit viel Ester. Der Estergehalt in unseren Rums ist so hoch, dass manche von ihnen als Aroma für die Lebensmittelindustrie verwendet werden, zum Beispiel für Eis. Das ist der Geruch von überreifer Banane. Das ist Funkyness, das ist Jamaika.«

»Ähnlich wie Sour Mash bei Bourbon Whiskey, nicht wahr?«

Martin wusste Bescheid über die Herstellung und die Geschichte von Rum, denn er hatte sämtliche Infobroschüren vom Flensburger Rum-Museum gelesen, die Lasse verfasst hatte, als er mal wieder dringend Geld brauchte. Anscheinend hatte niemand vor Drucklegung kontrolliert, was er da fabriziert hatte. Alles hatte Hand und Fuß, aber eben auch Lasses ungeschönte Meinung.

Ziggy schaute Martin wieder an, jedoch erstmals mit einem Hauch Respekt. »Wie heißt du noch mal?«

»Ich bin der Käpt'n, freut mich sehr.«

Ziggy nickte. »Wir arbeiten aber nicht nur mit Dunder, Käpt'n.

Wir arbeiten auch mit Muck. Ein Mix aus sämtlichen Resten, die hier so anfallen. Einen Teil davon bewahren wir draußen in einer Grube auf, ungefähr die Größe von einem Grab hat die, ist mit Stroh bedeckt, da gedeihen die Mikroorganismen weiter, und die geben wir dann wieder in die Maische. Dahinten steht etwas von dem magischen Zeug.« Ziggy zeigte auf einen Behälter mit dunkler Flüssigkeit, die an der Oberfläche Blasen warf. Als sie näher kamen, stank es gotterbärmlich. »Da sind Zuckerrohrreste drin, tote Hefen und irre viele Säuren. Keine toten Fledermäuse oder Ziegenköpfe, egal, was die Leute erzählen! Im Prozess der Destillation sorgt der Muck für Ester und für Geschmack.«

Martins Herz schlug schneller. Die Erinnerung an seinen Bruder sorgte dafür und die an einen Unfall, über den er lieber nicht nachdenken wollte.

»War mal ein anderer Deutscher hier und hat sich nach all dem erkundigt?«

»Es kommen immer wieder welche. Wann soll er denn da gewesen sein?«

»Vor zwanzig Jahren.«

Ziggy lachte.

»Er wird viel gefragt haben«, fuhr Martin fort. »Er wird dich total gelöchert haben.« Martin holte sein Portemonnaie hervor, in dessen Sichtfenster ein Foto von Christian steckte. »Das ist er, sah damals ein bisschen aus wie Bob Marley, wenn er weiß und blond gewesen wäre.«

Ziggy schaute sich das Foto nur kurz an und drehte den Kopf dann weg, als hätte er eine klaffende Wunde gesehen. »Kenne ich nicht. Geht jetzt.«

»Aber …«, begann Babe.

»Ich muss arbeiten«, sagte Ziggy. »*Likkle more.*« Das bedeutete wohl »Auf Wiedersehen«, denn er drehte sich weg von ihnen und verließ die Halle.

»Irgendwas stimmt nicht mit ihm. So hab ich ihn noch nie erlebt«, sagte Babe. »Tut mir leid.«

Mir nicht, dachte Martin. Ziggy hatte Christian auf dem Foto erkannt, da war er sich sicher. Aber heute würden sie bei ihm nicht mehr weiterkommen.

»Lass uns wieder fahren.«

»Aber du hast noch gar keinen Rum pur getrunken!«

»Hier liegt so viel Rum in der Luft, dass ich mein Pensum für heute schon habe.«

»*Ya, man*«, sagte Babe. Aber dann wurde sie sehr schweigsam.

Auch Marin war jetzt schweigsam, denn auf dem Weg zurück zum Auto waren sie am Muck Hole vorbeigekommen, und dessen dunkler, zähflüssiger Inhalt hatte sich über seine Laune gelegt.

Lange Zeit fuhren sie, ohne ein einziges Wort zu sprechen.

»Es ist nicht mehr weit bis Town«, sagte Babe irgendwann und meinte Kingston.

Martin fuhr das Seitenfenster herunter, um noch etwas frische Luft hereinzulassen, bevor es in die Stadt ging. Er griff sich an den Kopf, um seine Kapitänsmütze festzuhalten.

Aber seine Handinnenfläche berührte nur sein spärliches Haar.

»Verdammt, wir müssen noch mal zurück!«

Babe sah ihn an. »Ich glaube, ein zweiter Versuch bei Ziggy macht keinen Sinn. Irgendetwas liegt ihm gerade schwer im Magen. Vielleicht hat ihn die Schießerei in der anderen Distillery mitgenommen, da arbeiten Freunde von ihm.« Sie nickte entschieden. »Oder seine Fußballmannschaft hat verloren. Manchester irgendwas.«

»Ich hab meine Mütze vergessen. Die muss noch bei den blauen Helmen liegen. Ich zahl die Strecke auch extra.«

Babe ließ die Bremsen quietschen und wendete auf der Stelle, den Gegenverkehr damit genauso überraschend wie Martin. »All inclusive!«

Auf dem Rückweg zu Hampden sprachen sie wieder miteinander, über die Mütze und ihre Geschichte: Martins Bruder hatte sie ihm geschenkt, ein wenig als Scherz, weil Martin die Idee gehabt hatte, Piratenabenteuer für Kinder zu veranstalten. Babe wollte alles darüber wissen. Schließlich sei die jamaikanische Stadt Port Royal einst ein legendäres Piratennest gewesen und sie dadurch eine echte Piratenbraut. Um das zu unterstreichen, sprach sie eine Oktave tiefer und raunte: »Harr, Harr, Harr!«

Martin grinste in seinen Bart: Das machten die Kinder in Deutschland auch immer.

Jetzt, wo er von zu Hause erzählte, merkte Martin erst, wie stark sein Heimweh war.

Er war froh, als er bei Hampden aussteigen und frische Luft schnappen konnte.

Aber die Kapitänsmütze lag nicht bei den Helmen.

»Lass uns drinnen fragen, wer sie weggeräumt hat«, sagte Babe. »Vielleicht läuft jetzt auch irgendein Typ von Hampden damit rum. Wäre doch lustig.«

»Nein«, sagte Martin. »Es ist ja keine Verkleidung. Die Mütze ist ein Teil von mir, nur eben einer aus Stoff.« Er musste selbst grinsen über den Satz, aber es war etwas Wahres dran.

»Wie mein Piercing im Bauchnabel«, sagte Babe. »Ein silbernes Flugzeug.«

In der Distillery lief allerdings niemand mit einer deutschen Kapitänsmütze herum, und es wusste auch keiner, wer sie genommen haben konnte.

»Ich werde Ziggy bitten, sich für uns umzuhören«, sagte Babe. »Der treibt die Mütze schon wieder auf.«

Sie gingen in die Halle, wo Ziggy eben die Maischefässer begutachtet hatte.

»Ziggy?«, rief Babe. »Ich bin's noch mal. Wo steckst du?«

Aus der Nebenhalle waren laute Männerstimmen zu hören, ein Radio dudelte, und in einigen Bottichen blubberte es, aber in dieser speziellen Hampden-Symphonie war keine Antwort von Ziggy zu vernehmen. Es war auch niemand zu sehen.

»Nicht, dass er kopfüber in einen Bottich gefallen ist«, sagte Babe grinsend.

»Vielleicht liegt er besoffen in einer Ecke.«

»Nicht Ziggy! Der ist bei der Arbeit total … deutsch. Also gewissenhaft. Und sowieso würde er nie etwas trinken, er ist doch Rastafari. Was er probiert, spuckt er danach wieder auf den Boden. Eigentlich arbeiten Rastafaris überhaupt nicht in der Rum-Industrie, Rum ist für sie Babylon. Aber in diesem einen Punkt macht Ziggy eine Ausnahme. Ich geh rechts runter und suche ihn. Du guckst links, okay?«

»So machen wir es.«

Martin schaute nun noch genauer, wohin er trat.

Dadurch merkte er allerdings nicht mehr richtig, wohin er ging. Weil viele der Bottich-Holzungetüme für ihn gleich aussahen, kam ihm die Halle mehr und mehr vor wie ein Labyrinth.

Ein Poltern erklang.

Martin lief in die Richtung, aus der es gekommen war, zwischen zwei eng nebeneinanderstehenden Bottichen hindurch. Am Ende des schmalen Gangs befand sich eine Wand aus Wellblech, die unter seinen Schritten erzitterte und leicht schepperte. Nur wenig Licht drang hierhin, aber es reichte, um zu erkennen, wer leblos davorlag.

Ziggy.

Seine Augen waren nicht mehr zu sehen. Denn dort, wo sie sein sollten, befanden sich tiefe Einschusslöcher, wie rote Tränen quoll Blut aus ihnen. Der Geruch von Blei lag in der Luft, die Schüsse mussten gerade erst abgefeuert worden sein. Doch nichts war zu hören gewesen. Das bekam man nur mit Schalldämpfer hin.

Martin blickte hinter sich. Da das Blut noch floss, konnte der Mörder nicht weit sein.

»Babe?« Martins Stimme wurde lauter: »Babe? Ist alles gut bei dir?«

Vorsichtig trat er zwischen den beiden Bottichen hervor und blickte sich um.

Verdammt, welche Nummer wählte man für die Polizei auf Jamaika?

Plötzlich waren da Schritte. Vorsichtig gesetzt, aber schwer. Der Boden ließ keine Stille zu. Jede Sekunde konnte der Mörder bei ihm sein. Oder bei Babe.

Falls er das nicht schon längst gewesen war.

Es gab nur eine Möglichkeit, ihr Zeit zu verschaffen.

Er trat hinaus auf den Gang.

»Lass das Mädchen in Ruhe, und schieß auf mich, du Arschloch!«

Er hatte ohnehin nicht mehr viel Lebenszeit, ganz im Gegenteil zu Babe. Eigentlich hatte er sich immer gewünscht, im Schlaf zu sterben, nach einem opulenten Mahl mit viel Rum. Bloß nicht lange dahinsiechen. Eine Kugel wäre auch schnell. Es war vielleicht nicht die schlechteste Art zu gehen.

»Hier! Ich bin hier!«

Martin hörte nicht, wie der Schuss abgefeuert wurde, aber er schlug in dem Bottich links von ihm ein, nur zwei Handbreit von seinem Kopf entfernt. Rum spritzte wie eine Fontäne aus dem Einschussloch, dann splitterte der ganze Bottich, und die Welle riss Martin von den Beinen.

Wieder erklangen Schritte, jetzt hastiger, lauter, eine Metalltür schlug zu.

Martin sah mehrere Arbeiter auf sich zulaufen.

»Was ist los?«, fragte einer von ihnen. »Scheiße, was hast du mit dem Bottich gemacht?«

»Babe? Hat jemand Babe gesehen?«, rief Martin in Panik und stand mühsam wieder auf. Als er keine Antwort erhielt, hastete los, quer durch die Halle. Immer wieder rief er sie, aber erhielt keine Antwort. Er blickte in dunkle Winkel, Ecken und schmale Zwischenräume, obwohl Babe in viele davon überhaupt nicht gepasst hätte.

Dann sah er ihren wilden Haarschopf. Babe lag neben einem riesigen Bottich. Wie Ziggy auf dem Boden zusammengesunken, ein Segel ohne Wind.

Martin kniete sich zu ihr und nahm ihr Handgelenk, versuchte, sich darauf zu konzentrieren, den Puls zu fühlen, aber sein eigener schlug so hart und schnell, dass er kaum etwas anderes wahrnahm.

Es gab keine Einschusslöcher anstelle ihrer Augen, keine Tränen aus Blut.

Martin atmete durch. Sie musste niedergeschlagen worden sein und war nun bewusstlos.

Hinter ihm hörte er, wie jemand die Polizei anrief.

»Und den Notarzt!«, brüllte er so laut, dass Babe wieder zu Bewusstsein kam.

»Holst du mir etwas Rum?«, fragte sie, die Stimme so dünn, als würden einige Prozent fehlen.

Martin lächelte glücklich, aber sein Puls beruhigte sich nicht.

Denn der Anblick von Ziggy war nicht nur schockierend gewesen, weil er tot war.

Sondern auch weil Ziggy in seinen verkrampften Händen die Kapitänsmütze gehalten hatte.

DREI

»Don't Turn Around«

Jo'anna aß ihre Juicy Beef Patties mit Käse zu Ende, wischte sich die Hände an der beiliegenden Serviette ab und stieg aus dem Einsatzwagen. Leichen schlugen ihr immer auf den Magen, es war deshalb besser, er war gestärkt. Die heutige Leiche würde ihr nicht nur auf den Magen, sondern auch kräftig aufs Herz schlagen, denn sie hatte Ziggy gekannt. Er war nicht nur die gute Seele von Hampden gewesen, sondern auch einer der wenigen aus der Rum-Industrie, die offen mit ihr gesprochen hatten.

Hampden Estate war von Kollegen bereits vorschriftsmäßig abgesperrt worden, und die Spurensicherung war bei der Arbeit. Das waren die Momente, in denen Jo'anna die britische Kolonialhistorie Jamaikas schätzte. Bei allem Easy-going waren sie eben auch Teil des Commonwealth, und im Zweifelsfall konnte es auch mal ein bisschen schneller gehen.

»*One love, Jo'anna*«, rief ihr ein junger Kollege vom Eingang des Distillery-Gebäudes zu, der seit einiger Zeit auf ihren Posten spekulierte. Seit sie vor einer guten Woche bei der »Kill Devil«-Distillery angeschossen worden war, waren seine Hoffnungen weiter gestiegen. Es war ein Vorarbeiter gewesen, der das Feuer auf Jo'anna eröffnet hatte. Hinterher hatte er behauptet, etwas Metallisches in ihrer Hand aufblitzen gesehen zu haben, seiner Vermutung nach eine Schusswaffe, und dass er sich nur habe verteidigen wollen. Diese Version hatten wenig überraschend fünf weitere Mitarbeiter der Distillery bestätigt, von denen Jo'anna aufgrund ihrer Observation wusste, dass sie sich gar nicht in der Nähe befunden hatten.

Die meisten Schüsse des Mannes waren danebengegangen. Einer hatte jedoch den Kotflügel ihres Wagens getroffen und ein anderer ihren Oberschenkel. Der Schuss hatte nichts Wichtiges verletzt, und sie humpelte nur leicht. Aber bei einer nicht genehmigten Observation sollte man so wenig Aufsehen wie möglich erregen. Superintendent Bolt hatte die Sache im Nachhinein als offizielle Aktion ausgegeben, um keine schlechte Presse zu riskieren, aber intern wussten alle Bescheid.

»Willst du zuerst einen Rum trinken, um in Stimmung zu kommen?«, fragte der Kollege nun. »Ich verrat's auch keinem. Wir sind verschwiegen bei der JCF, das weißt du doch.«

Jo'anna zog ihre Uniform stramm. Es war immer gut, sich vor den männlichen Kollegen keine Blöße zu geben. Sie setzte einen Blick auf, der zeigte, dass sie nicht in der Laune für saublöden Small Talk war, das sparte Zeit.

Jo'anna wollte das hier so schnell und gut wie möglich über die Bühne bringen. Eine erfolgreiche Ermittlung würde ihrem angekratzten Image guttun.

Nachdem sie den Tatort und den Leichnam in Augenschein genommen hatte, ging sie zu dem Krankenwagen, in dem sich ihre erste Zeugin befand, eine junge Frau, die sich Babe nannte. Ihre Polizeiakte war nicht unbeträchtlich. Ein Kollege hatte Jo'anna auf dem Weg zur Distillery am Telefon eine kurze Zusammenfassung gegeben.

Babe saß auf der Liege, eine Decke über den Beinen. Bei den Temperaturen völliger Blödsinn, aber es beruhigte vermutlich. Vielleicht hatte Babe einen Schock erlitten, vielleicht aber auch dafür gesorgt, dass es anderen so ergangen war. Das würde Jo'anna schon noch herausfinden. Kurz stellte sie sich vor, dann nahm sie so nah gegenüber von Babe Platz, dass ihre Knie sich berührten. Nähe konnte eine Waffe sein.

»Haben Sie den Angreifer gesehen?«

»Er kam von hinten.«

»Das ist keine Antwort.«

»Ich hab ihn nicht gesehen.«

»War es ein Mann?«

»Kann ich nicht sagen.«

»Und der Angreifer schlug nur einmal zu, und Sie waren sofort ohnmächtig?«

»Wieso klingt das wie ein Vorwurf?« Babe zog die Decke höher.

»Beantworten Sie meine Frage.«

»Ja, ich war sofort bewusstlos. Tut immer noch scheiße weh, falls Sie das interessiert.«

»War es vielleicht einer von den Arbeitern?« Jo'anna bevorzugte es, dem Gegenüber bei Verhören keine Zeit zum Verschnaufen zu lassen. So verrieten sie sich eher.

»Wollen Sie allen Ernstes Ziggys Kollegen beschuldigen? Fast jeden davon hat er eigenhändig ausgebildet! Er ist wie ein Vater für sie gewesen.«

»Was wollten Sie bei Ziggy?«

»Kleine Führung für meinen Kunden. Ich bin Taxifahrerin, und die Leute, die ich über die Insel fahre, wollen gern auch was von ihr sehen.«

»Keiner bei Hampden wusste etwas davon.«

»Habe ich mit Ziggy direkt ausgemacht, wir kennen uns schon lange.«

»Hatten Sie Streit?«

»Was? Nein!« Sie rückte ein Stück von Jo'anna ab.

»Wollten Sie Geld von ihm?«

»Ich hab Ihnen doch schon gesagt, dass ich mit einem Taxikunden bei ihm war!«

»Mit neunzehn darf man noch gar kein Taxi fahren. Sie wissen sicher sehr genau, dass es erst ab einundzwanzig erlaubt ist. Ihren Kollegen eigentlich klar, wie jung Sie sind?«

»Ich bin eine sehr begabte Fahrerin. Es hat sich auch noch nie einer beschwert!«

»Ihnen ist bewusst, dass ich Ihre Akte kenne?«

Babe holte tief Luft. »Das ist alles lange her! So was mach ich nicht mehr.«

»Taschendiebstahl, Einbruch …«

»Das war kein Einbruch, ich war bei einem Freund etwas holen!«

»Außerdem zwei Autounfälle mit Totalschaden, an denen Sie selbst schuld waren. Hat sicher ein tiefes Loch auf Ihrem Konto hinterlassen.«

»Ich komme klar.« Babe hob trotzig das Kinn.

»Worüber haben Sie mit Ziggy gesprochen?«

»Sicher nicht über Autounfälle.«

Jo'anna stand auf. »Okay, wenn Sie nicht mit mir reden wollen, kommen Sie mit auf die Police Station.«

»Über Rum«, sagte Babe schnell.

»Nur über Rum?«

»Ja, natürlich. Das hier ist schließlich eine Rum-Distillery und kein Aquarium.«

»Nicht frech werden! Ich kann auch anders.«

Babe senkte die Stimme. »Reicht mir schon so.«

Jo'anna lächelte, denn das Mädchen erinnerte sie an sich selbst in jungen Jahren. Trotzig und nicht auf den Mund gefallen. Wenn sie sich Babe so ansah, konnte sie sich eigentlich nicht vorstellen, dass die Neunzehnjährige dazu fähig war, einen Mann zu erschießen. Dennoch. Sie musste professionell bleiben.

»Von meinen Kollegen weiß ich, dass Sie nach Ihrer angeblichen Führung fortgefahren sind, aber mehrere Stunden später wieder zurückkehrten. Warum?«

»Der Käpt'n hatte seine Mütze vergessen.«

»Seine Mütze?«

»Die ist ihm echt wichtig. Er ist total sentimental.«

»Sie meinen die Mütze, die der Tote in seinen Händen hielt?« Sie zeigte Babe ein Foto auf ihrem Handy, das sie von der Spurensicherung erhalten hatte.

Babe nickte. »Ja, das ist seine. Können Sie die ihm wieder zurückgeben? Würde ihn sicher sehr freuen.«

»Warum hat Ziggy sie …?«

»Keine Ahnung, okay? Wahrscheinlich lag sie irgendwo am Eingang rum. Vielleicht hat er einen kleinen Spaziergang gemacht und sie gefunden. Was weiß ich? Sind wir jetzt endlich fertig? Bitte?«

»Einen Moment noch. Was können Sie mir über Ihren Kunden sagen? Er ist Deutscher, richtig?«

»Er ist ein Touri, mehr weiß ich nicht. Wollte zu Hampden. Ich frage nicht, ich fahre nur.«

»Irgendetwas Verdächtiges?«

»Ne, er ist bloß ein alter Mann.«

Jo'anna nickte. »Dann befrage ich ihn jetzt. Danach schauen wir mal, was wir mit euch beiden machen.«

Sie hörte ein Rascheln vor dem Krankenwagen und stieg schnell aus. Der Deutsche stand in der Nähe, ein wenig außer Atem betrachtete er scheinbar gebannt eine völlig unspektakuläre Palme.

Er hatte gelauscht.

Als sie vor ihn trat, wich er ihrem Blick nicht aus, sondern lächelte sie freundlich an. Jo'anna hatte Bärte immer schon attraktiv gefunden, und das Exemplar dieses Mannes war imposant. Noch mehr beeindruckten sie seine klugen Augen. Männer mit Grips waren ihr deutlich lieber als dumme. Vielleicht lag es daran, dass man sie seltener fand.

Jo'anna stellte sich kurz vor. Dann rief sie sich die Informationen über den Deutschen ins Gedächtnis, die sie schon erhalten hatte.

»Aus Flensburg sind Sie? Ist es schön da?«

»Na ja, hier ist es schöner.«

»Merkwürdige Aussage, wenn man gerade einen Toten gefunden hat.«

»Ich meinte die Natur.«

»Ja, davon haben wir viel. Lassen Sie uns ein paar Schritte zusammen gehen. Es gibt hier einen Teich mit Koi-Karpfen, der mit dem Abwasser der Distillery gespeist wird. Kristallklar.« Bei dem Deutschen würde sie mit Einschüchterung nicht weit kommen. Er sah aus, als hätte er schon viel erleben müssen. Deshalb entschied sie, den Good Cop zu geben. Erst mal.

»Ist es okay, wenn ich rauche?«, fragte der Deutsche.

»Ist das bei Vernehmungen in Deutschland etwa verboten?«

»Keine Ahnung, bin noch nie vernommen worden. Aber in öffentlichen Gebäuden herrscht grundsätzlich Rauchverbot.«

»Das ist bei uns auch so, aber wir sind ja im Freien.«

»Hätten Sie eine Zigarette für mich?«

Jo'anna lächelte und reichte ihm eine Matterhorn. Der Deutsche zündete sich die Zigarette nervös an, während sie von dem Kollegen, der bereits eine Aussage von dem Mann aufgenommen hatte, ein Klemmbrett mit Informationen erhielt. »Sie haben also auch niemanden gesehen, genau wie Babe?«

»Und nur Schritte gehört. Ich kann Ihnen leider nicht weiterhelfen.«

»Das lassen Sie mich mal entscheiden. Warum haben Sie nicht um Hilfe gerufen?«

Er stieß stockend den Rauch aus. »Ist mir einfach nicht eingefallen.«

»Komisch, oder? Das ist doch eigentlich das Erste, was einem einfällt, wenn man in Gefahr ist.«

»Wie gesagt, habe ich in dem Moment nicht dran gedacht. Wäre gut gewesen.« Er nahm einen tiefen Zug.

»Sie haben zu Protokoll gegeben, dass Sie glauben, der Täter wäre ein Mann gewesen.«

»Wegen der Schritte, die waren eher schwer. Klang einfach nach einem Mann.«

»Weil es keine schweren Frauen gibt?« Jo'anna hob verächtlich die Augenbrauen.

»Wie gesagt, es klang einfach nach einem Mann. Auch wie die Tür zugeschlagen worden ist, so laut.«

»Machen Frauen auch manchmal.«

»In Ordnung: Keine Ahnung, ob es ein Mann war.«

»Sie wechseln ja schnell Ihre Meinung. Das machen Verdächtige, die ihre Geschichte noch nicht richtig draufhaben, auch.«

»Bin ich etwa ein Verdächtiger?«

»Nun ja, immerhin hielt der Tote Ihre Mütze in den Händen …«

»Die Mütze hatte ich in der Distillery vergessen! Apropos, ich hätte sie gern zurück.«

»Da werden Sie sich wohl noch etwas gedulden müssen.«

Sie kamen an dem Teich mit den Koi-Karpfen an, die wie bewegliche Diamanten unter der Wasseroberfläche ihre Bahnen zogen und in den einfallenden Sonnenstrahlen funkelten. Jo'anna stellte sich an den Rand und schaute ihnen dabei zu.

»Niemand hat jemand anderen als Sie herein- oder herauskommen sehen. Finden Sie das nicht merkwürdig?«

Er holte tief Luft. »Doch, das tu ich wirklich. Aber das Anwesen ist groß, und es gibt mehrere Ein- und Ausgänge.« Wieder ein tiefer Zug und ein langes Ausatmen des Rauchs. »Außerdem ...«

»Ja?«

»Na ja, ich will niemanden verdächtigen oder so ...«

Er knetete die Zigarette jetzt fast. Das war gut. Sollte er ruhig richtig nervös werden.

»Immer raus mit der Sprache.«

»Es könnte ein Arbeiter gewesen sein. Vielleicht gab es Streit, was weiß ich.«

»Ziggy war wie ein Vater für die anderen.«

»Vatermord kommt immer mal wieder vor. Im alten Rom war er sogar richtig en vogue, zumindest für Brutus.« Der Deutsche lächelte schwach.

»Soll das lustig sein?«

»Hören Sie, ich habe noch Jetlag, bin wirklich müde, und die Sache hier nimmt mich ziemlich mit.« Er zog hastig an der Zigarette, die nun kaum mehr als ein Stumpen war.

Männer legten oft all ihre Nervosität in eine Zigarette: Sie versuchten, sie wie den Tabak wegzurauchen. In der Regel erfolglos.

»Ich kann zwei Dinge mit Ihnen machen«, sagte Jo'anna, die entschied, dass es Zeit für etwas Bad Cop war. »Erstens: verhaften. Zweitens: ausweisen lassen. Für immer. Oder beides. Zuerst verhaften und dann ausweisen. So oder so wird es nicht angenehm für Sie.«

»Alles, was ich weiß, habe ich Ihnen gesagt.« Er wirkte aufrichtig. Jo'anna konnte nicht erklären, warum, aber das ging Jane Marple manchmal auch so. Man musste sich auf seine Menschenkenntnis verlassen, nur dann war sie ein mächtiges Werkzeug.

»Sie schwören mir also, dass Sie nur ein ganz normaler, harmloser Tourist sind?«

Der Deutsche nickte und trat die Zigarette aus.

»Ich versuche, Ihnen zu glauben, fürs Erste. Aber ich werde Sie im Auge behalten. Und falls Sie doch nicht harmlos sind, kriege ich Sie an den Eiern. Und meinen Sie nicht, weil ich so gemütlich aussehe, wäre ich nachsichtig. Ich hasse nichts so sehr, wie belogen zu werden.«

»Kann ich gut verstehen.«

»Dann lassen wir das mit dem Ausweisen und versuchen es mit dem Gegenteil: Sie dürfen Jamaika vorerst nicht verlassen und das Hotel nicht wechseln. Wir sind vermutlich noch nicht fertig miteinander.«

»Ist okay für mich. Ich mag Sie, Sie haben Power.«

Jo'anna legte den Kopf schief. »Baggern Sie mich gerade an? Während ich Sie verhöre?«

Der Deutsche hob abwehrend die Hände. »Nur ein Kompliment, das ich so meine. Ich bin zu alt, um mir Gedanken über den richtigen Moment für so etwas zu machen. Ich hab nämlich nicht mehr viele.«

Jo'anna stellte sich so vor ihn, dass sie die Sonne verdeckte. »Dafür, dass Sie gerade eine Leiche gefunden haben, sind Sie recht gut beieinander. Ist nicht Ihre erste, oder?«

Der Deutsche blickte zu Boden. »In den Jahren, die ich auf dieser schönen Erde unterwegs bin, habe ich eben schon einiges gesehen ...«

Er strich sich über die müden Augen, und zum ersten Mal sah Jo'anna ihm seine zweiundsiebzig Jahre an. Sie runzelte die Stirn. Etwas stimmte mit diesem Mann nicht. Oder besser: Etwas ließ er ungesagt. Jo'anna spürte es wie das Drücken eines Schuhs, der zu eng war.

Sie würde ihn überwachen lassen.

Die Polizistin ließ ihn einfach wortlos am Koi-Teich stehen. Er sah ihr nach und spürte, dass er sich wünschte, sie bliebe noch etwas. Er hatte zwar mal gelesen, dass er aus dem Alter raus war, in dem man Frauen nachschaute, erst recht geschätzt zwanzig Jahre jüngeren, aber er beschloss, nichts darum zu geben. Diese Frau hatte etwas und davon sehr viel.

Kaum war sie fort, stand Babe neben ihm.

»Die hat dich ja ganz schön rangenommen. Willst du einen Rum zur Stärkung?«

»Du hast gelauscht!«

»Ja, und? Alle lauschen.«

»Würde ich nie machen.« Martin hielt es nicht lange aus, ernst zu bleiben. Aber er blickte von Babe fort, damit sie sein Grinsen nicht sah.

»Du lachst.«

»Nur fast.«

Babe schubste ihn spielerisch, dann gingen sie zurück zu Babes flamingofarbenem Golf. »Ich bring dich schnell zurück nach Town. Dann kannst du da etwas essen und dich erholen.«

Aber Martin wollte jetzt nicht allein essen. Babe war der einzige Mensch auf Jamaika, der dafür sorgen konnte, dass er den eben erlebten Schrecken für ein paar Momente vergaß. Obwohl sie dem Schrecken beigewohnt hatte. Aber Gefühle mussten nicht logisch sein. Das war ihr größter Vorteil.

»Nein, lass uns zusammen etwas essen gehen.«

Babe stieg in den Wagen. »Ich habe eigentlich immer Zeit, nur jetzt gerade nicht. Muss etwas ganz Wichtiges erledigen. Tut mir wirklich leid!«

»In Ordnung.« Martin stieg auch ein und streckte seine morschen Glieder, um möglichst gerade Platz zu nehmen. Er wollte sich nicht anmerken lassen, wie sehr ihn die Vorkommnisse des Tages getroffen hatten – und wie viel ihm ein Abend in der Gesellschaft Babes bedeutet hätte.

»Ist etwas Privates«, sagte Babe.

»Du musst mir nichts erklären, ich bin nur ein Kunde.« Das hatte jetzt härter geklungen, als er es gewollt hatte. Aber es war näher an der Wahrheit.

»Nein … also ja, schon … Aber wir haben etwas Schlimmes zusammen erlebt, das verbindet natürlich.«

»Setz mich einfach am Hotel ab. Es tut mir leid, dass ich gefragt hab, wirklich. Ich wollte dich nicht in Verlegenheit bringen.«

Sie sah ihn an. »Ich will zu Ziggys Witwe Carida. Ihr mein Beileid aussprechen. Wir kennen uns.«

Martin nickte. Andere brauchten ihr Mitgefühl jetzt dringender als er. Er konnte wirklich ein selbstbezogener alter Saftsack sein. »Das ist sehr nett von dir. Aber bist du dir sicher, dass sie überhaupt schon von Ziggys Tod weiß?«

»Auch wenn die von der Polizei gern so tun, als hätten sie alles im Griff: So richtig auf Zack sind sie nicht. Und im Zweifelsfall ist es wahrscheinlich sogar am besten, sie erfährt es von mir.«

»Die Nachricht von einem Tod zu überbringen, ist nicht schön. Von so einem noch weniger.«

Martin erinnert sich daran, wie er von Lasses Tod erfahren hatte. Rutger war kreidebleich bei ihm aufgetaucht und hatte die Nachricht kaum über die Lippen gebracht. Die Welt war auf einen Schlag leer geworden. Und der Einzige, mit dem er darüber sprechen wollte, war derjenige, der ab diesem Augenblick nicht mehr da war und nie mehr da sein würde.

Babe strich mit den Fingern sanft über das Lenkrad. »Die beiden waren seit über vierzig Jahren zusammen. Ich glaube, Carida kann sich nicht mehr daran erinnern, wie es ist, ohne Ziggy zu sein.«

»Brauchst du Rückendeckung? Dann komm ich mit.«

»Carida kennt dich nicht.«

»Das stimmt. Dumme Idee.«

»Andererseits hast du eine beruhigende Ausstrahlung. So ähnlich wie ein … Elefant.«

Martin musste schmunzeln. »Was für ein Tag, zuerst finde ich eine Leiche, dann werde ich als Dickhäuter bezeichnet.«

»Du kommst mit, aber ich rede. Du strahlst nur Beruhigung aus.«

»Törö«, sagte Martin und erntete einen irritierten Blick von Babe. »So sprechen Elefanten in Deutschland«, erklärte er.

Ein Satz, den er nie erwartet hatte jemals zu sagen.

Die Entstehung des Rums

Von Lasse Reinda

Eine Publikation des Rum-Museums
im Flensburger Schifffahrtsmuseum

Abb. 1: Zuckerrohr
(lat.: *Saccharum officinarum*)

Um direkt ein Missverständnis auszuräumen: Zuckerrohr ist kein Rohr, es ist ein Gras. Um genau zu sein: ein Riesengras. Seinen Ursprung hat es in Papua-Neuguinea, es wird drei bis vier Meter hoch, seine Stängel sind bis zu fünf Zentimeter dick, und 10 bis 13,5% des Zuckerrohrs bestehen aus Zucker. Bewiesenermaßen seit 350 vor Christus nutzt man es zur Produktion von Zucker und fermentierten, also alkoholischen Getränken.

Springen wir ins Jahr 325 vor Christus, das für die Pflanze ein sehr wichtiges war. Nearchus, ein General Alexanders des Großen, lernte während eines Feldzugs in Indien eine Pflanze kennen, die »Honig ohne die Hilfe von Bienen« erzeugte und mit der süße Getränke hergestellt wurden. Nearchus »Entdeckung« machte das Zuckerrohr schlagartig bekannter. Sprung ins 7. Jahrhundert: Zu diesem Zeitpunkt wurde die Pflanze im arabischen Raum so richtig populär. Und mit der Ausbreitung des Arabischen Reichs schaffte sie es sogar bis Sizilien, Portugal und Spanien – das Zuckerrohr folgte dem Koran. Zucker war damals enorm wertvoll und wurde auch als Medizin geschätzt. Allerdings wuchs das Zuckerrohr weder in Europa noch an der nordafrikanischen Küste gut, ganz im Gegensatz zu den Kanarischen Inseln und Madeira.

Kolumbus und das Zuckerrohr

Die Familie von Christoph Kolumbus' erster Frau war mit Zucker reich geworden, und er nahm auf seiner zweiten Amerikareise einige Zuckerrohr-Stecklinge nach Hispaniola mit, eine karibische Insel, auf der sich heute Haiti und die Dominikanische Republik befinden. Hier wuchs die Pflanze wunderbar und wurde deshalb später auch auf Kuba, Jamaika und in Puerto Rico angebaut. 1516 entstanden auf Hispaniola dann die ersten Zuckerfabriken. In Brasilien bauten die Portugiesen Zuckerrohr an und verschleppten dafür afrikanische Sklaven auf ihre Plantagen. Nicht nur die Spanier, auch die Briten und Franzosen machten ihnen das flugs nach. Der Zuckerrohranbau wurde dadurch zum Motor der Sklaverei.

Gegen Ende des 16. Jahrhunderts gab es in der Karibik etliche große Zuckerrohrplantagen.

Jetzt endlich beginnt die Geschichte des Rums, und zwar bei den Sklaven: Der Gouverneur von Bahia (Brasilien), Tomé de Sousa, berichtet, dass man die Sklaven mit »berauschendem Zuckerrohrsaft« oder Cachaço (heute Cachaça) ruhiggestellt hätte. Die Sklaven liebten das Destillat, das aus Zuckerrohrsaft oder Sirup hergestellt wurde. Rum hingegen, so viel sei schon einmal verraten, wird traditionell aus Melasse produziert. Was ist Melasse? Kurz gesagt: Abfall. Für die Zuckerproduktion wird Zuckerrohr ausgepresst und der Saft dann zu Kristallzucker eingekocht. Der flüssige Rest, aus dem kein Zucker mehr kristallisiert werden kann, nennt sich Melasse. Ein zäher, dunkelbrauner Sirup mit lakritzähnlichem Geschmack. Er wurde als Viehfutter genutzt oder auch einfach entsorgt.

Bis ein Sklave die Melasse mit Wasser mischte und in die Sonne stellte. Die alkoholische Gärung setzte ein.

RUMBULLION

Da die Technik des Destillierens damals in der Karibik bekannt war, geht man heute davon aus, dass spätestens 1650 erstmals Rum gebrannt wurde – und zwar höchstwahrscheinlich auf Barbados. 1651 findet sich nämlich folgender Eintrag eines anonymen Autors in den Schriften: »Der vornehmlich auf dieser Insel produzierte Alkohol nennt sich ›Rumbullion‹ [was übrigens so viel wie »Aufstand« bedeutet] oder ›Kill Devil‹ [zu Deutsch: Teufelstöter] und wird aus Zuckerrohr hergestellt, das zu einem höllisch in der Kehle brennenden, furchtbar schmeckenden Likör destilliert wird.« Genau dieser geschmacklichen Tradition fühlen wir uns noch heute in Flensburg verbunden!

Auf Barbados findet sich die älteste noch existierende Rum-Distillery der Welt: Mount Gay (gegründet 1703, vielleicht sogar 1663). Zum Vergleich: Die älteste kontinuierlich operierende schottische Distillery stammt aus den 1780er-Jahren und die älteste registrierte US-amerikanische Whiskey-Distillery aus den 1860er-Jahren.

Aber zurück zum Geburtsort des Rums: Es kann auch sein, dass er auf Martinique oder in Brasilien erfunden wurde, da streiten die Experten.

Einig sind sie sich, dass Rum ein Sklavengetränk war und es deshalb dauerte, bis es bekannt wurde. Unter dem Begriff »Rhum« (mit »h«) tauchte es erstmals in einer französischen Enzyklopädie des Jahres 1751 auf. Der Name leitet sich vielleicht vom lateinischen SaccharUM, Zucker, ab oder eben dem Begriff Rumbullion.

War Rum am Anfang oft eine bitter schmeckende Angelegenheit für die Ärmsten, wurde er mit der Zeit immer besser, professioneller produziert und schließlich auch exportiert. Die Plantagenbesitzer hatten nämlich begriffen, dass sich mit Rum gutes Geld machen ließ. Sie übten auch Druck auf die britische Marine aus, damit diese auf ihren Schiffen die Brandy-Rationen durch Rum ersetzte. Zuerst kamen nur einfache Matrosen in den Genuss von Rum, doch der Siegeszug des Zuckerrohrschnapses war nicht mehr aufzuhalten.

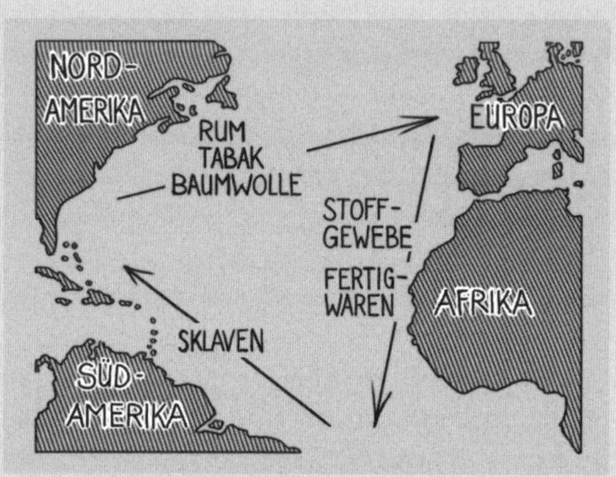

Abb. 2: Dreieckshandel (schematisch)

Ende des 17. Jahrhunderts etablierte sich das berüchtigte Rum-Dreieck. Der Dreieckshandel lief folgendermaßen ab: Schiffe aus Westeuropa fuhren mit Handelswaren wie Waffen, Metall, Glas oder Textilien nach Afrika, wo diese gegen Sklaven getauscht wurden, mit denen es weiter in die Karibik ging, wo die menschliche Ware als Plantagenarbeiter schuften musste. Mit Rum an Bord – sowie Tabak, Baumwolle, Zucker oder Kaffee – ging es zurück nach Europa, wo das Spiel wieder von vorn begann.

Die britischen Kolonien verschifften Rum in ihre Heimat, wo dieser mit Wasser gestreckt als Punsch getrunken wurde und das beliebteste Getränk des Königreichs wurde. Als es vom Parlament verboten wurde, schwenkten die Kolonien auf den Export von Melasse um, die in die nordamerikanischen Kolonien geschmuggelt und dort zu Rum verarbeitet wurden. Rhode-Island-Rum war eine Zeit lang so viel wert wie Gold!

Auch wir Flensburger mischten damals fleißig mit, und zwar ab Mitte des 18. Jahrhunderts, damals gehörten wir zum dänischen Königreich. Wir handelten mit der dänischen Kolonie Dänisch-Westindien in der Karibik, das waren die Inseln St. Croix, St. Thomas und St. John. Ab 1885 wurde allerdings ein Mengenzoll auf die Einfuhr von Rum nach Flensburg erhoben, seitdem brachten die Schiffe »German Flavoured Rum« oder »Pure Rum« aus Jamaika mit, der einen Alkoholgehalt von siebzig bis achtzig Umdrehungen und bis zu vierzigmal mehr Ester als normal destillierter Rum enthielt. Dieses potente Zeug wurde mit Flensburger Wasser und Neutralalkohol vermischt, fertig war der »Flensburger Rum-Verschnitt«.

In der ersten Hälfte des 19. Jahrhunderts endete dann – viel zu spät – die Sklaverei in der Karibik. Aber der Rum blieb.

Als Begründer der modernen, also der industriellen Herstellung von weißem Rum gelten Don Bacardi und Felice Presto, die den Prozess nahezu gleichzeitig um 1850 auf den karibischen Inseln Kuba und Jamaika entwickelten. Bacardi ist heute der weltgrößte Hersteller von Rum, Presto dagegen vergessen.

Das Haus von Ziggy und Carida Presto lag an der Nordküste zwischen Montego Bay und Falmouth. Nur wenige Meter vom Meer entfernt betrieb die Familie dort ein Bed & Breakfast. Babe hatte erzählt, dass sie alle Rastafaris waren. Doch dem gelben Bungalow sah man das nicht an, er wirkte geradezu unspektakulär.

Babe klopfte an die klapprige Tür und trat dann ein, sie war nicht verschlossen.

Carida stand in der karg eingerichteten Küche am Herd und kochte. Sie war hager, trug ein dunkelbraunes, schmuckloses Kleid, aber dazu ein buntes Kopftuch. Dadurch wirkte sie wie ein schmaler Baum, dessen Blätterdach in vielen Farben erstrahlte.

Martin sah weder Alkohol noch Salz oder tierische Produkte in der Küche – was ihn nicht wunderte, er hatte einiges über den Lebensstil der Rastafaris gelesen. Sie lehnten auch Tabak ab, nur Marihuana war legal, weil es eine Möglichkeit darstellte, Kontakt mit dem Göttlichen, mit »Jah«, aufzunehmen.

»Ich koche sein Leibgericht«, sagte sie statt einer Begrüßung und wandte den Blick nicht vom Gemüse ab, das sie schnitt. »Ackee and Saltfish. Etwas ganz Einfaches, aber eine Delikatesse, wenn man es richtig macht.«

»Carida, ich …«, begann Babe.

»Die Polizei hat schon angerufen, Liebes. Ich weiß, dass er nicht mehr wiederkommt. Aber ich koche jetzt für ihn. Denn dann riecht das Haus so, als würde er jeden Moment in der Tür stehen.« Als sie aufblickte, sah Martin, dass ihre Augen rot geweint waren.

»Es tut mir so leid«, sagte Babe.

»Schön, dass du gekommen bist. Ist das der Käpt'n, mit dem du Ziggy gefunden hast? Die Polizei hat ihn erwähnt.«

»Mein Beileid«, sagte Martin und verbeugte sich unsicher.

»Sie sind hier willkommen.«

»Entschuldigen Sie, aber ich war noch nie bei Rastafaris, und falls ich mich irgendwie falsch benehmen sollte, ist es keine Absicht.« Er kratzte sich verlegen am Kopf, der sich ganz komisch anfühlte ohne seine Kapitänsmütze.

»Es gibt nicht *die* Rastafaris. Wir haben viele Häuser – und jeder findet in einem davon seinen Platz. Geht ins Wohnzimmer, ich komme gleich zu euch.«

Es war genauso karg eingerichtet wie die Küche, allerdings zierten die Tapete jede Menge Fotos – und die ganze Wand Richtung Meer war aus Glas. Kein Bild konnte schöner sein.

Babe und Martin setzten sich auf ein abgewetztes Ledersofa und senkten die Köpfe, als säßen sie zum Gebet in einer Kirche.

Als Carida zu ihnen kam, trug sie ein Tablett mit einer Wasserkaraffe und Gläsern.

»Warum sollte jemand Ziggy erschießen?«, platzte es aus Babe heraus. »Er war doch so ein guter Mann!«

»Babe, so eine blauäugige Sicht kann man sich in unserer Welt nicht leisten.« Carida stellte das Tablett auf dem Sofatisch ab. »Auch wer gut ist, hat Feinde. Denn wer rechtschaffen ist, den mögen diejenigen nicht um sich haben, die es nicht sind.«

»Wen meinst du?«

Sie setzte sich zu ihnen und goss Wasser in drei Gläser ein. »Ich denke, Ziggy hat genau gewusst, wer seine Feinde waren. Aber er wollte mich damit nicht belasten.«

»Also hast du auch keinen Verdacht und keine Ahnung, warum es gerade jetzt passiert ist?«

»Du klingst wie die Polizei, Babe.« Sie blickte zu Martin. »Und Sie klingen wie ein Schweigemönch.«

»Der Tod lässt mich immer sehr still werden. Aber Ziggy hat sicher einen guten Platz im Himmel gefunden.«

»Es gibt keinen Himmel. In der Bibel steht, der Tod ist ›der Sünde Lohn‹. Wer stirbt, stirbt in Sünde und ist tot. Nur wer sein Leben lang nicht sündigt, stirbt auch nicht. Aber das ist noch niemandem gelungen. Selbst Haile Selassie nicht. Ziggy hatte ein gutes und langes Leben, er hat nie erwartet, so alt zu werden.« Sie presste die Lippen aufeinander.

Babe stand auf. »Da geht jemand am helllichten Tag zu Ziggy und erschießt ihn. Während etliche Leute in der Distillery sind! Warum geht jemand so ein Risiko ein? Und wer besitzt Waffen mit Schalldämpfer? Das ergibt doch alles keinen Sinn!«

»Jo'anna Desmond führt die Ermittlungen, und sie ist ein Terrier.« Carida holte etwas Obst von einer Anrichte. »Nicht immer fair, nicht immer nett, spielt nicht immer nach den Regeln, schont dafür aber niemanden. Sie wird den Mörder finden und zur Rechenschaft ziehen.«

Martin blickte zu den unzähligen Fotos, die Ziggy Arm in Arm mit anderen Männern und Frauen zeigten.

Carida musste seinen Blick bemerkt haben. »Überlegen Sie, warum Rastafari ihre Haare nicht schneiden? Diese Frage höre ich nämlich immer als Erstes, wenn Gäste die Fotos sehen.«

»Auch wegen einer Passage in der Bibel?«

»Genau so ist es. Simson trug seine Kraft in seinen Haaren. Er gehörte zu den Nasiräern. Die legten alle ein Gelübde ab, das sich im 4. Buch Mose findet: ›Kein Schermesser soll sein Haupt berühren, bis die Zeit abgelaufen ist, für die er sich dem Herrn als Nasiräer geweiht hat. Er ist heilig, er muss sein Haar ganz frei wachsen lassen.‹«

»Und was ist mit den Leuten auf den Fotos, die keine Dreadlocks haben oder nur in Ansätzen?«

»Die hat Ziggy erst kurz vor den Aufnahmen zu unserem Glauben bekehrt.« Carida schüttelte den Kopf. »Nein, das klingt falsch, es muss heißen: Die haben erst kurz vor den Aufnahmen zum wahren Glauben gefunden.«

»Das müssen Dutzende sein«, sagte Martin gleichermaßen anerkennend wie erstaunt. Wie hatte der mürrische Ziggy so viele Menschen in seinen Bann ziehen können?

»Sie alle haben heute einen Freund verloren.«

»Und du deine große Liebe«, sagte Babe.

»Die bleibt. Für immer. Aber die Hand dieser Liebe hält jetzt ein Schmerz, der genauso groß ist wie sie.«

Martin wusste nichts Tröstliches zu sagen, deshalb schwieg er und stand auf, um sich die Fotos genauer anzusehen. Schnell wurde ihm bewusst, dass alle darauf lächelten – und der Grund war sicher nicht nur, dass sie Ganja, Marihuana, rauchten.

Martin hätte gerne einen Rum getrunken, um die bitteren Gefühle herunterzuspülen, gerne overproof, damit er auch wirklich alles mit sich riss.

Aus den Augenwinkeln sah er, wie Carida von Babe umarmt wurde, und ließ den beiden Raum für sich, betrachtete stattdessen die vielen Gesichter. Sein Blick schoss mit einem Mal zu einem Foto rechts unten an der Wand. Vielleicht war es das T-Shirt von »Burning Spear«, das er erkannt hatte. Vermutlich aber doch das Lachen. Wenn sein Bruder Christian lachte, sah es immer aus, als hielte er die ganze Welt für einen verdammt guten Witz.

Da war ein Ziggy, der deutlich jünger aussah als der Mann, den Martin kennengelernt hatte. Mit Christian im Arm.

Christians Haare waren leicht verfilzt, die Haut war gebräunt. Er wirkte lockerer, als Martin ihn in Erinnerung hatte. So als hätte er einen Rucksack abgelegt, der vorher jahrelang seine Schultern heruntergedrückt hatte.

Martins Puls raste, als er näher an die Wand heranging. Er wollte sicherstellen, dass es keine optische Täuschung war, kein Trick des Lichts oder schlicht Wunschdenken, das seine Optik knickte. Hastig fuhr er mit den Fingerspitzen die Konturen seines Bruders auf dem Bild ab.

Plötzlich stand Carida neben ihm. »Ein guter Freund?«

Martin nickte langsam. »Und mein Bruder. Christian.«

Carida legte sanft eine Hand auf Martins Schulter. »Er war auch für Ziggy wie ein Bruder, während er bei uns gewohnt hat. Obwohl er mit dem Trinken nie aufgehört hat. Ganz im Gegenteil.« Sie lachte ein wenig. »Er war verrückt.«

»Wann hat er hier gelebt? Wie lange? Und wissen Sie, wo er jetzt lebt?«

Carida holte das gerahmte Foto von der Wand und blickte auf die Rückseite. »Ziggys Gedächtnis war noch nie besonders gut, meins auch nicht. Aber siehst du hier? Ziggy hat alles notiert. Wann das Foto entstanden ist und wo. Dein Bruder hat nur vier Wochen bei uns gelebt, aber es kam mir länger vor. Er hatte so viel Enthusiasmus, so viel Energie. Doch er wirkte auch immer, als renne er genauso schnell auf etwas zu wie von etwas weg.« Sie reichte Martin das Foto.

»Können Sie ihn anrufen? Jetzt sofort?«

»Nein, das kann ich nicht. Ich weiß nicht, wo er ist. Nachdem er damals fortgegangen ist, hat er nie wieder etwas von sich hören lassen. Aber das ist in Ordnung, sein Weg führte ihn woandershin.«

Martins Stimme wurde lauter. »Wissen Sie, wo er hinwollte?«

»Das ist jetzt so lange her …«

»Bitte versuchen Sie, sich daran zu erinnern!«

Babe trat zu ihnen. »Lass sie, Carida hat gerade wirklich andere Sorgen.«

»Ist schon gut«, sagte Carida. »Ich glaube, Ihr Bruder wollte zu Appleton und da arbeiten. Eine andere Rum-Distillery als Hampden kennenlernen. Ziggy hatte ihm dazu geraten.«

»Ich würde Sie umarmen, wenn der Moment nicht so unpassend wäre.«

»Der Moment ist immer passend für eine Umarmung.« Carida breitete die Arme aus. »Ziggy hätte Sie sehr gemocht. Und wen er mochte, der war Familie. Familie ist das Wichtigste auf der Welt.«

Martin schwieg betroffen.

Deshalb hörte er auch, wie Babe die Luft zwischen den Zähnen einzog.

Als er zu ihr blickte, zitterte sie.

Babe drehte sich zu ihm. »Wir müssen ganz dringend reden. Aber erst muss ich etwas hinter mich bringen.«

Der schwarze Adonis mit Schwimmhose in den Farben Jamaikas machte einige Aufwärmübungen. Er stand auf einer winzigen hölzernen Plattform. Sie befand sich auf der Spitze eines Baums, der sich an einer steilen Klippe festkrallte. Der Mann streckte sich so extrem, dass jeder sein Sixpack sehen musste, und sprang dann mit einem Rückwärtssalto fünfzehn Meter tief bis ins azurblaue Meer.

Die Menschenmenge rund um »Rick's Café« jubelte so laut, dass für einen kurzen Moment sogar die Reggae-Musik des DJs nicht mehr zu hören war. Selbst diejenigen unter den Touristen, die ihre Liegestühle in den Pool gestellt hatten und dort lässig ihre Füße kühlten, bekundeten Bewunderung. Babe und Martin hatten keinen Liegestuhl mehr erwischt. Sie saßen auf einem Mäuerchen nahe den Klippen und ließen sich von Kellnern auf Tabletts Cocktails bringen.

»Das ist ein Wray & Ting«, erklärte Babe und stieß mit ihrem Plastikbecher gegen den von Martin. »Weißer Overproof-Rum mit dreiundsechzig Prozent, dazu jamaikanische Grapefruit-Limo und viel Eis.« Sie blickte zur Bedienung, die sich schon den nächsten Gästen zuwandte. »Noch mal das Gleiche!«

Während der nächste Springer mit einem lauten Platscher im Meer landete, nahm Babe einen großen Schluck des kühlen Cocktails.

»Manchmal denke ich, ich bin wie der Rum hier: Solo schon ein ziemlicher Hammer, aber erst in Gesellschaft entfalte ich mein volles Aroma.« Wieder nahm sie einen Schluck. Nochmals einen großen.

Martin versuchte, das Gespräch wieder aufs Wesentliche zu lenken: »Verrätst du mir jetzt, warum wir hier sind?«

Babe zeigte auf ihren leeren Cocktailbecher. »Noch nicht genug getrunken!«

Eine athletische Frau kam vorbei und sammelte Geld ein – Martin wusste nicht, wofür. Babe gab ihr etwas.

»Die ganz wagemutigen Springer zeigen ihre Show nur, wenn man ihnen etwas dafür gibt.« Sie zeigte aufs Meer. »Guck, da kommen schon Touristenschiffe, um sich alles vom Wasser aus anzusehen. Am tollsten ist es hier, wenn die Sonne untergeht.«

»Babe, komm schon, rede mit mir! Seit ich bei Carida meinen Bruder auf dem Foto gesehen habe, verhältst du dich merkwürdig.«

Die zweite Runde Wray & Ting wurde serviert – Babe trank ihren sogar schneller als den ersten und bestellte noch schneller einen weiteren.

»Und warum hat Ziggy mir nicht gesagt, dass er Christian kannte? Carida meinte doch, er wäre wie ein Bruder für ihn gewesen.«

Babe spähte über die Köpfe der Menge, um zu schauen, ob die Bedienung mit ihrem dritten Cocktail schon unterwegs war. »Vielleicht hat Ziggy ihn auf dem Foto einfach nicht erkannt. Kann doch sein, oder nicht? Guck mal, der Typ da springt aus dem Handstand!«

Da der Mann nur aus einer niedrigeren Höhe sprang, erntete er dafür kaum Applaus. Ständig hüpfte jemand ins Wasser, und je näher die jeweilige Klippe am Meer war, umso weniger Leute interessierte es. Es sei denn, Springerin oder Springer waren besonders attraktiv. Nicht alle schienen hier zu sein, um Sprünge zu bewundern.

»Hast du auch Freunde bei Appleton?«, fragte Martin.

»Freunde nicht direkt, aber ich war ein paarmal mit Touristen dort und kenne den Laden ein bisschen. Und eine Bekannte vom Kickboxen ist da im Verkauf tätig. Aber die ist, glaube ich, noch nicht lange genug da, um deinen Bruder zu kennen. Warum hast du mir nicht erzählt, dass du ihn suchst?«

Martin dachte nach. »Eine norddeutsche Liebeserklärung lautet: ›Mit dir ist es fast so schön wie alleine‹. Wir sind gerne für uns und behalten auch unsere Gedanken für uns. Weil sie so wertvoll sind.«

Babe nickte wissend. »Wir haben alle Geheimnisse. Übrigens sind wir genau deshalb auch hier. Ah, da kommt ja Nummer drei.«

Martin war immer noch bei Nummer eins. Zufrieden nippte er an dem starken Cocktail mit den exotischen Fruchtaromen. »Welche Geheimnisse hast du denn?«

»Wart's ab! Und genieß so lange die Aussicht.«

Sein Blick glitt durch die Umstehenden und blieb an einer sehr voluminösen, amerikanisch aussehenden Frau hängen, die mit einem attraktiven Jamaikaner knutschte.

Babe bemerkte es. »Da arbeitet einer hart für sein Geld.«

»Wie meinst du das?«

»Was glaubst du, wie viele Frauen aus den USA herkommen, weil sie einen karibischen Lover wollen? Wir sind ein Puff, die ganze Insel ist ein Puff. Einer, in dem es auch noch Marihuana in rauen Mengen gibt und leckere Cocktails. Und das alles auf einer tropischen Insel. Wie klingt das für dich? Wie ein Paradies, oder?« Sie trank ihren Becher leer. »So, ich bin so weit. Wenn ich das schaffe, schaffe ich auch das andere.« Sie zog ihr T-Shirt aus, darunter trat ein türkisfarbener Badeanzug zutage.

»Was willst du schaffen?«

»Erst mal springen!«, sagte Babe. »Von da oben. Habe ich mich noch nie getraut. Aber heute muss ich mich Dinge trauen. Und da ist das noch das Geringste.« Bevor Martin sie abhalten konnte, ging sie schnellen Schrittes den Weg hoch, zögerte kurz an der Abzweigung zu einer Absprungstelle, lief dann aber weiter empor.

Als Martin sie dort oben stehen sah, musste er einen großen Schluck seines Cocktails nehmen. Leider hatte er seine Mütze nicht auf, sonst hätte er sie sich jetzt über die Augen ziehen können.

Babe sah mit einem Mal so klein und zerbrechlich aus, der Abstand zum Wasser so unglaublich groß.

Sie zitterte, das konnte er selbst aus der Entfernung sehen.

Und sie sprang nicht, blickte nur hinunter in die Tiefe.

Hob die Arme. Senkte sie dann wieder. Begann, mit den Händen rhythmisch zu klatschen, sich selbst Mut machend. Einige der Schaulustigen stimmten ein, auch Martin.

Schließlich trat Babe einen hastigen Schritt vorwärts.

Rutschte aus.

Sprang im letzten Moment ab.

Brachte sich im Flug in eine gerade Position, die Füße voraus, die Arme anliegend.

Und tauchte wie ein Grabstein in das grün-türkis funkelnde Wasser ein. Weiße Gischt trieb an die Oberfläche wie Milchschaum auf einem Kaffee.

Und dann kam in all dem Schaum eine strahlende Babe zum Vorschein. Martin war erleichtert.

Minuten später saß sie vor Martin, trocknete sich ab und bestellte ein Wasser.

»Respekt«, sagte Martin.

»Willst du auch springen? Ist echt der Wahnsinn. Oder hast du schon zu viele Jahre auf dem Buckel für einen gepflegten Strecksprung?«

»Bin doch nicht lebensmüde!«

Als er das sagte, bemerkte Martin, dass die Antwort nicht ganz der Wahrheit entsprach. Ein wenig war er des Lebens tatsächlich müde, und es gab einen Teil in ihm, der an Lasses Grab den Wunsch verspürt hatte, mit dem alten Freund zu tauschen. Aber diese eine Sache hier, die galt es noch zu erledigen. Das große Fragezeichen hinter Christians Namen wollte er nicht mit ins Jenseits nehmen.

»Meine Freunde haben mich ständig damit aufgezogen, dass mir der Mumm für einen großen Sprung fehlt. Tja, das können sie jetzt nicht mehr!« Sie hielt eine Hand in die Höhe. »Gib mir fünf, Käpt'n! Schlag ein! Deine Hand auf meine.«

Martin beugte sich vor und kam der Bitte nach.

»Jetzt schaffe ich alles, oder?«

»Ganz bestimmt.«

Babe holte tief Luft. »Ich muss dir ein Geständnis machen. Ich bin nicht zufällig auf dich zugegangen am Flughafen.«

»Dein Kollege meinte, du schnappst ihm häufiger Kunden weg.«

»Ich schnappe ihm und den anderen nicht zufällig Kunden weg.«

»Gerade kann ich dir nicht folgen.«

»Es sind nur bestimmte Kunden, also die auf eine bestimmte Art aussehen. Und ein bestimmtes Alter haben.«

Martin runzelte die Stirn. »Was willst du mir sagen?« Er traute sich kaum, es auszusprechen. »Dass du auf mich … stehst?«

»Was? Nein! Pfui! Igitt!« Babe deutete ein Würgen an.

»Das beruhigt mich.«

»Du bist eklig. Voll eklig!«

»Ich hab's verstanden.«

»Jetzt brauch ich doch wieder Alkohol.« Babe lachte. »Nein, pass auf: Ich suche am Flughafen ältere weiße Männer aus Deutschland. Kluge Augen, buschige Augenbrauen.«

»Weil du sie umbringen willst oder was?«

»*Weil mein Dad so aussah!* Hat meine Mum jedenfalls gesagt. Er war ein deutscher Pilot.«

»Also sehe ich aus wie dein Vater?«

»Zumindest so, wie ich ihn mir vorstelle. Aber ich hab schnell gemerkt, dass du zu alt bist, um mein Dad zu sein.«

Babe ergriff seine Hand. »Du hast vorhin Carida gegenüber den Namen deines Bruders erwähnt …«

Martin sah ihr in die Augen.

»Christian.«

Sie drückte seine Hand. »Babe ist ja nur mein Spitzname. In Wirklichkeit heiße ich anders.«

»Babe, ich weiß immer noch nicht, wohin das Ganze führen soll.«

»Ich heiße nach der großen Liebe meiner Mum. Nach meinem Vater. Sein Name war Christian.« Sie lächelte ihn an, es war ein warmes Lächeln, eines, das Vertrautheit und Verbundenheit ausstrahlte.

Das konnte doch nicht sein, oder?

»Du heißt … Christiane?«

»Ja!«

»Und der Mann auf dem Foto, mein Bruder … ?«

»Sieht ganz genau so aus, wie meine Mum meinen Dad immer beschrieben hat! Die buschigen Augenbrauen, die merkwürdig krumme Nase, das schwarze Burning-Spear-T-Shirt … Ich weiß, dass mein Dad so eins getragen hat, als Mum ihn das erste Mal sah.«

Martin zog seine Hand ruckartig zurück. »Tut mir leid, aber das klingt wirklich sehr unwahrscheinlich. Erzählst du allen Kunden, dass du mit ihnen verwandt bist, um Kohle zu bekommen?«

Ihre Augenbrauen senkten sich wütend, dann kramte Babe ihren Ausweis aus der Tasche und warf ihn Martin ins Gesicht.

Er nahm ihn sich, klappte ihn auf und las: Christiane Holness. Neunzehn Jahre alt.

Martin stand auf. »Lass uns zu deiner Mutter fahren.«

Hinter ihnen brandete Jubel auf, weil ein Springer gleich zwei Saltos vor dem Eintauchen geschafft hatte.

»Geht nicht.« Babe senkte den Kopf. »Sie ist letztes Jahr gestorben. Es gibt auch keine Fotos von meinem Dad oder so. Ich kenne nur seinen Namen, weiß, dass er aus Deutschland kam …«

»… und Pilot war. Mein Bruder war aber kein Pilot. Er hätte sich auch nie als einer ausgegeben. Christian war stolz, im Rum-Geschäft zu sein, die vierte Generation in unserer Familie.«

»Vielleicht hat meine Mum ja geflunkert. Sie hat sich einen coolen Beruf ausgedacht, weil Rum eben Alkohol ist und man ein kleines Mädchen davon fernhalten sollte.«

»Du hast deinen Vater nie kennengelernt?«

»Nein.«

»Deine Oma vielleicht? Ein Onkel? Freunde deiner Mutter?«

Babe schüttelte den Kopf. »Die habe ich alle schon gelöchert. Aber jetzt werde ich ihn bald kennenlernen! Weil wir ihn zusammen finden. Wir sind jetzt ein Team!«

Etwas Großes, Braunes sauste Richtung Wasser, dann war ein lauter Platscher zu hören und großer Jubel. War das gerade etwa Inspector Jo'anna Desmond gewesen? Oder sah er jetzt schon Gespenster? Egal, es gab Wichtigeres.

»Babe, ich will dir nicht den Wind aus den Segeln nehmen, aber klarmachen, wie unzuverlässig die Brise ist. Du hast ein paar vage Hinweise, mehr nicht.«

»Ich spüre es, du bist mein Onkel!« Sie strahlte. »Boah, ich hatte echt Angst, dir das zu erzählen. Aber du reagierst super. Also größtenteils. Natürlich kann ich verstehen, dass das alles verrückt für dich klingen muss. Ein bisschen.«

Martin stand auf. »Ehrlich gesagt schlägt der Jetlag gerade wieder zu. Bringst du mich zurück ins ›Heavenly Palace‹?«

»Klar … Onkel.« Sie lachte. »Klingt komisch.«

»Wem sagst du das?«

Babe trank ihr Wasser aus. »Aber bloß nicht im Bett rauchen!«

»Mach ich sowieso nie.«

»Das ist im ›Heavenly Palace‹ auch besser so.«

Kaum waren sie von ihrem Platz auf dem Mäuerchen weggegangen, saßen schon neue Schaulustige dort.

»Wieso ist es besser, im ›Heavenly Place‹ nicht zu rauchen?«, fragte Martin, als sie Richtung Taxi gingen.

»Weil es mal komplett abgebrannt ist. War kurz vor meiner Geburt. Meine Mum hat die Geschichte etliche Male erzählt, sie hat damals dort gearbeitet und ist wohl nur um ein Haar entkommen.«

Martin blieb nicht lange im Hotel, denn er hatte noch etwas zu erledigen. Heute vor genau zwanzig Jahren hatte er Christian das letzte Mal gesehen – unmittelbar vor dessen Abflug nach Jamaika. Damals hatte er ihn zum Hamburger Flughafen gefahren und schwer geschluckt, als sein Bruder hinter den Schranken der Sicherheitskontrolle immer kleiner wurde.

Es war ein ganz besonderes Jubiläum.

Und wenn er Dr. Schäfer Glauben schenken durfte, war dieses Jahr das letzte Mal, dass er es begehen würde.

Er ließ sich von dem Mann an der Rezeption ein Taxi rufen, aber keins mit Babe am Steuer. Martin musste erst mal verdauen, was sie ihm erzählt hatte. Was für eine Geschichte. Natürlich trug sie einen für jamaikanische Verhältnisse mehr als ungewöhnlichen Namen. Aber vielleicht hatte ihre Mutter sich auch mit einem anderen Mann getröstet, nachdem Christian sie verlassen hatte. Mit einem deutschen Piloten, der in Wirklichkeit Babes Vater war. Trotzdem hatte sie ihr Kind nach der großen Liebe ihres Lebens benannt. Es waren schon ganz andere Dinge auf diesem verrückten Planeten geschehen, der sich mit irrsinniger Geschwindigkeit in der Dunkelheit drehte.

Das Taxi hielt vor dem »Jamaican Heavenly Palace«.

»Wohin soll es gehen?«, fragte der Fahrer.

»Port Royal«, antwortete Martin. »An irgendeinen kleinen Strand, wo jetzt keine Menschenseele mehr ist. Kriegen Sie das hin?«

»Ich krieg alles hin!«

»Guter Mann.«

Christian hatte ihm oft von Port Royal erzählt und sich von Flensburg aus immer wieder dorthin geträumt. Allerdings in das Port Royal einer anderen Zeit, als es eine der bedeutendsten Piratenstädte der Karibik war und im Ruf stand, der gottlosteste Platz des Planeten zu sein.

Martin wusste, dass er nicht mehr viel vom alten Port Royal sehen würde. Die Zeit der Freibeuter war lange vorbei, und ein Tsunami hatte die Stadt 1692 fast vollständig zerstört: Ein großer Teil versank im Meer, die Hälfte der Bevölkerung kam ums Leben. Heute war Port Royal nur noch ein kleines Fischerdorf, das auf der Landzunge vor Kingston lag, hinter dem Norman Manley International Airport.

Aber mit dieser Historie war der Ort goldrichtig für das kleine Ritual, das er gleich durchführen musste.

Normalerweise spazierte Martin dafür zum Strand Solitüde, wo Christian und er dessen achtzehnten Geburtstag begangen hatten. Sie waren damals Punkt Mitternacht zusammen schwimmen gegangen.

Christian hatte sich vorher zur Feier des Tages das eine oder andere Glas Rum genehmigt.

Martin musste schmunzeln bei der Erinnerung daran.

»Wir sind da«, verkündete der Taxifahrer in diesem Moment. »Soll ich warten?«

»Unbedingt«, sagte Martin. »Wird nicht lange dauern.«

Der Mann hatte ihn an einen winzigen Strand gefahren, der komplett menschenleer war. Die nächsten Häuser standen so weit entfernt, dass ihn niemand sehen konnte.

Er ging bis kurz vor das nachtschwarze Wasser, das in sanften Wellen am Strand auslief, dann zog er sich komplett aus.

Genau wie an Christians achtzehntem Geburtstag.

Der war allerdings, berauscht vom Rum, noch einen Schritt weiter gegangen und hatte sich die Unterhose über den Kopf gezogen.

»Mir kann keiner was. Ich bin der furchtlose Unterhosenpirat«, hatte er gerufen und war brüllend ins Wasser gestürmt.

Martin hatte das mit der Unterhose gelassen.

Am ersten Jahrestag von Christians Verschwinden war er dem Beispiel seines Bruders dann aber gefolgt.

Er war zur Solitüde gegangen, hatte sich die Unterhose über den Kopf gezogen und war ins kalte Ostsee-Wasser gehechtet.

Niemand wusste von seinem Ritual. Selbst Lasse hatte er nichts davon erzählt. Keine Zeugen. Nur die Ostsee und er.

Jetzt würde der Atlantik dazukommen.

Martin nahm seine Unterhose und zog sie sich über den Kopf.

Dann rannte er den Namen seines Bruders brüllend als furchtloser Unterhosenpirat in die Fluten.

Irgendwann verschwand der Boden unter seinen Füßen, und er begann zu schwimmen.

Im Meer ließ es sich gut weinen, das Salzwasser löste die Tränen einfach in sich auf.

Moin Tagebuch,

wie geht's dir? Siehst auf jeden Fall ganz schön ramponiert aus! Aber diese Brandspuren geben dir echt was Verwegenes. Man könnte meinen, du hättest einen Piratenüberfall hinter dir.
Ich verrate dir was: Ich rieche so, wie du aussiehst. Den Rauchgestank bekomme ich wahrscheinlich nie wieder raus.
Scheiße, das war knapp, oder?
Für meinen Geschmack viel, viel zu knapp. Ich hatte nicht mal Zeit, meine ganzen Sachen zusammenzusuchen. Nur die Unterwäsche und meine Geldbörse – aber die wird auch immer leerer.
Viel wichtiger: was für ein Glück, dass keiner gestorben ist! Wirklich ein Wunder! Das »Heavenly Palace« ist ja ein großer Kasten mit etlichen Betten und viel Personal.
Damit du weißt, wo ich gerade bin (als Tagebuch hast du ja keine Augen): Ich sitze gerade gegenüber auf der Straße und schau mir an, wie die Jamaican Fire Brigade versucht zu verhindern, dass das Feuer auf andere Gebäude überspringt. Das Hotel selbst ist nicht mehr zu retten. Jede Sekunde kracht irgendwas anderes scheppernd zusammen, und das Feuer findet immer Neues zu fressen.
Fast hätte es mich auch gekriegt …
Mir läuft gerade echt ein Schauer über den Rücken.
Ich hab tief und fest in meinem Zimmer in der zweiten Etage geschlafen, als es anfing zu brennen, so tief, dass ich nix mitbekommen habe von dem Alarm. Das Feuer ist im Erdgeschoss ausgebrochen und rasend schnell höhergestiegen. Der Rauch stand schnell dick wie Erbsensuppe in meinem Zimmer. Aber selbst davon bin ich nicht wach geworden! Dabei hatte ich echt nicht so viel getrunken, Tagebuch, wirklich, das kannst du mir glauben. Man könnte fast meinen, die hätten mir heute Nachmittag bei der Besichtigung in Appleton etwas in den Rum getan. Übrigens: Als ich dem Distillery Manager da erzählte, dass ich von Flake-Rum komme, wurde der plötzlich ganz komisch – dabei haben die doch seit Jahren eine gut laufende Geschäftsbeziehung. Aber ich glaube, von Flake war noch nie einer bei denen, weil die sich den Flug sparen wollten, die alten Pfeffersäcke.

Ich war auf jeden Fall völlig platt, als ich ins Bett gefallen bin. Hab's nicht mal geschafft, mich auszuziehen, geschweige denn Zähne zu putzen. Im Rückblick war das natürlich ein Glücksfall!
Wo war ich? Ach ja, alle anderen Gäste haben sie evakuiert, auch das Personal. Die sind wohl alle Zimmer abgegangen und haben die Leute geweckt und rausgeholt.
Nur mich haben sie fast vergessen. Ich sag ja immer: dreißigtausend Leute im Millerntor-Stadion, wer bekommt einen Ball an den Kopf? Ich!
Wie gut, dass ich mit dem extrem süßen Zimmermädchen morgens immer ein bisschen gequatscht habe. Dass Flirten mir mal das Leben retten würde, wer hätte das gedacht? Sicher nicht mein großer Bruder!
Sie heißt Kayla.
Und sie hat meine Zimmertür eingetreten.
Denn selbst auf ihr Rufen und Hämmern hin bin ich nicht wach geworden.
Erst als sie mir Wasser ins Gesicht geschüttet und mich geohrfeigt hat, kam ich zu Bewusstsein. Den Schmerzen in meinen Wangen zufolge hat sie mehr als einmal zugeschlagen.
Ich werde ihr zum Dank einen ausgeben und ein Essen dazu. Kayla hat gesagt, sie mag meinen Namen, und war ganz überrascht, als ich ihr erzählt hab, dass es in Deutschland auch eine weibliche Form davon gibt. Sie hat dann total süß gelacht. Du brauchst gar nicht so vorwurfsvoll zu gucken, Tagebuch. Ich weiß zwar nicht, wie du das ohne Augen hinbekommst, aber du hast es drauf. Die Sache mit Imke ist aus, das weißt du. Und Imke weiß es. Auch wenn sie es vielleicht nicht wahrhaben will.
Keine Ahnung, wo ich heute Nacht penne. Aber pennen muss ich, bin immer noch tierisch müde, und mein Kopf dröhnt.
Morgen dann geht es zu Hampden. Wie gesagt: erst mal alle Distillerys abchecken, dann entscheiden, wo ich zuerst arbeite. Ich mach alles, was sie mir anbieten, selbst Latrinen würde ich scheuern. Und danach von einer zur anderen wechseln und richtig tief eintauchen. Die werden mir ihre Geheimnisse sicher nicht an Tag eins erzählen.

Aber ich bin gekommen, um zu bleiben! Und wenn ich hier Jahrzehnte bleiben muss, um zu begreifen, wie man genialen Rum macht, dann bleibe ich eben so lange.
Muss jetzt aufhören zu schreiben, da kommt Kayla. Mit einem dampfenden Kaffeebecher in der Hand und einem Lächeln im Gesicht. Find ich beides echt gut.
Hinter ihr stiert mich ein Typ finster an, das gefällt mir hingegen gar nicht. Na ja, hat wahrscheinlich nichts zu bedeuten. Ist ja nicht so, als hätte ich das Feuer gelegt.

Bis bald,
dein Christian

VIER

»Boombastic«

Der Sprung von den Klippen in die kühlen Tiefen des Pazifiks hatte Jo'anna gutgetan. Genauso wie die Blicke der überraschten Zuschauer. Die Leute guckten immer zweimal hin, wenn Jo'anna sprang, gingen auf die Zehenspitzen oder zoomten mit den Handy-Linsen näher, um dann festzustellen: Ja, es war tatsächlich eine Frau mit ernsthaften Hüften, die gerade elegant abgesprungen, eine Schraube hingelegt und wie ein Delfin eingetaucht war.

Beim Auftauchen fühlte sie sich, als hätte sie gerade ein Wellnesswochenende in einem der Luxushotels von Montego Bay hinter sich gebracht.

Sie war bereit für eine Sonderschicht im Präsidium.

Der Mord an Ziggy Presto hatte für Aufruhr in den Medien gesorgt, Rum war Teil des Nationalstolzes, genau wie Reggae und Sprinter. Wer einen der Nationalheiligen tötete, der stach ins jamaikanische Herz.

Der Deutsche ließ sie nicht los, sein merkwürdiger Name kam ihr bekannt vor. Eine schnelle Google-Recherche hatte jedoch weder einen Politiker noch einen Sportler oder Musiker gleichen Namens hervorgebracht, von dem sie gehört haben könnte. Also eine andere Ermittlung?

Im Police Office ging Jo'anna direkt durch zum Archiv, wo sie ihrem Sohn gerade gestern einen Job verschafft hatte. Dort konnte Isaac kaum Unheil anrichten – und es fiel niemandem auf, wenn er bekifft war und sich träge bewegte. Im Gegenteil, er passte sogar bestens zu Dudley Clayton, den alle nur den Dude nannten. Er trug seine Uniform so, als wäre sie ein Morgenmantel, und jedes Dokument, als würde er sich damit gleich einen Joint rollen. Man brauchte viel Zeit, wenn man vom Dude etwas wollte. Auf Jamaika benötigte natürlich alles Zeit, und Hetze war ein Sakrileg. Aber falls die Kirche irgendwann Bedarf an einem Heiligen der Gemütlichkeit hätte, wäre der stets schlurfende Dudley ihr Mann.

»*Hail up*, Jo'anna, willst nach deinem Sohn schauen?«, fragte er langsam. Auch seine Worte schlurften.

»Macht er sich gut?«

»Er fällt nicht unangenehm auf.«

»Das kann er prima.« Sie schenkte Dudley ein dankbares Lächeln. »Hast du etwas zum Namen Störtebäcker?«

»Ein aktueller Fall?«

»Nein, glaube nicht. Aber ich kann dir auch nicht sagen, wie alt.«

»Wofür gibt es die moderne Technik?« Er ging langsam zu einem alten Rechner und beugte sich darüber. »Buchstabier mal den Namen.«

Jo'anna tat wie geheißen, und der Dude tippte jeden Buchstaben so langsam ein, als koste es ihn eine enorme Kraftanstrengung.

Aus dem Nebenraum lugte Isaac herein. »*Wah gwaan*, Mum. Bringst du mir was zu essen?«

»Nein, kümmere dich selbst drum. Werde endlich erwachsen!«

»Ach, Mum ...« Isaac verschwand wieder.

»Ich glaub an dich!«, rief sie ihm nach.

»Du mich auch«, kam es zurück.

Der Dude räusperte sich. Es klang, als schüttete jemand eine Schubkarre mit Altmetall aus. »Da habe ich doch tatsächlich etwas gefunden.«

»Lass sehen«, sagte Jo'anna und versuchte, über den Tresen auf den Bildschirm zu linsen, was ihr nicht gelang.

»Ist aber schon eine ganze Weile her, um nicht zu sagen: verdammt lang.«

»Jetzt mach es nicht so spannend.«

Dudley räusperte sich wieder, diesmal rauschte das Altmetall leicht vorwurfsvoll auf den Boden. »Fast zwanzig Jahre, Jo'anna. Damals ist ein Deutscher als vermisst gemeldet worden – und der hieß Christian Störtebäcker. Kam aus Flensburg.«

»Wahrscheinlich ist mir die Sache damals irgendwie untergekommen … Wer hat ihn vermisst gemeldet?«

»Eine gewisse Grace Mendoza.«

Jo'anna schrieb sich den Namen in ihr Notizbuch. »Was ist aus der Sache geworden?«

Der Dude tippte mehrfach auf das Keyboard, antwortete aber nicht.

»Dude?«

»Ich hab dich gehört, aber ich will sichergehen. Weil das hier … merkwürdig ist.« Er tippte weiter, dann blickte er auf und schüttelte ungläubig den Kopf.

Jo'anna hob fragend die Augenbrauen und wartete, bis der Dude die richtigen Worte gefunden hatte. Dabei durfte man ihn nicht drängen. Es war wie beim Gras, das nicht schneller wuchs, wenn man daran zog. Nein, es war schlimmer: Dieses Gras fing jedes Mal von vorn an zu wachsen, wenn man es störte.

Der Dude fuhr sich mit der Zungenspitze über die Lippen und kratzte sich am Kopf, dann schnaufte er einmal durch. »Also Jo'anna, wie soll ich es sagen …«

»Sag es doch einfach, verdammt noch mal!«, lag es Jo'anna auf den Lippen, aber sie lächelte nur aufmunternd und verständnisvoll. Es kostete sie mehr Überwindung als der Sprung von den Klippen.

Der Dude kratzte sich hinter dem Ohr, dann schnaufte er noch mal. »Weißt du, die Sache ist … und das hätte nicht passieren dürfen, erst recht nicht bei einem Ausländer … Also, sie ist einfach im Sand verlaufen.«

»Wie meinst du das? Er wurde nie gefunden?«

»Nicht nur das, er wurde gar nicht richtig gesucht. Keine Nachforschungen, keine Kontaktaufnahme mit der Familie in Deutschland, dabei wäre das der normale Weg gewesen. Die Akte wurde einfach geschlossen, die Nachfragen von Grace Mendoza liefen ins Leere.«

»Gab es damals einen anderen Fall, der alle in Anspruch genommen hat?«

Der Dude tippte langsam auf der Tastatur herum. Und tippte noch ein bisschen mehr. Schließlich schüttelte er den Kopf. »War ein ruhiges Jahr. Bis auf den Brand im ›Jamaican Heavenly Palace‹, das war die Brandstiftung, die man zwar beweisen, aber niemandem in die Schuhe schieben konnte.«

»Ich erinnere mich, das war am Anfang meiner Zeit hier. Klingt also so, als hätte jemand ein Interesse daran gehabt, dass die Sache mit dem verschwundenen Deutschen nicht weiter verfolgt wurde.«

Der Dude strich über den alten Monitor wie über das Fell eines treuen Hunds, der seine Arbeit gut gemacht hatte. »Was weiß ich, was damals los war. Vielleicht war der Deutsche nur ein Penner.«

»Dann stünde es in den Akten.«

»Oder die Frau hat häufiger Leute als vermisst gemeldet.«

»Das stünde auch drin.«

»Ich kann dir nicht mehr sagen, Jo'anna. Muss jetzt auch mal wieder schauen, was dein Junge macht. Er zieht gerne einen durch, wenn ich nicht hingucke. Hab ich vollstes Verständnis für, aber ab und an ist ein bisschen Arbeit angesagt.«

»Ich schulde dir noch etwas wegen Isaac.«

»Nein, ich tu's gern. Mein Junge war auch nicht anders.« Er nickte zum Abschied und wandte sich zum Gehen.

»Eine letzte Frage noch.«

»Eine geht noch.« Der Dude drehte sich zu ihr und lächelte. »Weil du es bist.« Er blickte auf Jo'annas Busen und zog die Augenbrauen empor. Dabei hatte er das Klimakterium längst hinter sich. Aber in Gedanken konnte er wohl immer noch so, wie er wollte.

»Wer hat damals die Ermittlungen geleitet? Oder besser: Wer hat sie nicht geleitet?«

Das hatte sich der Dude tatsächlich gemerkt. »Cherry Kelso.«

»Hast du zufällig seine Adresse für mich?«

»Klar, du musst einfach nur zum May-Pen-Friedhof.« Er lachte trocken. »Erinnerst du dich nicht an Kelso? Er ist ertrunken, dabei war er Teil unseres olympischen Schwimmteams. Muss ungefähr zu der Zeit von dieser Vermisstenmeldung gewesen sein. Oder ein bisschen später. Offenbar hat nach seinem Tod niemand den Fall übernommen. Jedenfalls war Kelso ein guter Kerl, wirklich. Sehr gewissenhaft. Also normalerweise.«

Jo'anna bedankte sich und ging hinaus ins Freie, wo Isaac ans Gebäude gelehnt saß und langsam an seinem Joint zog. Sie nahm ihm die Tüte aus der Hand – und selbst einen tiefen Zug. Der Besitz von Ganja war zwar nicht legal, aber entkriminalisiert. Man durfte gut fünfzig Gramm mit sich führen, allerdings nur, wenn man Marihuana aus medizinischen Gründen verschrieben bekam, Rastafari oder Wissenschaftler war.

»Alles gut, Mum? Du bist so still.«

Jo'anna blies den Rauch kerzengerade in den strahlend blauen Himmel. »Das Schlimmste ist oftmals wahr«, zitierte sie ihre britische Heldin. Jane Marple spürte, wenn sie einer Sache auf der Spur war. Aber sie war eine alte Frau, bei der niemand vermutete, dass sie Ärger bedeuten könnte. Das schützte sie.

Bei Jo'anna war es anders.

Und diese Sache fühlte sich in ihrem Magen an, als führe die Spur schnurstracks in ein Wespennest.

Appleton Estate lag im Nassau-Tal des Cockpit Country auf einem großen Kalkstein-Plateau. Martin wusste, dass die Firma zu dem großen italienischen Multi Gruppo Campari gehörte – und das sah man auch. Die Distillery war ziemlich herausgeputzt. Von außen bot sie ein Bild der Idylle: Ein Esel, der auf einer Grünfläche vor dem Anwesen stand, bewegte die Zuckerrohrpresse, um Saft auszupressen. In den riesigen Lagerhallen drinnen befanden sich beeindruckende Gebilde mit bis zu sieben Stockwerken Rum-Fässern übereinander. Alles war schick und sauber. Es wurden dreizehn verschiedene Rum-Sorten angeboten, die man in einer Lounge-Atmosphäre auf herrlich weichen Sofas vor großen Fensterfronten genoss. Im Shop konnte man auch Hüte oder Taschen von Appleton kaufen.

Martin gefiel der ganze Schickimicki-Kram nicht, den er bei der Führung zu sehen bekam. Unter der Schminke war Jamaikas älteste durchgehend betriebene Rum-Distillery aber noch zu erkennen. An den Fässern und Bottichen, den Rohren und Dächern. Eine Fabrik, in der jahrhundertelang für Rum geschuftet und alles notdürftig ausgebessert statt grundsaniert worden war. Genau so kam Martin auch sein eigener Körper vor, bei dem er sich noch mehr als sein Arzt wunderte, dass alles so lange zusammengehalten hatte.

Martin mochte die Master Blenderin, die erste Frau auf Jamaika, die solch einen prestigeträchtigen Posten innehatte. Und er mochte, dass sie ihm nach dem zwölfjährigen Klassiker des Hauses – der zarter, eleganter und zugänglicher, wenn auch weniger funky als der Rum von Hampden war – einen winzigen Tropfen vom fünfzigjährigen gab. Eine Flasche dieses speziellen Rums kostete umgerechnet sechstausend Euro. Es gab nur achthundert handnummerierte Flaschen, die zum fünfzigsten Unabhängigkeitstag der Insel abgefüllt worden waren. Diese Großzügigkeit und auch, dass sie höchstpersönlich eine Tour mit ihnen machte, lag an Babes Gesellschaft, das wusste Martin, aber er bildete sich einfach ein, es hätte auch mit seinem raubeinigen Charme zu tun. Dadurch schmeckte das herrlich süße, mahagonifarbene Elixier mit Aromen von Zimt, Ahornsirup, Orangenzeste, Vanille und viel Eiche gleich noch mal so gut.

Doch Martin versuchte, sich von der ganzen Herrlichkeit nicht ablenken zu lassen: Der eigentliche Grund seines Besuchs befand sich hinter der schmucklosen Tür zum Büro des Distillery Managers.

Im Vorzimmer saß eine Sekretärin, der ihre Kaffeetasse aus der Hand fiel, als Martin hinter Babe hereintrat. Auf ihrem Namensschild stand in goldenen Lettern der Name Grace Mendoza. Die große, breitschultrige Frau mit den raspelkurzen schwarzen Haaren erinnerte an ihre ebenfalls aus Jamaika stammende Namensgenossin, die Sängerin Grace Jones.

Sie wischte geschwind den Kaffee auf und setzte zur Frage an: »Seid ihr der Termin für …« Ihre Stimme war samtig und tief.

»Genau, wir werden erwartet, Grace.«

»Wen darf ich melden?«

Babe sah sie überrascht an. »Ich bin es, Babe, wir kennen uns.«

Grace Mendoza schob ihnen ein leeres Blatt zu. »Schreib bitte hier eure vollständigen Namen auf. Das ist Vorschrift.«

»Seit wann?«, wollte Babe wissen.

»Tut mir leid, die Regelung ist neu. Ich habe sie mir nicht ausgedacht.«

Babe schrieb schnell ihren Namen und den von Martin auf und schob den Zettel zurück.

Grace Mendoza blickte lange darauf.

»Kannst du es nicht entziffern? Dabei hab ich doch extra ordentlich geschrieben. Christiane Holness, das bin ich, also offiziell zumindest, und Martin Störtebäcker. Er ist aber eigentlich der Käpt'n, deshalb hab ich das auch dahintergeschrieben.«

Grace Mendoza blickte auf, aber nicht zu Babe, sondern zu Martin. »Ihr könnt rein. Er wartet schon.«

»Er« hieß Michael Frost, trug einen perfekt sitzenden Maßanzug, war weiß und sprach mit so starkem britischem Akzent, als stünde er Oscar Wilde rezitierend auf einer Theaterbühne. Sein Gesicht sah aus, als sei er ein Bruder von Prince Charles. Vor allem um die Ohren. Martin musste deshalb schmunzeln, aber versteckte es hinter einer Hand und seinem Bart.

»Was für eine Freude, jemanden aus der Rum-Stadt Flensburg zu treffen!« Frost stand auf und reichte ihm lächelnd die Hand. »Babe kommt ja manchmal mit Kunden her, aber noch nie hat einer davon darum gebeten, mich zu sprechen. Ich bin schließlich keine unserer Attraktionen!« Er wies auf zwei freie Stühle vor seinem Schreibtisch. »Darf ich Ihnen etwas anbieten? Einen unserer köstlichen Rum-Punschs nach Geheimrezept?«

Den hatte Martin schon zu Beginn der regulären Tour abgelehnt. »Nein danke.«

»Wie kann ich Ihnen helfen? Sie wollen mir doch wohl hoffentlich nicht unsere uralten Rum-Geheimnisse entlocken?« Er zwinkerte Martin zu. Martin mochte keine Männer, die zwinkerten. Mit Männern, die zwinkerten, stimmte etwas nicht. Babe hatte ihm vorher gesagt, er könne offen reden, also legte Martin einfach los. War ihm sowieso am liebsten, er hatte keine Zeit zu verschenken. »Ich bin in einer Familienangelegenheit unterwegs. Mein Bruder Christian ist vor zwanzig Jahren verschwunden, und er hat hier auf Appleton gearbeitet. Wer könnte mir darüber etwas erzählen?«

»Na, ich schon mal nicht!« Frost lachte. »Zu dem Zeitpunkt war ich bei Clarendon angestellt. Meine Odyssee durch die jamaikanischen Distillerys hat mich erst zum Schluss hierhergespült.«

»Es muss doch Unterlagen geben.«

»Guter Mann, wir sind hier auf Jamaika, nicht bei den Preußen!«

Michael Frost sammelte immer mehr Minuspunkte bei Martin. Er hasste es, »guter Mann« genannt zu werden. Und er hasste es auch, als Preuße bezeichnet zu werden. Warum musste Frost ihn daran erinnern, dass Schleswig-Holstein, und damit auch Flensburg, nach dem Deutsch-Dänischen Krieg 1864 an Preußen gefallen war?

»Vor einigen Jahren«, fuhr der Distillery Manager fort, scheinbar ohne im Geringsten zu bemerken, wie sich Martins Laune verdüstert hatte, »wurde der Bürotrakt renoviert, und dabei haben wir uns auch von etlichen alten Unterlagen getrennt. Außerdem: zwanzig Jahre! Wissen Sie, was zwanzig Jahre in Rum bedeuten? Ich sag es Ihnen: eine Ewigkeit. Destillate reifen auf Jamaika dreimal schneller als in kühleren Gebieten. Ein zwölf Jahre auf Jamaika gereifter Rum ist wie ein sechsundzwanzig Jahre alter in Schottland gereifter Whisky.«

»Manchmal erinnern sich Menschen besser als Buchstaben.«

Michael Frost lehnte sich in seinem ledernen Chefsessel zurück. »Wie meinen Sie das?«

»Gibt es Mitarbeiter, die damals schon hier gearbeitet haben?«

»Ach, so, die, ja … Vor zwanzig Jahren, sagten Sie?«

»Ja. In Flensburg hat mein Bruder lange bei Flake gearbeitet, klingelt da vielleicht etwas?«

Michael Frost kratzte sich am Kopf. »Nein, nie gehört.«

»Die waren mal groß.«

»Tja, genau wie die englische Fußballnationalmannschaft. Kann man sich heute gar nicht mehr vorstellen!«

Wenn man wie Martin nicht mehr lange zu leben hatte, wollte man die verbleibende Zeit noch weniger gern derart verschwenden. Martin wandte sich zu Babe und senkte die Stimme. »Ich dreh ihm den Hals um. Ist das auf Jamaika strafbar? Sicher nicht, oder?«

»Leider doch«, flüsterte Babe.

Michael Frost pfiff ein fröhliches Lied, während er den Telefonhörer hob und seine Sekretärin im Nebenraum anrief. »Grace? Sag mal, du hast doch so ein schlaues, kleines Köpfchen: Wer von unseren Leuten hat vor zwanzig Jahren schon hier gearbeitet? ... Ach, wirklich? ... Sicher? ... Ganz sicher? ... Ich mach nur Spaß! ... Danke dir, du bist meine Heldin! ... Eine Gehaltserhöhung winkt! ... Nein, das war auch nur Spaß!«

Er legte auf.

»Leider arbeitet keiner mehr aus der Zeit bei uns.« Er zuckte entschuldigend mit den Schultern. »Da kann man nichts machen.« Er stand auf. »Wenn ich sonst nichts mehr für Sie tun kann: Grüßen Sie mir die Nordsee!«

Martin blieb sitzen. »Vielleicht fällt Ihnen ja einer Ihrer ehemaligen Mitarbeiter ein.«

»Nein, so spontan nicht.«

»Gibt es vielleicht darüber noch Unterlagen?«, fragte Martin. »Ich wühle mich da gerne durch.«

»Oder ich google das.« Babe zog ihr Handy hervor. »Es muss doch noch ein paar geben. So lange ist das ja nun auch nicht her.«

Plötzlich zeigte Michael Frost mit beiden Zeigefingern auf Martin. »Lee Campbell! Wie konnte ich den vergessen! Der arbeitet jetzt im ›Scotchies‹ in MoBay. Lee war Hausmeister hier, also einer der Hausmeister. Kannte jeden und alle, ein Gedächtnis wie ein Elefant, vergisst nie etwas. Klasse Typ.«

»Warum haben Sie mir das nicht gleich gesagt?«

Michael Frost lachte. »Sie haben nicht gefragt!« Er kam um den Schreibtisch und klopfte Martin auf den Rücken. »Ich mach nur Spaß!«

Martin ging zusammen mit Babe zur Tür. Als er dort angekommen war, drehte er sich noch mal um. »Eine Sache noch.«

»Ja?«

»Sie sind eine Pfeife.«

»Wie bitte?«

»Und ich mach keinen Spaß!«

Die Sonne hier ist anders, dachte Martin, als er vor dem »Scotchies« aus Babes rosa Golf stieg. Sie war nicht nur kraftvoller und strahlender als in Flensburg, sondern machte auch irgendwie bessere Laune. Ihr ausgesetzt zu sein, die Wärme ihrer Strahlen durch die Haut aufzunehmen, veränderte sein Gemüt. So als würde sich die Helligkeit in ihm ansammeln.

»Kennst du Lee Campbell auch?«, fragte Martin.

»Auf Jamaika leben drei Millionen Menschen, da kann ich nicht jeden kennen.«

»Na ja, du kanntest Ziggy, die Sekretärin eben und auch diesen Vollidioten Michael Frost.«

»Hat mit meinem Job zu tun. Das hier zwar auch, aber ich kenne nicht alle ehemaligen und aktuellen Mitarbeiter von Appleton, Onkel.« Babe sah ihn frech an.

»Hast dir deine Sprüche wohl extra aufgespart, bis wir ausgestiegen sind, damit du sicher auf der anderen Seite des Wagens stehst und ich dir nicht die Ohren lang ziehen kann.«

»Du kennst mich so gut, Onkel.« Sie grinste breit.

»Käpt'n find ich besser.«

»Onkel Käpt'n?« Babe kam um den Wagen herum zu ihm, aber geduckt und schützte die Ohren mit den Händen.

Martin strubbelte ihr über den Kopf. »Ich fühle mich ohne Mütze zwar nur wie ein halber Käpt'n, aber das wird schon wieder.«

Babe strahlte ihn aufmunternd an. »Komm, wir gehen rein, halber Onkel!«

Das »Scotchies« lag direkt an der viel befahrenen Falmouth Road in Montego Bay, und sein Jerk Food war legendär. Martin hatte schon von Jerk gehört, der kreolischen Gewürzmischung, die auf Jamaika in der Regel Piment, Chili, Nelke und Zimt enthielt. Das »Scotchies« hatte Babe zufolge eine ganz eigene Mischung, zu der auch die namengebende Chilisorte Scotch Bonnet gehörte. Was immer sonst alles drin war, es duftete auf jeden Fall bis hinaus auf den Parkplatz. Martins Magen meldete sich und wollte eine große Bestellung aufgeben.

Babe ging vor und führte Martin in die offene Küche, wo auf Pimento-Tree-Holzstämmen große Fleischstücke gegart wurden, bedeckt von Wellblech. War das Fleisch fertig gegart, zogen die Köche sich einen Arbeitshandschuh an, hoben das heiße Blech empor, legten das Fleisch auf einen Holzblock und zerteilten es routiniert mit einem großen Hackmesser. Sie waren zumeist jung, trugen alle die gleichen blau-grün-gelb gemusterten Hemden und ihre Baseball-Caps offenbar gern verkehrt herum. Der Rauch wallte um sie herum, als wäre der Boden vulkanisch und sie Hohepriester eines Gottes, der heißes Fleisch verlangte.

»Lee Campbell!«, rief Babe. »Wir wollen dich sprechen!«

Einige Köche schauten belustigt auf, ließen sich aber nicht bei der Arbeit stören.

Babe nickte Martin zu. »Jetzt heißt es warten.«

Nach einiger Zeit erklang eine tiefe, sonore Stimme.

»Ich bin Lee, grüß euch.«

Als Martin in die Richtung blickte, aus der die Stimme kam, erblickte er einen Muskelberg mit Glatze. Sie war vollständig tätowiert, genau wie das Gesicht. Der Mann war sicher sechzig und erinnerte vom Körperbau her an Mike Tyson, hatte aber die Ausstrahlung des Dalai Lama. Eine Kombination, die eine jamaikanische Spezialität sein musste.

»Habt ihr schon etwas gegessen?«

»Nein, wir haben nur eine Frage«, sagte Babe.

»Erst mal etwas essen, dann lässt es sich besser reden.«

»Du weißt doch gar nicht, worum es geht.«

»Ist auch völlig egal. Ihr seht besorgt aus. Und unser Essen hilft gut gegen Sorgen. Essen hilft immer gegen Sorgen, aber unseres ganz besonders.«

»Es geht wirklich ganz schnell«, sagte Martin.

Aber auf Jamaika ging eben nichts ganz schnell.

»Geschwindigkeit ist relativ, das wusste schon Einstein«, sagte Lee und lehnte sich lässig zu ihm herüber. Jetzt erst erkannte Martin, dass die Tätowierungen Blumen zeigten. »Überleg mal: Was sind wir für merkwürdige Lebewesen, die ein Drittel des Lebens schlafen, also nicht bei Bewusstsein sind? Wenn wir fünfundsiebzig Jahre alt werden, sind wir eigentlich nur fünfzig. Das ist die Zeit, die wir mit wachem Geist erleben, wenn wir Glück haben. Was ich damit sagen will: Zeit ist sehr wertvoll, also sollte man sie genießen und sie nicht vor sich hertreiben. Denn wenn etwas getrieben wird, gerät es in Stress, und Stress ist das Gegenteil von Genuss. Also setzt euch. Ich bring euch etwas zu essen und komm zu euch. Jerk Pork und Chicken?«

Martin nickte, Babe auch. Dann suchten sie sich draußen zwei freie Blechtonnen, die zu Hockern umfunktioniert waren und unter einem großen Palmenschirm standen. Wie um Lees Worte zu bestätigen, bewegten sich die Menschen hier sehr langsam, selbst beim Essen, wo in Deutschland allzu oft die Wolfsmentalität hervortrat und nur wenig fehlte, dass die Hungrigen sich anknurrten. Im »Scotchies« herrschte eine entspannte Atmosphäre. Als würde alles hier in leichter Zeitlupe ablaufen.

Als Lee sich zu ihnen setzte, hielt er für jeden ein Red-Stripe-Bier und in Alufolie eingewickeltes Fleisch in Händen. Für einen kurzen Moment rutschte der Ärmel seines schwarzen Hemds hoch, und eine weitere Tätowierung wurde am Unterarm sichtbar: ein griechischer Buchstabe, die Farbe schon verblasst. Als Lee den Blick von Martin bemerkte, strich er den Ärmel wieder herunter.

»Haut rein!«

Und das taten sie auch.

Lee sah ihnen zu, wie sie mit großem Vergnügen das saftig heiße und stark gewürzte Fleisch aßen. »Der Geschmack kommt nicht nur vom Jerk, sondern auch von den speziellen Baumstämmen, auf denen es gegart wird. Die sorgen für Lorbeer- und auch ein bisschen Eukalyptus-Aroma.« Der Stolz war ihm anzuhören.

Martin kam die Situation plötzlich merkwürdig vor. Warum servierte Lee Wildfremden, die ihm eigentlich nur eine Frage stellen wollten, ein Essen und setzte sich dazu? Besonders wenn einer davon aussah wie der Weihnachtsmann im Sommerurlaub? Das hier war Lees Arbeitsplatz, er hatte sicher Besseres zu tun.

Dann fiel ihm die einzig mögliche Erklärung ein.

»Die Sekretärin von Appleton hat Sie angerufen, oder? Und gesagt, dass wir kommen.«

Lee schmunzelte. »Erwischt. Grace ist ein Schatz, immer schon gewesen. Sie wusste zwar nicht, ob es nötig ist, mich vor euch zu warnen, aber sie ist lieber auf Nummer sicher gegangen.«

»Du siehst nicht aus, als müsste man dich vor irgendwem warnen.« Martin rieb sich die fettigen Finger an einer Serviette ab und streckte Lee die Hand hin. »Ich bin der Käpt'n, und das ist Babe.«

»Freut mich. Schmeckt es euch?«

»Super«, sagte Babe mit vollem Mund.

Martin, der ebenfalls den Mund voll hatte, hob anerkennend den Daumen.

»Gut, wenn ihr mein Essen mögt, kann ich euch trauen.« Er schlug ein Kreuz. »Also worum geht es? Warum wolltet ihr jemanden sprechen, der vor zwanzig Jahren bei Appleton gearbeitet hat?«

»Mein Bruder hat auch mal dort gearbeitet, also eher reingeschnuppert. Ich weiß nicht, wie lang, aber sicher nicht mehr als vier, fünf Wochen. Sein Name ist Christian Störtebäcker. Ich suche ihn.«

Lee sah Martin an, dann nahm er sich etwas von der Alufolie und begann, sie zu knicken. »Chris, ja klar, an den erinnere ich mich.«

»Großartig!«, entfuhr es Martin, der vor Freude sogar vergaß, weiterzuessen.

»Wir haben ihn den Professor genannt, weil er alles so genau wissen wollte, wirklich jedes Detail der Produktion. So was habe ich weder vorher noch nachher je erlebt. Auch für die Geschichte des Rums hat er sich interessiert. Ich weiß noch, wie ich ihm mal erzählt hab, dass es 1900 rum noch fast hundertfünfzig Distillerys auf Jamaika gab. Er war total beeindruckt und hat sogar gefragt, wo genau die lagen! Ist das zu fassen?« Lee riss ein weiteres Stück Alufolie ab, das er zu kleinen Silberkügelchen rollte. »Wenn du ihn suchst, heißt das, du hast keine Ahnung, wo er ist. Das tut mir echt leid.«

»Aber ich habe Hoffnung.«

Lee strich ein langes Stück Folie glatt. »Kann gerechtfertigt sein. Aber ich hab zum letzten Mal vor … lass mich kurz nachdenken … ja, vor zwanzig Jahren von ihm gehört.«

»An was von damals kannst du dich denn noch erinnern?«

»Der Professor wollte Rum machen, und wenn er mittlerweile welchen auf Jamaika brennen würde, dann wüsste ich es. Aber vielleicht haben sich seine Pläne ja geändert, und etwas anderes hat ihn noch mehr fasziniert als Rum. Er war ein Typ, der sich von allem

Möglichen faszinieren ließ, aber das muss ich dir als seinem Bruder ja nicht erzählen.«

»Ich bin froh über alles, was du mir erzählen kannst.« Obwohl das Jerk Food köstlich war, bekam Martin keinen Bissen mehr herunter. Als Babe das begriff, zog sie seine noch gut gefüllte Alufolie zu sich herüber.

»Dein Bruder hing viel mit Ziggy ab, und ihr habt ja sicher mitbekommen, was mit dem passiert ist. Ziggy hat sich leider schon immer gern mit den falschen Leuten angelegt, und der Professor war genauso. Kannte keine Angst. Aber Rum hat eine dunkle Seite, nicht nur historisch. Wo es Geld zu verdienen gibt, werden immer auch Leute gierig. Ist so, kann man nichts machen, nur Abstand halten.«

Martin nickte zustimmend, denn so hielt er es seit Jahren. »Wie lang war mein Bruder bei Appleton, und wo wollte er danach hin?«

»Puh, das kann ich dir nicht mehr genau sagen. Vielleicht einen Monat, plus/minus. Danach hatten wir leider keinen Kontakt mehr.« Lee nahm Martins Hand, ganz sanft. »Wenn ich dir einen Rat geben darf: Wenn du ihn finden willst, solltest du versuchen, in seine Fußstapfen zu treten, und das heißt, auch in seinen Fußstapfen zu ... trinken.« Er musste selbst grinsen. »Seine Lieblingsbar lag am Doctor's Cave Beach. Trink dich da näher zu ihm ran.« Lee stand auf. »Ich muss wieder ans Feuer.«

»Ich bin nicht mein Bruder«, sagte Martin und blickte auf den Tisch. »Ich werde es auch niemals sein. Da kann ich so viel trinken, wie ich will.«

»Aber du kannst dich ihm näher fühlen«, sagte Lee. »Deinem Bruder ging es damals darum, Jamaika zu spüren. Und in dem Laden hat er den berühmten 1949er getrunken. Danach hatte er eine Eingebung, hat er mir erzählt. Frag mich nicht, welche, damit wollte er nicht rausrücken, aber er war ab da ein anderer. Hatte plötzlich ein Funkeln in den Augen.«

»Einen Versuch ist es wert«, sagte Babe. »Von dem Essen hab ich sowieso ziemlich Durst bekommen.«

»Was bekommst du dafür?«, fragte Martin den neben ihm stehenden Lee.

»Vom Bruder des Professors und seiner Freundin nichts. Ihr seid eingeladen. Viel Glück euch beiden.« Er reichte ihm ein Schiff, das er aus der Alufolie geformt hatte. Mitsamt Mast und kleinen Rudern. »Für dich. Ein Käpt'n braucht doch ein Boot!«

Martin war gerührt über diese Geste. Er konnte sich vorstellen, dass Christian und der Hüne gut miteinander ausgekommen waren. »Ich werde es in Ehren halten! Darf ich dir noch eine letzte Frage stellen?«

»Kein Problem«, antwortete Lee. »Oder willst du unser Geheimrezept wissen?«

»Warum bist du damals weg von Appleton?«

Lee strich sich über seine Glatze. »Weil dunkle Seelen ansteckend sind.« Er schlug Martin freundschaftlich auf den Rücken. »Macht es gut. Und passt auf euch auf!«

Martin sah ihm noch eine Weile nach, dann zog Babe ihn am Ärmel.

Sie benahm sich tatsächlich immer mehr wie eine Nichte.

Auf dem Weg durch das bunte, trubelige MoBay wurde Martin mit dem Kontrast zwischen Arm und Reich konfrontiert. Für jeden abgeriegelten Luxus-Hotelkomplex gab es Dutzende schäbige Unterkünfte. Jede große Bühne hat auch einen Hinterausgang, dachte Martin unwillkürlich. Ein Gedanke, der ihn in seinem Leben schon häufiger ereilt hatte.

Doctor's Cave Beach war MoBays schönster und deshalb nur gegen einen Obolus betretbarer Strand. Eigentlich war er nur bis 18 Uhr geöffnet, aber offenbar standen heute besondere Feierlichkeiten an, die den Zugang bis Mitternacht erlaubten. Entsprechend viel war los.

Martin blickte sich um: Der Luxus hatte sie wieder. Und auch der Reggae, wobei er den gar nicht mehr so richtig wahrnahm. Er war wie ein Grundrauschen auf Jamaika, unter das sich hier die heranbrechenden Wellen des Atlantiks mischten.

Babe hatte bei der Erwähnung des 1949ers direkt gewusst, um welche Bar es sich handelte: das »Last Exit Jamaica« mit der Barkeeperin Queenie. Ihr Vater war der legendäre Dr. Ian Sangster, der mehr als zwanzig Flavoured Rums unter seinem Namen entwickelt hatte. Eigentlich hieß sie Elizabeth Sangster, aber wegen der Namensgleichheit mit der englischen Königin hatte sie schon als Kind ihren Spitznamen weggehabt, wie Babe erzählte. Und diese Queenie war, so sagte man, eine Frau, mit der niemand eine Kneipenschlägerei wollte – selbst wenn man Dwayne Johnson hieß.

»Der berühmte 49er steht in einem vergitterten Verschlag mitten in der Bar und wird da angestrahlt wie eine Hollywood-Diva«, erklärte Babe, als sie durch den feinen weißen Sand zur Bar stapften. »Queenie hat extra eine teure Sicherheitslage für ihn angeschafft, die unüberwindbar ist. Das haben schon einige erfahren müssen.«

»Klingt, als sei das Zeug ziemlich wertvoll.«

»Wenn man die Flaschen 1780er Harewood nicht mitzählt, die man vor einigen Jahren zufällig in einem Keller in Leeds gefunden hat, ist der 1949er Wray & Nephew der teuerste Rum auf dem Erdball. Vierundfünfzigtausend US-Dollar wert! Die Harewoods waren zwar jeweils mehr als hunderttausend Pfund wert, aber die stammten nicht aus Jamaika, also zählen sie nicht.«

»Natürlich.«

»Die Flasche im ›Last Exit Jamaica‹ ist allerdings unverkäuflich.«

Martin lachte. »In dieser Welt ist alles käuflich, das ist eines ihrer Grundprobleme.«

»Der 49er nicht, den muss man sich verdienen.«

Als sie in die Strandbar eintraten, hörten sie bereits den ersten, der es versuchte. Erst nach ein paar Takten fiel Martin auf, dass die laut dröhnende Version von »Boombastic« nicht von Shaggy selbst gesungen wurde, sondern nur von jemandem, der sich für Shaggy hielt – was nicht an seiner Stimme, sondern einzig und allein an seinem Ego lag.

Die Frau, die Queenie sein musste, trug ein Metallica-T-Shirt und hatte die Ärmel bis zu den Schultern hochgerollt. Die Barchefin war eine kräftige Frau um die fünfzig, mit giftgrün gefärbten Locken und einer Narbe über der rechten Wange. Als sie eine alte Schiffsglocke läutete, hörte der falsche Shaggy endlich auf und ließ Kopf sowie Mikro sinken.

»Es schafft kaum einer«, sagte Babe und nahm auf einem freien Barhocker Platz.

Martin setzte sich neben sie und zeigte auf die im Licht funkelnde Flasche von Wray & Nephew. »Du willst mir nicht ernsthaft sagen, dass man dafür singen muss?«

»Schau mich nicht so an! Ich klinge zwar wie Beyoncé, aber leider wie eine Beyoncé im Stimmbruch. Tja, wenn dein Bruder den 1949er kosten durfte, hat er hier wahrscheinlich einen besseren Auftritt hingelegt als dieser Möchtegern-Shaggy da.« Sie lachte und bestellte zwei Planter's Punch, was ganz in Martins Sinne war, denn er mochte diesen Cocktail, der ihm immer wie ein Fruchtnachtisch vorkam. Also sehr gesund.

»Die Amis behaupten, der stamme aus dem Planter's Hotel in Charleston«, erklärte Babe. »Aber das Originalrezept stammt von hier, aus Jamaika! Nicht vergessen! Trag das in die Welt!« Sie deutete auf das Mikro. »Was meinst du, wie viele du davon brauchst, bis du bereit bist, auf die Theke zu steigen und zu singen?«

Martin strich seinen Bart in Form. »Ich brauch dafür gar keinen. Neben dir sitzt der erste Bass der ›Flensburger Förde-Möwen‹! Du kannst jedes Mitglied um drei Uhr früh aus dem Schlaf reißen, und es singt dir fehlerfrei ein Lied deiner Wahl. Muss man sich irgendwo anmelden?«

Babe winkte Queenie zu und deutete dann auf Martin. Die Barchefin zeigte mit einem Nicken, dass sie verstanden hatte.

»Wir haben einen neuen Anwärter!«, rief sie aus. »Wie heißt du?«

»Nenn mich einfach Käpt'n, tun alle.«

Sie reichte ihm das Mikro. »Auf die Theke mit dir!«

Es dauerte etwas, bis Martin mithilfe eines Stuhls hochgestiegen war und Position unter der Lampe bezogen hatte, die jetzt als Scheinwerfer fungierte.

»Welches Playback?«, fragte Queenie.

»Keins, ich singe a cappella«, antwortete Martin. Und wenn er hier sang, dann von seiner Heimat! Die Lieder, die er einst mit Christian geschmettert hatte, wenn sie fernab von zu Hause das Heimweh überkam. Schon in Hamburg war Flensburg zu weit weg. Wenn Christian noch auf Jamaika lebte, würde er vielleicht von diesem Auftritt erfahren, und es würde ihn zum Lächeln bringen.

Martin sang sich kurz ein, wie es bei den Proben der Förde-Möwen üblich war. Es führte zur Erheiterung der anderen Gäste und einigen spöttischen Rufen.

Davon ließ er sich nicht beeindrucken, sondern holte tief Luft.

Alle Blicke in der Bar lagen nun auf ihm, und das Getuschel wich angespannter Stille.

»Stadt im Tal, umkränzt von Hügeln,
waldumrauscht, vom Meer bespült,
immer hab' ich allerorten stolz mich als dein Kind gefühlt.«

Martin sang so laut, als wollte er, dass Christian niemanden brauchte, um von diesem Auftritt zu erfahren, weil er ihn mit eigenen Ohren hören konnte, selbst wenn er sich in diesem Moment am anderen Ende der Insel befand.

»Spät ergrünen deine Buchen,
langsam schmückt sich Flur und Hag,
aber lieblich ist des Nordens
lichter, langer Sommertag!«

Martin sang alle Strophen des Flensburg-Lieds.

Und als er fertig war, blickte er ringsum in verblüffte Gesichter.

Dann brach wie auf ein geheimes Kommando hin Jubel aus.

Er blickte zur Barchefin.

»Nicht schlecht«, sagte sie. »Aber so schnell bekommt man hier nix von meinem 49er. Wir wollen noch ein Lied. Und jeder Ton muss sitzen!«

»Du schaffst das, Käpt'n!«, rief Babe. »Wenn das einer schafft, dann mein Onkel!«

Und dein Vater hat es damals auch geschafft, dachte Martin. Was hatte Christian wohl vor zwanzig Jahren gesungen? Vielleicht etwas Modernes? »La Paloma«? »Heidewitzka, Herr Kapitän«? »Seemann, deine Heimat ist das Meer«?

»Singen Sie jetzt noch etwas anderes, oder geben Sie auf?«, fragte Queenie und verschränkte die Arme vor der Brust.

Christian war sicher aufs Ganze gegangen, dachte Martin. Er hätte in Mundart gesungen. Wenn schon untergehen, dann im Namen der Heimat! Also das »Fassel-Abend-Leed«.

Er hielt das Mikrofon wieder vor den Mund:

»Solang de Grog noch smeckt,
un de Piep noch treckt,
un dat Geld in Portemonnaie noch reckt,
solang uns' Deerns in'n Danz sik dreiht,
hett Flensborg noch Gemütlichkeit!«

Martin stampfte dazu im Takt auf den Tresen und klatschte an den passenden Stellen. Es kam ihm vor, als hinge sein ganzes Leben von diesem Lied ab.

Und vielleicht tat es das auch.

Mit dem letzten Ton riss er die Arme in die Höhe. Er spürte ein Zerren in den Gliedern, aber das war es verdammt noch mal wert.

Diesmal ließ der Jubel nicht lange auf sich warten.

Die Bar explodierte förmlich nach dem ersten Moment der Stille.

Queenie stieg zu Martin auf die Bühne, der sich nach allen Seiten verbeugte, und nahm ihm das Mikrofon aus der Hand.

»Ich höre an eurem Jubel: Wir haben einen Gewinner!« Sie nahm Martins Hand und reckte sie zu tosendem Applaus in die Höhe. »Das erste Mal seit fast vier Jahren wird der 49er wieder geöffnet, und ihr alle dürft Zeuge davon sein!« Sie wandte sich an Martin. »Wie heißt du? Wir brauchen deinen Namen für die Plakette.«

»Er ist der Käpt'n«, rief Babe. »Aus Flensburg in Deutschland!«

»Dann gravieren wir das genau so ein. Aber zunächst mal zum Wesentlichen.«

Queenie begann, mit den Hüften zu kreisen, und zog langsam einen golden glänzenden Schlüssel aus ihrer engen Jeans, den sie ringsum allen zeigte. Dann sprang sie gewandt vom Tresen und schritt lasziv und unter beständigem Johlen zu dem vergitterten Regal mit der Flasche. Ein anderer Barkeeper drückte auf eine Taste und »Heroes« von David Bowie erklang, außerdem begann sich eine Discokugel zu drehen. Sie strahlte die Flasche an, und ein Meer aus Sternen ergoss sich in die Bar. Bevor Queenie die Flasche anfasste, zog sie sich theatralisch weiße Samthandschuhe an. Martin, der mittlerweile ebenfalls vom Tresen hinuntergeklettert war, stand so nah neben ihr, dass er sehen konnte, wie ein leichtes Zittern ihre Finger durchlief.

Sie machte keine Anstalten, den Rum direkt einzuschenken.

Stattdessen holte sie mit einer Pipette eine winzige Menge heraus, gerade genug, um die Zunge zu benetzen, und ließ sie aus großer Höhe und mit bemerkenswerter Präzision in ein Glas tropfen, das sie Martin dann mit einer tiefen Verbeugung reichte.

Das war also der Rum, der seinen Bruder verändert hatte.

Er hatte nur dieses eine Schlückchen.

Martin spürte die Blicke auf sich wie Blei, er war nun Teil der Show. Dies war kein privater Genussmoment, mit der Muße, die ein großer Rum verdiente. Dies war ein Spektakel.

Martin schwenkte das Glas und senkte die Nase tief hinein.

Dann schloss er die Augen.

Fast im selben Moment vergaß er alles um sich.

Nicht weil der Rum so atemberaubend gut war, sondern weil er ihn überrascht hatte. Er roch nämlich genau wie der Obstsalat seiner Oma am zweiten Tag, wenn alles so richtig schön durchgezogen war.

Er hatte diesen Geruch immer geliebt.

Es war der Duft einer glücklichen Kindheit. Martin wollte zuerst gar nicht trinken, um den Geruch nicht direkt wieder zu verlieren, aber gleichzeitig wollte er ihn auch in sich aufnehmen.

Langsam setzte er das Glas an und ließ die winzige Menge auf seine Zunge gleiten.

Der Rum streichelte seine Zunge mit einer Sanftheit, die überirdisch wirkte, als hätte ein alkoholisierter Engel dieses Elixier erschaffen. Er war keine Geschmacksexplosion, sondern eine Implosion, die seine ganze Wahrnehmung auf diesen einen Punkt im Mund konzentrierte, an dem er den Rum unfassbar intensiv spürte. Und von da aus berührte ihn etwas ganz tief innen.

Hatte ihn der Duft an seine Oma erinnert, führte ihn der Geschmack zurück zu seinem Vater, der erst ruppig und mit dem Alter immer weicher geworden war, weil er sich die Ecken und Kanten abgeschliffen hatte, ja sogar eine Süße war in der Bitternis entstanden. Aus dem Mann, der seine Söhne in der Jugend schlug, war im Alter einer geworden, der sie umarmt hatte, und gesagt, es werde schon alles gut. Selbst als er im Sterbebett lag.

Dasselbe sagte dieser Rum.

Es wird alles gut, Martin. Mach dir keine Sorgen. Einer meint es gut mit dir.

Er öffnete die Augen und merkte, dass Tränen seine Wangen herunterliefen.

Sein Blick suchte Babes, aber die schaute wie gebannt auf Queenie. Die robuste Barchefin hielt eine goldene Plakette in der Hand. Sie musste an der Wand hinter der Flasche gehangen haben – und wenn sich der Käpt'n nicht gehörig täuschte, waren darin die Namen aller Sängerknaben und -mädchen eingraviert, die sich erfolgreich um den 1949er bemüht hatten.

»Kann ich die mal sehen?«, fragte er Queenie, die sie ihm mit huldvoller Geste überreichte.

Martin las die Namen seiner Vorgänger, hinter denen immer die Jahreszahl ihres Erfolgs stand.

Schnell wurde er fündig.

»Christian a.k.a. Der Professor« hatte sein Bruder eingravieren lassen, nachdem er die Gesangsprüfung bestanden hatte.

»Kannst du dich noch an den hier erinnern?«, fragte Martin die neben ihm stehende Barchefin und deutete auf Christians Namen.

Queenie betrachtete den Schriftzug versonnen, dann lächelte sie. »Das war auch ein Weißer, genau wie du.«

»Sah er auch aus wie ich?«

»Ihr seht für mich alle mehr oder weniger gleich aus.« Sie lachte schallend. »Ist witzig, dass du das so genau wissen willst. Gestern war jemand hier, der auch sagte, er käme aus Deutschland. Ich habe ihm die Gravur gezeigt, und er meinte dann, er sei der wahre Professor.«

»Das bedeutet nichts, es gibt Tausende Professoren in Deutschland«, erwiderte Martin. »Hat er sonst noch etwas gesagt?«

Die Barchefin nickte. »Ja, dass er aus Flanksburg käme.«

»Flensburg?«

»Irgendwie so. Er meinte aber, im Herzen sei er längst Jamaikaner.«

»Wie sah er aus?«

Queenie nahm Martin die Plakette aus der Hand, die dieser die ganze Zeit festgehalten hatte. »Selbst wenn du mir ein Foto zeigen würdest, den Typ würde ich nicht wiedererkennen. Ich weiß nur, dass er alt war«, sagte sie. »Er hatte noch Haare und keinen Bart. Reicht das?«

Nein, dachte Martin. Das reichte nicht.

Aber es war die erste Spur, dass sein Bruder vielleicht noch am Leben war.

Die Hoffnung, Christian wiederzusehen, war mit den Jahren immer kleiner geworden. Wie eine große Flamme, die zuerst zum Züngeln, dann zum Glühen geworden war und nun nur noch im dunklen Holz knisterte.

Es kam Martin vor, als habe Queenie gerade in die Kohle gepustet und das Feuer neu entfacht.

Als er mit Babe später am Doctor's Cave Beach spazieren ging, fühlte Martin sich dank des 1949ers seiner Heimat, seiner Familie und damit auch seinem Bruder so nahe wie seit Jahrzehnten nicht mehr. Christian hatte genau diese Nähe damals vielleicht auch gespürt und begriffen, dass er niemals einen jamaikanischen Rum in Flensburg würde herstellen können, nur einen Flensburger Rum, der von Jamaika träumte.

Es war schon spät am Abend, und der Strand hatte die Farbe des Mondes angenommen.

Martin hielt die Schuhe in der Hand und genoss, wie seine Füße im Sand versanken, der flüsterte und rauschte.

»Ich musste eben ein bisschen weinen«, sagte Babe plötzlich, während sie auf die Linie im Sand trat, an der gerade der letzte Saum einer Welle versickert war.

Martin blickte zu ihr. »Habe ich so schlecht gesungen?«

»Nein«, sie strich eine ihrer Korkenzieherlocken aus der Stirn, die von der leichten Brise dort hingeweht worden war. »Als Queenie uns die goldene Plakette gezeigt hat und ich den Namen meines Dads gesehen habe ... das hat ihn auf einmal so ... real gemacht. Natürlich weiß ich, dass ich einen Dad habe, wie jeder Mensch auf der Welt – außer Anakin Skywalker.« Als sie Martins verständnislosen Gesichtsausdruck sah, sagte sie nur: »Frag lieber nicht. Auf jeden Fall war diese Plakette wie ein Beweis, dass meine Mum sich das nicht alles ausgedacht hat.« Sie schluckte. »Und dass du vielleicht wirklich mein Onkel bist.«

Martin strich Babe sanft über den Rücken, sagte aber nichts. Erst nach einer Zeit des Schweigens, in der nur das Rauschen des Meeres zu hören war, sprach er wieder. »Meinst du, Christian könnte wirklich noch auf der Insel sein? Müssten ihn dann nicht mehr Menschen gesehen haben?«

»Jamaika ist größer, als du glaubst! Wir haben fast drei Millionen Einwohner!« Sie zeigte aufs Meer. »Lass uns ein paar Schritte reingehen, der Strand fällt hier ganz flach ab. Das Wasser ist echt großartig.«

Sie mussten eine Frau mit ihrem jugendlichen Liebhaber umkreisen und dann gleich noch eine. Hier lag zwar kein Schnee, aber dem Käpt'n war, als würde er Slalom laufen wie damals im Landschulheim im Hochsauerland.

»Warum sollte Christian gerade jetzt in dieser Bar auftauchen? Nach zwanzig Jahren?«

»Vielleicht hat er gehofft, dich da zu treffen? Weil ihm jemand erzählt hat, dass du nach ihm suchst?«

»Aber wer? Ziggy hatte keine Zeit, irgendwen zu informieren, Michael Frost haben wir erst heute getroffen, genauso Lee vom ›Scotchies‹.«

»Vielleicht jemand aus dem Hotel, der deinen Namen im Belegungsbuch gelesen hat? Störtebäcker heißt ja sonst keiner. Oder es war einfach irgendwer auf der Straße, den du an ihn erinnert hast.

Pass auf mit den Seeigeln, die Stacheln tun höllisch weh.« Trotzdem tanzte Babe geradezu durch das flache Wasser. »Wo geht es als Nächstes hin?«, fragte sie. »Ich kann's kaum erwarten.«

Martin zog den zusammengefalteten Zettel von Lasse aus der Hosentasche, auf dem die Orte standen, von denen Christian erzählt hatte. Die Schrift des alten Freundes zu sehen, die torkelte wie Lasse selbst nach einem langen Abend am Lagerfeuer mit viel dummem Schnack und noch mehr Rum, traf ihn ins Herz.

Babe musste es gespürt haben. »Alles gut?«

Martin nickte zögerlich. »Ich hab vor Kurzem einen Freund verloren, meinen besten. Einen besseren gibt es nicht. Nirgendwo. Er hat dafür gesorgt, dass ich meinen Arsch hochkriege und endlich nach Jamaika reise. Nur wegen ihm bin ich hier.«

»Tut mir leid sehr leid, dass er …« Jetzt war es Babe, die ihm über den Rücken strich.

»Lasse war auch ein wirklich guter Freund deines Vaters«, sagte Martin. »Und er hat alle Orte, an denen Christian hier gewesen ist, für mich auf diesen Zettel geschrieben.«

»Damit finden wir ihn«, sagte Babe. »Lass uns einen Plan machen, ja? Wo sollen wir als Nächstes hin?«

Martin blickte auf das vergilbte Stück Papier. »Christian war bei Hampden, Appleton und noch bei zwei weiteren Distillerys namens Long Pond und Clarendon.«

»Clarendon ist eine sehr große Distillery. Sie verkauft vor allem Fassware, die nicht unter ihrem Namen abgefüllt wird. Long Pond gehört denselben Besitzern, ist aber für funky Zeug bekannt, wie es auch Hampden produziert. Der *real stuff*.«

»Außerdem steht hier Seven Mile Beach, Dunns River Falls, ›Pelican Bar‹, Blue Hole und die James-Bond-Villa, die hat Lasse aber in Anführungszeichen gesetzt, war sicher ein Witz von meinem Bruder, er mochte die Filme immer schon.«

»Nein, die gibt es wirklich, hat dem Autor der Bücher gehört, Ian Fleming. Da kann man übernachten, ist aber schweineteuer.«

»Und zum Schluss Luminous Lagoon. Hier steht, dass Christian geplant hat, da nachts schwimmen zu gehen, und dass danach keine

Nachricht mehr kam. Das war ungefähr zwei Monate nach seiner Ankunft.«

Babe tauchte die Füße so schräg ein, dass bei jedem Schritt ein kleiner Schwall Wasser nach vorne rauschte. »Viele der Orte sind Sehenswürdigkeiten, die wird er als Tourist besucht haben. Da sind aber jeden Tag so viele Menschen, dass sich bestimmt keiner mehr an ihn erinnert. Ich würde es mal mit der Long Pond Distillery versuchen. Lee hat ja angedeutet, dass Ziggy sich mit den falschen Leuten im Rum-Business angelegt hat, und keiner weiß da mehr drüber als die Leute da. Die gehören zu National Rums of Jamaica und halten einige Fäden in der Hand. Wenn mein Dad sich mit denen angelegt hat, wäre es nur natürlich, dass er sich danach in die Anonymität verkrochen hat – und sich jetzt erst wieder raustraut, weil du da bist.«

Im Meer vor ihnen bildete sich eine kleine Wasserfontäne und gleich noch eine. Martin fragte sich, ob es kleine Fische waren, die heraussprangen, und ging ans Ufer.

Neben ihm spritzte Sand auf. Beinahe lautlos.

Stille konnte etwas sehr Schönes, Beruhigendes sein. Aber auch bedrohlich. Sie gab keinen Hinweis darauf, was in der Welt geschah.

Dann traf ihn etwas im Bein. Es schmerzte extrem.

Hatte sich ein Seeigel an seinem Unterschenkel verfangen?

Als Martin nachschaute, sah er das Einschussloch und das herausrinnende Blut.

Jemand schoss auf ihn.

Mit Schalldämpfer.

Das leise Geräusch, das die Waffe beim Abschießen der Kugel machte, wurde vom Rauschen des Meeres völlig verschluckt.

»Hinlegen!«, brüllte er zu Babe, blickte selbst aber in die Richtung, aus welcher der Schuss gekommen sein musste.

Diesen Fehler bezahlte er.

Plötzlich fühlte er einen gewaltigen Druck an der linken Schläfe.

Als er dorthin packte, spürte er warmes Blut an seinen Fingerkuppen.

Martin verlor das Bewusstsein.

FÜNF

»No Woman No Cry«

Nachdem Jo'anna ihren Wagen vor dem Police Office geparkt hatte, blieb sie darin sitzen, lehnte den Kopf in den Nacken, schloss die Augen und lauschte dem Miss-Marple-Fall »Karibische Affäre« – was sie nur tat, wenn es wirklich ernst war. Der neunte Roman der Reihe war ihr der Liebste, nicht nur, weil er als einziger in der Karibik spielte. Ihr gefiel auch, dass ein britischer Major zu Tode kam, der sie sehr an ihren Superintendent Bolt erinnerte.

Um in Sachen Entspannung auf Nummer sicher zu gehen, rauchte sie zusätzlich drei Zigaretten nacheinander, bevor sie aus ihrem Wagen stieg, um Reginald Bolt in dessen Büro entgegenzutreten.

Sie hatten einen Termin. Er hatte darum gebeten. Das war nicht gut. Bolt wollte nie mit Mitarbeitern sprechen, um zu loben, sondern immer nur, um zu kritisieren. Oder – dann hatte man Glück – um eine Aufgabe zu delegieren.

Auf dem Weg zu seinem Büro erntete sie mitleidige Blicke der Kolleginnen und Kollegen. Es war immer allgemein bekannt, wer wann einen Termin bei Bolt hatte. Das hatten sie der Umsicht der Chefsekretärin zu verdanken, die auf diese Art sicherstellte, dass niemand einem der zum Gespräch Verurteilten blöd kam.

Bevor Jo'anna anklopfte, rief sie sich einen von Jane Marples berühmten Aussprüchen in den Sinn. *»It's what's in yourself that makes you happy or unhappy.«* Sie interpretierte das so: Bolt hatte ihr Glück nicht in der Hand.

Hoffentlich dachte er daran.

»Herein!«, erklang es zackig von drinnen.

Sie hob das Kinn, streckte die Brust heraus und trat ein.

»Jo'anna, meine schöne, ausladende Blume! Wie wunderbar, dich zu sehen. Setz dich doch!«

Diese Art falscher Freundlichkeit kannte Jo'anna von Reginald. Sie bedeutete in der Regel, dass Ärger bevorstand. Der Superintendent packte diesen gern hübsch ein.

Als sie zu dem Stuhl vor Reginalds Schreibtisch ging, bemerkte Jo'anna, dass sich ein neues Ausstellungsstück im Büro befand. Ein Lichtstrahler war auf eine Collage aus Kronkorken gerichtet, die das Gesicht von Jamaikas berühmtestem Sportler ergaben. Wessen Fantasie nicht schon bei Reginalds Nachnamen auf den berühmten Verwandten schloss, der wusste spätestens beim Anblick dieses Büros Bescheid. Ein Tempel für den berühmten Sprinter, der aus Trelawny stammte und ein Großcousin des Superintendenten war. Gerahmte Usain-Bolt-Trikots, etliche Fotos, die ihn mit dem Superintendent, beim Durchlaufen einer Ziellinie oder bei der Medaillenvergabe zeigten. Sogar ein paar Schuhe standen in einer gläsernen Vitrine. Getragen bei Usains Sprint zum ersten jamaikanischen Meistertitel.

Jo'anna hatte sich noch nicht ganz gesetzt, da schaltete Bolt schon in die Vorwurfsphase.

»Immer noch kein Ergebnis im Fall Ziggy Presto, oder? Du weißt schon, dass die Medien uns da jeden Tag mehr Druck machen? Also mir! Dabei leite ich ja nicht mal die Ermittlungen.«

Sie wusste, worauf es hinauslief: Er wollte sie der Presse zum Fraß vorwerfen. Positives vermeldete er stets selbst, Negatives nie. So hatte er es immer schon gehalten, und so hatte er es ganz nach oben geschafft.

»Wir haben keine Tatwaffe«, begann Jo'anna die Aufzählung, »keine Fingerabdrücke außer von Mitarbeitern der Distillery, keine Fußspuren. Der Täter hat seinen Wagen nicht auf dem offiziellen Parkplatz stehen gehabt, falls er überhaupt mit einem gekommen ist. Wir gehen aktuell davon aus, dass er mit einem Motocross-Motorrad unterwegs war. Zumindest gibt es einige Reifenspuren, die dafürsprechen.«

»Jo'anna, ich schätze dich sehr, das weißt du. Aber das ist alles, nun ja, nicht besonders viel.«

»Auf Ziggys Bankkonten gab es keine auffälligen Bewegungen, und nichts lässt darauf schließen, dass er sein Verhalten in den letzten Wochen irgendwie geändert hat. An dem Tag seiner Ermordung hat er nur zwei Telefonate geführt: mit Grace Mendoza von Appleton, da ging es um einen Besichtigungstermin unter Kollegen, und mit Lee Campbell vom ›Scotchies‹ wegen einer Lieferung. Touristengruppen waren ausnahmsweise mal keine in der Distillery unterwegs, bis Christiane Holness mit dem Deutschen kam.«

Bolt legte die Hände aneinander wie zum Gebet. »Weißt du, die Rum-Industrie ist sehr wichtig für Jamaika. Muss ich dir das wirklich erklären? Nein!«

Warum tust du es dann?, fragte Jo'anna sich.

»Also präsentier mir gefälligst einen Verdächtigen, der ins Raster passt, und buchte ihn ein.«

Daher wehte also der Wind, dachte Jo'anna. Er stank gewaltig. »Du meinst jemanden, der nicht in der Rum-Industrie arbeitet?«

»Zum Beispiel.«

»Am allerbesten keinen Jamaikaner?«

»Ich will dich nicht beeinflussen!«, erwiderte Bolt lächelnd.

»Also den Deutschen.«

»Damit die Presse erst mal Ruhe gibt. Buchte ihn ein, dann hast du alle Zeit der Welt, um herauszufinden, ob er der Täter ist oder nicht. Und ich habe Ruhe.«

»Falls er der Täter ist, wird er mir nach dem Einbuchten aber keine Beweise mehr liefern. Ich muss ihn erst mal beobachten lassen.« Sie nestelte an ihrer Handtasche herum und ließ Bolt dabei nicht aus den Augen.

»Ach, Jo'anna, komm schon! Wir haben keine Zeit für so etwas.« Er schnupperte in der Luft. »Rieche ich da etwa deinen berühmten Rum Cake?«

Jo'anna lächelte, der Teufelsrochen hatte angebissen. »Ich hab etwas davon für meinen Jungen mitgebracht, er isst ihn doch so gerne.«

Im Police Office ging die Legende, der Kuchen bestände zur Hälfte aus Rum, den Jo'anna auf wundersame Weise in festen Zustand überführte. Weit von der Wahrheit entfernt war das nicht.

»Da kann ich deinen Jungen gut verstehen …«

Jo'anna beugte sich vor. »Ich kann dir ein kleines Stück davon geben, wenn du möchtest …«

»Nichts lieber als das!«, erwiderte Bolt und strahlte übers ganze Gesicht, als Jo'anna ihm eine Serviette mit einem Stück des extrem saftigen Kuchens reichte.

Jetzt würde er für einige Zeit den Mund halten, und sie könnte reden.

»Zu dem Deutschen habe ich natürlich schon recherchiert. Sein Bruder ist vor gut zwanzig Jahren nach Jamaika gereist, hat unter anderem bei Hampden gearbeitet – und ist spurlos verschwunden. Der Deutsche ist sicher auf der Suche nach ihm. Was ich nicht verstehe: warum erst jetzt? Was war der Auslöser? Will er alte Rechnungen begleichen? Jemanden erpressen? Falls ja: womit?«

Bolt nickte, den Mund voller Kuchen. Er schien sie ermutigen zu wollen, ihren Gedanken fortzuführen.

»Die Frage ist, wie Ziggy in das Puzzle passt. War er vielleicht für das Verschwinden des Bruders verantwortlich? Oder sogar für dessen Tod? Falls der Deutsche tatsächlich unser Täter ist, will ich ihn natürlich drankriegen. Aber seine Landsleute werden sicher Theater machen, wenn wir einen von ihnen einbuchten, da dürfen wir ihnen keine Angriffsfläche bieten.«

Bolt wiegte nachdenklich den Kopf, wobei sich ein paar Kuchenkrümel aus seinem Mundwinkel lösten und Richtung Schreibtisch bröckelten.

Jo'anna zog ihr letztes Ass aus dem Ärmel: »Wenn wir den Deutschen einbuchten, einen über 70-Jährigen ohne Vorstrafen, dann wird das in Deutschland groß in die Medien kommen, und wir können wunderbar Werbung für Jamaikas Polizei machen – aber nur, falls alles wasserdicht ist. Dann werden wir blendend dastehen, anderenfalls blamieren wir uns total.«

Bolt schluckte den letzten Bissen herunter und wischte sich den Mund ab.

»Drei Tage, mehr sind nicht drin! Verstanden? Und dafür bekomme ich auch das Stück von deinem Sohn.«

»Du bist wirklich ein brutal harter Verhandler!«, sagte Jo'anna. Bolt hatte ja keine Ahnung, dass Isaac ihren Kuchen nicht leiden konnte.

»Ich weiß«, antwortete Bolt. »Und jetzt ab an die Arbeit. Ich muss dringend Usain anrufen, er wollte einen Tipp von mir für eine gute Bar, wo er in Ruhe mal wieder einen trinken gehen kann.«

Natürlich. Und der Papst ruft beim Kaplan an, um zu fragen, wo man schön beten kann.

Erst als sie Bolt den Rücken zugedreht hatte, erlaubte Jo'anna sich ein breites Lächeln.

Miss Marple wäre stolz auf sie gewesen.

Martin konnte sich nicht erinnern, dass es ihm jemals so schwergefallen war, die Augen zu öffnen. Die Schmerzen waren höllisch. Es kam ihm vor, als schrammten seine Lider über die Augäpfel, und das bisschen Licht, das er sah, war so hell, als baumelte vor jedem Auge eine 200-Watt-Birne.

»Langsam, ganz langsam«, hörte er Babes Stimme. »Kopf nicht heben. Einfach liegen bleiben. Mehr musst du nicht tun.«

»Und meine Augen öffnen.« Er versuchte es weiter, doch seine Lider rauschten wieder herunter wie Stahljalousien, bei denen die Aufhängung gerissen war.

»Das wäre ein schöner Anfang.« Sie strich ihm über die Stirn. »Ist das Licht zu hell? Warte, ich zieh die Gardinen zu.«

»Wie schlimm ist es?«

Babe atmete tief ein. Eigentlich war Atmen ja immer ein gutes Zeichen, aber in diesem Fall wäre es Martin lieber gewesen, keines zu hören.

»Ich ziehe die Frage zurück.«

»Nein, es ist nicht schlimm. Und das ist ein kleines Wunder. Irgendwer will, dass du überlebst.«

»Und irgendwer, dass ich sterbe.« Als er die Lider wieder öffnete, diesmal langsamer, stach das Licht nicht mehr so sehr in seine Augen. Er bekam sie tatsächlich komplett auf.

Babe lächelte ihn an. »Brav! Nein, nicht an die Stirn fassen.«

Martin tat es trotzdem. Das war ein Fehler.

»Nur ein Streifschuss«, erklärte Babe. »Aber der hat dich ausgeknockt.«

Er blickte zu ihr. Sie trug ein rotes, bauchfreies Top, schwarze Hotpants und goldene Turnschuhe. Die Farben der deutschen Flagge, nur in der falschen Reihenfolge. Am Strand hatte sie noch anders ausgesehen. Offenbar war er lange weg gewesen.

»Warum hat jemand auf mich geschossen? Und woher wusste derjenige überhaupt, wo wir sind?« Die Fragen kamen stockend aus Martin heraus, wie bei einem verstopften Rohr, aber mit viel Druck. »Das wusste doch niemand! Höchstens Lee vom ›Scotchies‹. Oder sind wir beschattet worden? War es vielleicht mein Bruder, der nicht gefunden werden will? Ein Warnschuss von ihm?«

»Das an deinem Kopf war kein Warnschuss, das war definitiv ein Mordversuch.« Babe strich Martin die verschwitzten weißen Haare aus der Stirn.

»Aber es gibt doch keinen Grund dafür! Ich habe nichts herausgefunden, für das mich jemand zum Schweigen bringen müsste. Ich bin niemandem auf der Spur, außer meinem Bruder. Ich habe mich mit niemandem angelegt, niemanden beleidigt.«

»Es könnte auch einfach ein normaler Überfallversuch gewesen sein.«

»Das glaubst du doch selbst nicht.«

Babe schüttelte den Kopf. »Nein, tu ich wirklich nicht. Wollte dich nur beruhigen. Und mich. Weil es bedeuten würde, dass du jetzt in Sicherheit wärst. Aber das bist du nicht, du musst verdammt noch mal aufpassen.«

»Du solltest dich von mir fernhalten, bei mir zu sein, ist zu gefährlich!«

»Spinnst du? Auf keinen Fall! Und wenn du das Thema noch mal erwähnst, klopfe ich an deiner Stirn gegen die Stelle, wo es garantiert sau wehtut!«

Martin erkannte, dass er nicht in einem Krankenhaus lag, sondern auf einer Matratze in einem Raum, der eigentlich nur aus ein paar mit Kleidung gefüllten Müllsäcken, einer kleinen Kochplatte auf dem Boden, einem altersschwachen, lauten Kühlschrank und einem greisen Röhrenfernseher bestand. Babe kniete neben ihm auf einem Kissen.

»Warum bin ich nicht im Krankenhaus?«

»Aus Sicherheitsgründen. Du willst doch bestimmt keine weitere Begegnung mit Jo'anna Desmond, oder?«

»Nein, wirklich nicht«, log Martin, der die Polizistin sehr gerne wiedergesehen hätte, allerdings privat. »Muss die Wunde ...«, Er korrigierte sich. »Müssen die Wunden nicht behandelt werden?«

»Sind sie. Eine Freundin von mir ist Krankenschwester und hat sich um dich gekümmert. Deine Wunden sind desinfiziert, und sie hatte auch Verbandsmaterial dabei. Du hast großes Glück gehabt und nur wenig Blut verloren.«

Martin versuchte, sich aufzusetzen. Es tat nicht mehr weh als sonst auch. Das war eine gute Nachricht. »Was ist genau passiert?«

Babe stand auf und holte ihm eine Plastikflasche mit Wasser aus dem Kühlschrank. »Nachdem du zu Boden gegangen bist, habe ich mich neben dich geworfen und dann wie verrückt nach Hilfe gebrüllt. Ganz in der Nähe lagen ja einige Liebespärchen im Sand, und die Bar war auch nicht weit entfernt. Auf jeden Fall standen bald Leute bei uns. Ich hab extra nicht gerufen: ›Jemand schießt auf uns‹, dann wäre nämlich sicher niemand gekommen.« Sie lachte. »Obwohl es natürlich doof gewesen wäre, wenn der Schütze einen von ihnen erschossen hätte.«

»Doof ist gar kein Ausdruck. Aber der Schütze hatte es ja offenbar nur auf mich abgesehen.« Martin trank etwas. Niemals zuvor hatte Wasser so gut geschmeckt.

»Und gleich noch ein Schluck! So ist gut.« Babe nickte ihm aufmunternd zu. »Es fiel Gott sei Dank kein weiterer Schuss. Unser Glück war, dass Queenie unter den Leuten war, die uns zu Hilfe geeilt sind. Ich hab ihr zu verstehen gegeben, dass wir keine Polizei gebrauchen können. Darauf hat sie die Sache in die Hand genommen, zwei Typen abkommandiert, dich in mein Auto zu tragen, und den Leuten erzählt, sie würde sich um alles kümmern. Die Frau ist total super! Willst du wirklich schon aufstehen?«

»Hat die Krankenschwester etwas dagegen gesagt?«

»Nope.«

»Na dann.«

Sie half ihm hoch, und Martin ging zum Fenster, zog die Vorhänge zur Seite und blickte hinaus. Draußen sah es aus wie in einem Krisengebiet. Kein Haus stand gerade oder war intakt, auf den Straßen spielten die Kinder, überall lag Müll.

Babe trat neben ihn und reichte ihm ein paar Kokosnussstücke. »Hab ich auf der Fahrt hierher für dich beim weltbesten Straßenhändler gekauft. Die bringen dich wieder nach vorn.«

»Hier wohnst du also.«

»Ich weiß, in einer Villengegend zu leben, ist irgendwie uncool, aber ich mag den luxuriösen Lifestyle.«

Martin nickte. »Die Poollandschaft ist jedenfalls nicht zu verachten.«

»Und die Poolboys erst!«

Martin nahm ihre Hand. Er kannte Babe erst kurze Zeit, aber hatte sie schon sehr ins Herz geschlossen. Vielleicht zu sehr. »Ich habe nicht viel, doch ich würde dir gerne etwas geben. Weil du gut zu mir bist. Und … Familie.«

Babe gab ihm einen Kuss auf die Wange. »In der Familie hilft man sich, ohne etwas dafür zu verlangen. Ich will dein Geld nicht. Also außer meinen Lohn für die Fahrten, das ist ehrlich verdiente Kohle.«

»Trinkgeld ist aber okay, oder?«

»Aber nur, weil du es bist.« Wieder dieses Lachen. In diesem Slum strahlte es noch heller.

Martin versuchte, am Stand der Sonne die Uhrzeit zu erahnen, aber es gelang ihm nicht. »Wie spät ist es? Haben wir noch Zeit für einen kleinen Ausflug?«

»Zeit ja, aber fühlst du dich denn gut genug?«

Martin hob die Arme wie ein Bodybuilder. »Stark wie ein Bär! Ich brauche nur meine Kapitänsmütze, dann können wir los.«

»Deine alte bekommst du sicher so schnell nicht wieder zurück. Die ist jetzt Beweismaterial. Aber da ich weiß, wie sehr du an deiner Kopfbedeckung hängst, hab ich dir eine neue besorgt.« Sie reichte ihm eine zerknautschte Mütze. »Sieht fast genauso aus wie deine alte!«

Das tat sie überhaupt nicht. Es war eine billige Kopie, aber Martin war gerührt von Babes Geste und setzte sie auf, als hätte ein Admiral sie ihm überreicht. »Das ist wirklich nett von dir, danke.«

»Kein Ding. Steht dir super!«

Martin rückte sie gerade. »Also auf zu Long Pond!«

»Planänderung«, erwiderte Babe.

»Ach ja, und wieso?« Martin setzte sich doch noch mal kurz auf die Matratze. Sein Kreislauf kam weniger schnell in Schwung als er selbst.

»Nachdem du sicher im Auto verstaut warst, hab ich mich schnell etwas umgesehen. Ich hab zwar nicht mitbekommen, von wo die Schüsse abgefeuert wurden, aber der Schütze muss sich ja irgendwo in der Nähe aufgehalten haben. Und vor den Glascontainern am Hotelkomplex hab ich dann was gefunden! Es ist zwar nur klein, aber wertvoll.« Sie griff in die Hose ihrer abgeschnittenen Jeans und beförderte ein Taschentuch hervor, in das eine Patronenhülse eingewickelt war. »Wenn das keine Spur ist!«

Martin sah sie sich an. »Aber wir haben kein Labor, und zur Polizei können wir auch nicht, ohne die Geschichte zu erzählen.«

»Ein Kumpel von mir jobbt da gerade im Archiv. Isaac, ein guter Kerl, kifft ein bisschen zu viel, aber ansonsten total okay. Und er ist scharf auf mich, da tut er mir sicher einen Gefallen. Aber ich werde ihm hinterher keinen tun, auch wenn er darauf spekuliert.« Sie streckte die Zunge raus.

»Aber was hat das jetzt mit der Planänderung zu tun?«

»Als ich da so mit der Hülse in der Hand stand, kam eine alte Frau an und wollte wissen, ob ich von der Polizei wäre. Ich wollte schon fragen: Sehe ich etwa so aus? Aber dann dachte ich: Sag einfach mal Ja. Sie hat mir erzählt, dass sie kurz vorher einen Mann mit einer Waffe gesehen hätte, der weggerannt sei, nachdem ein Schrei zu hören gewesen war.«

»Ich verstehe immer noch nicht.«

»Die Alte hatte wohl schon etliche Polizeifilme gesehen, auf jeden Fall fing sie von sich aus an, den Typen zu beschreiben …«

Jetzt stand Martin doch wieder auf, es hielt ihn einfach nicht mehr am Boden. Da musste sein Kreislauf jetzt durch. »Und?«

»Der Mann war mittelgroß, ob er ein Weißer oder ein Schwarzer war, konnte sie im Dunkeln nicht erkennen, genauso wenig wie die Gesichtszüge. Aber – jetzt kommt's – er trug ein Monymusk-T-Shirt.«

»Ist das eine Band?«

»Nein, das ist ein Rum.«

»Ein jamaikanischer?«

Babe lächelte breit. »Es ist der Name des Rums, den sie bei Clarendon produzieren – und das ist rein zufällig eine der Distillerys, die auf Dads Liste standen. Die brennen da nicht mit Pot Stills, sondern mit Column Stills und deshalb große Mengen. Da ist verdammt viel Kohle im Spiel! Und wo viel Kohle ist, gibt es viele dunkle Seelen.«

Die Herstellung von Rum

Von Lasse Reinda

Eine Publikation des Rum-Museums
im Flensburger Schifffahrtsmusem

Abb. 3: Rum wird gern als Cocktail genossen

Ganz offen gesagt: Rum ist Chaos. Jedes Land macht ihn ein bisschen anders und hat oft über die Jahrhunderte eigene Brenntraditionen entwickelt. Allgemeingültige Regeln für die Herstellung oder die Bezeichnung gibt es nicht. Das ist aber auch das Schöne am Rum: Kein Destillat ist anarchistischer!

Zuckerrohr – Die Grundzutat

Fangen wir mit der Grundzutat an: Zuckerrohr. Darauf können sich alle einigen. Rum wird aus Zuckerrohrsaft, Zuckerrohrsirup oder Melasse gewonnen, dem Rückstand bei der Zuckerproduktion, in dem viele Mineralien und Aromen enthalten sind.

Zuckerrohr wächst nach dem Setzen der Pflanze zunächst neun bis vierundzwanzig Monate – entscheidend für den Zeitpunkt der Ernte ist der Zuckergehalt. Es wird maschinell wie manuell geerntet, Letzteres bringt den höherwertigen Ertrag. Das Rohr wächst nach dem Schnitt übrigens nach, bis zu acht Jahre kann eine Pflanzung bewirtschaftet werden.

Eine schnelle Weiterverarbeitung ist Pflicht, sonst droht bakterieller Befall. In einer speziellen Mühle wird der Saft aus dem Zuckerrohr gepresst. Das Ergebnis der ersten Pressung des Zuckerrohrs heißt Virgin Honey oder Virgin Sugar Cane Honey.

Auf Zuckersirup als Grundzutat wird vor allem aus praktischen Gründen zurückgegriffen.

Da frischer Zuckerrohrsaft schnell verarbeitet werden muss, kocht man ihn zum Sirup ein, um ihn haltbar zu machen. So ist man nicht mehr von den Erntezeitpunkten abhängig.

Die Fermentation

Egal, ob Zuckerrohrsaft, Sirup oder Melasse: Damit Alkohol entsteht, muss eine Fermentation stattfinden. Meist geschieht das mithilfe von zugesetzten Hefekulturen. Bei industriell produziertem Rum werden sogenannte Turbohefen verwendet, mit denen die Gärung besonders schnell abläuft. Zeit ist Geld! Aber in diesem Fall: weniger guter Geschmack.

Eine Turbohefe schafft in sechs Stunden, was ansonsten auch mal eine Woche dauern kann. Es gibt sogar Fermentationen, die einen Monat dauern, manchmal wird zuerst in Holzbehältern, dann in Metall fermentiert. Es gibt nichts, was es nicht gibt!

Da die Maische nicht zu warm werden darf, weil dies zu einem Absterben der Hefen führt, werden die entsprechenden Behälter zum Teil gekühlt. Auch gehäckseltes Zuckerrohr und Stängelreste (»Bagasse« genannt) kommen bei einigen Distillerys in die Maische sowie Wasser.

Auf Jamaika gibt es eine Besonderheit bei der Rum-Produktion: Für manche Rums werden der Maische Dunder, Skimmings und die Flüssigkeit aus einem Muck Pit hinzugegeben – vergleichbar ist dies mit dem Sour Mash beim Bourbon Whiskey. Allerdings nutzen die wenigsten Distillerys diese Techniken, Hampden und Long Pond sind aber dafür bekannt.

Dunder

Der Rückstand, der sich nach der Destillation im Brennkessel findet, wird Dunder genannt. Dieser besitzt einen hohen Gehalt an Säuren – die zusammen mit Alkohol in der Maische Ester-Moleküle bilden. Deshalb nutzen manche jamaikanischen Distillerys für Rums, die einen sehr hohen Ester-Anteil haben sollen, dieses Abfallprodukt. Recycling auf jamaikanisch!

Muck Pits

In Muck Pits findet das ultimative Recycling statt: Nicht nur Dunder, sondern eigentlich alle Restflüssigkeiten, die in der Distillery anfallen, kommen in diese Gruben, dazu Breiapfel (Sapodilla), Jackfruit und Bananen.

Sämtliche Mikroorganismen dieser Produkte feiern da drin regelrecht Weihnachten, und zwar das ganze Jahr. Ein wenig davon in die Maische, und zack hat man eine ganze Reihe mehr und vor allem andere Ester-Verbindungen und damit »funky« Aromen.

Skimming

Als Skimming wird die Schaumkrone bezeichnet, die sich beim Sieden des Zuckerrohrsafts an der Oberfläche bildet. Diese kann zur Maische hinzugegeben werden. Da viele Distillerys mit Melasse arbeiten, haben sie jedoch kein Skimming zur Hand.

Die Destillation

Das bei der Fermentation entstandene Gebräu (Alkoholgehalt von etwa 4 bis 10 %) wird dann destilliert. Die physikalische Grundlage für jede Destillation ist, dass der Siedepunkt von Wasser bei 100 Grad Celsius liegt, der von Alkohol bereits bei 78,3 Grad. Erhitzt man das

Gebräu also nicht bis 100 Grad, steigt nur der Alkohol in Form von Dampf auf, kann wieder verflüssigt und separiert werden. Jede klassische Destillation beginnt bei niedrigeren Temperaturen und steigt kontinuierlich an, wobei verschiedene Alkohole leicht unterschiedliche Siedepunkte haben. Man trennt den minderwertigen Vorlauf (der von Alkoholen mit niedrigem Siedepunkt stammt, darunter Methanol) und den ebenfalls minderwertigen Nachlauf (der von Alkoholen mit hohem Siedepunkt stammt, auch Fusel genannt) ab.

Oft wird das Destillat des ersten Brennprozesses nochmals gebrannt, wodurch es hochprozentiger und reiner wird. Die Destillation findet in zwei Typen von Brennblasen statt.

Pot Still / Batch Destillation

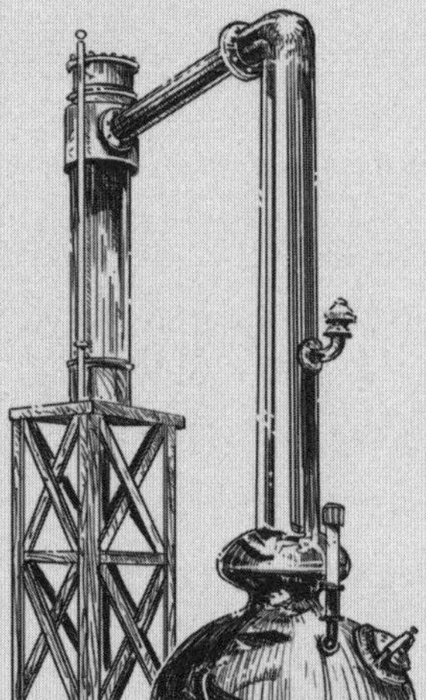

Abb. 4: Klassische Pot Still

Diese Brennblasen zeichnen sich durch ihre typische Alambic-Form aus, die an einen Tropfen erinnert. Der Brennprozess mit Pot Stills ist diskontinuierlich, jede Charge (Batch) muss aufwendig neu angesetzt werden. Dadurch sind sie deutlich weniger produktiv als Column Stills. Die hierin entstehenden Alkohole sind aber aromatischer. Fast immer wird zweimal destilliert, manchmal auch drei- oder viermal.

In seltenen Fällen sind bei der Destillation mit Pot Stills eine oder zwei weitere Brennblasen direkt hinter die erste geschaltet, sogenannte Retorten. Diese kombinierten Brennblasen sind auch als Adams Pot Stills bekannt und fast nur in der Karibik zu finden. Mit ihrer Hilfe kann zwar sehr individueller Rum erzeugt werden, allerdings sind sie auch sehr ineffizient. Auf Jamaika verwenden nur noch Long Pond, Clarendon und Hampden diesen Brennblasentyp.

Column Stills

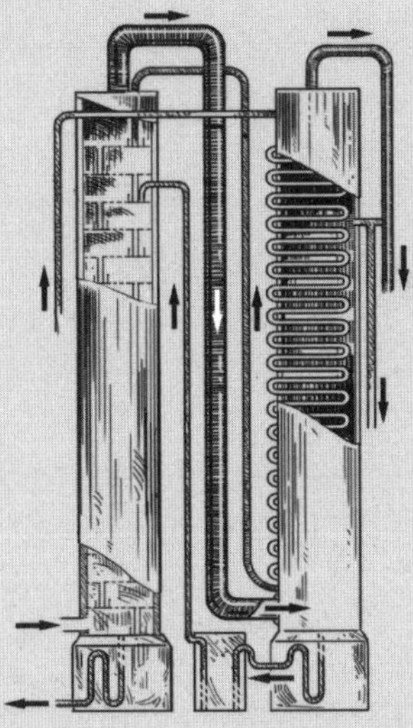

Abb. 5: Moderne Column Still

Column Stills werden auch Coffey Stills genannt, nach ihrem Erfinder, dem irischen Ingenieur Aeneas Coffey. Sie weisen eine Säulenform auf, daher ist der Brennvorgang mit dieser Blase auch als Säulendestillation bekannt. Hierbei handelt es sich um einen kontinuierlichen Brennprozess, wodurch in kurzer Zeit größere Mengen gebrannt werden können. Das entstehende Destillat enthält relativ wenig Fuselöle und bis zu 98,5 % Alkohol. Wie läuft das Verfahren genau ab? Kurz gesagt wird oben die Maische eingelassen, und von unten kommt Dampf. Auf den verschiedenen Glockenböden kondensiert Alkohol unterschiedlicher Volumenstärke, der dort abgezogen werden kann.

Die Lagerung

Der in der Destillation entstehende Rum hat einen Alkoholgehalt von 65 bis 75 %.

Weißer Rum muss nicht lagern, reift aber manchmal sechs bis dreißig Monate in Edelstahltanks. Geschieht die Reifung in Holzfässern, filtert man den Rum danach über Holzkohle, damit er wieder klar wird.

Brauner Rum erhält seine Farbe durch die Lagerung in Eichenholzfässern – häufig allerdings auch durch Zuckercouleur oder Karamellsirup (manchmal noch profaner: durch Farbstoff). Er ist in der Regel aromatischer, abgerundeter und süßlicher als weißer Rum. Was auch daran liegt, dass Eichenholz Zucker und Vanillin enthält, die durch das »Toasten«, also das Auskohlen der Fässer von innen, aktiviert werden und später in den Rum übergehen. Holzfässer erlauben im Gegensatz zu Edelstahlfässern zudem einen gewissen Luftaustausch. Es war die Royal Navy, die herausfand, wie segensreich eine lange Lagerung in Holzfässern ist – am Ende der Seereisen schmeckte der mitgeführte Rum nämlich besser als zu Beginn.

Mancher Rum wird mit seinem vollen Alkoholgehalt in Fässer gefüllt und gelagert, mancher vorher mit destilliertem Wasser verdünnt, denn dadurch verringert sich sein Alkoholgehalt, und er entzieht dem Fass etwas leichtere Ester und Phenole. Ein Rum mit mehr Alkohol verdunstet außerdem schneller – der berühmte »Anteil der Engel«. Zudem gilt: Je höher die Temperatur, desto schneller verdunstet Alkohol. Deshalb ist der Anteil der Engel bei einer Lagerung in der Karibik viel größer als bei einer Lagerung in Europa. Fässer werden während der Reifung regelmäßig mit Rum aufgefüllt, um den Anteil der Engel auszugleichen. So wird verhindert, dass sich zu viel Luft in den Fässern befindet, wodurch zu viel Oxidation stattfinden würde.

Verwendet werden vor allem ausrangierte amerikanische Bourbon-Fässer, weil Bourbon stets in neuen Fässern gelagert werden muss und die älteren entsprechend günstig sind. Es kommen aber auch Whisky-, Port-, Sherry-, Cognac- oder Madeira-Fässer zum Einsatz – wobei die letzten drei dafür bekannt sind, dass sie dem Rum Aromen von Rosinen und Trockenfrüchten hinzufügen. Auch ehemalige Wein- oder neu angefertigte Fässer werden mitunter verwendet. Manche Rums lagern zuerst in einer Art von Fass und dann zum Finish noch in einer anderen.

Bei Rum unterscheidet man zwischen der Reifung in europäischen Kellern (»Continental Aging«) und der in den jeweiligen Heimatländern (auf Jamaika wird dies als »Tropical Aging« bezeichnet).

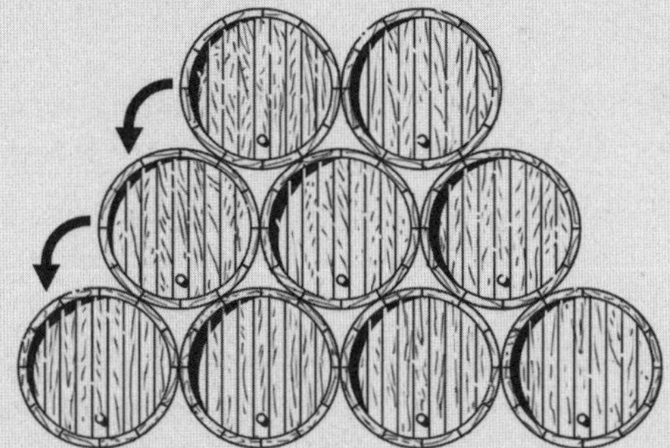

Abb. 6: Solera-Verfahren

Eine besondere Art der Reifung und Lagerung, die aus der spanischen Sherry-Produktion stammt, heißt »Solera«, zu Deutsch: »die, die am

Boden liegen«. Im Mittelpunkt dieser Technik steht eine Art Fässerpyramide: Geht es an die Abfüllung des Rums in Flaschen, bedient man sich nur an den Fässern der untersten Reihe. Diese werden dann mit Rum aus den darüberliegenden Fässern aufgefüllt, die wiederum Nachschub aus den Fässern (»Criaderes«) der Reihe darüber bekommen – und immer so weiter. In die oberste Reihe kommt jeweils der frisch produzierte Rum hinein. Dadurch entsteht der spezielle Solera-Rum, der immer eine Mischung aus verschiedenen Jahrgängen darstellt. Bei einer »Solera 20« ist nur der älteste – aber auch kleinste – Rum-Anteil zwanzig Jahre alt. Das System sorgt für einen sehr gleichbleibenden Geschmack.

Das Blending

Nur in seltenen Fällen wird Rum aus einem Fass direkt in Flaschen gefüllt – dann nennt man den Rum »Single Cask«. Meist wird er von sogenannten »unabhängigen Abfüllern« angeboten, also nicht von den Distillerys selbst.

Üblich ist das Blending, bei dem verschiedene Rums miteinander vermählt werden. Dieser schwierigen Aufgabe widmet sich der Master Blender, der genau weiß: Kein Fass ist wie das andere. Das Ziel beim Blending kann sowohl sein, einen möglichst guten Rum zu produzieren, wie auch, einen bestimmten Rum-Stil zu reproduzieren, den der Kunde schätzt.

Bei Rum ist es – im Gegensatz zu Whisky – nicht unüblich, dass Destillate aus verschiedenen Ländern vermählt werden.

Vor der Abfüllung in Flaschen wird der Rum meist mit destilliertem Wasser auf Trinkstärke gebracht, der Mindestalkoholgehalt beträgt 37,5 %. »Overproof Rum« kommt dagegen ganz oder größtenteils unverdünnt auf den Markt. Rum wird teilweise auch mit Zucker versetzt, um eine stärkere Süße zu erreichen – allerdings nicht auf Jamaika, dort ist diese Art Gepansche erfreulicherweise immer noch verboten.

Die Angst traf Martin wie ein Schlag in den Nacken.

In der Sekunde, als er auf die Straße vor dem Haus trat. Überall schien es metallisch aufzublitzen, jeder zog eine Waffe, zielte auf ihn. Und wegen der Schalldämpfer würde er den Schuss nicht einmal hören. Er würde nur den Schmerz spüren, wenn die Kugel sich in seinen Körper bohrte und sein Leben beendete.

Es war ihm doch viel mehr wert, als er gedacht hatte.

Es waren nur wenige Schritte zu Babes rosa Golf, aber Martin war völlig außer Atem, als er es endlich geschafft hatte, sich anzuschnallen. Ihm stand der Schweiß auf der Stirn, und seine Wunden wummerten.

Plötzlich legte sich Babes Hand beruhigend auf seinen Oberarm. »Es wird besser, glaub mir.«

»Bist du auch schon …«

»Nicht angeschossen worden. Aber fast wäre mir etwas widerfahren, vor dem Männer meist sicher sind. Danach habe ich mit dem Kickboxen angefangen. Du lebst, das ist alles, was zählt. Und ich bin sehr froh darüber.« Sie gab ihm einen sanften Kuss auf die stoppelige Wange.

Er tat sehr gut.

Dann strahlte Babe ihn an. »Ich habe eine Überraschung für dich. Kennst du Butch Braithwate?« Ihre Stimme hatte einen leicht überdrehten Ton.

»Nein. Sollte ich?«

Babe blickte in den Rückspiegel und stellte diesen ein. Sie brauchte sehr lange dafür. »Butch gehört ein ziemlich cooler Plattenladen.«

Das konnte doch wohl nicht … Martin setzte an, von seinem Besuch im Plattenladen in Kingston zu erzählen, aber Babe war schneller.

»Er ist ein alter Freund von mir. Als ich ihm erzählt hab, dass ich gerade einen Deutschen fahre, wurde er ganz aufgeregt und meinte, dass er mir ein Tape extra für dich zusammenstellt. Ein Deutscher hat ihn vor Ewigkeiten auf eine ganz besondere Musikrichtung gebracht. Du wirst dich sicher freuen, das zu hören!«

Martins Hirn war nicht schnell genug, um seiner Hand zu sagen, sie solle verhindern, dass Babe die Kassette in den altertümlichen Player stecke.

Kurze Zeit später erklang Heintje.

»Oma so lieb, Oma so nett,
Ach wenn ich dich, meine Oma nicht hätt,
Wär's auf der Welt, so traurig und leer,
Denn eine Oma wie dich gibt's nie mehr.«

»Total niedlich, oder?«, kiekste Babe. »Worum geht es in dem Lied?«

Martin dachte nach, wie er es am besten ausdrücken sollte. »Um starke Zahnschmerzen.« Zumindest löste so viel Süßlichkeit normalerweise welche aus.

»Warum bist du so grummelig? Magst du keine Musik aus deiner Heimat?« Babe drehte die Lautstärke herunter.

»Doch, aber das ist Musik für Mütter und Großmütter.«

»Du bist sexistisch!«

»Nein, Heintje war sexistisch. Lass uns bitte über etwas anderes reden, und mach die Musik ganz aus, das ist besser für meine Genesung. Ich weiß deine Mühe aber zu schätzen.«

Babe bremste ruppig vor der roten Ampel und fuhr noch ruppiger wieder an.

»Erzählst du mir noch ein bisschen mehr über deine Mutter und meinen Bruder?«, fragte Martin, um schnell ein neues Thema anzuschneiden. »Ich weiß noch gar nichts über die Beziehung, aus der meine wunderbare Nichte entstanden ist.«

»Pah … wunderbare Nichte. Du willst dich doch nur einschmeicheln!«

»Ach komm, sei nicht beleidigt. Ich werde mich sicher nicht dafür entschuldigen, dass ich Heintje nicht mag. Erzähl schon. Die Fahrt zu Clarendon ist lang, oder?«

»Schon.«

»Na, siehst du. Und ich bin krank, da bekommt man seine Wünsche erfüllt. Zumindest in Deutschland.«

»Hier auch.« Babe blickte zu ihm. »Du bist ganz schön gerissen.«

»Kommt mit dem Alter.«

Babe konnte wieder lächeln. »Na gut, meinetwegen. Aber nur weil ich total nett bin.«

»Sowieso.«

Sie klopfte mit den Fingern auf das Lenkrad. »Wo fang ich an? Am besten bei meiner Mum! Sie war Tänzerin, klassisches Ballett, das ist immer ihr Traum gewesen, und obwohl der für ein Mädchen aus armen Verhältnissen als Spinnerei galt, hat sie sich durchgebissen und die Ausbildung in den Staaten gemacht. Aber nach ihrer Rückkehr hat sie nur Auftritte in Touristenhotels bekommen, und da durfte sie so gut wie nie Ballett tanzen, aber oft die aufregende Jamaikerin geben. Traum zerplatzt.«

»Wie sah sie aus?«

»Wunderschön! Ich zeig dir demnächst ein paar Fotos von ihr, habe zu Hause ein ganzes Album. Aber so schön Mum auch war, sie hatte nur hässliche Beziehungen. Hat sich immer in Typen verliebt, die sie ausgenutzt haben – und hat nie etwas draus gelernt. Dabei wollte sie einfach nur glücklich sein! Und dann kam Dad. Auch wenn sie nur wenig Zeit zusammen hatten, er war ihre große Liebe. Vom ersten Augenblick an, das hat sie mir oft erzählt. Mum dachte direkt: Mit Christian kann ich mir ein gemeinsames Leben aufbauen. Er schien ihr verlässlich, verlässlich wie die deutschen Autos. Wie mein Golf! Aber dann ist er verschwunden. Nach knapp drei Wochen, und kam nicht wieder.«

»Er hat sie verlassen?«

»Nein! Er war einfach wie vom Erdboden verschwunden, von einem Tag auf den anderen, ohne eine Nachricht. Mum hat ihn nie wiedergesehen. Sie hat gesagt, ihm ist bestimmt etwas passiert, sonst wäre er bei ihr geblieben. Sie hat immer nur Gutes über ihn erzählt.«

»Hat sie irgendwann wieder von ihm gehört? Hat er jemals erfahren, dass du auf dem Weg bist?« Martin konnte sich nicht vorstellen, dass Christian eine Frau verlassen hätte, die von ihm schwanger war. Das passte nicht zu ihm.

Babe wendete ihr Gesicht ab und blickte aus dem Seitenfenster. »Er weiß nichts von mir.«

»Es würde ihn sehr glücklich machen, das kannst du mir glauben.«

Als Babe den Kopf wieder zu ihm drehte, war ein kleines Tränchen in ihrem Augenwinkel. »Meinst du wirklich?«

»Natürlich! Er hat sich immer eine Tochter gewünscht.« In Wirklichkeit hatte Christian nie Kinder gewollt, jedenfalls soweit Martin wusste. Er hatte immer gesagt, sie würden ihn zu sehr binden. Aber dies war nicht der Moment für unangenehme Wahrheiten.

»Hatte sie danach wieder eine Beziehung?«, fragte er stattdessen.

»Nein. Ich glaube ja, sie ist letztendlich an Kummer gestorben und nicht nur am Alkohol. Das war letztes Jahr, ich war gerade achtzehn. Aber eigentlich hat sie die Welt nicht am Tag ihres Todes verlassen, sondern über Monate hinweg, Schritt für Schritt. Und egal, was ich gemacht hab, um sie hier zu halten, es hat nichts gebracht. Ich war einfach nicht Grund genug, dass sie das Trinken sein ließ. Ich hab meine Mum sehr geliebt und vermisse sie jeden Tag, doch das werde ich ihr nie verzeihen. Was natürlich nicht fair ist, denn ich weiß ja, dass sie einfach zu dünn gesponnen war für diese Welt.« Babe blickte in den Rückspiegel. »Mal was anderes: Hinter uns fährt ein brandneu aussehender, silberner Jeep, und der war schon da, als ich dich im ›Palace‹ abgeholt habe …«

Martin versuchte, nach hinten zu schauen, aber seine Halswirbel sagten lautstark Nein. Er merkte, wie ihm wieder kalter Schweiß auf die Stirn trat und die Angst in die alten Knochen fuhr.

Babe fuhr schneller. »Der lässt die Lücke nicht größer werden!« Sie wurde langsamer. »Mal schauen, ob er das auch mitmacht.«

Martin schaffte es, den Wagen im Rückspiegel zu erspähen. Es war nicht zu erkennen, wer hinter dem Steuer saß. Außer dem Fahrer befand sich offenbar niemand im Geländewagen.

»Scheiße, er hat die Geschwindigkeit tatsächlich angepasst.« Babe kaute auf der Unterlippe. »Dann wollen wir doch mal sehen, wie weit wir das Spiel treiben können!«

Sie wurde noch langsamer.

Der Jeep kam näher und näher.

Dann bog er ab.

Babe lachte auf. »Mein Puls rast wahnsinnig!«

Martin ging es nicht anders. »Ich glaube, jetzt könnte ich doch etwas Heintje vertragen, um auf andere Gedanken zu kommen.«

Babe hob überrascht die Augenbrauen, dann drückte sie Play und Heintje erklang wieder, danach Roy Black, Andy Borg und Stefan Mross.

Fehlte nur noch Dieter Thomas Heck, der alles anmoderierte.

Moin Tagebuch,

ich hab dich vernachlässigt, sorry! Aber hast du dir Jamaika so vorgestellt? Also ich ganz bestimmt nicht. Es ist total anders – und ich bin hier auch total anders. Man meint ja immer zu wissen, wer man ist, aber hier hab ich rausgefunden, dass ich ganz anders bin. In Flensburg haben sie alle eine genaue Vorstellung von mir, und ich hab mich ganz automatisch so verhalten, dass niemand an seiner Vorstellung rütteln musste. Für die anderen war ich immer der Rum-Professor, der sich für nichts interessiert hat als seine Rums und Destillate: der Eigenbrötler von Flake, der nur selten aus sich rausgeht. Dabei war ich so eigentlich nie!

Wie sich herausgestellt hat, bin ich ein Partytier! Das enge Korsett ist ab, ich kann atmen. Und jetzt kommt's: Ich bin auch ein Frauenheld. Kannst du das glauben? Meine Güte, ich hab echt den Eindruck, ich hole hier Jahrzehnte im Schnelldurchlauf nach. Ich weiß nicht, woran es liegt, aber die Frauen hier stehen auf mich. Mein Geld kann es nicht sein, denn ich hab ja keins. Mein blendendes Aussehen? In Deutschland komme ich nicht bei allen gut an, aber hier mögen sie den wettergegerbten Typ mit den buschigen Störtebäcker-Augenbrauen, der sich schon zweimal die Nase gebrochen hat. Sie sagen, mein Gesicht hätte Charakter und Charakter sei sexy. Was bin ich froh, dass ich mich als Kind zweimal so dermaßen auf die Fresse gelegt habe!

Weißt du, was mir klar geworden ist? Imke war Teil des Flensburger Korsetts, sie war sogar der Hauptteil davon. Sie hat mich in Watte gepackt, aus den besten Gründen, klar, aber unter Watte erstickt man auf Dauer. Hier gibt es keine Watte, hier gibt es nur Realität. Die ist zwar scharfkantig, und man muss aufpassen, aber es lohnt sich so was von!

Zuerst war ich mit Kayla Holness ungebunden. Meine Herren, waren wir ungebunden! Wir sind tagelang kaum aus dem Bett gekommen, und wenn, dann nur, um etwas zu essen, damit wir wieder zu Kräften kommen. Oder um zu tanzen. Kayla ist nämlich Tänzerin, und zwar durch und durch. Wir haben im Wohnzimmer getanzt, in der Küche, unter der Dusche, auf der Straße. Aber es wurde leider schnell zu eng. Weißt du, Kayla hat sich echt total in mich verliebt, plötzlich redete sie von Heiraten und Kinderkriegen, was mir echt Angst gemacht hat. Das fühlte sich direkt wieder so einschnürend an, wo ich die Enge doch gerade erst hinter mir gelassen habe. Also hab ich es beendet. Kayla war am Boden zerstört und hat gedroht, dass ich es bitter bereuen würde. Durch diese Drohung ist mir klar geworden, dass wir eigentlich nie eine Chance hatten. Druck zerquetscht jede Liebe.

Mich hat das Ganze ziemlich mitgenommen, und ich hab mich total abgeschossen. Tja, und dabei passierte dann die Sache mit Queenie, der schärfsten Barchefin von MoBay. Du müsstest sehen, wie sie Cocktails macht, das ist auch Tanzen, nur schwingt sie mit dem Rum die Hüften! Wie Queenie mit Flaschen jongliert, dabei nie etwas verschüttet, mit welchem eleganten, aber gleichzeitig kraftvollen Schwung sie mixt. Der Hammer! Wer jamaikanischen Rum verstehen will, der muss nur diese Frau verstehen. Sie ist fleischgewordener Rum, funky, verrückt, begeisternd.

Bei Queenie habe ich mir einen Schluck vom legendären 49er ersungen, weil ich jeden Reggae-Song auswendig konnte, den sich die Leute gewünscht haben. Ich blieb in ihrer Bar, bis sie zusperrte, und sie nahm mich mit zu sich – ihr Mann war gerade auf Geschäftsreise in den Staaten.

Die nächsten Abende kam ich wieder, ich hatte ja keine Unterkunft. Einmal tauchte Kayla auf und machte eine Wahnsinnsszene. Sie wollte mir irgendwas Wichtiges erzählen, aber ich wollte nicht zu-

hören. Das hätte ihr nur Hoffnungen gemacht. Also hab ich sie auflaufen lassen, ist mir echt nicht leichtgefallen. Sie hat geheult, war völlig fertig. Ist jetzt noch schwer für mich, drüber zu schreiben …
Irgendwann kehrte Queenies Ehemann dann zurück – zwei Tage früher als erwartet. Ich bin mir nicht sicher, ob er mich wirklich gesehen hat oder nur meinen nackten Hintern. Also er hat auf jeden Fall mitbekommen, dass ein Kerl bei seiner Frau war, aber ich war schnell wie der Wind aus dem Fenster raus und bin gerannt wie ein Irrer. Er hinter mir her, es fielen sogar Schüsse! Lange hätte ich nicht mehr rennen können, war echt ausgelaugt von der Nacht. Hab mich dann hinter ein paar Müllsäcken versteckt. Das war nicht schön, wirklich nicht, aber effektiv!
Leider waren fast alle meine Klamotten noch bei Queenie, nur mein Portemonnaie und meine Hose hatte ich mir in dem Tumult greifen können.
Danach bin ich nie wieder ins »Last Exit Jamaica«.
Aber was soll ich sagen, ich war nicht lange allein.
Nachdem ich bei Hampden gejobbt habe, arbeite ich jetzt bei Appleton, und da gibt es eine echt süße Aushilfe namens Grace Mendoza, die mein Charaktergesicht auch sehr zu schätzen weiß. Aber diesmal will ich es langsamer angehen lassen. Die Geschichten mit Kayla und Queenie haben sich verdammt gut angefühlt, aber das mit Grace trifft mich mitten ins Herz. Ich würd sagen, Amor hat sich den größten Pfeil aus dem Köcher geschnappt. Ihr Onkel ist Distillery Manager bei Clarendon, aber sie will nicht unter ihm Karriere machen, deshalb geht sie die ersten Schritte bei der Konkurrenz. Grace ist viel jünger als ich, über zehn Jahre – aber so fühlt es sich überhaupt nicht an! Sie ist so klug, hat so viel Energie. Momentan wohnt Grace noch bei ihren Eltern, aber das wird uns heute Nacht nicht davon abhalten, uns zu treffen.
Ich halt dich auf dem Laufenden, Tagebuch.
Also, falls ich Zeit zum Schreiben finde …

Bis bald! Oder lieber: bis nicht ganz so bald!
Christian a.k.a. »Der Professor«

Beim Besuch des Hampden Estate hatten Martin die vom tropischen Klima mitgenommenen Gebäude und Gerätschaften zunächst irritiert, waren ihm heruntergekommen vorgekommen. Aber rasch hatte er Gefallen am Unperfekten, von der Zeit Gezeichneten gefunden. Alles, was funktionieren musste, funktionierte, und wo man in Deutschland Wert auf makellose Fassadenfarbe legte, ging es hier allein um das Endprodukt. Hampden hatte ohne Zweifel Charakter.

Als sie sich Clarendon Distillers Limited, kurz CDL, näherten, spürte Martin eine leichte Enttäuschung. Die Distillery und die daran angrenzende Monymusk Sugar Factory erhoben sich aus Zuckerrohrfeldern, die sich meilenweit in alle Himmelsrichtungen erstreckten. Ein Schlot stieß Rauch aus, ein anderer schien ungeduldig darauf zu warten. Die Anlage hätte auch eine Ölraffinerie sein können. Auf der Karte hatte Martin gesehen, dass sie nur drei Meilen vom Atlantik entfernt lag, zu spüren war davon aber nichts.

»Ich habe mich vorbereitet«, sagte Babe und stellte Heinos »Schwarze Barbara« leiser. »Bei Clarendon bin ich noch nie mit einem Fahrgast gewesen, deshalb musste ich im Netz recherchieren.« Babe setzte sich aufrecht hin, bemühte sich um eine ernsthafte Miene und deklamierte im Duktus einer Reiseführerin: »Vor uns liegt eine der größten Distillerys der Welt! Eigentlich sind es zwei, die zusammengehören. Die ältere wurde 1938 errichtet, dort stehen die Pot Stills sowie die Fermentationstanks. Die neuere stammt aus dem Jahr 2009 und beheimatet die Column Stills und ebenfalls zugehörige Fermentationstanks. In der Nähe, das kann man aber gerade leider nicht sehen, liegt Lionel Town, da leben um die fünftausend Menschen. Vermutlich sind viele davon bei Clarendon oder Monymusk angestellt, also sag da besser nie ein böses Wort über die Anlage. Andererseits, vielleicht macht man sich gerade damit beliebt, wer weiß?«

»Ich werde es so oder so nicht ausprobieren.«

»Weise Entscheidung, alter Mann. Pardon, Onkel.« Babe zwinkerte ihm zu, sie genoss es augenscheinlich sehr, ihn so anzusprechen.

»Kommen wir zum Besitzer der Distillery, dem auch Long Pond und Innswood gehören, wobei Innswood nur noch zum Lagern und Blending genutzt wird: Es ist National Rums of Jamaica, kurz NRJ.

Die Firma wiederum gehört zu je einem Drittel der National Sugar Company und damit der Regierung Jamaikas, Demerera Distillers Limited aus Guyana und Maison Ferrand aus Frankreich, die für Plantation Rum bekannt sind. Früher war auch noch eine Firma aus Barbados mit im Boot, aber die haben die Franzosen dann aufgekauft. Es wird aber noch komplizierter: Im Gegensatz zu den beiden anderen Distillerys gehört Clarendon nur zu 73 Prozent NRJ. Die restlichen 27 Prozent sind im Besitz des wichtigsten Kunden von NRJ, dem größten Destillat-Konglomerat der Welt: Diageo. Die machen zum Beispiel Captain Morgan.«

»Mit denen legt man sich wohl besser nicht an.«

»Wohl besser?«

»Wohl besser heißt in dem Fall, dass wir uns trotzdem umschauen. Wir Norddeutschen gelten ja als sehr geradlinig. Das heißt auch, dass wir uns geradewegs in die Scheiße reiten können. Und ich bin da ganz Traditionalist.«

»Dann weiß ich ja, von welcher Seite der Familie ich das habe.« Grinsend bog Babe zum Haupttor der Anlage ab. »Wir haben übrigens Glück. Nur zwischen Januar und Oktober wird hier richtig gearbeitet. Es wird nicht viel los sein.«

»Würde ich auch gerne so halten.«

Vor Martin tauchte der offene Stahlturm auf, in dem sich die Colum Still befand. Er war fünf Stockwerke hoch. Unzählige Stahlrohre in Grün, Blau, Gelb und Grau bildeten ein buntes Gitter um die Brennanlage herum, als versuchten sie so, das Monstrum in Schach zu halten.

»Eine Sache noch«, sagte Babe. »Momentan sind hier keine Touristen zugelassen. Aber sie werden uns schon nicht rausschmeißen. Wir sind schließlich auf Jamaika, bei uns ist alles easy going.«

Auf dem Besucherparkplatz befanden sich nur zwei weitere Wagen. Ein strahlend weißes Tesla Model S und ein aufgemotzter VW Käfer in dunklem Violett, mit doppeltem Auspuff, breiten Reifen und Spoiler.

»Gäste mit außergewöhnlichen Wagen sind anscheinend willkommen«, sagte Martin beim Aussteigen. Babe stieg ebenfalls aus, zog Hotpants sowie Top gerade und sah sich um. »Schon beeindruckend!«

»Man könnte auch sagen einschüchternd.«

Martin hatte die Größe von Flensburg immer gemocht, Hamburg war ihm schon zu riesig gewesen, zu unüberschaubar, die Häuser zu hoch, der Hafen zu tief. Hier ging es ihm ähnlich. Keine Brennblase, auch keine kontinuierliche, sollte fünf Stockwerke in den Himmel ragen. Einige Arbeiter und Arbeiterinnen waren zu sehen, doch niemand nahm Notiz von ihnen, und so wanderten sie auf dem Gelände umher, blickten in einige der Gebäude, fanden die beiden Doppel-Retort-Pot-Stills, Fermentationsbottiche aus Metall und Holz und einen rechteckigen Pool mit dicker, brauner Melasse, die stetig bewegt wurde.

»Wir müssen mit jemandem reden«, sagte Martin. »Wir müssen wissen, was mein Bruder hier gemacht hat.«

»Ich schau mal, wo das Büro ist.«

Aber Babe kam nicht weit.

Ein Mann in grauer Anzughose und hellblauem, kurzärmeligem Hemd stürmte auf sie zu. »Sie dürfen nicht hier sein!«

»Wir sind große Fans von Ihrem Rum und wollten uns nur ein bisschen umschauen. Wir brauchen auch keine Führung. Aber vielleicht eine Probe?«

»Verlassen Sie sofort das Gelände!«

Babe blieb stehen und verschränkte die Arme vor der Brust. »Wer sind Sie überhaupt?«

»Das geht Sie überhaupt nichts an, gehen Sie jetzt!«

Martin sah sich nach jemandem um, der ihnen gegenüber vielleicht freundlicher gesinnt war – und entdeckte ganz in der Nähe in einem engen Gang zwischen zwei Gebäuden ein bekanntes Gesicht. Lee Campbell, der über und über tätowierte Glatzenträger aus dem »Scotchies«, verabschiedete sich gerade mit einer langen Umarmung von einem Arbeiter mit blauem Sicherheitshelm.

Er wies Babe mit einem Stupser in die Rippen darauf hin.

»Und was ist mit ihm?«, fragte sie den Anzughosenträger und zeigte auf Lee. »Jetzt sagen Sie nicht, er liefert Essen aus.«

Lee hatte wohl nicht mitbekommen, dass gestritten wurde, denn er winkte ihnen fröhlich zu.

»Ich bin Ihnen keinerlei Rechenschaft schuldig, scheren Sie sich endlich weg!«

Martin schob sich vor Babe. »Erst will ich wissen, was mein Bruder hier gemacht hat. Christian Störtebäcker. Klingelt da was?«

Der Mann zückte ein Handy. »Ich rufe jetzt die Polizei.«

Lee trat zu ihnen und wandte sich an den Offiziellen der Distillery. »Die beiden kenne ich, die sind okay. Du brauchst keine Polizei, ich regel das.«

In diesem Moment erkannte Martin aus den Augenwinkeln einen silbernen Jeep, der neben dem Tor parkte. Jemand stieg aus.

Da Martin gegen die Sonne blickte, konnte er nicht sehen, um wen es sich handelte. Ohne nachzudenken, rannte er los.

Rennen war nicht unbedingt seine Sache. Als Einbeiniger war es von Berufs wegen selten erforderlich, und die Schussverletzungen an Bein und Kopf halfen auch nicht gerade. Aber Martin spürte einfach, dass er die Person am Jeep schnappen musste, koste es, was es wolle. Und wenn es seine Gesundheit war.

Irgendwas in ihm hatte die leise Hoffnung, dass es sich um Christian handelte.

Es gab keinen Anhaltspunkt dafür, es war nur ein Gefühl.

Martins Puls schlug hart in seinem Körper, aber seine Beine verloren nicht an Geschwindigkeit.

Der Fahrer des silbernen Jeeps hatte ihn bemerkt und bewegte sich schnell zurück zu seinem Auto.

Aber er würde es nicht schaffen fortzufahren, ohne dass Martin ihn sehen konnte.

Er war ganz nah dran!

Seine Lunge brannte, sein Kopf pochte, das Bein stach, aber es war noch ein kleiner Rest Adrenalin in ihm, um all das zu verdrängen. Und dieses Adrenalin würde es ihm ermöglichen, die noch fehlenden Meter zum Wagen zurückzulegen.

Dann kam ein Geschoss von rechts und riss ihn zu Boden.

Diesmal war es keine Kugel, sondern ein Mensch.

Eine große, schwarze Frau. Jo'anna Desmond.

Es war lange her, dass ihm eine Frau so nah gekommen war.

Und noch länger, dass die Art der Annäherung so stürmisch war.

Allerdings war ein Zusammentreffen mit einer Frau auch noch nie so schmerzhaft gewesen.

»Sie sind verhaftet!«

»Warum?«, brachte Martin nach Luft ringend hervor. »Gehen Sie von mir runter, ich muss den Jeep aufhalten.« Aber in diesem Moment hörte er schon, wie der Wagen mit quietschenden Reifen davonraste. »Scheiße, danke!«

Jo'anna Desmond stand auf und klopfte sich den Staub aus der Uniform. »Hoch mit Ihnen.«

»Was soll das? Darf man auf Jamaika nicht mehr rennen? Sagen Sie das besser Usain Bolt, sonst sitzt er bald im Hochsicherheitsgefängnis.«

»Ich habe Ihnen gesagt, dass ich Sie im Auge behalte. Und wenn ein Mann, der des Mordes verdächtigt ist, plötzlich so anfängt zu rennen, dann macht ihn das noch verdächtiger. Warum erkläre ich Ihnen das überhaupt?«

»Sie sind meinem Charme erlegen«, sagte Martin wie im Reflex.

Jo'anna wollte gerade etwas erwidern, doch sie kam nicht dazu. Ein schriller Schrei zerschnitt die Luft.

Inspector Desmond rannte sofort in die Richtung, aus der die Stimme gekommen war. Martin lief – so gut es nach dem Sprint eben noch ging – hinterher, genau wie alle anderen.

Die Stimme gehörte einer hageren, rothaarigen Frau in Arbeitskleidung. Sie stand zitternd vor dem rechteckigen Sprühteich. An drei Seiten war das acht mal zehn Meter große Becken von hohen Holzwänden eingefasst. Sie waren mit Düsen versehen, um die ein dichter Wassernebel waberte. Martin wusste, dass so die Temperatur des von der Kühlung der Column Still heiß gewordenen Wassers schnell gesenkt werden sollte.

Der Sprühteich selbst war es aber nicht, der die Frau zum Schreien gebracht hatte, sondern die darin liegende Leiche. Mit dem Gesicht nach unten trieb sie im Wasser, das rund um sie blutrot war.

»Stell endlich einer das verdammte Wasser ab!«, brüllte Jo'anna Desmond, wartete aber nicht ab, sondern stieg ins kühle Nass, ging zu der Leiche und drehte sie um.

Martin stand am Rand des Teichs und rang nach Luft.

Als er das Gesicht der Leiche sah, verschlug es ihm für einen Moment ganz den Atem.

Der Tote war eine Sie: die Sekretärin des Distillery Managers von Appleton, Grace Mendoza.

Und sie hatte in beiden Augen Einschusslöcher.

SECHS

»Gimme Hope Jo'anna«

Jo'anna ließ die Spurensicherung und den Coroner ihren Job machen. Das Wichtigste wusste sie bereits: Es war ein Schalldämpfer verwendet worden, genau wie bei Ziggy, und es waren zwei aufgesetzte Schüsse, ebenfalls wie bei Ziggy. Mit den Einschusslöchern wollte jemand ein Zeichen setzen.

Sie ahnte auch schon welches: Keiner hat etwas gesehen! Oder ich sorge dafür, dass ihr nie wieder etwas seht.

Nicht sehr subtil, aber das waren Morde ja ohnehin nicht.

Keine der kriminellen Vereinigungen Jamaikas hatte diese Mordmethode als Markenzeichen. Es war ein ganz individueller Stil. Das war allerdings das einzig Positive, was sich darüber sagen ließ.

Jo'anna hatte um einen Raum gebeten, in dem sie ungestört ihren Hauptverdächtigen befragen konnte. Clarendon hatte ihr das Labor zur Verfügung gestellt. Ein Raum, der nur aus Weiß und Metallic zu bestehen schien. Auf dem weißen Tisch mit den Metallic-Beinen war eine Rum-Probe aufgebaut, die Gläser mit Papierdeckeln geschützt, damit das Aroma nicht verflog.

Der Deutsche nahm sich eines davon. »Ich darf doch einen Schluck trinken, oder? Den kann ich gerade echt gebrauchen.«

»Das ist ein Verhör, Mister Störtebäcker, kein Barbesuch.«

»Schon klar.« Er hob den Papierdeckel ab und trank einen großen Schluck.

»Geht es Ihnen jetzt besser? Wären Sie nun bereit, mit mir zu reden?«, fragte Jo'anna spitz.

»Nein, aber ja. Hören Sie, ich kann es überhaupt nicht gewesen sein. Das wissen Sie, Sie haben mich ja offenbar beschattet. In dem

Teil der Distillery, wo die Leiche gefunden wurde, waren Babe und ich überhaupt nicht. Es gibt hier bestimmt Sicherheitskameras, die das beweisen werden.«

»Gibt es nicht.«

»Ist trotzdem so. Mal schauen, ob der zweite Rum anders schmeckt. Die Unterschiede können ja riesig sein.« Flugs hatte Martin auch beim nächsten Glas das Papier gelüftet und den Rum getrunken. »Völlig anders. Faszinierend.«

Jo'anna schob die anderen Rum-Gläser fort von ihm. »Zwei Leichen, und beides mal sind Sie und Miss Holness zufällig anwesend.« Sie ließ den Rest unausgesprochen.

»Ich weiß selbst, wie das aussieht. Und ich frage mich auch, wie ich damit in Zusammenhang stehe. Aber mir fällt einfach keine Antwort ein. Ich bin erst kurz hier und war vorher noch nie auf Jamaika.«

»Aber Ihr Bruder.«

Martin schaute ihr überrascht in die Augen. »Sie sind gut informiert.«

»Das ist quasi meine Job-Definition.«

»Christian wollte hier nur lernen, wie man Rum macht. Ganz harmlos.«

»War er der Typ Mensch, der sich vollständig von seiner Heimat und seinem dort lebenden Bruder abwendet? Oder ist sein Verschwinden eher darauf zurückzuführen, dass ihn jemand verschwinden ließ?«

Der Deutsche fuhr sich über den weißen Bart. »Ich hoffe Ersteres, aber ich befürchte Letzteres.«

»Das Schlimmste ist oftmals wahr«, zitierte Jo'anna Miss Marple. »Aber kommen wir zurück zu Ihnen. Warum sollte ich Ihnen glauben, dass Sie nichts mit den Morden zu tun haben?«

»Keine Ahnung. Warum sollten Sie mir nicht glauben?«

»Weil vieles gegen Sie spricht.«

»Ich bin nur hier, um meinen Bruder zu finden. Sonst nichts. Fragen Sie in Deutschland nach, ob irgendetwas gegen mich vorliegt oder ich jemals auffällig geworden bin. Das ist beides nicht der Fall, und ich werde jetzt bestimmt nicht damit anfangen, bei der Polizei aktenkundig zu werden. Ich bin auch zu alt für irgendwelche Verhörspielchen. Falls diese Morde mit meinem Bruder in Zusammenhang stehen, dann helfen Sie mir, ihn zu finden. Ich wäre wirklich, ehrlich und wahrhaftig froh. Kommen Sie mit, wenn ich irgendwo hingehe, das stört mich nicht, im Gegenteil. Vielleicht erzählen die Menschen Ihnen mehr als mir oder einem jungen Mädel wie Babe.«

»Hat Sie Ihnen verraten, dass sie schon etliche Delikte begangen hat? Sie ist alles andere als ein unbeschriebenes Blatt.«

Der Deutsche erhob sich und nahm ein weiteres der Rum-Gläser. »Ist mir egal. Sie hat ein gutes Herz. Ich beurteile Menschen nicht danach, was sie in der Vergangenheit getan haben, sondern danach, wer sie heute sind. Ich glaube nämlich daran, dass Menschen sich ändern können. Auch wenn die meisten vorziehen, es nicht zu tun.«

»Vielleicht wollte Miss Holness ein paar alte Rechnungen begleichen und Sie zum Sündenbock machen.«

»Ach, Blödsinn!« Er trank das nächste Glas leer, ein trotziger Ausdruck im Gesicht.

Jo'anna begann, diesen Mann zu mögen. Vielleicht hatte sie ihn von Anfang an gemocht, aber zunächst war jegliches private Gefühl von ihrem Ermittlerinstinkt überlagert worden. Dieser Deutsche war so geradeaus, so ungeschönt.

Aber er war immer noch ihr Hauptverdächtiger.

»Wen haben Sie verfolgt?«

Der Deutsche schob seine Kapitänsmütze zurück. Es wirkte, als würde er jetzt persönlich werden. »Kann ich Ihnen vertrauen?«

»Ich bin Polizistin, natürlich können Sie mir vertrauen.«

»Sie wissen, was ich meine. Wollen Sie mich verarschen? Brauchen Sie einen Dummen, dem Sie die Morde anhängen können? Falls es so ist, kann ich nicht viel dagegen machen. Aber dann halte ich jetzt die Schnauze.«

»Sie müssen alles sagen, was Sie wissen.« Jo'anna kniff die Augen leicht zusammen. »So oder so.«

»Dachte ich's mir doch. Schiebt alles dem Ausländer in die Schuhe. Darauf läuft es am Ende doch hinaus.« Er lehnte sich vor. »Ich gestehe jetzt etwas, Mrs. Desmond! Auch wenn mir das Probleme einbringen könnte.«

»Da bin ich ganz Ohr.«

Zu ihrer Überraschung zwinkerte Störtebäcker ihr zu. »Ich mag Sie. Obwohl Sie mich gerade umgerannt haben wie ein Schnellzug, obwohl Sie mich behandeln wie einen Verbrecher. Nennen Sie es Menschenkenntnis. Vielleicht ist es das einzig Gute, was mit dem Alter kommt. Wenn man nicht ganz dumm ist, lernt man die Menschen mit den Jahren nämlich immer besser einzuschätzen – weil man oft von ihnen verletzt wird. Sie sind in Ordnung. Deswegen gebe ich Ihnen jetzt etwas.« Er griff in seine Hosentasche und reichte ihr ein zerknülltes Papiertaschentuch, in dem sich eine Patronenhülse befand. »Gestern Abend bin ich am Strand von MoBay angeschossen worden, daher rühren meine Wunde am Kopf und eine am Bein. Wenn ich komplett fit wäre, hätten Sie mich niemals niederstrecken können.« Er lächelte.

»Ich hatte mich schon gefragt, wann Sie mir eine Erklärung für Ihre Verletzungen präsentieren würden. Eine Schießerei, so, so.«

»Ja, eine Schießerei, Sie müssen das gar nicht so süffisant sagen. Und es war eine Waffe mit Schalldämpfer. Machen Sie mit der Patronenhülse, was Sie wollen. Ich hab sowieso nicht die Möglichkeit, sie mit irgendetwas abzugleichen.« Außer über Babes Bewunderer, aber diese Option erschien ihm mittlerweile doch etwas zu vage.

»Sie sind ein merkwürdiger Mann, Mister Störtebäcker.«

»Nennen Sie mich Käpt'n, das tun alle. Mister Störtebäcker wäre mein Vater gewesen, wenn er jemals in ein Land gereist wäre, in dem man Englisch spricht.« Er zog erwartungsvoll die buschigen Augenbrauen hoch.

Jo'anna spitzte die Lippen. »Käpt'n.«

»Wunderbar, jetzt haben wir uns anständig miteinander bekannt gemacht! Ich erzähle Ihnen gern alles, was ich herausgefunden habe. Es wäre nett, wenn Sie mir danach erzählen, was Sie wissen, vor allem über meinen Bruder. Wenn Sie das nicht können oder wollen, dann muss ich es wohl hinnehmen.«

Jo'anna lehnte sich zurück und verschränkte die Arme. »Dann lassen Sie mal hören.«

»Aber erst trink ich noch einen Schluck, das macht das Reden leichter.«

»Meist kommt mit viel Alkohol viel Unsinn raus.«

»Klingt, als würden Sie meine Kegelrunde kennen. Kegeln, das ist wie Bowling ohne Löcher in der Kugel. Wobei wir eigentlich sowieso nur zusammensitzen und schnacken.« Der Käpt'n trank. »Ich hör besser auf, davon zu reden, sonst halten Sie mich noch für verrückt.«

Stattdessen erzählte er alles, was er über Jo'annas Fall wusste. Zumindest sagte er das. Und Jo'anna glaubte ihm. Sie wurde Jahr für Jahr besser darin, die Unwahrheit zu erkennen. Natürlich kam es trotz allem immer noch vor, dass Zeugen sie anlogen, ohne dass sie es merkte. Es war wie bei Raubtieren und Fluchttieren. Wurden die einen schneller, mussten es die anderen auch werden. In diesem Fall ging sie allerdings davon aus, dass keine weitere Verfolgungsjagd mit ihrem Gegenüber nötig sein würde.

Als der Käpt'n fertig war, sah er sie erwartungsvoll an.

»Ich sage nicht, dass ich Ihnen glaube. Aber tun wir ruhig erst mal so, als hätten Sie mir die Wahrheit erzählt. Sie erfahren jetzt von mir etwas über Ihren Bruder. Trinken Sie besser noch einen.«

»Wenn das eine polizeiliche Anordnung ist!«

Jo'anna wartete, bis er das Glas wieder abgesetzt hatte. »Ihr Bruder wurde damals vermisst gemeldet – und zwar von der eben tot aufgefunden Frau.«

»Nicht von Kayla Holness?«

»Nein. Aus den Unterlagen geht hervor, dass Ihr Bruder kurz vor seinem Verschwinden mit Grace Mendoza in einer Wohnung zusammengelebt hat. Sie arbeitete damals bei Appleton, wo sie sich wohl kennengelernt haben. Danach war sie auch für andere Rum-Distillerys tätig, kehrte aber vor fünf Jahren zu Appleton als Chefsekretärin zurück.«

»Ich dachte, er hätte ein Zimmer im ›Jamaican Heavenly Palace‹ gehabt?«

»Zuerst ja, aber dann brannte es ab. Heute wissen wir, dass es Brandstiftung war. Eine Sache ist allerdings sehr merkwürdig: Man hat damals darauf geachtet, dass keiner verbrannte, weder Mitarbeiter noch Gäste. Nur ihren Bruder holte man zuerst nicht raus.«

»Wer war für den Brand verantwortlich?«

Jo'anna blickte auf ihre goldene Armbanduhr. Superintendent Bolt wartete sicher auf eine Zwischenmeldung, aber sie wollte nicht durch das Gespräch hetzen. »Wissen Sie, wie die Dinge in Kingston laufen?«

»Ich weiß kaum, wie die Dinge bei mir zu Hause laufen.«

»Die Stadt ist unter den Dons aufgeteilt. Als Politiker erkauft man sich ihren Schutz. Der Don, dem das ›Palace‹ gehörte, brauchte Geld, also ließ er es wohl abfackeln, um die Versicherungssumme einzustreichen. Das haben wir aber erst herausgefunden, nachdem der Typ Geschichte war. Vorher hat uns keiner etwas verraten, und Beweise haben wir immer noch nicht. Egal: Wenn man Ihren Bruder bei dem Brand da drinlassen wollte, dann, weil er die Geschäfte des Don störte. Und das mag ein Don gar nicht.«

»Welche Geschäfte?«

Jo'anna zeigte auf das Glas in der Hand des Käpt'ns. »Die Haupteinnahmequellen der Dons sind Waffen, Drogen, Schutzgelderpressung und neuerdings Scamming. Aber in diesem Fall ging es wohl um Rum. Der ›Palace‹-Don verdiente gut daran, war an einigen Distillerys beteiligt. Vielleicht hat Ihr Bruder bei seiner Arbeit etwas herausgefunden und wollte es bekannt machen. Der Polizist, der Christians Verschwinden aufklären sollte, starb übrigens unter sehr mysteriösen Umständen.«

»Sie machen mir wenig Hoffnung. Eigentlich gar keine.«

»Wussten Sie, dass Ziggy nicht immer ein friedfertiger Rastafari war? Früher war er das Gegenteil, ein Säufer, ein Raufbold, ein Trickser und Betrüger. Aber als Master Blender so gut, so genial, dass Hampden trotzdem nicht auf ihn verzichten wollte. Dann, von einem Tag auf den anderen, ist der alte Ziggy weg, und der neue, gute Ziggy ist da. Können Sie sich vorstellen, wann das war? So ungefähr?«

»Vor zwanzig Jahren?«

»Exakt. Ziggy lebte damals in einem Stadtteil, der nahe dem ›Palace‹ lag und demselben Don unterstand. Ich denke, wir können davon ausgehen, dass sie miteinander zu tun hatten. Und noch etwas: Wenn ein Don jemanden tot sehen will, stirbt dieser Jemand.«

»Meinen Sie etwa, dass Ziggy …?«

»Das würde erklären, warum Sie ihn umgebracht haben. Und danach die damalige Geliebte Ihres Bruders, die ihn nicht schützte.«

Der Deutsche sah sie an, für eine lange Zeit. »Klingt glaubwürdig, selbst für mich.«

»Neuer Versuch: Wen haben Sie eben verfolgt?«

»Keine Ahnung.«

Jo'anna schnalzte mit der Zunge. »Verstehe. Jetzt, wo ich Sie beschuldigt habe, sagen Sie nichts mehr.«

»Nein, ich weiß es wirklich nicht. Der Wagen, dieser silberne Jeep, ist uns vom ›Palace‹ aus gefolgt. Ich hab den Fahrer nicht erkannt, deshalb wollte ich ihn ja schnappen, als sich die Gelegenheit bot. Ein kleiner Teil in mir hat gehofft, es wäre mein Bruder.« Er sah sie an, die Augen weit offen. »Wenn Sie mich beschattet haben, muss der Wagen Ihnen doch auch aufgefallen sein!«

»Wir haben einen Sender an Christiane Holness' Golf angebracht und sind gekommen, als uns klar wurde, wo Sie sich befinden.«

»Sehe ich es richtig, dass Sie keine Ahnung haben, wo mein Bruder ist? Aber dass Sie vermuten, er ist vor zwanzig Jahren vom Don ermordet worden?«

Jo'anna nickte. »Und ich frage mich, ob, und, wenn ja, wie das mit den Morden an Ziggy Presto und Grace Mendoza in Verbindung steht. Und mit Ihnen.«

Der Käpt'n trank aus. »Verfrachten Sie mich jetzt ins Gefängnis?«

Jo'anna wusste, dass Superintendent Bolt einen Verdächtigen brauchte, jetzt mehr denn je. Wenn sie den Deutschen nicht mitnahm, würde jemand anders aus dem Police Office ihn verhaften, würde ihn im »Palace« aufspüren oder bei Babe, und sie wäre raus aus dem Fall. Schlimmer noch, sie wäre in Ungnade gefallen.

Aber wenn sie diesen Fall lösen wollte, brauchte sie den Deutschen griffbereit.

Die Lösung lag auf der Hand.

Das machte sie kein bisschen einfacher.

»*Chaka-Chaka*«, sagte Jo'anna. Der Deutsche blickte sie an, als wüsste er, was dieser Patois-Ausdruck bedeutete: Chaos.

Martin hatte nicht darüber nachgedacht, wie Jo'anna Desmond wohl lebte. Hätte er es getan, hätten die Bilder in seinem Kopf mit Sicherheit nicht der Realität entsprochen: Ihr Haus sah aus, als hätten ein südenglisches Cottage und eine jamaikanische Strandhütte ein uneheliches Kind gezeugt. Die Wände, außen und innen, waren in unterschiedlichen Pastellfarben gestrichen, auch sämtliches Geschirr, Teppiche, Vorhänge waren offenbar so ausgewählt, dass das Auge möglichst viele unterschiedliche Farben auf einmal wahrnahm. Tische, Stühle und Schränke waren dagegen aus dunklem Holz, dazu kamen etliche goldgerahmte Landschaftsbilder der Highlands sowie ein grünes Chesterfield-Sofa. Auf dieses ließ Martin sich fallen und begann, auf Jo'anna zu warten.

Denn so hatten sie es verabredet. Martin atmete tief durch. Wenn Lasse gewusst hätte, auf was für eine Höllenfahrt er seinen besten Freund schicken würde, hätte er sich das mit der Ansprache aus dem Grab sicher noch mal überlegt.

Nach einiger Zeit suchte Martin die Küche auf und holte sich dort ein Wasser sowie eine kleine, rote Banane, die sich als enorm aromatisch herausstellte.

Die ganze Zeit versuchte er, nicht an Babe zu denken. Jo'anna Desmond hatte ihm ausdrücklich verboten, Kontakt mit ihr aufzunehmen. Aber Babe würde sich Sorgen machen und verlassen fühlen. Jetzt, da sie gerade erst ihre Familie gefunden hatte.

Und er seine.

Martin merkte nicht, wie erschöpft er war und wie müde. Er merkte es erst, als Jo'anna Desmond ihn wach rüttelte.

»Haben Sie den Wagen dort abgestellt, wo ich es Ihnen gesagt habe?«

»Was?« Martin rieb sich den Schlaf aus den Augen. »Ja.«

»Hat Sie auch niemand gesehen?«

»Nein, also ja. Mich hat niemand gesehen.«

Sie zog hastig die Vorhänge zu. »Gut, das ist gut. Alles ist gut.« Ihr Handy klingelte. Als sie die Nummer auf dem Display sah, sagte ihr Blick, dass gar nichts gut war. Sie nahm ab. »Superintendent! … Ja, das ist richtig, er muss den Wagen gestohlen haben, die Schlüssel steckten … Ja, das war ein Fehler, das weiß ich jetzt auch … Ich bin nicht schnippisch, nur extrem wütend auf mich selbst … Jetzt bin ich zu Hause, habe mir ein Taxi genommen … Natürlich bereite ich eine Erklärung vor, sitze quasi schon dran.« Dann entstand eine längere Pause, in der sich Jo'anna Desmonds Stirn in immer tiefere Falten legte. »Wir vermelden einen Verdächtigen, aber verschweigen, dass er entwischt ist? … Wenn wir auf der Pressekonferenz sagen, dass die Häfen und Flughäfen kontrolliert werden, geben wir doch indirekt zu, dass wir ihn nicht haben … ach, so, als reine Sicherheitsmaßnahme für mögliche Mittäter, raffiniert … Nein, das war nicht ironisch gemeint.« Sie blickte zu Martin, hielt das Mikrofon zu und sagte: »War es doch!« Dann hielt sie das Handy wieder ans Ohr. »Ich bin noch dran … Die Leitung war gerade weg … ja, alles Weitere gleich. Ich mache mich kurz frisch, dann komme ich … Nein, ich habe leider nichts gekocht, was ich mitbringen könnte.« Sie legte auf. »Chauvi!«

Jo'anna blickte noch eine Weile auf das schwarz gewordene Display und steckte dann das Handy schnell in ihre Hosentasche. »Ich muss gleich ins Police Office und danach zu Grace Mendozas Familie. Sie ist verheiratet und hat zwei Kinder. Also sie war verheiratet und …« Jo'anna schluckte. »Das ist der schlimmste Teil der Arbeit.« Sie wischte sich eine Träne fort. »Ich brauche einen Tee, der hilft Jane auch immer.«

»Jane? Ihre Tochter?«

»Nein, eine … gute Freundin. Und Kollegin.« Sie ging in die Küche, Martin kam nach.

»Ich nehme auch einen.«

Jo'anna Desmond nickte. »Was ich vergessen habe, Ihnen zu sagen: Machen Sie sich keine Sorgen um die Sachen in Ihrem Hotelzimmer, das regeln wir später. Aber das haben Sie sich sicher schon selbst gedacht.«

Martin wies auf den Koffer, der neben dem Sofa stand. »Ich hab eben schnell alles geholt, bezahlt und ausgecheckt. Will ja keinen schlechten Eindruck hinterlassen.«

Jo'anna Desmond fiel die Teepackung aus der Hand. »Mister Störtebäcker, Sie hätten gefasst werden können! Überall sind Polizisten auf der Suche nach meinem Wagen und Ihnen.«

»Können wir jetzt bitte aufhören mit Mister und Miss? Wir sind jetzt Partners in Crime, oder? Ich bin der Käpt'n, und du bist …?« Er streckte ihr die Hand entgegen.

Nach kurzem Zögern schüttelte sie diese. »Jo'anna. Und du bist ein Vollidiot.«

Mit dem fertigen Tee setzten sie sich an den Küchentisch. Das warme Getränk tat der Seele gut und rückte die Welt mit jedem Schluck ein wenig mehr zurecht.

»Irgendwann kommt mein Sohn Isaac, ich habe ihm auf den Anrufbeantworter gesprochen, dass Besuch da ist. Je weniger du mit ihm sprichst, umso besser.«

»Und was ist mit deinem Mann?«

»Es gibt keinen mehr. Hast du gerade etwas gelächelt?«

»Da täuscht der Bart manchmal.« Martin wollte nicht zugeben, dass er seine Mundwinkel für einen Moment nicht unter Kontrolle gehabt hatte.

»Wir erzählen, dass du …«, fuhr Joanna fort, »ein Kollege bist, der zu Hause rausgeflogen ist.« Sie schüttelte den Kopf. »Nein, dafür ist dein Akzent zu stark.«

»Ich dachte, ich hab gar keinen.«

»Wer das gesagt hat, wollte ein dickes Trinkgeld von dir.« Sie grinste ihn an. Martin mochte es, von Jo'anna angegrinst zu werden. Es war Zeichen einer Vertrautheit, die ihm guttat. Besonders weil Babe ihm wirklich fehlte.

In diesem Moment öffnete sich die Wohnungstür. »Ich bin's Mum, hab früher Schluss gemacht. Kochst du mir was?«

Auch auf Jamaika lebten also kleine Paschas. Wohl die am stärksten wachsende Bevölkerungsgruppe weltweit. Martin hörte, wie Isaac im Flur die Schuhe auszog.

»Hast du schon von dem Mord heute gehört, Mum?«, fragte er von dort. »Wieder in einer Distillery, top PR für unsere Rums! Ich sag dir, die verdoppeln dadurch ihre Verkäufe, die Leute sind ja so was von krank. Am besten wäre es, wenn die Morde ein schottischer Whisky-Blender begangen hat, der voll eifersüchtig auf die Qualität unserer Rums ist!«

Dann stand er in der Küche. Isaac war schlaksig und groß, hatte seine dichten, dunklen Haare zu vielen kleinen Minizöpfen gedreht, die wie die Stacheln eines Igels abstanden. Er trug ein Eishockey-Trikot der Chicago Blackhawks, das ihm viel zu weit war, eine hautenge, neongelbe Radlerhose, die nichts der Fantasie überließ, und Adiletten.

»Fuck, wer bist du denn, Opa?« Er zeigte auf Martins Kapitänsmütze. »Und in welchem Ramschladen hast du die gefunden?«

Jo'anna schlug ihm hinter die Ohren. Aber nur leicht. »Benimmt man sich so gegenüber einem Gast? Wo sind deine Manieren?«

»Ja, wo?« Er sah sich auf dem Boden um. »Die muss ich wohl verloren haben. Für immer.«

»Das ist der Käpt'n, er bleibt ein paar Tage bei uns. Er kommt …«

»Interessiert mich nicht. Bekomme ich jetzt etwas zu essen, oder muss ich mir selbst etwas schießen?« Er holte einen Ganja-Joint aus der Hosentasche und zündete ihn sich an. »Ich hab echt tierisch Hunger.«

»Du kannst einen Tee haben, wenn du willst. Mit Gebäck.«

Erneut schmiss Jo'anna den Wasserkocher an und goss wenig später drei Tassen Tee auf.

»Besser als nix«, sagte Isaac und setzte sich an den Tisch. »Weißt du irgendwas Spannendes über den Mord bei Clarendon?«

»Ich denke, mein Herz, wir werden während des Tees nicht mehr über Mord sprechen. Solch ein unangenehmes Thema.«

Isaac ließ die Stirn auf den Tisch knallen. »Och, Mum, nicht schon wieder Miss Marple!«

»Woraus war das?«, fragte Jo'anna. »Na?« Als keine Antwort kam, gab sie diese selbst. »›16 Uhr 50 ab Paddington‹.« Sie stellte die Tassen und ein Schälchen mit englischem Gebäck auf den Tisch und setzte sich zu ihnen.

Isaac griff sich eine Tasse, stellte sie dann aber schnell wieder ab und pustete auf seine Fingerspitzen. »Die Briten waren unsere Kolonialmacht, Mum. Ich würde lieber nix von denen im Haus haben. Nix hören, nix sehen. Das weißt du.«

»Sie haben uns auch viel Gutes gebracht.«

»Oh, nicht schon wieder diese Diskussion. Du hast Stockholm-Syndrom, Mum!«

Martin hatte noch nie Marihuana geraucht. Aber es würde seinen gestressten Nerven sicher helfen. Er zeigte auf den Joint. »Darf ich auch mal ziehen? Ich glaube, das würde mir gerade guttun.«

»Was? Nein! Das ist Hammerzeug. Ein Zug, und du bist so entspannt, dass du die Hose runterlässt. Daran muss man echt gewöhnt sein.«

»Dann roll mir einen mit wenig drin. Damit ich meine Hose nur halb runterlasse. Oder nur ein Bein freimache.«

Isaac sah ihn an, dann lachte er los und klopfte Martin auf den Rücken. »Du bist echt gut, Alter. Bekommst einen, geht auch aufs Haus.« Er begann, einen zweiten Joint zu bauen.

Jo'anna zog es vor, nur Tee zu trinken. Ihr Blick fiel auf die Küchenuhr in Form einer Ananas. »Ich muss leider schon los. Ihr zwei kommt klar?«

»Aber lässig«, sagte Isaac. »Ist es okay, wenn ich ihn beim Domino fertigmache? Oder beim Ludo? Ich muss trainieren, um die Jungs im Pub besser schlagen zu können.«

»Der Käpt'n ist erwachsen, und es ist sein Geld.«

Martin konnte sich nicht erinnern, jemals so entspannt gewesen zu sein. Zudem fand er es gerade unglaublich witzig, beim Mensch-ärgere-Dich-nicht, das hier Ludo hieß, tausend Dollar verloren zu haben. Isaac wusste ja sicher, dass er die gar nicht besaß und alles nur ein großer Spaß war. Danach hatte der Junge ihn beim Domino abgezockt, dass es eine wahre Freude war. Jetzt gehörte Isaac sein

Auto – dabei besaß er ja gar keins mehr! Martin kringelte sich, als er daran dachte.

Nach dem Spiel hatte Isaac bei einem Straßenhändler zwei Zuckerrohrstangen besorgt, die Enden abgeschnitten, die harte grüne Rinde abgeschält, und jetzt knabberten sie an dem faserig-feuchten, cremefarbigen Fruchtfleisch, während sie auf dem Sofa lungerten und Television Jamaica guckten.

»Sieht aus wie Bambus, wegen der Glieder. Schmeckt aber nicht so!«, sagte Martin und beömmelte sich, ohne zu wissen, wieso. »Supersüßer Saft!«

Die Nachrichten begannen. Zuerst brachten sie etwas über ein großes Reggae-Festival in Kingston. Isaac winkte ab. »Ich sag dir: Reggae ist vorbei, echt. Dub, Raggamuffin und vor allem Dancehall sind angesagt. Haben sich alle aus dem Reggae entwickelt. Das ist wie mit Eltern und Kindern. Die Großväter sind Rocksteady, Ska und Mento.«

Martin nickte zustimmend. Keine Ahnung, was der Junge meinte, aber es war ihm auch völlig egal. Seine watteweiche Welt bestand gerade nur noch aus süßem Zuckerrohrsaft.

Das änderte sich, als die nächste Nachricht über den Bildschirm flackerte.

Sie behandelte den Mord an Grace Mendoza bei Clarendon. Jo'anna war zu sehen, die von einer Reporterin befragt wurde, aber auf geschickte Art und Weise gar nichts sagte, allerdings den Eindruck vermittelte, die Polizei arbeite hart und es wäre nur eine Frage der Zeit, bis der Täter gefasst würde.

Dann passierte etwas Überraschendes.

Babe erschien auf dem Bildschirm.

»Ey, guck mal«, sagte Isaac. »Die kenne ich. Heißes Geschoss, oder? Die steht total auf mich!«

Sie war eine der Zeuginnen, die das Fernsehteam vor die Kamera holte. Babe beschrieb allerdings nicht, wie die Leiche gefunden wurde, sie hatte etwas anderes auf dem Herzen.

»Ich war mit meinem Onkel hier, er heißt Martin, und jetzt ist er verschwunden. Er ist ein Deutscher und ein alter Mann, und er kennt sich auf Jamaika überhaupt nicht aus! Ich mache mir total Sorgen, vielleicht hat der Mörder ihn gekidnappt. Wer ihn sieht, muss sich unbedingt bei mir melden. Oder bei der Polizei.« Martin spürte einen Stich im Herz, den selbst das Ganja nicht abfedern konnte. »Warten Sie«, sagte Babe. »Ich habe ein Bild.«

Dann wurde ein Foto von Martin eingeblendet, das Babe unbemerkt von ihm geschossen haben musste, als sie bei »Scotchies« waren. Er hatte gerade den Mund voll Jerk Chicken.

»*Rawtid*, das bist ja du!«, rief Isaac und klatschte sich auf die Oberschenkel. »Und Babe ist deine Nichte? Ich fass es nicht! Dann bist du auch der Deutsche, von dem im Police Office alle reden! Der den Typen bei Hampden Estate umgebracht hat und jetzt die Frau bei Clarendon.«

»Ich war das aber nicht«, sagte Martin, der sich wieder nüchterner fühlte.

Isaac setzte sich gerade hin. »Es könnte meine Mum den Job kosten, dass sie dich bei uns zwischenlagert.«

»Ich bin nicht zwischenge…«

»Scheiße, was machst du noch hier?«

Martin zog an dem Joint. »Willst du mich rausschmeißen?«

»Du kannst doch nicht einfach hier rumsitzen, du musst deine Unschuld beweisen, für Mum!«

Isaac nahm ihm die Tüte aus der Hand. »Wenn du nicht der Mörder bist, dann finden wir den jetzt.«

Martin zeigte auf den Bildschirm. »Aber ich war im Fernsehen, nachher erkennt mich jemand draußen! Und gibt dann Babe Bescheid, die darf das aber nicht wissen, weil dann die Polizei … Kann ich jetzt den Joint wiederhaben? Der ist noch nicht zu Ende geraucht! Wäre doch Verschwendung.« Er wollte das Gefühl von eben zurück, wieder so entspannt sein wie eine alte, durchgesessene Couch. Herrlich.

»Du musst dich nur ein bisschen anders anziehen. Komm mit, los! Und lass deine komische Mütze am besten gleich hier.«

Das brachte Martin nicht übers Herz, deshalb steckte er sie in die Gesäßtasche.

In Isaacs Zimmer waren alle Wände mit Graffiti besprüht, an Möbeln gab es allerdings nicht besonders viel. Aus dem Schrank holte Jo'annas Sohn eine weiße Rasta-Perücke hervor. »Aufsetzen. Nee, warte, schlüpf erst mal in die Sachen hier.«

Er reichte ihm ein gebatiktes T-Shirt und eine weiße Haremshose. Beides roch recht authentisch nach Ganja. Martin zog alles wie in Trance an.

Danach betrachtete Isaac ihn von allen Seiten, zupfte die Perücke zurecht und zog die Hose tiefer. »Fast perfekt. Fehlt nur noch die hier …« Er drückte Martin eine gespiegelte Sonnenbrille mit neongelbem Gestell in die Hand.

»So erkennt dich selbst deine Mutter nicht mehr.«

»Da sie schon lange tot ist, würde mich das sowieso schwer wundern.« Martin schüttete sich aus vor Lachen. Er war so wahnsinnig lustig!

»Hätten wir das«, sagte Isaac. »Also: Hast du irgendwelche Spuren, denen wir nachgehen können?«

Martin brauchte etwas, bis das Lachen abebbte. »Wenn wir herausfinden, was mit meinem Bruder passiert ist, finden wir auch raus, wer gerade die jamaikanische Rum-Industrie dezimiert«, sagte Martin und setzte sich hin. Hinsetzen war prima. Eigentlich das Beste. Könnte er den ganzen Tag!

»Okay, dann lass uns das rausfinden. Hast du alle seine Freunde befragt?«

»Alle, von denen ich weiß. Warum setzt du dich nicht? Stehen ist ungesund für die Füße.« Klang logisch, fand Martin.

Isaac trat ihm gegen die Füße. »Denk nach! Was mochte dein Bruder? Rum? Frauen? Ganja? Musik?«

»Ich glaube, alles davon! Zwei der Frauen, mit denen er zu tun hatte, sind allerdings tot. Und was den Rum angeht, hab ich bei Clarendon noch nicht richtig nachgeforscht. Die wollten mich nämlich rausschmeißen!«

»Vergiss es, da wimmelt es von Cops, und denen machst du mit der Verkleidung nix vor. Bleiben nur Ganja und Musik. Ganja kriegst du überall, gute Musik ist was anderes. Wo hat dein Bruder gewohnt?«

»Im ›Jamaica Heavenly Palace‹.« Martin sang den Namen, ging gut. »Aber das ist zwanzig Jahre her. Bist du auch so müde?« Es schien Martin, als sei die ganze Welt müde. Als würden Gardinen, Herd und Fernseher jetzt alle gern ins Bettchen gehen.

»Dann war er sicher bei Butch von ›Rockers International Records‹.«

Martin nickte, aber erst einige Augenblicke später begriff sein Hirn, warum. Seine Nackenmuskulatur war in diesem Fall einfach schneller gewesen. Faszinierend! Der Kreis schloss sich. Am Ende hatte tatsächlich sein Bruder diesen durchgeknallten Butch zum Schlager gebracht! Einen Versuch war es wert.

Aber nicht jetzt.

»Jetzt!«, sagte Isaac und zog Martin an den Händen auf die Beine.

Butch freute sich, Martin wiederzusehen, und noch mehr über den Zufall, dass er der Fahrgast aus Deutschland war, für den er das Volksmusik-Tape aufgenommen hatte. Natürlich wollte er wissen, wie Martin die heißen Tracks gefallen hatten.

Martin erwiderte, dass sie ihn an seine Heimat erinnert hatten. Verschwieg aber, dass die Musik seiner Meinung nach ein Argument dafür war, niemals dorthin zurückzukehren.

Als er Butch ein Foto von Christian auf seinem Handy zeigte und fragte, ob er ihn kennen würde, lachte der Besitzer des »Rockers International Records«.

»Aber klar! Christian war es doch, der mich damals auf eure deutsche Volksmusik gebracht hat. Prima Kerl. Ich habe leider seit Ewigkeiten nichts mehr von ihm gehört. Woher kennst du ihn?«

»Ist mein kleiner Bruder.«

»Verarsch mich nicht!« Butch hielt den Kopf schief und sondierte Martins Gesicht. »Deine Nase ist total anders, aber die Augen, ja, die sind echt dieselben … Irre! Sind bei euch in Deutschland alle verwandt?«

»Nur in Flensburg.« Martin steckte das Handy wieder ein. »Wir sind jedenfalls auf der Suche nach Leuten, mit denen mein Bruder damals zu tun hatte. Jeder Name könnte mir helfen.«

Butch konnte ihnen einen Barbier nennen, bei dem Christian sich den Bart jeden Tag hatte stutzen lassen, sowie seinen bevorzugten Ganja-Händler und sein liebstes Street-Food-Restaurant. Offenbar hatten Christian und er eine Menge Zeit miteinander verbracht. Als Butch ihnen eine neue Volksmusikplatte vorspielen wollte, von deren Cover Maria und Margot Hellwig im Dirndl lächelten, hatte es Martin plötzlich eilig.

Draußen auf der Straße allerdings wurde mit jedem Schritt der Boden unter seinen Schuhen etwas härter, die Last auf seinen Schultern etwas schwerer. Sogar die Watte im Kopf löste sich peu à peu auf. Deshalb versuchte Martin auch mehrmals, das mit dem Gehen einzustellen, aber Isaac war erbarmungslos.

Irgendwann begann es zu regnen, was Isaac nicht zu stören schien. Er nannte es »liquid sunshine«, flüssigen Sonnenschein, und tatsächlich fühlte es sich mehr nach warmer Dusche als einem handfesten norddeutschen Schauer an. Und diese Dusche bewirkte, dass Martin sich langsam etwas lebendiger fühlte. Gemeinsam mit Isaac durchstreifte er das Viertel, besuchte die Orte, an denen Christian sich aufgehalten hatte, und befragte die Menschen, auf die sie stießen.

Mancher erinnerte sich an Christian, mancher nicht, und keiner hatte etwas Brauchbares beizutragen. Feinde? Ärger? Was war damals mit dem Don? Wusste irgendwer irgendwas? Fehlanzeige. Nur eine hilfreiche Information gab es: den Namen einer Kaffeeplantage, zu der Christian damals unbedingt wollte. Sie gehörte einem gewissen Jah D.

Martin hatte gedacht, die Straßen, auf denen er bisher auf Jamaika unterwegs gewesen war, seien schlecht. Aber sie waren kein Vergleich zu denen in den Blue Mountains.

Die Fahrt in die Bergregion im Osten der Insel war ein einziges Offroad-Abenteuer. Jedes Mal, wenn Isaac eine Hand vom Steuer nahm, um ihm die Gegend zu erklären, brach Martin der Schweiß aus. Der Ausblick auf die höchste Erhebung des Landes, den Blue Mountain Peak mit stolzen 2.256 Metern, beeindruckte ihn dennoch.

An den strotzend grünen Hängen fanden sich auch immer wieder kleine Häuser und Holzhütten, die nur zu Fuß erreichbar waren. Isaac erklärte, dass hier auf 910 bis 1700 Metern, wo es deutlich kälter war als im Landesinneren, die Kaffeesträucher angebaut wurden. Und dies die Heimat der Rastas sei.

Jah D war einer davon, sein Bart schlohweiß, genau wie seine Dreadlocks. Sie steckten in einer Art Turban, der an eine große blassrote Socke erinnerte. Dazu trug er ein braun-weiß kariertes Hemd und eine schwarze Leinenhose. Der Kaffeebauer war der entspannteste Mensch, den Martin je getroffen hatte. Gegen ihn wirkte selbst der Dalai Lama wie ein Duracell-Häschen. Seine Kaffeeplantage war ähnlich gechillt angelegt, die Kaffeesträucher waren kaum vom restlichen Grün zu unterscheiden, immer wieder fanden sich auch Bananenbäume dazwischen.

Da sie nicht mit der Tür ins Haus fallen wollten, beschlossen sie, sich zunächst einmal alles zeigen zu lassen. Jah D führte sie zuerst zum Unterstand, in dem er die jungen Arabica-Pflanzen heranzog. Dann schlenderte er weiter zu einem ausgewachsenen Strauch, pflückte eine Kaffeekirsche, brach sie auf, zeigte ihnen die zwei darin liegenden Kerne und ließ sie den süßen Saft probieren.

»Durch den Nebel, die kühlen Temperaturen und den vielen Regen hier oben wachsen die Kaffeekirschen viel langsamer als anderswo. Dadurch entsteht ein ganz eigenes Aroma, und deshalb ist unser Kaffee einer der teuersten der ganzen Welt.« Jah D sagte das mit großer Selbstverständlichkeit, ohne jegliche Angeberei. Es war einfach ein Fakt.

Die geernteten Kaffeekirschen wurden vor ihren Augen in einer alten, handbetriebenen Anlage geschält. Die Kerne trocknete Jah D auf seinem Dach in großen, flachen Holzkisten, die unten ein Gitter hatten, damit sie stetig durchlüftet wurden und sich kein Schimmel bilden konnte. Schließlich ging es in einen Raum, in dem die getrockneten Kerne auf einem groben Leinentuch nach Qualität sortiert wurden. Eine Heidenarbeit. Da auf dem Gut nicht geröstet wurde, endete damit ihre kleine Führung, sodass der Moment gekommen war, um Jah D nach Christian zu fragen.

»Ich glaube, dass mein Bruder Christian vor rund zwanzig Jahren auch bei Ihnen war. Vermutlich wollte er ins Kaffeegeschäft einsteigen. Können Sie sich vielleicht an ihn erinnern? Ein Deutscher aus Flensburg? Er stellte sicher viele Fragen.«

Jah D zeigte auf einen Tisch mit drei altersschwachen Stühlen, und sie setzten sich.

»Erst möchte ich Ihnen eine Frage stellen: Warum haben Sie diese alberne Verkleidung an? Wollen Sie sich über uns Rastafaris lustig machen?«

Martin entschied sich für Ehrlichkeit. Die machte zwar manchmal Probleme, aber Lügen war so schrecklich kompliziert. Außerdem fiel ihm auch einfach keine gute falsche Erklärung dafür ein, warum er den ganzen Tinnef trug.

»Ich werde gesucht.« Er nahm die Sonnenbrille ab, dann die Perücke. »Eigentlich sehe ich so aus. Also mit Mütze. Sekunde.« Er zog sie aus seiner Gesäßtasche. »So, das bin ich. Ich bin der Käpt'n.«

»Jah D«, sagte Jah D. »Freut mich.« Er besah sich Martin genauer. »Ihr seht euch ähnlich, Christian und du. Aber du bist der ruhigere, du bist klüger und sanfter als er.«

Martin war so froh, dass der weite Weg hinauf in die Berge offenbar nicht umsonst gewesen war. Und dass er endlich die juckende Perücke vom Kopf hatte. »Erzählen Sie bitte weiter.«

»Christian war wie ein tropischer Sturm, voller Kraft. Aber er riss alles mit sich, ohne Rücksicht auf Verluste. Er bekam das oft gar nicht richtig mit, weil er viel zu sehr damit beschäftigt war, ein Sturm zu sein. Das strengt an. Ich weiß das, denn ich war auch mal einer. Nun bin ich eine ruhige See.« Jah D ahmte mit seinen Händen die Bewegung von Wellen nach.

»Mein Bruder ist seit zwanzig Jahren verschwunden. Und zu dir führt eine seiner letzten Spuren.«

Jah D seufzte. »Sein Sturm war schon dunkel, als er zu mir kam, da lag Unheil drin. Er hat mir damals erzählt, dass er vom Rum käme, aber mit dem Zeug nichts mehr zu tun haben wolle. Er würde jetzt auf Kaffee setzen und meinen nach Deutschland importieren. Sein großer Bruder würde ihm helfen, denn das hätte dieser immer getan. Erst hier auf Jamaika hätte er gemerkt, was für ein Fels sein Bruder war, also du. Sehr unbeweglich, aber eben auch standfest.«

Martins Hals wurde trocken. Das hatte ihm Christian nie gesagt. Stattdessen ihm immer nur vorgeworfen, dass ihm der Mumm fehlte, etwas aus seinem Leben zu machen. Er hatte recht gehabt, geschmerzt hatte es trotzdem. Und der Schmerz hatte über Jahrzehnte nicht aufgehört.

Martin rückte seine Mütze gerade. »Weißt du, wo er heute ist?«

Jah D schüttelte langsam den Kopf. »Nachdem er zwei Wochen bei mir war, hat er mich verlassen, und ich habe nie wieder etwas von ihm gehört. Das hat mich sehr gewundert, denn er schien aufrichtig zu sein. Wenn du auch nichts von ihm gehört hast, ist das ein sehr schlechtes Zeichen.«

»Weißt du vielleicht, wo er hingegangen ist, nachdem er hier weg ist?«

Jah D zeigte auf seine Stirn. »Ich bin zwar alt, aber mein Kopf ist immer noch jung. Wie ein Computer mit großer Platine, da ist alles drauf gespeichert. Christian wollte zurück nach Kingston, zu einem Kumpel. Um von da aus alles zu organisieren.«

Jetzt meldete sich Isaac zu Wort. »Kennst du seinen Namen?«

»Nein, aber ich habe ihn kurz getroffen, denn er hat Christian hergebracht.«

»Wie sah er denn aus?«, drängte Isaac.

»Also wie er genau aussieht, weiß ich nicht mehr …«

»Aber du hast doch gerade …«

Jah D hob die Hand. »Lass mich ausreden, junger Mann. Ich erinnere mich noch an ein großes Tattoo auf seinem Unterarm, es war riesig, ein mathematisches Zeichen oder etwas in der Art. So etwas hatte ich noch nie gesehen. Eigentlich trug der Mann langärmelige Kleidung, aber einmal rutschte es hoch. Er wollte mir nicht erklären, was es bedeutete. Aber ein Mathematiker war er nicht. Hilft euch das weiter?«

»Ja«, sagte Martin. »Es bedeutet, dass ich noch einmal Jerk Food essen werde.«

Aber Lee arbeitete an diesem Abend nicht im »Scotchies«. Wie sich herausstellte, mixte er einmal im Monat Cocktails auf einer Party in der berühmten »Pelican Bar«.

Die auch auf der Liste mit Christians Zielen stand.

Und sich mitten im Atlantik befand.

Isaac wusste, wie man zu der legendären Location vor der Südwestküste kam.

Als sie jedoch den Strand betraten, von dem aus Boote zur Bar übersetzten, wurde ihnen mitgeteilt, dass heute nur geladene Gäste Zutritt hatten.

»Wir wollen zu Lee Campbell«, erklärte Isaac. »Er kennt uns. Also ihn.« Er zeigte auf Martin, der seine Verkleidung wieder angelegt hatte.

»Ihr seid Freunde von Lee?«, fragte der gut aussehende Mann, der Smoking trug, obwohl es selbst jetzt am Abend noch heiß war. Seine Füße waren allerdings unbekleidet.

»Ja«, antwortete Isaac. »Klar.«

»Gute Freunde?«

»Freunde halt. Was soll die Fragerei?«

»Sekunde.« Der Smoking-Träger zog ein Handy aus seiner Reverstasche und wählte eine Nummer.

»Sag ihm, der Bruder von Christian aus Deutschland ist da.« Martin stellte sich neben ihn. »Und dass es wichtig ist.«

Der Mann hob die Hand, signalisierte, dass er jetzt nicht gestört werden wollte. »Lee, ich bin's. Ich hab hier ein merkwürdiges Pärchen stehen. So ein Skater-Typ und ein miserabel verkleideter Alter. Kennst du die? ... dachte ich mir. Dann schick ich sie wieder weg.«

»Sag ihm, der Bruder von Christian aus Deutschland ist da«, wiederholte Martin mit lauter Stimme. »Und dass es wichtig ist!«

Sonst waren Jamaikaner so lässig und freundlich. Fast überall wurde man angelächelt und begrüßt wie ein alter Freund. Manchmal war ihm das fast zu viel gewesen, Distanz hatte schließlich auch ihr Gutes. Aber gerade war die Portion davon deutlich zu groß.

»Hast du das gerade gehört?«, fragte der Mann ins Handy. »Was soll ich? ... Ja, ich mach's ja schon.« Er wandte sich an Martin. »Welchen Rum-Cocktail magst du am liebsten: Mojito? Piña Colada? Oder Zombie?«

Martin versuchte, sich zu erinnern, was genau das für Cocktails waren. Er war nicht gerade ein Cocktail-Experte, aber den süßen mit Kokosnuss, den mochte er ganz gern, der war wie ein Creme-Dessert. »Piña Colada«, antwortete er deshalb.

»Und ich Zombie«, sagte Isaac.

»Du wirst aber nicht gefragt«, erwiderte der Mann im Smoking. Dann sprach er wieder ins Handy. »Er hat Piña Colada gesagt … echt jetzt? Bist du dir sicher? Okay, es ist deine Party. Aber auch mein Risiko.« Er beendete das Gespräch. »Ihr dürft beide rüber. Es gilt: keine Videos, keine Fotos, und was heute Abend in der ›Pelican Bar‹ passiert, bleibt in der ›Pelican Bar‹. Sonst habt ihr alle gegen euch, ist das klar?«

Martin und Isaac nickten, wobei Isaac ziemlich genervt wirkte.

Der Mann brachte sie zu einem kleinen, bunt bemalten Holzboot mit Außenbordmotor, dessen Steuermann sie deutlich freundlicher und mit Handschlag begrüßte. »*Wha gwaan*, Bros!«

Und dann ging es ab. Für Martins Geschmack über viel zu viel Wasser. Das Tempo war zwar gemächlich, seine Angst allerdings so groß, als säße er in einem Speedboat, das über meterhohe Wellen spritzte. Und seine Übelkeit zeigte sich solidarisch mit der Angst. Hektisch versuchte er, tief zu atmen, während seine Fingernägel sich wie Nägel ins Holz des Boots versenkten.

Die grüne Küste wurde schnell kleiner, und vor ihnen lag bald nur noch weites Meer. Erst nach einiger Zeit tauchte ein dunkler Fleck an der Linie zwischen Wasser und Himmel auf, wie eine Reißzwecke, die beides zusammenhielt.

Die Pelican Bar war nicht viel mehr als ein langer, klappriger Holzsteg, auf dem sich drei Hütten befanden. Das Ganze wirkte, als könnte ein Sturm es sofort hinwegfegen, vermutlich würde es schon reichen, wenn jemand kräftig pustete. Etliche Menschen befanden sich auf der künstlichen Insel aus Holz, von der Disco-Musik herüberdröhnte. Einige tanzten ekstatisch, lachten, ließen entspannt die Beine ins Wasser hängen oder badeten. Das Wasser um die Stelen schien nicht tief zu sein, denn manche standen darin, ein Bier oder einen

Cocktail lässig in der Hand. Um die Bar herum hatten auch ein paar Boote geankert.

Das Holzboot machte dort fest, wo zwei alte Autoreifen herabhingen, um das Anlegen zu erleichtern.

»Ich wünsche euch einen unvergesslichen und unbeschwerten Abend«, sagte der Steuermann und half ihnen auf die Holzplanken. »Willkommen in der totalen Freiheit, Bros!«

Währen Kylie Minogue »I Should Be So Lucky« sang, kämpften sich Martin und Isaac zur Theke in der größten Hütte durch. An der Decke hingen etliche Hüte, Tücher, Fahnen oder T-Shirts, aber nicht ordentlich in Reih und Glied, sondern irgendwie festgenagelt oder in Spalten gestopft. Am Tresen waren unzählige Autoschilder befestigt, sogar eines aus Hamburg.

Lee stand an den Plattentellern. Da er obenherum nackt war, konnte Martin nicht nur seine Muskelmassen bewundern, sondern auch erkennen, dass die Blumen-Tattoos von Schädel und Gesicht Teil eines viel größeren Kunstwerks waren. Sie sprossen aus einem dichten tropischen Dschungel, im dem sich auch Krokodile, Tiger und zähnebleckende Orang-Utans fanden. Lee bemerkte die beiden erst, als sie vor ihm standen. Martin musste seine Sonnenbrille abnehmen, damit Lee ihn erkannte.

»Kommt mit, wir setzen uns hin, wo es ein bisschen leiser ist«, sagte er und ging vor ans andere Ende der Plattform, wo es noch ein paar freie Bierkästen gab. Daneben kratzte ein Gast gerade einen Schriftzug in eine Planke. Erst jetzt fiel Martin auf, dass in alle Planken etwas eingraviert war. Anscheinend war die »Pelican Bar« ihr eigenes Gästebuch.

»Ich hatte nicht erwartet, dich so bald wiederzutreffen«, sagte Lee zu Martin und reichte ihm eines der Biere, die er mitgenommen hatte. »Im Fernsehen hieß es, du seist verschwunden.«

»Man sollte nie glauben, was die im Fernsehen sagen.«

Lee nickte. »Auch wieder wahr. Wer ist deine Begleitung?«

»Isaac, der Sohn einer Freundin.«

Er reichte ihm auch eine Bierflasche und stieß mit ihm an. »Schön, dich kennenzulernen.«

»Was sollte das mit der Cocktail-Frage eben?«, fragte Isaac. »Ist das hier ein Cocktail-Club?« Lee lachte. »Nein, wegen des Trinkens kommt kaum einer her. Es geht um die Gesellschaft.«

»Verstehe ich nicht. Ist Piña Colada das Codewort?«

Lee nahm einen Schluck. »Weißt du, Mojito oder Daiquiri trinken Männer vor allem, weil sie sein wollen wie Ernest Hemingway – und der war ein scheiß Macho. Und Zombie ist genauso ein Angeberzeug, ein Drink, mit dem Typen beweisen wollen, dass sie was richtig Starkes vertragen. Aber ein Mann, der Piña Colada trinkt, einen Cocktail, den viele als weibisch ansehen, der ist ein echter Mann, der steht nämlich auch zu seiner femininen Seite. Der passt hierhin.«

Martin blickte sich um. In der »Pelican Bar« befanden sich nur Männer. Und einige davon knutschten heftig miteinander.

Lee musste seinen erstaunten Blick bemerkt haben. »Einmal im Monat miete ich die Bar, damit ich mich mit Gleichgesinnten treffen kann. Also mit anderen Schwulen.« Er sah Martin ernst an. »Auf Jamaika drohen Männern wie uns bis zu zehn Jahre Gefängnis. Das Gros der Jamaikaner begreift die von den Europäern und Amerikanern importierte Homophobie als Teil ihrer eigenen Kultur, die sie sich nicht wieder ausreden lassen wollen. Auch die Rastas sind heftig homophob. Es ist eine Schande.«

»Sekunde«, sagte Isaac. »Willst du ernsthaft behaupten, dass Schwulenfreunde keinen Mojito oder Daiquiri trinken? Die meisten Leute trinken einen Cocktail doch einfach, weil er ihnen schmeckt, würd ich meinen.«

Lee zuckte mit den mächtigen Schultern. »Du hast deine Philosophie, und ich habe meine: Sag mir, was du trinkst, und ich sag dir, was du bist. Achte zukünftig mal darauf, wer von deinen Kumpels Piña Colada trinkt, das ist mit Sicherheit der Beste von dem Trupp.« Lee schürzte die Lippen. »Wie auch immer, eins ist wichtig: Ich muss auf eure Verschwiegenheit vertrauen können. Oder habe ich mich und all meine Freunde hier in große Gefahr gebracht?«

»Nein«, sagte Martin. »Mir ist völlig egal, worauf jemand steht.«

Isaac piddelte am Etikett seiner Bierflasche. »Mir eigentlich auch.«

»Gut, das freut mich!« Lee stieß nochmals mit ihnen an.

»Haben die Tattoos auf deinen Unterarmen damit zu tun?« Martin wies auf die mathematischen Zeichen, die viel verblichener und damit wohl älter waren als die prachtvollen Blumen auf Lees Glatze und in seinem Gesicht. »Also mit deinem Schwulsein?«

»Die Lambdas? Ja, haben sie. Deshalb achte ich sehr darauf, wer sie zu sehen bekommt. Der griechische Buchstabe steht für Energie und Kraft, aus diesem Grund wurde er in den Siebzigern als Leitmotiv für schwule Kampagnen in New York gewählt. Die Tattoos sind lavendelfarben, das fällt kaum einem auf, außer, du bist schwul und weißt, dass das eine unserer Farben ist. Aber ihr seid nicht hier, um mehr über schwule Kultur zu erfahren. Oder doch? Wie kann ich euch helfen?«

Der Wind frischte auf, und der Wellengang wurde stärker. Martin nahm es als Zeichen, dass nun endlich die Zeit für klare Worte gekommen war. »Du warst mit meinem Bruder bei Jah D, und danach verliert sich seine Spur.«

Lee setzte noch mal das Bier an und blickte in die Ferne. Seine Silhouette hob sich wie ein Scherenschnitt vom Meer ab, das selbst in der Dämmerung noch azurblau schimmerte. Im Hintergrund war der sattgrüne Streifen Festland zu sehen, darüber der dunkelblaue Himmel. Es war, als würde Gott hier nur mit starken Farben malen.

»Ich hab dir nicht die ganze Wahrheit gesagt, Käpt'n. Weil ich dich nicht in Gefahr bringen wollte. Aber jetzt, wo auch Grace tot ist, bist du das wahrscheinlich sowieso.« Er benetzte sich die Lippen. »Christian wollte raus aus dem Business, weil damals betrogen wurde. Nicht von allen, klar, aber er kam leider mit dem in Kontakt, der die Fäden bei einigen der übelsten Dinger zog: Michael Frost. Heute ist er der Obermacker bei Appleton, damals war er eigentlich ein kleines Licht, machte mit den Fälschungen aber viel Kohle und baute sich ein Netzwerk auf. Ziggy war auch Teil davon.«

»Was für Fälschungen meinst du?«

»Michael Frost hat Weiße in Schwarze verwandelt.« Lee lachte. »Er hat weißen Rum mit Aroma, Farbstoff und Zucker gepanscht und ihn dann als jahrelang gereiften Edel-Rum vertickt. Also für viel mehr Kohle. Auch nach Deutschland.«

Wie Martin wusste, war Jamaika neben Martinique und Barbados eine der letzten Bastionen der Rum-Produktion, wo dem Destillat kein Zucker zugegeben werden durfte. Das bedeutete natürlich nicht, dass Jamaika-Rum immer ohne Zuckerzusatz verkauft wurde. Die Zugabe passierte aber in der Regel außerhalb des Landes und damit ganz legal. Das Spiel hieß Globalisierung.

»Frost ist gefährlich«, fuhr Lee fort. »Lasst euch besser nicht mit ihm ein. Die dunkelste Seele wohnt im schicksten Anzug.«

»Und die Polizei ist ihm nie auf die Schliche gekommen?«, fragte Martin.

»Nein.«

»Woher weißt du es dann? Hast du auch …?«

»Ganz schön direkte Frage.« Lee nickte anerkennend. »Du beeindruckst mich. Genau wie dein Bruder.« Er stieß nochmals mit ihm an. »Um auf deine Frage zu antworten: Christian hat mir davon erzählt. Er hatte Frosts Spiel beobachtet, der damals auch bei Hampden tätig war.«

»Ist Michael Frost heute immer noch in kriminelle Aktivitäten verstrickt?«

»Wer weiß?« Lee blickte Richtung Ufer. »Kennt ihr die Geschichte von Long Pond?«

»Meinst du etwa …?«, frage Isaac. »Scheiße, echt?«

Lee nickte. »Das muss ich dir erklären, Käpt'n. Die Long Pond Distillery hat eine dramatische Geschichte. 2012 musste sie schließen, weil in den Dunder-Tanks Lecks waren. Erst 2017 wurde sie wiedereröffnet, aber nur ein Jahr später wütete ein grauenhaftes Feuer dort, das 65.000 Liter Rum vernichtete. Aber niemand wurde verletzt. Komisch, oder? Appleton ist heute auf jeden Fall die viel größere Nummer. Wer weiß, was sonst gewesen wäre? Long Pond macht nämlich grandiose Rums.« Er packte Martin an der Schulter, sein Griff fest wie ein Schraubstock. »Flieg besser zurück nach Deutschland. Entweder ist Christian nicht mehr unter uns, oder er will aus sehr gutem Grund nicht gefunden werden.«

»Auf keinen Fall! Ich kehre nicht nach Deutschland zurück, ohne dass ich Antworten habe. Das bin ich meinem Bruder schuldig.«

Martin dachte über Michael Frost nach, über alles, was er von ihm wusste. Plötzlich fiel ihm etwas Wichtiges ein, das er nicht wusste. »Weißt du, was für einen Wagen Michael Frost fährt? Vielleicht einen silbernen Jeep?«

Lee kniff die Augen zusammen, als würde er versuchen, sie auf ein fernes Ziel scharf einzustellen. »Puh, keinen Schimmer, auf so was achte ich nicht. Mir fallen Wagen nur auf, wenn sie so knallbunt sind wie mein VW Käfer. Mit seiner Kohle könnte sich Frost aber eine ganze Flotte Autos leisten.«

Martin war mit den Gedanken zu seiner letzten Begegnung mit Lee gewandert. »Warum warst du eigentlich bei Clarendon?« Eine Erinnerung kam zurück, in der Lee einen anderen Mann sehr lange umarmte. In einer dunklen Gasse zwischen zwei Hallen. »Vergiss die Frage.«

»Nein, ist schon okay. Ich bin eine Art Kontaktmann für viele Schwule auf Jamaika, auch in der Rum-Industrie, da habe ich ja etliche Connections. Ein Freund arbeitet dort, mit dem ich wegen einer Underground-Party gesprochen habe. Offiziell war ich da, um Rum für meine ›Scotchies‹-Restaurants zu kaufen.«

»Die gehören alle dir?«

»Da stecken meine ganze Kohle und mein ganzes Herzblut drin.« Lee stand auf. »Noch ein Bier?«

»Lieber einen Rum. Pur. Bier reicht gerade nicht mehr«, sagte Martin.

»Mir auch nicht.« Isaac reichte ihm die leere Bierflasche.

Lee lachte und kam kurze Zeit später mit drei Rum zurück. »Nichts für Anfänger. Aber Christian mochte den hier sehr gerne.«

Schon als seine Nase noch ein ganzes Stück vom Glas entfernt war, merkte Martin, was für ein Kaliber dieser Rum war. Die Ester explodierten förmlich heraus, faules Obst, Tresteraromen, fast wie ein Obstler. Auf der Zunge ging die Party dann richtig los, eine echte Aromabombe. Er war wild und funky wie eine durchtanzte Nacht. Martin sah Lee an. »Danke, der ist genau richtig.«

Isaac hatte es noch nicht geschafft, einen ganzen Schluck davon zu nehmen, sondern nippte nur vorsichtig daran.

»Die Polizei denkt, ein Don würde hinter dem Verschwinden meines Bruders stecken.« Martin prostete Christian im Geiste zu. »Derjenige, der auch für den Brand des ›Jamaican Heavenly Palace‹ verantwortlich war.«

»Du meinst Derrick ›Duckie‹ Spencer? Nein, der war es auf keinen Fall. Dein Bruder war vor seinem Verschwinden ja mit Grace Mendoza zusammen.«

»Was hat das miteinander zu tun?«

»Na, sie war die Enkelin vom Don, und damit war Christian sicher. Grace war die Tochter von Duckies Erstgeborenem, allerdings unehelich. Deshalb gibt es auch keine Unterlagen, die das beweisen. Keiner durfte davon wissen, das war dem Don extrem wichtig. Er wollte, dass sie sicher ist vor all seinen Feinden, der Alte hatte sie vom ersten Moment an echt ins Herz geschlossen. Irgendwann hat Grace es deinem Bruder dann aber anvertraut und er mir, weil er wissen wollte, was das für ihn bedeutete. Alles unter dem Siegel der Verschwiegenheit. Aber jetzt ist der Don schon lange tot und eine andere Familie am Ruder.« Plötzlich zeigte er ins Wasser. »Oh, schaut mal da, ein paar Rochen.«

Elegant zogen die großen Fische durch das Wasser, wie Vögel, die in Zeitlupe flogen.

»Mir kommt gerade eine gute Idee«, sagte Lee und rieb sich über die Augen. »Aber die ist nicht ganz … Nein, die ist zu gefährlich.«

»Für uns ist nichts zu gefährlich!«, meinte Isaac. »Also für mich bestimmt nicht.«

»Ihr müsstet wo einbrechen. Und am besten noch heute Nacht.«

»Ich bin nicht hier, um Urlaub zu machen«, sagte Martin und blickte fragend zu Isaac.

»Es wäre nicht das erste Mal, dass ich wo einsteige …«

»Seid ihr euch sicher?«, fragte Lee.

»Erzähl schon, Bro«, drängte Isaac.

»Ihr habt es so gewollt.« Lee nickte. »Grace Mendoza hat mir vor vielen Jahren etwas erzählt. Wir waren an diesem Abend zu dritt, also sie, Christian und ich. Sie war in Redelaune und außerdem schwer angetrunken. Wir kamen auf Geheimnisse zu sprechen. Ich habe ihr mein Leid geklagt, dass ich nirgendwo etwas rumliegen lassen darf. Magazine, Fotos, ihr versteht schon. Da meinte sie: Bei ihr wäre alles Wichtige immer hinter Bildern von Jesus versteckt, denn da gucke nie jemand hin. Und heute, als sie in den Nachrichten über Grace' Ermordung berichtet und ihr Büro bei Appleton gezeigt haben, ist mir etwas aufgefallen ... Da hing ein großes, kitschiges Bild von Jesus.«

»Aber was sollten wir da finden?«, fragte Martin.

»Grace war verheiratet, also wird sie die Erinnerungen an deinen Bruder sicher nicht zu Hause gebunkert haben.«

»Aber warum sollte sie etwas von Christian aufbewahren?«

»Na, weil er ihr erster richtiger Freund und ihre große Liebe war! Erst mehrere Jahre nach seinem Verschwinden hatte sie wieder einen Typen. Außerdem war Grace sehr nostalgisch. Vielleicht findet ihr hinter dem Bild ja einen Brief von deinem Bruder, Fotos, ein Tagebuch über die gemeinsame Zeit, wer weiß.«

Martin nickte. »Und wir sollen heute Nacht dahin, weil ihre persönlichen Sachen vielleicht morgen schon von ihrem Witwer abgeholt werden.«

Lee nickte. »Ich rate euch aber davon ab!«

»Ich habe noch nie viel darum gegeben, was andere mir raten«, sagte Martin.

»Und ich erst recht nicht, da kannst du meine Mum fragen«, sagte Isaac und stürzte den Rest des Rums herunter. »Lass uns bei Appleton einsteigen! Vielleicht kann ich ja auch ein paar Buddeln mitgehen lassen. Als Lohn für meine ganze Mühe.«

Martin war bewusst, dass sie nun etwas definitiv Kriminelles tun würden.

Aber es fühlte sich verdammt noch mal richtig an.

Berühmte Rum-Cocktails

Von Lasse Reinda

Eine Publikation des Rum-Museums
im Flensburger Schifffahrtsmuseum

Abb. 7: Beliebte Cocktail-Zutaten

Rum ist die archetypische Spirituose der Neuen Welt. Er ist das Getränk der Sklaven und der Sklavenhalter – und einer der absoluten Cocktail-Könige. Es gilt der Grundsatz: Whisky sitzt lässig im Lehnstuhl, Gin auf einem Hocker an der Bar, und Rum tanzt!

Bei berühmten Cocktails gilt häufig: Viele wollen sie erfunden haben. Über die Urheberschaft wird gestritten oder sogar prozessiert. Außerdem gibt es meist mehrere »richtige« Rezepturen. Natürlich hängen diese immer auch davon ab, wie stark, süß oder sauer die gewählten Zutaten sind und wie man seinen Cocktail bevorzugt. Ich halte mich hier strikt an die Rezepturen der »International Bartenders Association (IBA)«. Beschweren Sie sich also bitte bei denen, wenn Sie es lieber anders trinken!

Between the Sheets

Es gibt drei Ursprungsmythen für den »Zwischen den Laken«. Die blumigste besagt, dass der Cocktail in französischen Bordellen entstand, wo Prostituierte ihn gerne tranken. Wahrscheinlich war es aber Harry McElhone, der Gründer von »Harry's Bar« in Paris, im Jahr 1930 – aber wer weiß, wo er ihn das erste Mal getrunken hat?

ZUTATEN

3 cl Cognac
3 cl weißer Rum
3 cl Triple Sec
2 cl Zitronensaft

ZUBEREITUNG:

Alles in einen Cocktailshaker mit viel Eis geben, schütteln und dann in ein vorgekühltes Cocktailglas abseihen.

CAIPIRINHA

Dieser aus Brasilien stammende Cocktail ist auch als »Caipi« bekannt. Klassischerweise wird er mit dem Zuckerrohrschnaps Cachaça gemixt, in Variationen aber auch mit Rotwein oder Wodka (aber die interessieren uns in Flensburg nicht). »Caipira« bedeutet auf Brasilianisch Bauer, »Caipirinha« ist das Bauernmädchen. Der Cocktail wurde zuerst von der Oberschicht der ländlichen Regionen getrunken und erst nach Ende des Ersten Weltkriegs in den Großstädten Brasiliens.

ZUTATEN:

6 cl Cachaça
1 Limone, in schmale Spalten geschnitten
4 Teelöffel weißer Zuckerrohrzucker

ZUBEREITUNG:

Limonenspalten und Zucker in ein Glas geben, sanft verrühren. Dann das Glas mit zerstoßenem Eis füllen, den Cachaça hinzufügen und nochmals sanft rühren.

Cuba Libre

»Cuba Libre« bedeutet wörtlich: freies Kuba. Soll um 1900 entstanden sein, nach Ende des Spanisch-Amerikanischen Krieges. Soldaten der USA haben damit angeblich auf die Befreiung Kubas von der spanischen Kolonialherrschaft angestoßen und dabei »Viva Cuba libre« gerufen.

In Europa wurde der Cocktail wegen des Riesenhits »Rum and Coca-Cola« von den Andrew Sisters ab 1944 berühmt – obwohl Text und Musik geklaut waren, das Lied wegen Andeutungen zur Prostitution in der Kritik stand und auch noch Schleichwerbung beinhaltete. Der Song machte nicht nur den Cocktail, sondern auch die Karibik und den Calypso bekannt.

Zutaten:
5 cl weißer kubanischer Rum
12 cl Cola (klassischerweise Coca-Cola)
1 cl frischer Limettensaft
Limonenspalte

Zubereitung:
Alle Zutaten in ein Glas mit Eis geben und mit einer Limonenspalte garnieren.

Daiquiri

Der Name steht mit einem Ursprungsmythos in Zusammenhang, der aller Wahrscheinlichkeit nach totaler Blödsinn ist. Im kubanischen Ort Daiquiri soll der erste Cocktail dieses Namens um 1900 von amerikanischen Minen-Ingenieuren gemixt worden sein. Meine Meinung: Da wollen sich die Amis schön diesen fabelhaften Cocktail ans Revers heften, obwohl die Kubaner zu diesem Zeitpunkt schon lange Drinks mit den entsprechenden Zutaten genossen haben.

Wahr ist definitiv, dass die berühmte Bar »El Floridita« in Havanna mit ihrem Barkeeper Constantino »Constante« Ribalaigua Vert den Drink bekannt machte – weil sie ihn ihrem prominentesten Gast servierte: Ernest Hemingway. Der hartgesottene Literat trank ihn am liebsten in der Variante »Papa Doble«: mit der doppelten Menge Rum sowie ohne Zucker, schließlich war er Diabetiker.

ZUTATEN:
4,5 cl Rum
2,5 cl Limettensaft
1,5 cl Zuckersirup

ZUBEREITUNG:
Die Zutaten mit Eis im Cocktailshaker schütteln und anschließend abseihen, eventuell sogar doppelt (also zuerst durch einen Strainer und dann durch ein Teesieb). In einer vorgekühlten Cocktailschale ohne Eis im Glas (»straight up«) servieren. Eine moderne Variation ist der Frozen Daiquiri, der mit zerstoßenem Eis im Standmixer zubereitet wird und dadurch eine Konsistenz wie ein Sorbet erhält. Hemingway würde sich kringelich bejöken!

GROG

Es gibt zwei Arten von Grog. Den richtigen, also unseren norddeutschen, und den historischen. Dazu tauchen wir mal kurz in die Geschichte ein, genauer in die Zeit vom 17. Jahrhundert bis 1970. Die Royal Navy gab Rum als tägliche Schiffsration an ihre Mannschaften aus. Was passierte? Die Matrosen benahmen sich total daneben. Also mischte man den Rum mit dem mitgeführten Wasser, wodurch das zum Teil verdorbene Zeug auch wieder trinkbar wurde. 1740 gab es dann die Order, dass Rum nur noch verdünnt einzunehmen sei, und zwar im Verhältnis ein Teil Rum auf vier Teile Wasser. In späteren Jahren kamen Zucker und Limettensaft dazu. Das offizielle Rezept ist: *»two parts water, one part Navy rum, lime juice to taste, dark cane sugar to taste«*. Und wer gab diese Order? Vizeadmiral Edward Vernon, genannt »Old Grog«. Den Namen erhielt Vernon, weil er häufig einen Umhang aus grobem Grogram-Stoff trug. So schön die Geschichte ist, der Name des Getränks rührt leider nicht daher. Schon im 17. Jahrhundert wurde Rum, der mit Wasser verdünnt wurde, in der Karibik als »Grogg« bezeichnet, und die Lokale, wo man ihn sich hinter die Binde kippte, hießen »Grogg Shoppe«. Auf Schiffen trank man Grog natürlich bei Umgebungstemperatur, in Großbritannien wurde er heiß genossen. Auch an deutschen Küsten wurde er so ab Anfang des 19. Jahrhunderts populär.

Die Zubereitung ist einfach und kommt ausnahmsweise mal nicht von der IBA:

Rum mut
Zucker kunn
Water bruuk nich

Und trinkt man genug davon, wird man groggy. Dann hat man alles richtig gemacht!

MAI-TAI

Der Mai Tai ist ein recht aufwendiger Cocktail, aber schon der Name macht klar, dass sich die Mühe lohnt: »Maita'i« bedeutet auf Tahitianisch nämlich »gut«. Es handelt sich um einen der sogenannten Tiki-Drinks, die alle auf dem US-amerikanischen Festland entstanden sind, als dort Klischees von exotischen Inseln gerade en vogue waren. Serviert werden sie üblicherweise in speziellen Tiki-Bechern aus Keramik oder seltener Glas, die an Holzschnitzereien von Götzenfiguren bei Südseekulturen erinnern sollen.

Kreiert wurde der Mai-Tai vermutlich von Victor Bergeron alias Trader Vic 1944 in San Francisco. Dieser erzählt, dass er ihn für zwei gute Freunde aus Tahiti gemixt hat, die nach dem Genuss »Mai Tai Roa Ae« gerufen haben sollen. Das heißt so viel wie »nicht von dieser Welt – das Beste«.

Abb. 8: Tiki-Becher in Götzenform

ZUTATEN:

3 cl Amber Jamaican Rum
3 cl Martinique Molasses Rhum
(Oder Sie nehmen einfach die doppelte Menge vom Jamaikaner, so wie Trader Vic. Der verwendete einen siebzehn Jahre fassgelagerten Jamaika-Rum von Wray & Nephew – was allerdings wirklich kein günstiges Vergnügen ist)
1,5 cl Curaçao (Orangenlikör)
1,5 cl Orgeat Sirup (Mandel)
3 cl frisch gepresster Limettensaft
0,75 cl Zuckersirup

ZUBEREITUNG:

Alle Zutaten mit Eiswürfeln in einen Cocktailshaker geben, schütteln und in ein mit zerstoßenem Eis gefülltes Glas abseihen. Mit einem Minzzweig dekorieren. Muss aber nicht.

Mary Pickford

Dieser Cocktail ist nach dem Stummfilm-Star Mary Pickford benannt, die Mitte der Zwanzigerjahre einige Tage auf Kuba verbrachte. Er ist ein sogenannter »Prohibition Drink«, entstand also in den zwölf Jahren, als es in den USA illegal war, Alkohol zu trinken – deswegen reiste man halt mal kurz nach Kuba, um sich dort nach allen Regeln der Kunst volllaufen zu lassen. Für Rum war das super, denn dadurch wurde er extrem populär, und viele Rum-Cocktails entstanden.

ZUTATEN:
5 cl kubanischer Rum
2,5 cl frischer Ananassaft
0,75 cl Grenadine
0,5 cl Maraschino-Likör (diese Zutat kam erst später dazu, macht aber viel vom Spaß aus)

ZUBEREITUNG:
Alle Zutaten in einen Cocktailshaker geben und kräftig schütteln, dann in ein gekühltes Cocktailglas geben. Mit einer Cocktailkirsche garnieren.

Mojito

Ein ganz alter kubanischer Cocktail. Schon der berühmte britische Freibeuter Francis Drake soll im 16. Jahrhundert ein Getränk aus Zucker, Limetten, Aguardiente de Caña (einem einfachen Zuckerrohrschnaps) und Minze gegen seine Magenbeschwerden eingenommen haben. Die Spanier nannten den gefürchteten Drake nur »El Draque«, was »Der Drache« bedeutete. So hieß dann auch sein schmackhaftes Magenmittel – in verniedlichter Form: »El Draquecito«.

Der Name »Mojito« setzte sich erst Anfang des 20. Jahrhunderts durch, er kommt aus Westafrika. Ein »Mojo« ist dort ein Stoffbeutel mit magischen Gewürzen und Zaubergegenständen. Wörtlich ist der Drink also »Der kleine Zauber«. Passt!

Der Mojito ist der zweite Cocktail, den der geübte Säufer Ernest Hemingway berühmt gemacht hat. Er trank ihn immer bei Angel Martinez, in dessen »La Bodeguita del Medio« in Havanna. Falls Sie da mal vorbeikommen sollten, werfen Sie einen Blick über die Theke, denn dort hängt einer von Hemingways Sprüchen: »My Mojito in La Bodeguita, my Daiquiri in El Floridita.« Und für so was gewinnt man dann einen Literaturnobelpreis! Das wäre so, wie wenn ich sagen würde: »Mein Fischbrötchen bei Bens Hütte, mein Labskaus bei Piet Henningsen.« Aber mich fragt ja keiner.

ZUTATEN:

4,5 cl weißer kubanischer Rum
2 cl frischer Limettensaft
6 frische Minzzweige (idealerweise Hierba Buena)
2 TL weißer Rohrzucker (oder 2 cl Zuckersirup)
Sodawasser (ca. 4 cl)

ZUBEREITUNG:

Dieser Cocktail wird in der Regel direkt im Glas zubereitet (Fachsprache: »built in a glass«). Dafür die Minzzweige mit Zucker und Limettensaft in einem Glas vermischen – das löst den Zucker ein wenig auf und setzt die Aromen der Minze frei. Darauf ein Schluck Sodawasser, das Glas mit Eis auffüllen und schließlich den Rum und noch einen Schuss Soda dazugeben. Alles vorsichtig verrühren.

Es gibt auch eine Variante, in der man alles zuerst ohne Eis zubereitet, das Gemisch einige Minuten stehen lässt, dann das zerstoßene Eis und Sodawasser hinzugibt.

Zum Schluss mit ein oder zwei Minzzweigen dekorieren, die mit der flachen Hand leicht »angeklatscht« werden, damit sich die ätherischen Öle freisetzen. Das beeindruckt Damen sehr. Ich habe es mehrfach ausprobiert.

Piña Colada

Das offizielle Nationalgetränk von Puerto Rico trägt seine Zubereitung schon im Namen: »Piña« bedeutet auf Spanisch Ananas und »colar« durchsieben. Ohne Alkohol heißt der Cocktail »Virgin Colada« oder »Baby Colada« – aber wer will so was schon trinken? Das »Caribe Hilton Hotel« in San Juan (Puerto Rico) behauptet, der Cocktail sei am 15. August 1954 in seiner »Beachcomber Bar« kreiert worden.

Die »Bar La Barrachina« – ebenfalls in San Juan (Puerto Rico) – behauptet, der Drink sei 1963 dort vom Barkeeper Don Ramon Portas Mingot erfunden worden.

Allerdings soll der puertoricanische Pirat Roberto Cofresí einen vergleichbaren Drink schon zu Beginn des 19. Jahrhunderts an seine Männer ausgeschenkt haben. Das macht Sinn, denn Piraten hatten Rum an Bord, Kokoswasser war ein Trinkwasserersatz, und Ananas wurde damals schon in den meisten tropischen Ländern angebaut.

Die Piña Colada wird von manchen Snobs kritisiert, weil Ananas und Kokosnuss den verwendeten Rum angeblich neutralisieren und er so nicht zur Geltung komme. Wenn Sie sich eine Piña Colada mixen, nehmen Sie also ruhig das billige Zeug, fällt eh nicht auf.

Zutaten:

5 cl weißer Rum
3 cl Kokosnusscreme
5 cl Ananassaft (oder vier Scheiben frische Ananas)

Keine Sahne, niemals Kokosnusslikör! Auch wenn Barkeeper das zum Teil anders lernen! Durch diese Zutaten wird der Cocktail zwar cremiger, verliert aber seinen ursprünglichen Charakter.

Zubereitung:

Alle Zutaten zusammen mit Eis durch einen elektrischen Mixer jagen, in ein großes Glas gießen und mit Strohhalm servieren. Ganz klassisch werden noch ein paar Tropfen frischer Limonensaft hinzugefügt. Das Ganze mit einer Ananasscheibe und einer Cocktailkirsche dekorieren.

PLANTER'S PUNCH

Um es direkt zu sagen: Es gibt nicht den einen Planter's Punch. Unter diesem Namen wird alles Mögliche serviert, und selbst die IBA ist sich nicht immer ganz sicher und hat ihre Rezeptur schon geändert. Der englische Name des karibischen Cocktails bedeutet übersetzt »Pflanzer-Punsch«, wobei mit »Pflanzer« die Plantagenbesitzer gemeint sind. Also ein alkoholisches Denkmal für die Sklavenhalter, na Prost!

Im Deutschen bezeichnet das Wort »Punsch« vor allem heiße Getränke, im Englischen ist das nicht so, und auch der Planter's Punch wird kalt serviert.

ZUTATEN:
4,5 cl jamaikanischer Rum
1,5 cl Limettensaft
3 cl Zuckerrohrsaft

ZUBEREITUNG:
Alles in ein Glas geben oder in eine Terracotta-Tasse, so wird der Punch typischerweise serviert. Je nach Geschmack darf der Cocktail mit Wasser, Eis oder frischem Saft verdünnt werden. Garnieren mit einer Orangenzeste.

ZUTATEN
beim früheren, besseren Rezept der IBA:
4,5 cl brauner (gereifter) Rum
3,5 cl frisch gepresster Orangensaft
3,5 cl frischer Ananassaft

2 cl frisch gepresster Zitronensaft
1 cl Grenadine
1 cl Zuckersirup

ZUBEREITUNG:
Mit Eis im Cocktailshaker schütteln, dann auf Eis in ein großes Glas seihen, drei bis vier Spritzer Angostura dazu und mit einer Cocktailkirsche und einem Ananasstück verzieren.

WRAY & TING

Ein einfacher Cocktail, der aktuell sehr angesagt auf Jamaika ist.

ZUTATEN:
4,5 cl Wray & Nephew White Rum (Overproof)
12–15 cl Ting-Soda (Grapefruit-Limonade)

ZUBEREITUNG:
Eis in ein Glas, dann den Rum dazugeben, danach die Limonade und nach Lust und Laune dekorieren. Zum Beispiel mit einer Limonenspalte und einem Zweig Minze.

ZOMBIE

Ein hochalkoholischer, aufwendiger Tiki-Drink, der den Namen seiner Wirkung verdankt. Als »Zombie Punch« wird er erstmals in den Dreißigerjahren erwähnt. Erfunden haben will ihn Ernest Raymond Beaumont Gantt, der unter dem Namen Donn Beach bekannt wurde. Er besaß unter anderem das Restaurant »Don the Beachcomber« in Hollywood. Für einen verkaterten Freund mixte er diesen Cocktail – und der trank gleich drei Stück davon. Er fühlte sich dann nach eigener Aussage wie ein Untoter. Jahrelang bekam man im »Don the Beachcomber« deshalb pro Person höchstens zwei Zombies.

ZUTATEN:

4,5 cl dunkler jamaikanischer Rum
4,5 cl puerto-ricanischer Rum »Gold«
3 cl hochprozentiger Demerara-Rum
(z. B. Lemon Hart 151 mit 75 % vol.)
2 cl Limettensaft
1,5 cl Falernum
1,5 cl »Don's Mix« (bestehend aus zwei Teilen Grapefruitsaft
und einem Teil Zuckersirup mit Zimtaroma)
1 TL Grenadinesirup
6 Tropfen Pernod
1 Spritzer Angosturabitter

ZUBEREITUNG:

Alle Zutaten werden mit etwa 170 Gramm zerstoßenem Eis im elektrischen Mixer für einige Sekunden durchgewirbelt. Mit Minzblättern garnieren.

SIEBEN

»I Shot The Sheriff«

Während der letzten Kilometer zu Appleton stellte Isaac die Lichter des Wagens aus. Leise rollten sie auf das Anwesen zu. Der Mond stand prall und hell am Himmel, als sei er eine köstliche Litschi in einem dunklen Rum.

»Alles still«, flüsterte Isaac, während er den Wagen in einiger Entfernung parkte. Dann begann er nervös, sich einen Joint zu bauen. »Du auch noch einen?«

Martin schüttelte den Kopf. Das eben war ihm Kontrollverlust genug gewesen, er brauchte jetzt einen klaren Verstand – und außerdem brauchte er noch eine Antwort von Isaac.

»Bevor wir aussteigen und da einbrechen, muss ich dich was fragen.«

»Schieß los.«

Martin zeigte auf die Distillery. »Warum machst du das mit mir?«

»Um dir zu helfen natürlich.«

»Wir kennen uns erst seit ein paar Stunden. Du hast keinen Grund, irgendwas für mich zu tun.«

Isaac legte das Zigarettenpapier an und klebte es übereinander. Seine Hände zitterten. »Ich liebe halt das Abenteuer.«

Martin schüttelte den Kopf. »Das reicht mir nicht. Das hier ist eine Nummer zu groß dafür.«

»Sei doch froh!« Isaac zündete den Joint an.

»Bin ich, glaub mir. Aber ich will es vorher wissen. Sonst bleibst du nämlich im Auto.«

»Wieso?«

»Weil ich es deiner Mum nicht antun kann, dass ihr Sohn im Knast landet. Sie war gut zu mir.«

Isaac zog so heftig an seiner Tüte, dass er husten musste. »Mann, du nervst.«

»Ist mir egal. Antworten oder hierbleiben. Wenn ich im Knast lande, kümmert es keinen außer mir selbst. Bei dir sieht das anders aus. Bekomme ich jetzt eine Antwort?«

Isaac stöhnte auf. »Ich will meine Mum stolz machen, okay? Und im Archiv kann ich kaum etwas tun, auf das sie stolz wäre. Das hier ist endlich eine Chance für mich. Das hätte echt etwas. Damit rechnet sie kein Stück. Sie denkt, ich kiffe nur.«

Martin zog die Augenbrauen hoch. »Okay, überzeugt. Lass uns los. Bereit?«

»Klar.« Aber in Isaacs Stimme war ein leichtes Krächzen.

Vorsichtig öffneten sie die Wagentüren und einigten sich wortlos darauf, diese nicht wieder zu schließen, um jedes Geräusch zu vermeiden. Martin meinte, die Geräusche von fremdartigen Tieren zu hören und kleine Schemen huschen zu sehen, auch erinnerte er sich daran, dass Babe von Krokodilen auf Jamaika erzählt hatte. Aber die lebten doch sicher nicht hier in der Gegend, oder?

Kaum betraten sie das eigentliche Gelände der Distillery, fiel ihnen ein erleuchtetes Zimmer auf, in dem ein Wachmann saß.

In diesem Moment klingelte Isaacs Handy.

Das Geräusch wirkte in der Stille der Nacht wie ein schriller Schrei.

Das Display leuchtete hell auf.

Anstatt den Anruf wegzudrücken und das Handy auf stumm zu stellen, duckte Isaac sich und nahm ab.

»Mum, was gibt's? … Warum ich so leise spreche? Weil ich … neben einem Mädchen sitze, das ich beeindrucken will, da kommt das nicht so gut, mit seiner Mum zu telefonieren.«

Martin blickte zu dem Wachmann. Das Licht in seinem Zimmer war blau und flackerte leicht. Vermutlich guckte er Fernsehen. Hoffentlich war es etwas Fesselndes. Noch rührte er sich nicht.

Trotzdem zeigte er Isaac an, dass er das Gespräch sofort beenden sollte. Mit der Hals-durchschneiden-Geste.

Isaac reagierte nicht, sondern flüsterte weiter ins Handy.

»Ich bin unterwegs, okay? Du musst nicht immer genau wissen, wo ich gerade bin … Ja, der Käpt'n ist auch dabei … Sekunde, Mum, lass mich ausreden! Er ist verkleidet, den erkennt keiner … ganz sicher, Mum … nein, er kann gerade nicht sprechen, er ist … auf dem Klo … Klar richte ich ihm was aus … hab verstanden, alles klar. Ich muss jetzt Schluss machen. Bye, Mum!«

Jetzt endlich schaltete er das Handy auf stumm. »Ich soll dir was ausrichten.«

»Jetzt nicht!«, zischte Martin.

»Doch, sonst vergesse ich es, und es scheint echt wichtig zu sein.« Isaac kam näher. »Die Patronenhülse passt nicht zur Munition, mit der Ziggy und Grace erschossen worden sind. Kannst du mit der Info etwas anfangen?«

Leider konnte Martin das. Aber es war nicht die Information, die er sich erhofft hatte. Entweder bedeutete es, dass der Täter mehrere Waffen besaß, was auf einen echten Profi schließen ließ. Oder es waren zwei verschiedene Täter.

Beides verdammt schlechte Neuigkeiten.

»Du hättest nicht abnehmen sollen«, sagte er. »Das hat uns in Gefahr gebracht.«

»Du klingst wie mein Dad. Und der ist ein echtes *batty hole.*« Er ging gebückt weiter, Martin hinterher. Schnell stellte er fest, dass gebückt zu gehen viel anstrengender war, als es im Fernsehen aussah.

Gute zehn Meter weiter konnten sie aus der Dunkelheit einen Blick in das Zimmer des Wachmanns werfen. Der Mann war Gott sei Dank dabei zu beweisen, dass man selbst in einem taghellen Raum problemlos schlafen konnte.

Auch ansonsten konnte man bei Appleton nicht von Sicherheitsvorkehrungen sprechen, das Gelände glich eher einer freundlichen Einladung, hereinzukommen, wann immer man wollte.

Martin erinnerte sich noch genau daran, wo das Büro von Michael Frost lag. Die Tür zu dessen Vorzimmer war die einzige, die sie eintreten mussten – was Isaac mit Freuden übernahm.

Martin zuckte beim Geräusch des berstenden Holzes zusammen.

Danach lauschten sie auf eine Sirene, auf Schritte oder Rufe.

Aber es blieb ruhig.

Grace Mendozas Arbeitsplatz lag im Dunkeln, durch die Fenster tröpfelte nur wenig des silbernen Mondlichtes herein. Deshalb stellten sie die Taschenlampen ihrer Handys an und suchten die Wände nach dem Bild des Erlösers ab.

Es hing direkt hinter dem Schreibtisch und zeigte einen schwarzen Jesus mit großem Heiligenschein. Er hatte lange Rastalocken, auch im Bart, und trug ein mit viel Gold besticktes Oberteil in Violett.

Isaac legte sein Handy so auf den Boden, dass es die Wand beschien. Dann packte er den goldenen Rahmen und hob das Bild ab.

Doch dahinter war nichts.

Kein Fach, kein Tresor. Nur ein Stück Wand, das sich quadratisch von der etwas graueren Tapete ringsum abhob.

Martin leuchtete die Stelle aus und drückte auf die Wand, als hoffte er, daraufhin würde sich eine geheime Tür öffnen.

»Schau mal«, hörte er Isaac hinter sich flüstern. »Da klebt ein Umschlag auf der Rückseite des Bilds!«

Martin drehte sich um und sah, dass Isaac ihn schon abgelöst hatte und triumphierend emporhielt. Dann riss er den hellbraunen DIN-A4-Umschlag auf und griff hinein.

»Fotos«, sagte er und holte sie hervor. »Außerdem ein vollgeschriebenes Blatt, sieht aus wie ein Gedicht.« Er reichte es weiter.

Schnell überflog Martin die Zeilen: *»That you are my dearest one, you already know. Come in the night, come in the night, and say who you are«*. Es war der plattdeutsche Klassiker »Dat du min Leevste büst«, sein Bruder musste ihn für Grace übersetzt haben. Christian hatte immer gesagt, dass er dieses Lied nur für die Frau singen würde, mit der er den Rest seines Lebens verbringen wollte. Doch Grace hatte ihn vermisst melden müssen, was nur eines bedeuten konnte: Ihm war etwas Schreckliches widerfahren. Martin las die Zeilen noch einmal und dann wieder, in seinem Kopf erklang die altbekannte Melodie, doch sie schaffte es nicht, ihn zu trösten.

»Ist das dein Bruder auf den Fotos hier?«, fragte Isaac, der die Aufnahmen durchsah. »Auf jeden Fall ist der Typ der einzige Weiße.«

Martin nahm die Bilder und kniete sich hin, um sie in Ruhe im Licht der Handylampe betrachten zu können. Schon das erste versetzte ihm einen Stich ins Herz, und er schnappte nach Luft. Christian trug darauf eine Kapitänsmütze und hielt sein linkes Bein so, dass es aussah, als wäre es nicht mehr vorhanden. Außerdem blickte er extra grimmig in die Kamera.

Er machte seinen großen Bruder nach, den einbeinigen Piraten aus Flensburg.

Auf den anderen Fotos war er mit Grace zu sehen. Christian wirkte darauf so durch und durch glücklich, dass er Martin fast wie ein Fremder vorkam. Er hatte nicht gewusst, dass sein Bruder zu solch einem Strahlen fähig war. Er lachte auf, und ihm kamen die Tränen, die Freude darüber vermischte sich mit der Trauer um Christians Schicksal.

Martin musste auch an Babe denken und daran, wie enttäuscht sie sein würde, wenn sie erfuhr, dass ihre Mutter nur ein Abenteuer für Christian und Grace die Liebe seines Lebens gewesen war. Sie hatte ihrem Dad ein so großes Denkmal gebaut, dass sie verschüttet werden würde, wenn es zerbrach.

Er ließ sich auf dem Boden nieder.

»Alles gut?«, fragte Isaac.

»Nein«, antwortete Martin und legte die Fotos auf den Holzdielen aus. »Und das wird es auch nicht mehr werden.«

Ein Schalter wurde klackend umgelegt, die Neonröhren erwachten flackernd zum Leben.

Und der Lauf eines Gewehrs wurde auf sie gerichtet.

»Keine falsche Bewegung! Es löst sich so leicht ein Schuss …«

Martin erwartete den Wachmann zu sehen, aber es war Michael Frost. Dessen Gesichtsausdruck verriet, dass er nicht vorhatte, die Waffe zu senken. Er sah Martin an und in seinen Augen blitzte Erkennen.

»Mein Wachpersonal ruft schon die Polizei. Bis sie eintrifft, warten wir hier.«

Martin hob die Hände. »Wollen Sie gar nicht wissen, was wir hier wollen?«

»Bleiben Sie sitzen.« Er sah zu Isaac. »Und du setz dich zu ihm auf den Fußboden, wo ich dich sehen kann.«

»Haben Sie meine Frage gehört?«

»Es ist mir egal!« Frost nahm sich einen Stuhl, setzte sich darauf und überschlug entspannt die Beine. »Sie sind hier eingebrochen. In das Büro meiner gerade brutal ermordeten Sekretärin. Das macht Sie zu Top-Verdächtigen, was diese Tat betrifft. Alles Weitere ist Sache der Polizei. Ich sorge nur dafür, dass ihr nicht abhaut.« Seine Nasenflügel blähten sich auf, und er richtete den Gewehrlauf auf Isaac. »Du riechst tierisch nach Ganja. Wie stark ist das Zeug denn? Eigentlich rauch ich so gut wie nie, und wenn, dann nur was Leichtes. Aber wo mir das so in die Nase zieht …«

»Ist total leicht«, log Isaac. »Soll ich Ihnen eine Tüte rollen?«

»Natürlich, Schlaumeier. Ich hab nämlich nicht vor, das Gewehr zur Seite zu legen.«

Isaac nickte und begann, den Joint zu bauen.

Jetzt erst fiel Martin auf, was ihn die ganze Zeit schon irritierte. »Sie sprechen plötzlich mit dänischem Akzent. Beim letzten Mal war es noch gestelztes Englisch.«

»Ich hatte keine Lust, mit einem Flensburger über meine Heimat zu reden, und wenn Sie herausgehört hätten, dass ich Däne bin, wär mir ja wohl nichts anderes übrig geblieben.«

Wie hatte er das nur übersehen können? Michael Frost war ein dänischer Name – wenn man ihn richtig aussprach.

»Dafür so ein Aufwand? Hätten Sie auch einfach sagen können.«

»Schnauze.« Er legte auf Isaac an. »Ist das Ding endlich fertig? Oder muss ich dir …« Michael Frost zielte tiefer. »… erst ins Bein schießen?« Das Vergnügen war ihm anzumerken, er glühte vor Selbstzufriedenheit.

Isaac beeilte sich und reichte ihm sein Werk. Es war beeindruckend groß geworden.

»Anzünden!«, befahl Frost und streckte die Spitze in Richtung Isaac.

Nachdem sie glühte, sog er genüsslich ein.

Drei Züge später war es, als würden alle Muskeln in Frosts Körper die Arbeit einstellen. Der Gewehrlauf sank langsam auf den Boden.

Isaac nickte Martin zu und schob den Lauf mit dem Fuß sachte zur Seite.

Frost reagierte nicht. In seiner Welt war gerade alles aus Daunen.

Die Zeit für ein paar Fragen war gekommen.

»Wie kommt es, dass Sie hier sind?«, fragte Martin und rückte zur Seite, weiter fort vom Gewehrlauf. »Sie wohnen doch gar nicht auf dem Gelände, oder?«

Frost lächelte, zufrieden mit sich und der Welt. »Mir hat ein Vögelchen gezwitschert, dass ihr kommt.«

Es konnte nur einen Namen haben. »Lee Campbell?«

Wieder lächelte Frost, hob das Gewehr wieder und zeichnete damit lässig Kreise in die Luft, was ihm große Freude zu bereiten schien. Martin verfluchte sich, ihm die Waffe nicht abgenommen zu haben, als sich die Chance dazu geboten hatte. »Ja, der gute Lee meinte, ich soll fix hierherfahren und euch auf frischer Tat ertappen. Er hatte euch einen Floh ins Ohr gesetzt, oder? Ja, der ist ganz schön gewieft, war er schon immer.« Michael Frost zog weiter an dem Joint. »Gutes Zeug, nicht zu stark.«

»Warum sollte Lee das tun?«, fragte Martin und stand langsam auf. Der Gewehrlauf folgte ihm nicht. »Er ist ein Freund.«

Frost lachte auf. Eigentlich kam Lachen aus dem Herzen, aber dieses böse Grollen hatte an einem dunklen Ort seinen Ursprung.

»Was soll der Scheiß mit dem Lachen?«, fragte Isaac.

»Der Scheiß? Was der soll? Egal, was ich euch erzähle, euch glaubt hinterher sowieso keiner! Ich bin ein respektiertes Mitglied der Gesellschaft, und Lee ist bestens vernetzt. Wir haben dich an den Eiern, Kleiner. Und dich auch, alter Mann. Oder anders gesagt: Wir haben jetzt endlich wieder Ruhe. Ruuuuuheeeeeeee!« Er nahm noch einen tiefen Zug. Seine ganze Welt musste sich mittlerweile so gechillt anfühlen wie schmelzende Uhren auf einem Dalí-Bild. Plötzlich richtete er das Gewehr wieder auf Martin. »Dein Bruder Christian war nicht so heilig, wie du vielleicht denkst! Er hat am Anfang mitgemischt beim Rum-Färben. Hat seine Verbindungen nach Flensburg spielen lassen. Und gut daran verdient! Aber dann säuft er diesen blöden 49er bei Queenie, und auf einmal kriegt er den moralischen und meint, wir würden uns am Rum versündigen! Es wäre Verrat an der Seele Jamaikas, an seiner Geschichte und auch an Gottes wunderbarstem aller Geschenke, also dem Rum. Was für ein Schwachsinn! Auf jeden Fall stieg er umgehend aus und wollte in Kaffee machen. War mir recht, die Verbindungen standen, blieb mehr vom Gewinn für mich. Aber Lee war sauer, er hatte davon geträumt, die Sache noch größer aufzuziehen. Wuhuuuuuu!« Frost blies einen besonders langen Strahl Rauch in die Luft.

»Soll das heißen, dass Lee meinen Bruder umgebracht hat, weil er ausgestiegen ist?«

Martins Gedanken überschlugen sich. Er hatte Lee so sympathisch gefunden, der tätowierte Riese hatte ihnen geholfen und war extrem offen gewesen. Aber allem Anschein nach war auch er der Geldgier erlegen – und hatte die ganze Zeit gemeinsame Sache mit Frost gemacht.

Dieser nuckelte genüsslich an dem Joint. »*I shot the sheriff but I didn't shoot the Christian.*« Er kicherte. »*I shit the sheriff but i didn't shit Ziggy or Grace …*« Jetzt schüttelte er sich vor lauter Kichern. »Wisst ihr, ich dachte, die ganze Sache wäre längst durch. Keiner war uns draufgekommen, wir hatten schööööön Geld gemacht, Lee, Ziggy, noch ein paar andere und ich, wir konnten uns unsere Träume erfüllen. Aber dann, zwanzig Jahre später, verfickte zwanzig Jahre später, kommst du hierher und sorgst für Unruhe!«

»Ich? Gar nichts habe ich gemacht. Kaum war ich da, wurde Ziggy schon umgebracht.«

»Der Mord geht auf deine Kappe, Käpt'n.« Er beugte sich vor und stieß ihn mit dem Gewehrlauf an. »Deineeeeee!«

Martin behielt Frosts rechten Zeigefinger im Blick. Falls er sich krümmte, wäre alles vorbei. Langsam schob er sich aus der Schusslinie. »So ein Schwachsinn!«

Frost schüttelte heftig den Kopf. »Einen Tag bevor du bei Hampden warst, hat Babe den guten Ziggy angerufen und gesagt, dass sie mit dir käme, mit Martin Störtebäcker. So einen bescheuerten Nachnamen vergisst man nicht, zweimal sooooo Punkte drauf, und die Zunge verknotet sich beim Sprechen! Was macht Ziggy, der mittlerweile ein frommer Rastafari ist? Er ruft mich und Lee an, um uns zu erzählen, dass du kommst und er dich über damals aufklären wird, weil du die Wahrheit verdient hättest. Ich hab noch versucht, es ihm auszureden, Lee auch, wir haben es echt im Guten versucht! Am nächsten Tag hab ich dann Grace noch mal anrufen lassen. Sie sollte ihn an das Sprichwort ›Reden ist Silber, Schweigen ist Gold‹ erinnern. Aber er sagte, er wolle davon nichts hören. Sie sollte mir ausrichten, es wäre Zeit, für unsere Sünden einzustehen. Na ja, ich hab Leelaaluuuuuu dann direkt angerufen, damit er Vorkehrungen treffen kann, einen Rechtsanwalt engagieren, Beweise vernichten, aber Lee hat, nun ja, Lee macht gern Nägel mit Köpfen, er … Hat Ziggy dir eigentlich was erzählt?«

Martin überlegte, das Gewehr zu greifen, Frost wäre vermutlich zu träge, rechtzeitig abzudrücken. Aber er musste den richtigen Moment abwarten. Es gäbe nur eine Chance. Die erste und letzte. »Ziggy hat kein Wort dazu gesagt. Ihr hättet ihn nicht umlegen müssen.«

»Dumm gelaufen!« Frost kicherte. »Wo war ich? Ach ja, es war Lee, der Ziggy …«

»Legen Sie sofort die Waffe weg!«

Jo'anna stand in der Tür, die Dienstwaffe im Anschlag.

Frost folgte ihrem Befehl und hob lächelnd die Hände. »Ich bin hier nicht der Einbrecher, Madam, sondern die beiden daaaaaaa.«

»Sind Sie etwa bekifft?«

»Neiiiin! Das ist nur ganz leichtes Zeug. Nehmen Sie die beiden fest. Dann haben Sie auch die Verantwortlichen für die Rum-Morde. Den jungen Typen kenne ich nicht, aber der Deutsche da schnüffelt schon die ganze Zeit in verschiedenen Distillerys rum. Wahrscheinlich Industriespionage.«

»Ich werde mich um sie kümmern. Vielen Dank für Ihre Hilfe.«

»Scheiße, Mum … *damn*!« Isaac trat den neben ihm stehenden Papierkorb in die Ecke. »Der Arsch wollte uns gerade erzählen, dass Lee Campbell für die Morde verantwortlich ist!«

Frost hob die Hände. »Ich wollte gar nix sagen. Überhaupt nix. Ich bin verschwiegeeeeen. Schon immer. Lee ist ein feiner Kerl.«

Isaac hielt sein Handy hoch. »Ich hab alles aufgezeichnet, was er gesagt hat. Das reicht für eine Anklage wegen Panscherei.«

Mit einer Rasanz, die Martin ihm nicht mehr zugetraut hatte, schnellte Frost nach vorn und griff nach Isaacs Handy.

Aber Jo'anna schoss geistesgegenwärtig in die Luft, was ihn aus dem Konzept und zu Fall brachte.

Ein Handy klingelte, alle schauten, ob es ihres war.

Frost ging an seines ran. »Lee? Die Sache ist ...«

Weiter kam er nicht, denn Jo'anna riss ihm das Handy aus der Hand.

Als sie es ans Ohr hielt, war nur noch ein lautes Freizeichen zu hören.

Jo'anna hatte das Blaulicht auf dem Einsatzfahrzeug eingeschaltet und raste Richtung »Pelican Bar«. Ihre Kollegen wären vielleicht schneller dort gewesen, aber sie wollte Lee selbst befragen.

Falls sie ihn noch antraf.

»Mum, es gab wirklich einen guten Grund dafür, dass wir ...«

»Ich will es nicht hören!«

Jo'anna spürte so viel Wut auf Isaac in sich, dass sie gar nicht wusste, wohin damit. Die Wut kam ihr vor wie ein wildes Tier, das alles zerfetzen würde, sobald sie aus dem Käfig war. Also presste Jo'anna mit ihrem ganzen Körper gegen das klapprige Tor. Auch wenn sich die Stäbe in ihr Fleisch drückten.

Immer wieder sah sie auf ihr Handy, ob die Kollegen schon eine SMS geschickt hatten, dass sie bei Appleton eingetroffen waren, um Michael Frost ins Police Office zu verfrachten. Jo'anna hatte dem Wachmann aufgetragen, den Distillery Manager bis dahin zu bewachen. Früher war er auch Teil der JCF-Mannschaft gewesen, aber der Job bei Appleton versprach weniger Gefahr und mehr Rum. Das hatte ihm die Entscheidung leicht gemacht.

»Mum, bitte, du würdest es versteh...«

»Ich will es aber gerade nicht verstehen! Spiel deine Aufnahme noch mal ab. Von Anfang an. Und wehe, du sagst währenddessen nur ein Wort, junger Mann!«

Isaac verband sein Handy mit dem Audiosystem des Wagens und spielte die Konversation ab. Er knetet dabei nervös seine Hände.

»Noch mal«, verlangte Jo'anna, als es endete.

Eine Idee formte sich in ihr, aber sie musste sicher sein, dass sie funktionieren würde.

Nach dem dritten Durchgang war sie es.

»Leite mir die Aufnahme doch mal weiter«, sagte sie zu ihrem Sohn. Das Hochgefühl über ihre Idee schob die Wut beiseite. »Ganz ehrlich, ich habe keine Begabungen – überhaupt keine –, außer vielleicht ein bestimmtes Wissen über die menschliche Natur.«

»Schon wieder Miss Marple ...«, stöhnte Isaac auf.

Jo'anna drehte sich zu Martin. »Du musst jemanden anrufen!«

»Ich?« Er schien trotz der holprigen Strecke ein kleines Nickerchen gemacht zu haben und fuhr sich träge mit den Fingerspitzen über den Nasenrücken. »Sicher?«

»Ja, ganz sicher. Ruf Babe an. Sie hat mich die ganze Zeit genervt, weil sie dich so vermisst und sich schreckliche Sorgen macht. Ich hatte ja bis zu dem Mordfall bei Clarendon keine Ahnung, dass sie nicht nur deine Taxifahrerin, sondern auch deine Nichte ist.« Ihre Finger tippten nervös auf das Lenkrad. »Jedenfalls mag ich sie und kann es nicht ertragen, das Mädchen so zu sehen. Sag ihr, dass es dir gut geht. Du musst ihr aber klarmachen, dass sie niemandem etwas über dich erzählen darf und dass sie ihre Suche einstellen muss. Sofort. Bekommst du das hin?«

Martin nickte.

Da Jo'anna vom entgegenkommenden Verkehr geblendet wurde, konnte sie es im Rückspiegel nicht erkennen und fragte erneut, diesmal mit noch mehr Nachdruck: »Bekommst du das hin? Sag Ja. Etwas anderes will ich nicht hören.«

»Ja.«

»Gut, dann erledige es sofort. Und stell auf laut. Die Nummer ist eingespeichert.«

Sie drückte Martin ihr Handy in die Hand, und er wählte. Jedes

Tuten schien ihm länger zu dauern, jede Pause dehnte sich unerträglich. Dann nahm sie endlich ab.

»Jo'anna? Gibt es Neuigkeiten von meinem Onkel?«

Martin schluckte. »Ich bin's.«

Babe schrie auf vor Glück. Er konnte förmlich sehen, wie sie mit den Füßen aufstampfte.

»Du lebst!«

»Fühlt sich zumindest so an.«

»Wo bist du? Wo warst du? Warum hast du dich nicht gemeldet? Ich hab mir total Sorgen gemacht und dich überall gesucht.« Sie holte Luft. »Ich bin echt sauer auf dich, weißt du das? Sich einfach nicht zu melden!«

»Wäre es jetzt doch besser, wenn ich tot wäre?«

»Das wäre auf jeden Fall eine halbwegs gute Entschuldigung.« Babe lachte auf. »Nein, natürlich nicht. Lass uns treffen, dann erzählst du mir alles.«

Jo'anna hatte das Gefühl, sie könnte hören, wie Martins Herz ein wenig brach. Es klang wie knackendes Eis.

»Das geht nicht«, brachte er hervor. »Ich rufe dich nur an, um dir zu sagen, dass du deine Suche abbrechen und das offiziell machen musst. Aber erzähl niemandem, dass ich lebe.«

»Käpt'n, nein! Das kann ich nicht. Wir sind doch eine Familie, oder? Und eine Familie hält zusammen. Immer. So wie du und mein Dad! Sag mir, wo du bist. Bitte! Ich muss dich sehen, in echt. Deine Stimme ist zu wenig.«

»Ich kann dir weder sagen, wo ich jetzt bin, noch, wo ich hinfahre. Es wäre viel zu gefährlich für dich. Wir fahren zu demjenigen, der Ziggy und Grace ermordet hat. Und er hat sicher eine Waffe bei sich.«

Isaac zeigte auf ein Schild. »Mum, da musst du rechts ab zur ›Pelican Bar‹.«

Hätte er es einfach nur gesagt, wäre kein Schaden entstanden. Da er es aber aufgeregt rief, weil er den Eindruck hatte, dass seine Mutter sonst an der Abzweigung vorbeibrettern würde, hörte es auch Babe.

»Ich bin ganz in der Nähe!«, sagte Babe. »Bis gleich!«

»Nein, ich verbiete es …«

Als Martin wieder nach vorne blickte, sah er, wie Jo'anna ihrem Sohn gegen den Hinterkopf schlug.

Am Strand, von dem aus die Boote zur »Pelican Bar« ablegten, war zu dieser späten Stunde nicht mehr viel los. Nur eines der hölzernen Schiffe lag noch auf dem Sand, daran gelehnt der Smokingträger im Gespräch mit dem Steuermann.

Jo'anna wandte sich ihrem Sohn zu. »Du bleibst hier und behältst den Strand im Auge!«

»Mum, ehrlich, das ist doch eine Aufgabe für Deppen.«

Jo'anna wurde lauter. »Ich will von dir keine Widerworte hören! Nicht nach dem, was du mit Martin bei Appleton abgezogen hast. An deiner Stelle wäre ich ganz, ganz still.«

Martin wusste, warum sie Isaac nicht mitnehmen wollte. Es war keine Strafe für die Aktion in der Distillery, Jo'anna hatte Angst um ihren Sohn. Und damit er nicht den Helden spielte, verschwieg sie ihm das. Dagegen schien sie kein Problem damit zu haben, dass er sich in Gefahr begab. Er nahm es ihr nicht übel. Vielleicht dachte sie, wer so alt war, musste einen Instinkt entwickelt haben, wie man dem Tod entging.

Jo'anna ging schnellen Schrittes durch den Sand und hielt dem Smokingträger ihre Polizeikennung zackig vor das Gesicht. Als der daraufhin nervös sein Handy zückte, nahm sie es ihm ohne Zögern ab.

»Sie werden uns nicht ankündigen!«

»Ist Lee Campbell noch in der Bar?«, fragte Martin.

»Woher soll ich das wissen? Hier ist er auf jeden Fall nicht angekommen. Aber vielleicht ist er mit einem der Boote weggefahren, die vor der Bar ankern. Bekomme ich jetzt mein Handy wieder?«

»Erst wenn wir wieder zurück an Land sind«, sagte Jo'anna. »Und jetzt sorgen Sie dafür, dass wir rüberkommen.«

Isaac trat neben sie. »Mum, bitte. Das könnte gefährlich werden!«

Jo'anna hob die Augenbrauen. »Pass gut auf den Strand auf. Und ruf mich an, falls etwas passiert.«

»Ernsthaft? Pass gut auf den Strand auf?!«

»Ach, diese Anweisung hast du verstanden? Warum hat es dann mit ›Bring dich nicht in Gefahr!‹ nicht geklappt? Obwohl ich dir das seit frühester Kindheit sage?«

Isaac schwieg.

Schnell legten sie ab.

Und Martin fragte sich, womit in aller Welt er es verdient hatte, innerhalb so kurzer Zeit schon wieder in einem Boot zu landen.

Noch dazu in einem, das sich auf Wasser fortbewegte.

Von Weitem wirkte die »Pelican Bar« wie eine flackernde Glühbirne im Dunkel der Nacht. Je näher sie kamen, desto mehr löste sich das Licht in einzelne Punkte auf, schließlich wurden Schatten und Schemen sichtbar. Die Party war noch im Gange, aber es war deutlich leerer geworden. Schiffe ankerten keine mehr um die winzige hölzerne Insel.

»Verrätst du mir jetzt deinen Plan?«, fragte Martin, dessen Puls sich endlich ein klein wenig beruhigte.

»Wir finden Lee, wir reden mit ihm. Ich glaube nicht, dass er versuchen wird zu fliehen. Er war bereit zu morden, um nicht das Land verlassen zu müssen.«

»Wenn du es so sagst, bin ich gleich viel positiver gestimmt, was unsere baldige Zukunft betrifft.«

Als das Boot nur noch wenige Meter entfernt war, konnten sie ABBAs »Dancing Queen« hören.

»Hier wird er uns nicht erschießen, zu viele Leute. Wir sind sicher.«

»Na, wenn wir so sicher wären, hättest du deinen Sohn nicht am Ufer gelassen.«

»Sei ruhig! Ich mag es nicht, wenn Männer recht haben.« Sie schaffte es zu lächeln.

»Dann halt dich an mich, und du wirst kaum Probleme haben.« Martin lächelte zurück.

Der Bug des Holzbootes prallte leicht gegen einen der als Fender verwendeten Autoreifen.

Jo'anna ließ es sich nicht nehmen voranzugehen und schien allein durch ihre raumgreifenden Schritte, ihren stechenden Blick, ihre schiere Präsenz eine Bresche durch die tanzenden Männer zur Theke zu schlagen. Sie musste nichts vorzeigen, um zu belegen, dass sie für die Staatsmacht arbeitete.

Als sie am DJ-Pult ankamen, sah Martin, dass ein anderer Mann als beim letzten Mal dahinterstand. »Wo ist Lee?«, fragte er.

»Der ist schon lange weg«, antwortete der Mann, ein schmächtiger Blondschopf. »Keine Ahnung, wohin.«

Dieser Zusatz kam zu schnell, dachte Martin. Als wäre er vorbereitet gewesen.

Falls Lee wirklich weg wäre, bräuchte er keine solche Lüge.

»Wir sollten alles durchsuchen«, sagte er deshalb.

»Auch am Wasser«, ergänzte Jo'anna. »Vielleicht ist er ja untergetaucht – im wahrsten Sinne des Wortes.« Sie stemmt die Hände in die Hüften. »Das wird nicht leicht.«

»Nichts, was wirklich Wert hat, ist leicht«, antwortete Martin und kam sich sehr protestantisch vor.

Sie teilten sich auf.

Martin konnte den Rum in den Augen der Männer erkennen, in den Bewegungen ihrer Körper. Rum war wie flüssiges Koks. Wo anderer Alkohol müde machte, putschte er für den nächsten Tanz auf. Rum war Rhythmus.

Sie schauten überall nach, sogar unter der Insel aus Holz.

Aber Lee war nicht zu finden.

Und keiner, den sie fragten, wusste, wo er war.

Schließlich trafen sie am DJ-Pult wieder aufeinander.

»Den finden wir nicht mehr«, sagte Jo'anna und stützte sich außer Atem auf die Theke. »Der ist weg.«

»Kann ich vielleicht helfen?«, war plötzlich eine gut gelaunte Stimme zu hören.

Als Martin sich umdrehte, sah er den unverwechselbaren Wuschelkopf, bei dem jede Strähne aus Lebensfreude zu bestehen schien.

»Babe, du solltest doch nicht kommen!«, sagte Martin streng, aber dann nahm er sie in den Arm. Die Jugend war blauäugig und dumm, aber in diesem Fall hatte er nichts dagegen einzuwenden. Jamaika fühlte sich einfach viel vollständiger an mit Babe.

»Wer ist der Dreckskerl?«, fragte sie nur.

Martin blickte zu Jo'anna, die ihm mit einem Nicken zu verstehen gab, dass er es ihr sagen durfte.

»Ob du es glaubst oder nicht: Es ist Lee. Aber vermutlich hat er gewusst, dass wir kommen, und ist längst abgehauen. Wir haben ihn nirgendwo gefunden.«

Babe sah sich um, dann ging sie zum Tresen.

Martin bemerkte, dass ihr Blicke folgten. Nervöse Blicke.

Dann drehte sie sich um. »Ich will ja Architektin werden. Und wenn ich ein Gebäude sehe, stelle ich mir immer den Grundriss vor. Das trainiert.«

»Das ist sehr schön, Babe«, sagte Jo'anna. »Aber ich weiß nicht, wie uns das hier weiterbringen soll.«

Babe zeigte auf einen Bretterverschlag, den Jo'anna schon untersucht hatte. »Als ich beim letzten Mal hier war, konnte ich da einen Blick reinwerfen.«

»Hab ich eben auch. Da drin ist nicht viel Platz. Da lagern nur Putzmittel und ein paar Vorräte.«

»Ja, aber schau genau hin! Die Dimensionen stimmen nicht. Der Raum im Inneren ist zu klein.«

Als die Bedeutung der Worte zu Jo'anna durchgedrungen war, hastete sie zu dem Verschlag. Sie ging hinein, untersuchte die Wände, und als das kein Ergebnis brachte, tastete sie alles von außen ab.

Eine Wand öffnete sich unter ihrem Druck.

Und dahinter stand gekrümmt der große, bullige Lee Campbell.

»Jo'anna Desmond, JCF. Kommen Sie raus!«

»Was wollen Sie von mir?« Lee entfaltete seine enormen Gliedmaßen und richtete sich zur vollen Größe auf. »Es war nur ein harmloser Spaß, dass ich die beiden zu Appleton geschickt habe. Die sind einfach zu neugierig und haben es verdient, mal auf die Nase zu fallen.«

Jo'anna blickte zum DJ. »Musik aus! Und alle anderen geben Ruhe!« Sie zog ihr Handy aus der Tasche und wandte sich an Lee. »Hören Sie genau zu.«

Dann startete sie die Aufnahme mit Michael Frosts Aussage, die durch ihr Auftreten so früh geendet hatte, dass nichts definitiv Belastendes über Lee gesagt worden war.

Alle lauschten gebannt.

Jo'anna wollte Publikum, dachte Martin, es musste Teil ihres Plans sein. Die Aufnahme näherte sich ihrem verfrühten Ende.

»Na ja, ich hab Leelaaluuuuu dann direkt angerufen, damit er Vorkehrungen treffen kann, einen Rechtsanwalt engagieren, Beweise vernichten, aber Lee hat, nun ja Lee macht gern Nägel mit Köpfen, er …«

Jo'anna unterbrach die Aufnahme, lehnte sich zu Lee und flüsterte: »Wollen Sie, dass ich es weiterlaufen lasse, damit all Ihre Freunde hier hören, wie Sie Ziggy Presto und Grace Mendoza umgebracht haben? Oder bevorzugen Sie einen halbwegs würdevollen Abgang?«

Jo'anna hielt ihre Finger am Handy wie ein Revolverheld am Colt.

Als keine Antwort kam, sprach sie weiter. »Okay, dann lassen wir es alle hören!«

Lee hob die Hände. Jetzt war er es, der flüsterte. »Bitte … lassen Sie es …« Seine Schultern sanken herab, als hätte man aus den Muskeln die Luft herausgelassen. »Ich nehme an, Ihre Kollegen durchsuchen schon mein Haus?«

Jo'anna nickte. »Und die ›Scotchies‹. Sowie Ihren Wagen. Wir werden die Waffe finden. Die haben Sie nämlich ganz sicher nicht entsorgt. Ich verrate Ihnen auch, warum ich mir da so sicher bin: Sie mussten ja davon ausgehen, dass Sie vielleicht noch einen Mitwisser umbringen müssen. Michael Frost zum Beispiel.«

Lee fuhr sich über die Glatze, erst mit der einen, dann mit der anderen Hand. Als er die nächsten Worte sprach, lag ein Zittern in seiner Stimme. »Sie steckt in einer Plastiktüte im Wasserfilter meines Pools.« Er holte tief Luft. »Darf ich mich noch verabschieden?«

»Aber schnell«, sagte Jo'anna.

»Wenn ich erst mal im Gefängnis bin, werde ich nicht mehr viel von meinen Freunden sehen …« Schweißperlen erschienen auf seiner Stirn.

»Das haben Sie sich selbst zuzuschreiben.«

Lee ging zum DJ-Pult, griff blitzschnell in die Box mit den Platten.

Und hielt eine Waffe in der Hand.

Mit Schalldämpfer.

Die Partygäste schrien, einige erstarrten, andere warfen sich auf den Boden oder sprangen ins Wasser.

»Bleiben Sie, wo Sie sind«, brüllte Lee in Richtung Jo'anna. »Werfen Sie sofort Ihre Handys ins Wasser, dann setze ich zum Strand über. Und keinem passiert etwas!«

»Warum Grace?«, fragte Jo'anna und zog langsam ihr Handy aus der Tasche. »Warum bei Clarendon?«

Lee bewegte sich zum festgemachten Holzboot. »Sie wollte dort mit der Distillery Managerin sprechen und sie überreden, zusammen zur Polizei zu gehen, um mich ans Messer zu liefern. Ins Wasser damit! Los!«

Jo'anna warf ihr Handy ins Meer.

»Ihr beiden anderen auch. Ich sag's nicht noch mal!« Er schoss in die Luft.

»Warum sind Sie sich so sicher, dass Grace zur Polizei wollte?«

Martin konnte nicht fassen, wie ruhig Jo'anna blieb und dass sie selbst jetzt ihre Befragung fortführte. Was für eine Frau!

»Welchen anderen Grund sollte sie gehabt haben, zu Clarendon zu fahren?«, fragte Lee und ging weiter Richtung Boot. »Sie hat einen Firmenwagen genommen, und die sind alle mit GPS-Trackern ausgestattet. Als Michael gesehen hat, wo sie hinfährt, hat er mir direkt Bescheid gesagt. Ich konnte einfach kein Risiko eingehen. Nicht, nachdem ich Ziggy umgelegt hatte.« Er war beim Boot angekommen. »Handy ins Wasser!«, brüllte Lee. »Du auch, Deutscher. Sofort!«

Martin nickte, zog sein Handy hervor und holte weit aus.

Er pfefferte es Lee mit voller Wucht an die Stirn. So wie er jahrelang mit Steinen auf Blechdosen geworfen hatte, um kleine Piraten zu beeindrucken.

Dann stürzte er hinterher.

Lee taumelte, aber er hielt die Waffe weiter in der Hand.

Und sie war immer noch auf Martin gerichtet.

Er schoss, die Kugel schlug in der Theke ein. Wieder ein Schuss, diesmal splitterte der Holzboden nur wenige Zentimeter vor Martin.

Aber dann traf eine Schuhspitze Lees Hand dermaßen hart, dass die Waffe in hohem Bogen in den Atlantik fiel.

Der Fuß dazu gehörte Babe.

Die Geistesgegenwart hatte sie sicher von ihrer Mutter geerbt, dachte Martin. Weder Christian noch sonst jemand in der Familie besaß sie.

Jo'anna lief zu dem desorientierten Lee und legte ihm schnell Handschellen an. Babe tauchte neben Martin auf und knuffte ihn gegen den Oberarm. »Was für ein Wurf, Onkel! Du bist ja voll der Superheld!«

»Ich bin nur ein einfacher Käpt'n.« Er zeigte auf Babes Fuß, mit dem sie gerade die Waffe weggekickt hatte. »Dein Kickbox-Training hat sich wirklich ausgezahlt.«

»Sonst trete ich die Kerle immer an eine andere Stelle.« Babe grinste frech.

Kurze Zeit später saßen sie alle im Boot. Der Steuermann gab diesmal besonders Gas, und die Gischt spritzte munter über die Reling ins Innere. Martin schloss die Augen.

»Jetzt wird es wieder heißen, die Schwulen sind alles Verbrecher, haben wir doch immer gewusst«, sagte Lee, den Jo'anna ganz vorne im Bug platziert hatte.

»Wir werden nicht öffentlich machen, wie Ihre sexuelle Orientierung ist«, erwiderte sie. »Ob man Menschen kaltblütig erschießt, hat nichts damit zu tun, mit wem man in die Kiste steigt.«

Lee drehte sich um. »Habe ich Ihr Wort?«

»Sonst hätte ich es nicht gesagt. Wir reden nicht mehr darüber. Das muss keiner wissen. Auch nicht, was die Besonderheit der Party heute Abend war.«

»Danke! Dafür mache ich es Ihnen leicht.«

Jo'anna nickte. »Dann fangen Sie gleich damit an, und verraten Sie mir, warum Sie Ihren Opfern in die Augen geschossen haben.«

»Als Warnung für alle anderen. Wer sagt, was er gesehen hat, der stirbt. Ich dachte, das sorgt für Ruhe.«

»Hat nicht funktioniert.«

»Nein, wie so vieles nicht.« Er blickte auf die Wasserfläche. »Werde ich von meiner Zelle aus das Meer sehen können?«

Jo'anna mahlte wütend mit dem Kiefer. »Eine Gefängnisstrafe ist kein Pauschalurlaub, bei dem man die Zimmerkategorie wählen kann. Wir haben zwölf Einrichtungen auf Jamaika, keine davon wurde erbaut, um eine schöne Aussicht zu bieten.«

Martin schaffte es erst nach einigen tiefen Atemzügen, die Frage zu stellen, die so in ihm brannte. »Warum hast du meinen Bruder umgebracht? Nur weil er ein Mitwisser war? Er hätte der Polizei nie etwas verraten, er war loyal!«

»Dir muss ich es schwer machen«, sagte Lee.

»Was soll das heißen?«, fragte Martin und hätte Lee am liebsten am Kragen gegriffen und geschüttelt.

»Dass ich es dir nicht leicht machen kann.«

Babe hielt den Käpt'n unter großer Anstrengung zurück.

»Du mieses Dreckschwein!«

»Ich wollte deinen Bruder töten«, fuhr Lee fort. »Aber ich habe es nicht.«

Das Boot schwankte auf der Wasseroberfläche, und sie verloren fast den Halt.

»Wieso? Wer war es dann?«, rief Martin, um den Lärm des Motors zu übertönen.

»Als ich ihn umbringen wollte, war er schon verschwunden. Und zwar spurlos. Ich hab damals über meine Kontakte am Flughafen und am Schiffsterminal prüfen lassen, ob Christian das Land verlassen hatte. Aber das war nicht der Fall. Ich glaube, dass ihn jemand anders umgebracht hat. Und zwar der Deutsche, der ihn besuchen gekommen ist.«

»Wovon redest du? Welcher Deutsche?«

»Ein Freund, kam aus derselben Stadt wie Christian.«

Martins Welt drehte sich noch mehr als ohnehin schon durch die Bootsfahrt. Er spürte, wie ihm die Luft wegblieb. »Wie sah er aus? Wie war sein Name?«, stieß er hervor.

Lee schüttelte den Kopf. »Das weiß ich nicht, also nicht, wie sein richtiger Name war. Aber er sagte immer, dass Christian nicht der wahre Professor wäre, sondern er. Und kaum war er da, war Christian plötzlich verschwunden. Genau wie dieser wahre Professor.«

Martin war die restliche Fahrt über still, denn er machte sich Vorwürfe. Er hatte die Mordserie ins Rollen gebracht, nur durch seine Anwesenheit. Wäre er in Flensburg geblieben, würden Ziggy und Grace noch leben. Oder war Lee eine tickende Bombe aus Paranoia, die ohnehin irgendwann explodiert wäre? Das wollte er sehr gerne glauben. Aber im Glauben war er immer schon schwach gewesen. Die harte Realität war ihm stets dazwischengekommen.

Jo'anna schien zu spüren, dass etwas nicht stimmte, denn sie legte ihre Hand beruhigend auf seine und drückte sanft zu.

Es half besser, als es jeder Rum gekonnt hätte.

Nachdem sie Lee Campbell im Police Office abgeliefert hatten, waren sie jetzt auf dem Weg zu Queenie. Der einzigen Person, von der Martin wusste, dass sie den wahren Professor gesehen hatte. Noch dazu vor Kurzem erst.

Jo'anna wollte hören, was Lee Campbell beim ersten Besuch in der »Pelican Bar« alles gesagt hatte. Martin berichtete, was er erfahren hatte: dass Grace Mendoza eine heimliche Enkelin des Don gewesen war und dass eine Gruppe, zu der unter anderem Ziggy, Lee, Frost und Christian gehört hatten, Rum künstlich hatte altern lassen.

Es war eine sehr lange Fahrt bis MoBay. Queenie wohnte dort auf einem der Hügel im Osten der Stadt, wo die oberen Zehntausend ihr Geld in Land und Mauern anlegten, weit über den Slums der Armen. Ihre weiße Villa war im britischen Kolonialstil erbaut worden, darum erstreckte sich ein kleiner Park, beleuchtet von Laternen und Bodenlampen. Alles war geschmackvoll gepflegt, äußerst distinguiert.

Nachdem sie geparkt hatte, wandte sich Jo'anna an Isaac und Babe auf der Rückbank. Sie sollten im Auto bleiben. Polizeiliche Ermittlungen mit zwei jungen Zivilisten im Schlepptau wirkten unprofessionell. Nur Martin durfte sie begleiten. Das war schon mehr als genug Unprofessionalität.

Der weiße Kiesweg zur großen, zweiflügligen Eingangstür war perfekt geharkt, und kein Grashalm traute sich darüberzuwachsen.

Als Jo'anna auf den Klingelknopf drückte, erklang der Glockenschlag von Big Ben.

Martin erwartete einen livrierten Butler, aber Queenie selbst öffnete die Tür, in einem stilvollen Abendmantel mit dunklem Schottenkaro und breitem, goldenem Kragen. Sicher gehörte eine gestopfte Pfeife dazu. Dies konnte unmöglich die Frau aus dem »Last Exit Jamaica« mit dem Metallica-T-Shirt sein. Sie war ungeschminkt und bewegte sich elegant statt kraftvoll. Martin begriff, dass sie hier nicht Queenie war, sondern Miss Elizabeth Sangster. Es war, als wäre sie in eine andere Rolle geschlüpft. Oder schlüpfte sie in der Bar in eine Rolle? Oder war beides eine oder nichts davon? Er selbst war Martin und der Käpt'n, die beiden waren längst nicht mehr voneinander zu trennen, wie die berühmten zwei Seiten derselben Golddukate.

Jo'anna wies sich aus. »Ich weiß, es ist sehr spät. Aber dürfen wir eintreten?«

»Nein.« Queenie schob die Unterlippe streng vor. Dann zeigte sie auf Martin. »Nur er darf rein. Oder keiner. Es sei denn, Sie haben einen Durchsuchungsbefehl.«

Martin blickte fragend zu Jo'anna, die etwas ratlos wirkte. Schließlich trat er einfach ein und schloss die Tür hinter sich. Es ging um Christians Schicksal, das war im Kern seine Angelegenheit, und es waren schon genug Unschuldige mit hineingezogen worden.

Wände und Böden der Villa schienen nur aus weißem Marmor zu bestehen, und auch ansonsten bevorzugte Queenie weiß, egal, ob bei Teppichen, Gardinen oder Möbeln.

»Noble Behausung!«, sagte Martin anerkennend und war kurz davor, seine Kapitänsmütze abzunehmen.

»Komm mit, wir gehen in den Salon.« Der Saum ihres luxuriösen Abendmantels schwang bei jedem Schritt mit. »Ich hatte mich schon gefragt, wann du herausfindest, dass Christian und ich eine Affäre hatten.«

Martin verbarg seine Überraschung. »Hast du ihn geliebt?«

»Ich weiß es nicht mehr. Unglaublich, dass man so etwas vergessen kann, oder? Doch wenn die Liebe einmal weg ist, kann man sich nicht mehr vorstellen, dass sie je da war. Aber ich glaube, ich habe ihn geliebt, ich war ihm auf jeden Fall verfallen. Da war so ein Feuer, so eine ansteckende Leidenschaft in ihm, für Rum, für das Leben und auch für mich.« Sie stieß eine Doppeltür auf, dahinter befand sich ein Salon mit großem Kamin und einer noch größeren Bar. Hier herrschten dunkles Holz vor und warme Töne. Nach dem vielen Weiß des Eingangsbereich, und des Flurs war dieser Anblick für Martin fast wie ein Schock.

Queenie ging ohne Umwege hinter die Bar und wischte mit einem Tuch über die blitzende Theke. »Ich weiß noch nicht, ob ich dir glauben soll, dass du Christians Bruder bist.«

»Soll ich meinen Ausweis zeigen?«

»Nein, der kann gefälscht sein. Wenn du es wirklich bist, wirst du wissen, was Christian für das Beste gehalten hätte.«

»Das Beste? Wie meinst du das?«

»Gib mir ein paar Sekunden.«

Dann stellte sie zehn Gläser auf die Theke und schüttete verschiedene Rums hinein. »Lass dir ruhig Zeit. Deine Antwort entscheidet, ob du bleiben darfst.« Sie verschränkte die Arme vor der Brust und fixierte ihn.

Martin dachte an das berühmte Sprichwort: Sag mir, was du isst, und ich sag dir, wer du bist. Auf Jamaika hieß es wohl: Sag mir, was du trinkst. Das machte Sinn auf einer Insel, durch deren Adern der Geschichte mehr Rum floss als Blut oder Wasser.

Martin selbst liebte Rums mit Tiefe, deren zurückhaltende Süße wie ein warmer Sonnenuntergang wirkte, nicht wie die Hitze des Tages. Er liebte nussige und vanillige Töne vom Holzfass, weil sie ihn schmecken ließen, wie die Zeit den Rum geprägt und verändert, wie sie ihm Tiefe verliehen hatte. Für einen Mann seines Alters war das ein tröstlicher Gedanke. Reifer Rum besaß nicht mehr die ungestüme alkoholische Kraft eines jungen Destillats, nicht dessen frische Fruchtaromen. Bei ihm waren sie getrocknet, gedorrt oder eingekocht, das Mundgefühl war balsamischer, die Tiefe reichte weit hinab. Als wären mit jedem Jahr der Reife weitere geschmackliche Räume angebaut worden.

Auch Christian hatte diese Rums bevorzugt. Da waren sie gleich gewesen. Das hatte Martin immer gefallen.

Er nippte an jedem der Elixiere. Es waren Spiced Rums darunter, die nach Vanille, Ingwer und Zimt schmeckten, Flavoured Rums mit Kürbisnote, puristische Weiße, fassgelagerte Braune, Overproof-Rums und solche mit normalem Alkoholgehalt. Einige waren aus Zuckerrohrsaft, andere aus Melasse.

Nachdem er alle probiert hatte, kehrte er zu dem zurück, der am geradlinigsten war, und verkostete ihn erneut. Fühlte man sich instinktiv zu Getränken hingezogen, die einem selbst glichen? Oder war ihre Geschichte, ihre Philosophie entscheidender? Trank man Whisky, weil man sich als Highlander fühlte, oder Cognac, weil man mit dem Herzen Teil der Grande Nation war?

»Ist das deine Wahl?«, fragte Queenie. »Und glaubst du, es wäre auch Christians gewesen?«

Als Martin den Mund öffnete, um die Frage zu bejahen, fiel sein Blick auf die unzähligen Flaschen im Regal hinter der Bar, die vielen bunten Etiketten, die unterschiedlichen Formen, das große Tohuwabohu der Rum-Welt.

Und er erinnerte sich an die Regalwand in Christians Zimmer mit all den leeren Flaschen.

Dies war ein Test von Queenie, aber die Lösung war anders, als Martin zuerst gedacht hatte.

Er stellte das Glas wieder ab.

Rum hatte keinen Standesdünkel, er war ein Getränk aus der Gosse, ein Getränk, das sich durchschlug, egal, wie. Rum war nicht wie der feine Herr Cognac, der Gentleman Whisky oder das alchemistische Wunder Gin. Ob Rum direkt aus der Brennblase tropfte, ob er flavoured war, spiced, ob er ein deutscher Rum-Verschnitt wurde oder Teil eines Cocktails: Es war immer Rum, und man konnte seine Seele stets schmecken.

»Es gibt einen Rum, der meinem Bruder am besten geschmeckt hätte.«

Queenies Augen verengten sich, und die Adern auf ihren Handrücken traten hervor.

»Aber er hätte keinen zum besten erklärt. Den besten Rum gibt es nämlich nicht, für jeden Menschen gibt es einen anderen, und keiner muss sich für seine Wahl schämen. Das ist der Kern von Rum. Wer jemanden aufgrund einer Vorliebe für einen speziellen Rum verurteilt, der hat Rum nicht verstanden.« Martin nahm einen Schluck. »Das hätte Christian gesagt.«

Queenies Augen verengten sich noch weiter, dann lächelte sie plötzlich und lachte schließlich schallend. »Du musst wirklich sein Bruder sein! Ihr Deutschen denkt immer so viel über alles nach, anstatt einfach einen guten Rum zu kippen.« Sie nahm sich selbst eines der Gläser, es war mit Kokosnuss-Rum gefüllt. »Frag mich, was immer du wissen willst!«

»Alles?«

»Alles. Du bekommst eine ehrliche Antwort.«

Martin setzte das Glas ab. »Hast du meinen Bruder umgebracht?«

Queenie hätte vor Überraschung fast den Rum ausgeprustet. »Du steigst ja gleich hoch ein.«

»Das ist die wichtigste Frage.«

Sie stellte das Glas ab. »Weil er mich verlassen hat? Nein. Wenn das mein Stil wäre, hätte ich schon einige Männer auf dem Gewissen. Es lohnt die Mühe nicht, Männer umzubringen, weil sie einen verlassen haben, denn es gibt immer genug andere Männer. Ich tröste mich deshalb in diesen Fällen lieber mit einem neuen Modell. Und falls du wissen willst, ob Kayla ihn umgebracht hat, weil Christian sie für mich sitzen gelassen hat: Das glaube ich nicht. Babes Mutter war viel zu gut für diese Welt. Daran ist sie zugrunde gegangen. Und am Alkohol.«

»Was ist dann mit meinem Bruder passiert?«

»Das weiß ich nicht, da müsstest du Grace fragen, mit der war er nach mir zusammen.«

»Hat er sich Feinde gemacht?«

»Wer wild lebt, macht sich Feinde. Aber Namen kann ich dir nicht nennen. Es war eine Zeit, in der ich viel getrunken habe. Ein einziger, jahrelanger Rausch.«

»Erzähl mir von deiner Zeit mit meinem Bruder.«

Queenie nickte. »Komm, wir setzen uns an den Kamin.«

Sie berichtete von leidenschaftlichen Nächten und ebensolchen Tagen. Es war, als würde durch das Erzählen die Zeit mit Christian für Queenie ein wenig aufleben. Immer wieder blickte sie für kurze Momente versonnen vor sich hin, als könne sie wie durch Zauberei in die Vergangenheit schauen.

»Was kannst du mir über den angeblich wahren Professor sagen, der zuletzt bei dir war?«, fragte Martin.

»Das hast du nicht vergessen.«

»Ich dachte damals, es wäre vielleicht mein Bruder gewesen.«

Queenie legte sich elegant eine giftgrüne Locke hinter das Ohr. »Ich kann den Mann zwar nicht genau beschreiben, aber es war definitiv nicht Christian. Selbst zwanzig Jahre hätten ihn nicht so verändert.«

»Kannst du mir denn überhaupt nichts über ihn sagen?«

Queenie schwenkte ihr Glas und blickte in die vom Kaminfeuer erleuchtete Flüssigkeit. »Ich kann dir sagen, was er bestellt hat. Und zwar immer wieder. Er hat gesagt, der Drink wäre ab jetzt sein Lieblingscocktail, er wäre umwerfend.«

»Und der Name des Drinks ist …?«

»… Mary Pickford. Hilft dir das weiter?«

Martin dachte nach. »Jetzt gerade nicht, aber wer weiß, was die Zukunft noch bringt.«

»Manchmal ein gutes Glas Rum«, sagte Queenie und schenkte ihm lächelnd nach.

Moin Tagebuch,

du siehst ganz schön abgerockt aus. Und auch ein bisschen beleidigt, weil ich in letzter Zeit so wenig in dich reingeschrieben habe. Das Leben hat mir einfach keine Zeit gelassen. Wusstest du, dass Rum hier schneller reift? Gilt nicht nur für Rum, ich sag's dir.
Ich kannte den Spruch mit dem Abgrund, der in einen zurückschaut,

wenn man in ihn hineinblickt. Es ist das Gleiche mit Jamaika. Ich bin hergekommen, um alles aufzusaugen und so weit zu verinnerlichen, dass ich Rum machen kann wie jemand von hier. Aber ich dachte, dass ich selbst, oder das, was ich dafür hielt, unverändert bleibe. Wie wenn ich neue Kleidung anziehe, aber dabei immer Christian Störtebäcker bleibe, der Typ aus Flensburg.

So läuft es nicht.

Und das ist auch gut so.

Aber alles hat seine Schattenseiten.

Meine hieß Begierde.

Ich habe mir Rum genommen, habe mir Frauen genommen, habe Geld durch gepanschten Rum verdient. Und mir währenddessen vorgemacht, dass das alles dazugehört, ich ein Pirat des Rums bin und die absolute Freiheit lebe.

Aber ich bin wie ein Eroberer in diese Welt gekommen, ein Conquistador ohne Rücksicht. Ich habe hemmungslos geliebt, aber ich habe auch betrogen und Menschen verletzt.

Als ich dachte, ich hätte mich gefunden, hatte ich mich völlig verloren.

Grace hat mir das gezeigt. Sie kämpft sich seit ihrer Kindheit aus dem Abgrund ihrer Familie hinaus. Es ist ein samtbezogener Abgrund, mit Gold und Geschmeide verziert, aber es ist und bleibt einer, und sie will darin nicht mehr leben. Sie will dem Rum treu bleiben, aber ohne Tricks und doppelten Boden. Grace will dort arbeiten, wo der Rum ist, was er vorgibt zu sein.

Mein Weg führt zum Kaffee, denn ich habe endlich verstanden, dass der Rum für das größte Unglück in meinem Leben verantwortlich ist. Ich bin aus Flensburg weggelaufen, aber ich hätte auch vor dem Rum weglaufen müssen.

Dieses Kapitel muss ich abschließen.

Nie mehr Rum. Auch nicht im Glas. Es ist vorbei.

Durch den unerwarteten Besuch aus der Heimat ist alles wieder hochgekommen. Meine ganze Schuld. Die konnte keine noch so große Menge Alkohol wegspülen. Aber Kaffee kann mir den Kopf klar machen. Und vielleicht passt seine schwarze Seele gut zu mir.

Das war ein Scherz, Tagebuch!
Manchmal glaube ich, du verstehst mich gar nicht.
Dann wären wir schon zwei.
Heute Abend gehen mein Besuch und ich schwimmen. Aber nicht irgendwo, sondern in der Luminous Lagoon. Dort, wo das Meer glüht. Die Idee kam von ihm. So hätte ich ihn gar nicht eingeschätzt. Aber man kann sich in den Menschen täuschen!
Morgen werde ich den Käpt'n anrufen, das ist sowieso längst überfällig. Ich muss ihm sagen, was sein kleiner Bruder machen will und dass ich seine Hilfe beim Kaffee-Import-Export gut gebrauchen kann. Er wird mir helfen, das hat er immer. Vielleicht manchmal zu viel, weil er es als seine Aufgabe angesehen hat, mich zu schützen. Wenn diese Reise etwas bewiesen hat, dann, dass es bitter nötig war.
Aber jetzt ist es anders.
Einen großen Bruder braucht man allerdings immer.
Gerade einen wie ihn.
Ich habe ihn nie mehr geliebt als jetzt, wo ich Tausende Kilometer von ihm entfernt bin.
Das werde ich ihm morgen früh sagen.
Aber jetzt muss ich los zum Schwimmen. Das wird sicher ein großer Spaß!

Bis bald,
Christian

ACHT

»Stir It Up«

Es war spät am Abend, als Martin aus Queenies Villa in die warme jamaikanische Nacht trat und die anderen schlafend im Auto vorfand. Bei ihrem Anblick überkam ihn plötzlich eine solche Müdigkeit, als hätte ihm jemand ein Plumeau ins Gesicht geworfen. Kaum hatte er auf dem Beifahrersitz Platz genommen, fielen ihm schon die Augen zu.

Es waren nicht die Strahlen der Morgensonne, die ihn und die anderen Insassen weckten, sondern Wasser, das lautstark auf den Einsatzwagen pladderte. Fast zeitgleich schreckten alle hoch und blickten durchs Fenster Richtung Himmel, einen biblischen Wolkenbruch befürchtend.

Aber das Wasser schoss aus einem Schlauch, und diesen Schlauch hielt Queenie. Sie musste gesehen haben, dass im Wagen alle die Augen geöffnet hatten, denn sie stellte die Bewässerung ab. »Runter von meiner Einfahrt, ich muss zum Flughafen und kann nicht raus!«

Jo'anna fuhr das Seitenfenster runter. »Hätten Sie nicht einfach klopfen können?«

»Ja, aber so war es lustiger.« Sie schwang den Schlauch wie ein Lasso. »Und jetzt setzen Sie endlich zurück.«

Jo'anna schaltete in den Rückwärtsgang.

»Ich mag sie«, sagte Martin. »Kann verstehen, was …« Aber dann hielt er inne, denn ihm war bewusst geworden, dass Babe auf der Rückbank saß. Er wollte nicht, dass sie von der Affäre ihres Vaters erfuhr.

»Was kannst du verstehen?«, fragte Jo'anna. »Was Männer an ihr finden?«

»Ja, genau«, sagte Martin und erntete dafür eine hochgezogene Augenbraue von Jo'anna. »Aber sie ist nicht mein Typ«, setzte er schnell hinzu.

»Wer ist denn dein Typ?«, fragte Babe von hinten.

Martin musste schmunzeln. »Als ich jünger war und noch einen Typ hatte, da …«

Sollte er es wirklich aussprechen? Andererseits hatte man in seinem Alter nicht mehr viel zu verlieren. Da konnte man ruhig offen sagen, was man dachte!

»… da sah er genauso aus wie Jo'anna. Jo'anna, du kannst froh sein, dass du mir nicht früher begegnet bist. Sonst hätte ich mich schamlos an dich rangemacht.«

Jo'anna blickte zu ihm, jetzt musste sie auch schmunzeln. »Ich entscheide schon selbst, worüber ich froh sein kann!«

Zurück bei Jo'anna fiel Martin direkt ins Bett und wachte erst am Abend wieder auf. Sein Körper fühlte sich an, als hätte ein Elefant darauf ein Nickerchen gemacht, kein Knochen, kein Muskel, der sich nicht lautstark beschwerte.

»Hab ich dich geweckt?«, fragte Jo'anna, die am Fenster stand und alle Vorhänge aufzog.

»Nein, gar nicht.«

Sie setzte sich auf die Bettkante. »Dabei war das der Plan. Du hast nämlich genug geschlafen!«

»Ich bin alt.« Martin drehte sich noch einmal auf die Seite. »Da braucht man viel Schlaf.«

Jo'anna schlug die Bettdecke auf. »Du bist überhaupt nicht alt. Egal, wie oft du das sagst.«

Da war so viel Sanftheit und Wärme in ihrer Stimme …

Martin sah ihr in die Augen. Jo'anna wich seinem Blick nicht aus, sie lächelte ihn an.

Plötzlich war da ein Prickeln. Vielleicht bildete er sich das auch nur ein. Seit vielen Jahren kannte er Prickeln nur noch aus seinem Pils.

War da etwas zwischen ihnen? Sollte er jetzt ihre Hand nehmen?

Machte man das heute noch? Martin spürte, dass er es wollte, und am liebsten für immer in diese dunkelbraunen Augen blicken. Sein Herz schlug viel schneller als sonst nach dem Aufwachen, wenn es immer etwas Zeit brauchte, um zu bemerken, dass Martin es tatsächlich geschafft hatte, wieder die Lider zu öffnen.

Er schob seine Hand in Richtung ihrer.

Jo'anna lehnte sich vor. »Willst du mir etwas sagen, Käpt'n? Du schaust mich so merkwürdig an … «

Verdammt, wie schaute er denn? Martin zog die Mundwinkel herunter und setzte sich abrupt auf. »Ich bin noch nicht richtig wach, da macht mein Gesicht manchmal Faxen. Ich geh ins Bad und helf ihm mit ein bisschen kaltem Wasser auf die Sprünge.«

Martin stand auf und ließ eine verdutzte Jo'anna auf dem Bett sitzen.

Als er später in die Küche schlurfte, um seinem Körper mit einer großen Tasse Kaffee weitere Hilfestellung beim Aufwachen zu leisten, entdeckte er Jo'anna, Babe und Isaac im Wohnzimmer beim Domino. Isaacs Miene nach zu urteilen, hatte er bisher noch nicht gewonnen.

Nachdem Martin eine Tasse mit heißem Kaffee aus der bereitstehenden Kanne gefüllt hatte, trat er ein. Er schaffte es sogar, die Hand ein wenig zum Gruß zu heben.

Babe strahlte ihn an. »Guten Abend, Sonnenschein! Bereit für einen kleinen Ausflug?«

So viel gute Laune war anstrengend.

»Mir ist nicht nach einem Ausflug. Mir ist nach gar nichts.«

Die Wahrheit war, dass der Kaffee diverse Fragen in seinem Kopf aufgescheucht hatte, die nun um ihn herumschwirrten, Fragen wie Vögel aus Hitchcocks legendärem Thriller. Wer war der wahre Professor? Wo steckte sein Bruder? Wer hatte auf ihn geschossen? Und warum?

»Du siehst aus, als würdest du dir gerade zu viele Gedanken machen«, sagte Babe, die offenbar Plagegeister sehen konnte.

»Sehr deutsch sieht das aus«, ergänzte Jo'anna. »Steht dir nicht.

Mach mit Babe den Ausflug, der wird dir guttun. Sie hat dir auch schon eine sehr schicke Badehose besorgt.«

Babe stand auf und nahm seine Hand, als sei er ein Kind und müsse über die Straße gebracht werden. »Du wolltest da sowieso hin.« Sie ging Richtung Haustür.

Martin war zu kraftlos, um sich loszureißen. Wenigstens schaffte er es, kurz stehen zu bleiben. »Wohin wollte ich denn?«

»Nach Falmouth zur Luminous Lagoon. Da war mein Dad auch, hast du doch gesagt. Kannst also auf seinen Spuren wandeln und dir trotzdem etwas Gutes tun. Hab ich dich überzeugt? Sag Ja! Oder von mir aus auch Ja.«

»Du darfst auch Ja sagen«, ergänzte Jo'anna.

Nur Isaac schwieg und betrachtete die Dominosteine, als stimme irgendetwas mit ihnen nicht.

Was Babe sagte, war nicht so falsch, er hatte tatsächlich die ganze Zeit schon zur Lagune gewollt, schließlich hatte sein kleiner Bruder sich nicht mehr bei Lasse gemeldet, nachdem er angekündigt hatte, dort nachts schwimmen gehen zu wollen. Martin erwartete nicht, einen Hinweis auf Christians Verschwinden in der Lagune zu finden. Aber er könnte sich seinem Bruder nahe fühlen, vielleicht zum letzten Mal. Die Liste mit Anlaufpunkten, die Lasse ihm hinterlassen hatte, war zwar noch nicht abgearbeitet, aber Martins Hoffnung, Christian zu finden, war so gut wie ausgetrocknet. Womöglich war es bald an der Zeit, in die Heimat zurückzukehren. Dort würde er lernen müssen, mit den Leerstellen in seinem Leben umzugehen. Christian war eine, genau wie Lasse. Und seine neuen Freunde auf Jamaika würden auch eine sein. War es vielleicht so, dass alt werden bedeutete, immer mehr Leerstellen anzusammeln?

»Sag schon Ja!«, bettelte Babe und strahlte ihn erwartungsvoll an.

»Ich sage Ja …«

Babe hüpfte vor Freude in die Höhe, aber Martin hob den Zeigefinger, um zu zeigen, dass er noch nicht fertig war.

»… wenn wir die Tour mit einem Steuermann machen, der damals auch meinen Bruder gefahren haben könnte.«

Babe strahlte. »Genau so einen habe ich gebucht!«

Schachmatt. »Na, dann ist alles wunderbar.«

Isaac blickte auf. »Das würde ich so nicht sagen.«

»Wieso?«, fragte Martin.

»Ich habe deine Badehose gesehen.«

Kurz nachdem Martin und Babe weggefahren waren, nahm Jo'anna ihre Autoschlüssel und machte sich auch auf den Weg.

Es galt, etwas zu klären.

Sie parkte direkt vor dem Laden und schaute durch das Schaufenster, bis sie sicher war, dass sich außer dem Eigentümer niemand darin befand.

Bei dem, was sie vorhatte, konnte sie kein Publikum gebrauchen.

Direkt nachdem sie ins »Rockers International Records« getreten war, drehte sie das »Open«-Schild, das in der Tür hing, auf »Close«.

Hinter der Kasse stand Butch Braithwate, dessen graue Dreadlocks heute so zu allen Seiten abstanden, als sei er eine seltene Palmenart. Sein Kopf sah aus wie die einzige schrumpelige Kokosnuss daran. Er nahm gerade einige Platten in Augenschein, die er wohl vor Kurzem angekauft hatte.

»Butch«, sagte Jo'anna. »Lange nicht mehr gesehen. Aber hier scheint alles beim Alten zu sein.«

»Ich bin Traditionalist«, sagte Butch und blickte zur Eingangstür. »Warum hast du meinen Laden geschlossen?«

Jo'anna ging an eines der Regale und flippte durch einige Alben. »Damit wir in Ruhe miteinander reden können.«

»Dann geht es wohl nicht um Musik.«

»Wer weiß?«, sagte Jo'anna. »Leg doch mal ›Judge Not‹ auf. Die Original-Single natürlich. Oder hast du die etwa verkauft?«

»Ich lege die eigentlich nur an meinem Geburtstag …«

»Für mich«, erwiderte Jo'anna. »Bitte!«

Butch zögerte, drehte sich dann aber doch um und öffnete einen alten Tresor, der hinter ihm in die Wand eingelassen war. Daraus holte er vorsichtig die legendäre Single hervor. Es war die erste jemals von Bob Marley veröffentlichte Platte, damals noch unter dem

Namen Robert Marley. Der 1962 erschienene Ska-Titel hatte sich wahnsinnig schlecht verkauft, was dazu führte, dass heute kaum noch Pressungen existierten. Wie ein rohes Ei legte Butch die Platte auf und setzte die Nadel in die Rille.

»Ich ermittle gerade nicht nur zu den Morden an Ziggy Presto und Grace Mendoza, sondern auch in einem Vermisstenfall. Es geht um einen Deutschen, der vor gut zwanzig Jahren verschwunden ist. Sein Name ist Christian Störtebäcker.«

»Habe ich noch nie …«

»Lass mich ausreden!«, blaffte Jo'anna ihn an und trat neben den Plattenspieler. »Ich stell dir jetzt ein paar Fragen, und wenn du nicht ordentlich antwortest, stoße ich vielleicht aus Versehen gegen den Plattenspieler und die Nadel rutscht über das Vinyl. Wäre doch schade drum!«

Es war Erpressung, und eine verdammt miese noch dazu. Aber sie würde hoffentlich schnell zu einem Ergebnis führen. Natürlich wollte Jo'anna nicht wirklich für Kratzer auf einer Bob-Marley-Platte sorgen. Aber das wusste Butch ja nicht.

»Jo'anna, nicht …!«

»Kennst du Christian?« Sie trat noch näher an den Plattenspieler heran.

Butch zuckte zusammen. »Ja, verdammt, ich kannte ihn! Bist du jetzt zufrieden?«

»Gleich.« Die Single war zu Ende, Jo'anna setzte die Nadel wieder an den Anfang der Rille. »Einer meiner Namen ist Nemesis.«

»Nemesis? Und was soll das bedeuten?«

»Ich denke, das weißt du. Du bist ein sehr gebildeter Mann. Nemesis verzögert sich manchmal, aber am Ende kommt sie.«

Das mit der Nemesis wollte sie immer schon mal gesagt haben. Nur um ihr Gegenüber zu irritieren.

Funktionierte prima.

Ohne es zu wissen, hatte Butch genau die gleichen Worte gesagt wie Miss Marples Gegenüber in »Das Schicksal in Person«. Ein gutes Omen!

»Ich weiß wirklich nicht, was …«

»Du warst einer der Leute des Don, des guten Derrick ›Duckie‹ Spencer.«

Butch trat näher zum Plattenspieler, damit er schnell eingreifen konnte, falls Jo'anna dagegenstieß. Aber er würde nie schnell genug eingreifen können, um jeglichen Schaden an seinem Heiligtum verhindern zu können.

»Das ist ja allgemein bekannt.«

»Nicht allgemein bekannt ist hingegen, dass Grace die Enkelin des Don war.«

Butch band seine Dreadlocks mit einem Gummi zusammen. »Darum geht es also.«

»Ich höre. Was hat der Don mit Störtebäckers Verschwinden zu tun?«

»Geh erst einen Schritt vom Plattenspieler weg!«

»Weißt du, was ich tun werde? Ich beuge mich darüber! Hoffentlich verliere ich nicht das Gleichgewicht …«

Das Ganze sollte ihr eigentliche keine diabolische Freude bereiten, aber genau das tat es. Jo'anna genoss es so sehr, dass sie sich schämte.

Aber nicht genug, um damit aufzuhören.

»Du Bitch!«

»Ich fühle mich immer wackeliger …«

»Okay, pass auf. Ziggy hatte Christian einfach ohne Rücksprache in das Geschäft mit gepanschtem Rum reingenommen, weil er einen Narren an ihm gefressen hatte. Das passte dem Don gar nicht, er traute dem Deutschen nicht und wollte ihn schnell loswerden. Als der Don erfuhr, dass Christian im ›Jamaican Heavenly Palace‹ ein Zimmer hatte, wollte er zwei Fliegen mit einer Klatsche schlagen: einerseits die Versicherungssumme für das marode Gebäude einstreichen und dann noch den Deutschen bei dem Feuer loswerden. Aber das klappte dann ja nicht. Christian stand natürlich weiter auf seiner Liste, bis Grace dann plötzlich mit ihm zusammenkam. Liebe ihres Lebens und so. Hätte der Don etwas gegen Christian unternommen, hätte Grace das herausgefunden, deshalb war er plötzlich unantastbar.«

»Ich glaube, ich dreh die Platte um. Mal schauen, ob ich das hinbekomme.«

»Lass es, Jo'anna, bitte, ich sag dir doch schon, was ich weiß!«

Sie ließ die Hand über dem Tonabnehmer schweben. »Alles, was du mir bis jetzt erzählt hast, weiß ich schon. Mir geht es um die Zeit kurz nach Christian Störtebäckers Verschwinden. Und um einen ehemaligen Polizeikollegen, Cherry Kelso. Er war Mitglied des olympischen Schwimmteams – und ist merkwürdigerweise beim Schwimmen verstorben, kurz nachdem er den Fall übernommen hatte.«

Jemand linste in den Laden, Jo'anna verscheuchte ihn mit einer Geste.

»Das ist doch schon so lange her!«, sagte Butch.

»Ich glaube, ich will den Song doch noch mal hören.«

»Ist gut! Ist gut!« Er nahm die leere Plattenhülle in die Hand, aber Jo'anna erlaubte ihm nicht, das Vinyl hineinzuschieben. »Pass auf, der Don war natürlich heilfroh, dass der Deutsche verschwunden war, und wollte auf keinen Fall, dass nach ihm gesucht wird. Aber der Cop wollte buddeln, er war eine echte Wühlmaus. Deshalb musste er sterben, auch als Zeichen für alle anderen Cops, die Finger davonzulassen.«

»Hatte der Don keine Angst, dass Grace das herausfindet?«

»Grace hatte den Cop überhaupt nicht im Blick, sie dachte ja, der Don steckt hinter Christians Verschwinden, und hat alle seine Leute ausgefragt, Gefallen eingefordert, sie unter Druck gesetzt. Aber er hatte damit ja nichts zu tun!«

»Im Gegensatz zum Tod von Cherry Kelso …«

»Wenn jemand unvorsichtigerweise weit draußen im Meer allein rumschwimmt, ist das schnell passiert. Ohne Mitwisser. Da reicht ein einzelner Mann. Je verschwiegener er ist, desto besser.«

Jo'anna nahm das Vinyl vom Plattenteller und hielt es über den Boden. »Und woher weißt du das alles so genau?«

Butch versuchte, nach der Single zu greifen, aber Jo'anna zog sie fort.

»Ist ja rein hypothetisch, was ich gesagt habe.«

»Wenn ich der Don wäre, würde ich diesen einen Mitwisser aus dem Weg schaffen. Nicht direkt nach dem Mord, sondern etwas später, damit keiner mehr einen Zusammenhang sehen kann.«

»Ich hab dir alles gesagt!«

»Ist der Don nicht einige Monate später erschossen worden? Von einem feindlichen Clan? Und alle seine Leute auch? Nur du nicht …«

»Glück muss der Mensch haben.«

Jo'anna schüttelte den Kopf. »Nein, Butch, Glück allein reicht dafür nicht.« Sie sah ihn lange an. Den Mord an Cherry Kelso würde sie ihm niemals nachweisen können. Aber wenn bekannt würde, dass er den Don damals hintergangen hatte, wäre er eine Persona non grata in Kingston. Verräter konnte niemand leiden. »Ich denke, in Zukunft wirst du mir jederzeit all die Informationen geben, die ich brauche, oder?«

Butch nahm ihr die Platte ab. »Ich helfe der Polizei immer gern, wenn ich kann.«

Jo'anna schnalzte mit der Zunge. »Das freut mich zu hören. Aber falls ich mitbekomme, dass du noch mal in einem Boot unterwegs bist, wenn einer meiner Kollegen schwimmen geht, bist du dran. Alle deine Platten werde ich dann eigenhändig zerbrechen.«

Sie genoss die Panik in Butchs Augen.

Und diesmal hatte sie nicht geblufft.

Die Glistening Waters Marina lag in der Nähe von Falmouth im Norden der Insel. Es gab verschiedene Anbieter für Touren zur Luminous Lagoon. Babe hatte den ausgewählt, der das Ganze in Piratenmanier vermarktete. Am Pfad, der zu seiner Hütte führte, thronte ein verblichener Plastikpapagei mit Piratenmütze auf einem Felsen, eine geöffnete Schatztruhe mit vermeintlichen Golddukaten stand daneben, und am Werbeschild lehnte ein Skelett. Martin würdigte das Ensemble kaum eines Blickes, sondern zündete sich nervös eine Zigarette an. Er brauchte dringend eine. Rasch ging er weiter.

Sie tranken etwas an der kleinen Theke, bevor die Tour losging. Martin nahm gleich drei Drinks, um seinen Magen im Vorhinein auszuknocken. Und er schwor sich, dass dies seine letzte Bootsfahrt sein würde. Für immer. Und ewig.

Die kleinen Schiffe besaßen keine Wände, aber Dächer, unter denen blanke Glühbirnen festgemacht waren. Einige waren proppenvoll besetzt, dank Babe erhielten sie allerdings eine private Tour. Es war zudem die letzte, die an diesem Abend startete.

Ihr Steuermann, der etwas älteren Semesters war, hieß Captain Jack und steckte in einem Piratenkostüm, das keinen Hehl daraus machte, welcher Film es inspiriert hatte. Der Typ bewegte sich sogar wie Johnny Depp in seiner berühmtesten Rolle – also so, als würde er gleich betrunken von Bord fallen.

Nicht unbedingt vertrauenerweckend.

Aber er steuerte das Boot sicher in die Bucht hinaus. Martin hielt die Augen trotzdem geschlossen, bis ihn Babe mit dem Ellbogen in die Rippen stieß und »Du bist voll unhöflich!« zischte.

Also musste er sich anders von der Tatsache ablenken, dass er sich wieder auf einem Boot befand. Reden war eine gute Möglichkeit. Martin blickte zu Captain Jack. »Babe hat mir erzählt, du führst schon seit über zwanzig Jahren Touren durch?«

»Ich mach das sogar seit dreißig Jahren, harrharrharr!«

Bevor Martin nach seinem Bruder fragen konnte, begann Captain Jack, von der Luminous Lagoon zu erzählen. »Ich kenne die Lagune wie meine Westentasche, ein ganz spezielles Gewässer ist das: Hier mischen sich Meer- und Süßwasser, das vom Martha Brae River kommt. Der Boden ist schlammig und das Wasser dadurch trüb und grau, harrharrharr. Aber durch diese Besonderheiten können hier Dinoflagellaten leben. Das sind kleine Einzeller, die zu den Algen gehören und bei Berührung zu leuchten beginnen, harrharrharr. Der Fachbegriff ist Biolumineszenz. Dieses Phänomen gibt es vielerorts weltweit, aber meist weiß man nicht, wann es wo auftritt. Die Luminous Lagoon ist der einzige Ort auf dieser schönen Erde, wo es jeden Tag im Jahr leuchtet, und nirgendwo leuchtet es so hell wie hier. Allerdings gibt es abhängig vom Wetter gute Tage und schlechte. Ihr habt einen sehr guten erwischt.« Er blickte sie an. »Harrharrharr.«

»Wenn man jeden zweiten Satz mit einem Piratenlachen beendet, geht das sicher extrem auf den Rachen.«

»Wem sagst du das, harrharrharr!«

Die Irritation über das Theaterlachen lenkte Martin etwas davon ab, wie seekrank er schon war. Er hielt den Moment für gekommen, den falschen Piraten nach seinem Bruder zu fragen, aber dann begann das Wunder.

Das Wasser leuchtete blau.

Und zwar überall um sie herum.

Die Fische, die in den Bugwellen um das Boot schwammen, hatten das Leuchten ausgelöst. Das Wasser am Außenbordmotor sprudelte fast violett.

Captain Jack zeigte Richtung Himmel. »Kein Mond, bestes Luminous-Lagoon-Wetter. Harrharrharr!« Dann stellte er den Motor ab. »Ab mit euch ins Wasser, ihr Landratten! Und keine Angst, hier ist es nur drei bis sechs Fuß tief.«

Also höchstens 1,80 Meter, rechnete Martin im Kopf um. Dann zog er sich schnell bis auf die Badehose aus, bloß weg vom Boot und von der Übelkeit.

Martin ließ sich schnell ins Wasser gleiten.

In eine Explosion aus blauem Licht.

Es war, als würde jeder noch so kleine Tropfen, der auf die Oberfläche fiel, einen winzigen Stern gebären, der sofort wieder erlosch. Das viele Blau war geradezu surreal in der Schwärze ringsum, als würde man auf einem anderen Planeten schwimmen.

»Den Boden nicht berühren«, rief Captain Jack. »Sonst wirbelt ihr zu viel Schlamm auf, das ist schlecht fürs Leuchten.«

Neben sich hörte Martin einen Jauchzer. Babe war im Wasser – und spritzte ihn nass.

Das gehörte sich nicht, Spritzen war total kindisch.

Also spritzte Martin zurück.

Dann entschied er sich für Rückenschwimmen oder besser: für Rückenliegen. Das Wasser war warm, nur manchmal glitt ein kühler Strom an seinem Bein entlang. Die Welt war so friedlich, dass er für einige Minuten tatsächlich alles vergaß und einfach nur ein alter Mann in glühendem Wasser war.

Damit das Wasser der heimischen Förde so leuchtete, musste man schon verdammt viel Rum trinken.

Babe schwamm neben ihm, mit jedem Zug bildeten sich leuchtende Flügel unter ihren Armen.

»Du siehst aus wie ein Engel«, sagte Martin.

»Ich fühle mich gerade auch so.«

Allerdings tat sie dann etwas für Engel sehr Untypisches. Sie schwamm zu Martin und tauchte ihn unter.

Als er wieder auftauchte, kam ihm ein alter Spruch in den Sinn, und er musste grinsen: Verwandtschaft konnte man sich nicht aussuchen.

Viel zu schnell mussten sie wieder an Bord.

Martin trocknete sich ab und setzte direkt zu seiner Frage an, bevor Captain Jack wieder anfing, zu referieren und freibeuterisch zu lachen. »Vor vielen Jahren war mein Bruder hier, eventuell auf einer deiner Touren.«

»Ganz bestimmt«, unterbrach ihn Captain Jack. »Denn meine Touren sind die besten! Harrharrharr.«

Martin entfuhr ein Seufzer. »Er sah aus wie ich, nur in jünger und besser. Er heißt Christian, wurde hier aber der Professor genannt. Kam wie ich aus Deutschland, also aus Flensburg.«

»Hm.« Captain Jack kratzte sich theatralisch an der Stirn. »Ich habe ja eigentlich ein gutes Gedächtnis, ist als Pirat sehr hilfreich. Aber zwanzig Jahre sind eine lange Zeit.«

Martin nickte, denn so eine Antwort hatte er erwartet. Er ließ einen Tropfen aus der Hand auf die Wasseroberfläche fallen und sah zu, wie das Leuchten aufglomm und wieder verging. So hatte es sich auch mit seiner Hoffnung verhalten. Sie war ohnehin nicht groß gewesen, und nun war sie schon wieder weg.

»Aber wo du Professor sagst … Mir fällt ein, dass da ein komisches Duo vor rund zwanzig Jahren bei mir aufgetaucht ist. Kommt das hin?«

Martin blickte ihn an und spürte seinen Puls Fahrt aufnehmen. »Absolut.«

Captain Jack fuhr etwas langsamer, sodass er besser über den Lärm des Außenbordmotors zu hören war. »An die echten Namen erinnere ich mich nicht mehr, aber der eine sagte, alle würden ihn

Professor nennen. Und der andere meinte, er sei der wahre Professor. Ich fand das affig. Die waren aber sowieso seltsam. Deshalb sind sie mir auch in Erinnerung geblieben.«

»Mein Dad war bestimmt nicht komisch!«, sagte Babe.

Captain Jack schob die Spitze seines Piratenhuts höher. »Dann war er sicher der Coole von den beiden, sehr lässiger Typ, hätte Jamaikaner sein können. Der andere aber war total ungechillt. Er trug, und das ist auch ein Grund, warum ich mich nach all der Zeit an die zwei noch erinnere, einen Schal vor dem Gesicht, angeblich wegen einer Erkältung, aber der hat weder genießt noch gehustet oder die Nase hochgezogen. Mein Eindruck war: Der will nicht erkannt werden, so als wäre er ein Promi. Ist dann auch nicht schwimmen gegangen, sondern hat nur die Beine ins Wasser gehalten. Wenn man erkältet ist, dann macht man doch nicht mal das, oder?«

»Nein«, sagte Martin. »Und dieser Mann war Deutscher?«

Captain Jack nickte. »Die unterhielten sich auch auf Deutsch. Ich versteh ja nur ein paar Brocken, aber das konnte ich erkennen.«

»Und ist einer von beiden untergegangen? Oder weggeschwommen?«, fragte Martin.

»Nein, wieso? Die sind ganz normal wieder mit mir zurückgekommen.«

Weil es vielleicht das letzte Mal war, dass mein Bruder auf Jamaika gesehen wurde, dachte Martin.

Und er dachte noch etwas.

Hier und jetzt endete Christians Spur.

Endgültig.

Zurück am Bootsanleger fühlte sich Martins Magen an, als fahre das Essen der gesamten letzten Woche darin Achterbahn. Ächzend setzte er sich auf den Holzsteg und ließ die Beine überm Wasser baumeln. Er hätte sowieso nicht gewusst, wohin er gehen sollte. Natürlich hatte er die Long Pond Distillery noch nicht besucht, obwohl sie auf Lasses Liste stand, und vermutlich war Christian auch bei New Yarmouth gewesen, obwohl es darüber keine Aufzeichnungen gab. »GoldenEye«, das Anwesen von Bond-Autor Ian Fleming im

Norden der Insel, hatte er auch noch nicht überprüft. Aber Martin glaubte nicht mehr daran, dass er Christian finden würde. Eher würde er auf den wahren Professor treffen, den vielleicht einzigen Menschen, der ihm sagen konnte, was damals passiert war. Die Frage war nur, ob er es ihm verraten würde.

Babes Hand legte sich um seine. »Komm, wir gehen ein bisschen spazieren.«

Martin sah sie an. »Das wird leider auch nichts bringen.«

»Bei mir bewegt Gehen immer auch die Gedanken. Außerdem ertrage ich es nicht, dich so zu sehen. Nachher klebst du hier noch fest. Ist mein Dad gern gewandert?«

Martin ließ sich hochziehen. »Als er in Flensburg gelebt hat schon. Da ist er stundenlang spazieren gegangen, vor allem nachts.«

»Na, siehst du, da wird er das hier auch gemacht haben, oder?«

»Er könnte auch getrunken haben bis zum Umfallen.«

»Das können wir ja nachher immer noch machen. Los jetzt, einen Fuß vor den anderen!«

Ein Fuß vor den anderen, das klang leicht. Babe zog ihre Sneaker aus und hielt sie in der Hand, während sie barfuß am Saum des Wassers ging.

»Glaubst du noch daran?«, fragte Martin. »Junge Leute wie du bekommen das mit dem Glauben und Hoffen meist besser hin.«

Babe versuchte, auf der Linie zu balancieren, die von der letzten Welle in den Sand gemalt worden war. »Weißt du, ich hoffe schon mein ganzes Leben. Aber die Hoffnung hat immer weiter abgenommen. Es fühlt sich zwar an, als wäre sie noch da, aber eigentlich ist sie schon längst verschwunden.« Sie blickte ihn an. »Aber ich habe dich gefunden, und das hatte ich nie gehofft. Also braucht man nicht unbedingt zu hoffen, damit etwas Wunderbares passiert.«

»Klingt gut«, sagte Martin. »Und hoffnungsvoll.«

Babe lachte, aber es klang verloren am leeren Strand. »Darf ich dich auch etwas fragen?«

»Ja, klar.«

»Über meinen Vater?«

»Auch.«

Babes Stimme wurde leiser. »Hatte er in Flensburg eine feste Freundin? Oder meinst du, meine Mum war seine große Liebe?«

Martin zog seine Kapitänsmütze tiefer in die Stirn. »Ich bin mir sicher, dass er deine Mum wirklich geliebt hat. Und dass du, wie man so sagt, ein Kind der Liebe bist.«

Babe legte ihre Arme um Martins Hals und drückte ihm einen Kuss auf die Wange. »Wusste ich! Das wusste ich die ganze Zeit!«

Schweigend gingen sie weiter, kehrten dann aber wie auf ein geheimes Zeichen hin um.

Martin ließ den Blick ein letztes Mal über den Strand und den Anleger wandern. Wo auch immer Christian jetzt war, vor zwei Jahrzehnten hatte er vielleicht hier gestanden, das Spiel des Mondlichts auf Wellen und Sand betrachtet und an zu Hause gedacht.

Er wandte sich ab und wollte zurück zum Auto gehen, vorbei an dem Plastikpapagei und der Truhe mit dem angeblichen Piratengold, die Touristen in den Schuppen des Lagunen-Tour-Betreibers locken sollten.

In diesem Moment raste ein Stromstoß durch seinen ganzen Körper. Starkstrom. Den niemand abstellte.

Martin wusste nicht, was los war. Sein Herz raste, Schweiß trat ihm auf die Stirn, und in seinem Kopf dröhnte es, als wäre ein Bienenschwarm eingezogen. Was stimmte nicht mit ihm? Fühlte sich so ein Herzinfarkt an? Ein Schlaganfall? Was war das um Himmels willen? Hilfesuchend blickte er sich um. Wo war Babe?

Er sah sie ein paar Meter weiter stehen, fand aber ihre Augen nicht, von denen er sich Beruhigung versprach.

Stattdessen fand er die leeren Augenhöhlen des Skeletts neben dem Werbeschild. Und blieb an ihnen haften.

Sie schienen ihn anzuschauen.

Und er bemerkte etwas etliche Zentimeter tiefer.

Christians geliebte Halskette, die mit dem kopflosen Mann als Anhänger, auf dem die Zahl Elf stand, die Hommage an Klaus Störtebeker.

Sie hing verrostet um den Hals des Skeletts, wie festgeklebt auf den Brustknochen.

Martins Atem stockte, ihm wurde schwindlig, und er schaffte nur mit Mühe die letzten Schritte zu dem Knochenmann. Sein Blick glitt hinunter zum rechten Bein. Sein Bruder hatte sich mal bei einem Segelunfall den Unterschenkel gebrochen. Eine schmerzhafte und langwierige Verletzung. Als er zitternd nach seinem Handy griff, um die Taschenlampe einzuschalten, fiel es ihm herunter.

»Licht! Schnell!«, rief er, woraufhin Babe die Taschenlampe an ihrem Handy einschaltete und es ihm reichte.

Martin beugte sich weit hinunter, fuhr den Knochen mit Licht ab.

Er kniff die Augen zusammen, um scharf zu sehen.

Der Bruch war da.

Über dem Fußgelenk zusammengewachsen.

Martin fiel auf die Knie. Als seine Sicht sich trübte, merkte er, dass ihm Tränen aus den Augen liefen. Martin traute sich nicht, nach oben, zum Gesicht, zu blicken.

»Was ist los?«, fragte Babe und ging neben ihm in die Hocke. »Geht es dir gut?« Sie strich ihm sanft über den Rücken.

»Das kann nicht …« Er stockte.

»Was meinst du damit?«

Martins Stimme wurde lauter. »Das darf nicht sein …«

Captain Jack erschien. Ohne Piratenuniform und Hut sah er ganz harmlos aus. Auch seine Piratenstimme hatte er abgelegt. »Alles gut bei euch?«

Martin schaffte es nicht aufzustehen. »Woher haben Sie dieses Skelett?«, fragte er stockend.

»Den guten Captain Morgan? Der ist klasse, was? Ein echtes Skelett, da bin ich total stolz drauf! Wenn Kinder das mitkriegen, gruseln sie sich immer total. Ist super Werbung!«

»Woher …?«

»Puh, da muss ich kurz nachdenken.« Er tätschelte das Skelett auf den Kopf. »Also das muss vor achtzehn oder neunzehn Jahren gewesen sein, da habe ich den Knaben hier frühmorgens am Strand gefunden, der wurde einfach angespült. Ich hatte total Glück, dass ich ihn als Erster gesehen habe. Das Gerippe war fein säuberlich von den Fischen abgenagt.« Er grinste breit. »Zum Glück haben sie die Kette nicht verspeist, die macht echt was her!« Captain Jack klopfte auf den Schädel. »Ich hab alle Knochen selbst verklebt. Der Typ ist super sortiert für einen, der mal Fischfutter war.«

Martin schoss nach oben wie ein Sprinter aus den Blöcken, ignorierte das Knirschen in seinen Gelenken, griff sich den Kragen des Mannes und brüllte ihn an. »Wie redest du von meinem Bruder, du verdammtes Arschloch?!« Martin holte aus.

Aber Babe hielt seinen Arm. »Das ist mein Dad?«

»Ja«, antwortete Martin zwischen zusammengebissenen Zähnen.

»Ganz sicher?«

»Hundertprozentig.« Er ließ den Kragen von Captain Jack nicht los.

»Das ist ihr Dad und dein Bruder? Ihr verarscht mich doch.«

Martin kam mit dem Gesicht noch näher an das von Captain Jack. Seine Lautstärke drosselte er trotzdem nicht. »Sehe ich verdammt noch mal aus, als würde ich dich verarschen?«

»Ich dachte, das ist ein altes Piratenskelett. Auch wegen des Einschusslochs. Darum hab ich die Polizei nicht verständigt, dachte, das ginge schon in Ordnung.«

»Welches Einschussloch?«

»Na, hinten am Schädel, genau mittig. Sieht aus, als wäre er hingerichtet worden.«

Martin ließ ihn los und schaute sich das Einschussloch an. Der Mann hatte recht. Es lief von schräg oben durch den Kopf, so als hätte sein Bruder sich hinknien müssen und wäre dann von einem hinter ihm stehenden Schützen erschossen worden.

»Mach meinen Bruder los«, forderte Martin. »Sofort.«

»Was? Nein! Der macht hier Werbung. Wer garantiert mir überhaupt, dass das dein Bruder ist? Da könnte ja jeder kommen!«

Martin fixierte den Mann. »Wie viel willst du für meinen Bruder haben, du mieser Leichenschänder?«

»Ein gutes Skelett ist nicht billig. Ich sag tausend US-Dollar, und das ist ein Freundschaftspreis.«

Captain Jack hatte nicht gemerkt, wie Babe sich ihm seitlich genähert hatte. Er schrie wie ein kleines Mädchen, als sie beherzt in seinen Schritt griff und zudrückte. Dann kam sie mit dem Mund ganz nah an sein Ohr und flüsterte hinein. Es klang wie das Zischen einer Schlange, leise, aber unheilvoll.

»Habe ich das gerade richtig gehört? Du willst einem Mann die Leiche seines Bruders verkaufen? Sag mal, hast du sie noch alle? Weißt du, was die Leute sagen werden, wenn ich das den Medien stecke? Dann bist du erledigt, du Ratte. Ich sag dir, was du stattdessen machen wirst: Du holst eine Zange und schneidest die Drähte durch, mit denen du meinen Dad hier festgemacht hast!« Beim letzten Satz war sie mit jeder Silbe lauter geworden und hatte zum Schluss geschrien.

Christian kam frei.

Und sie mussten nichts bezahlen.

Aber als sie das Skelett auf der Rückbank festgeschnallt hatten, spürten beide, dass es ein schaler Sieg war.

Sie hatten gerade zwar ein paar Knochen bekommen, aber ihren engsten Verwandten verloren. Martin wendete den Kopf ab, damit Babe seine Tränen nicht sah.

Sie hatten zwanzig Jahre darauf gewartet, geweint zu werden.

»Wohin soll ich fahren?«, fragte Babe immer wieder. Eine Antwort erhielt sie nicht.

Aber bei manchen Fragen weiß man auch ohne Antwort, was zu tun ist. Babe zumindest kam trotzdem an einem Ziel an – auch wenn es gut zwei Stunden bis dorthin dauerte.

Als sie den Wagen parkte, wusste Martin nicht, wo sie waren.

»Komm.« Babe schnallte sich ab.

»Ich möchte nur schlafen.«

»Kannst du ja, gleich. Aber erst kommst du mit.«

»Wie kannst du nur so gefasst bleiben?«

Babe biss so fest auf ihre Unterlippe, dass sie blass wurde. »Ich bin alles andere als gefasst, aber deshalb ist es jetzt umso wichtiger, dass du mitkommst. Du brauchst das und ich auch.«

Martin machte immer noch keine Anstalten, aus dem Wagen zu steigen. Er stierte einfach geradeaus. »Weißt du, ich bin schockiert. Und wütend. Aber gleichzeitig bin ich erleichtert, dass meine Suche nach Christian beendet ist und ich endlich weiß, was mit ihm passiert ist. Und darum fühle ich mich schäbig.«

Babe beugte sich über Martin und schnallte ihn ab. »Los jetzt.«

»Was du vorhast, hilft gegen dieses Gefühl?«, fragte Martin.

»Gegen alles. Versprochen.«

Babe sah nicht aus, als würde sie harte Drogen meinen.

»Wenn ich Nein sage, wirst du nicht lockerlassen, oder?«

»Ganz bestimmt nicht.«

Martin blickte auf den Rücksitz. »Ich will Christian nicht noch mal verlieren.«

»Er ist sicher hier. Jetzt komm endlich.«

Martin streckte den Arm nach seinem Bruder aus und strich ihm zärtlich über die Stirn. Es schauderte ihn, aber gleichzeitig fühlte es sich richtig an.

»Du hast ihn damals nicht im Stich gelassen«, sagte Babe, als könne sie seine Gedanken lesen. »Er wollte das hier allein machen. Manchmal kann man das Schicksal anderer nicht verändern, egal, wie sehr man es sich wünscht. So wie ich bei meiner Mum.« Auch Babes Blick ging nun für einen Moment in die Ferne. »Ich geh schon mal vor, komm einfach nach, wenn du so weit bist.«

Martin nahm seine Mütze ab und setzte sie Christian auf. »Du warst der wahre Käpt'n, kleiner Bruder. Bist über die Weltmeere gereist und ich nur über die Förde. Bin stolz auf dich, weißt du das? Und ich werde dafür sorgen, dass du auch stolz auf deinen großen Bruder sein kannst, indem ich deinen Mörder finde. Außerdem verspreche ich dir noch etwas: Ich werde auf deine Tochter aufpassen. Sie ist alles, was von dir geblieben ist. Du hättest sie nicht besser hinkriegen können.«

Dann stieg er aus und folgte Babe.

Ihre Silhouette hob sich kaum von der dunklen Umgebung ab. Der Boden war steinig, wenig wuchs hier, nur ein paar schmale Bäume ragten wie knochige Finger in den Himmel. Auch ein paar Häuser gab es in der Nähe, Lichter brannten allerdings keine mehr. Die Luft war salzig, ein sanfter Wind war zu hören und in der Ferne das Meeresrauschen.

Nach einigen Metern blieb sie stehen und legte Handy, Portemonnaie und Schlüsselbund auf den Boden neben sich.

»Leg deine Wertsachen auch dahin«, sagte Babe, als er neben ihr stand, und zog sich die Schuhe aus. »Außerdem darfst du nichts an den Füßen haben.« Sie streckte ihre Hand aus. »Und dann nimmst du meine Hand.«

»Mir ist nicht nach Spielchen«, sagte Martin. »Bin ich zu alt für.«

»Ist kein Spielchen, und du bist für gar nichts zu alt.«

Martin beschloss, Babe ihren Willen zu lassen. Es würde dazu führen, dass er schneller ins Bett kam.

Als er ihre Hand ergriff, machte sie drei Schritte nach vorn mit ihm.

Und sie standen an einer Klippe.

Unter ihnen das pechschwarze Meer, nur die Schaumkronen der sich brechenden Wellen hoben sich weiß ab. Martin erkannte rechts von ihnen »Rick's Café«, das völlig im Dunkeln lag. Jetzt begriff er.

Verdammt. Martins Knie waren ohnehin nicht mehr die festesten, aber jetzt schienen sie sich in Butter zu verwandeln.

»Babe ...«

»Weißt du noch, als wir hier waren und ich gesprungen bin?«

»Babe, wirklich, ich ...«

»Es ist nicht so, als würde ich hier regelmäßig runterspringen, weil das so einen irren Spaß macht. Ich habe eine Scheißangst davor. Aber wenn ich in meinem Leben an einem toten Punkt bin, dann springe ich. Wir waren hier, weil ich mich nicht überwinden konnte, dir von meinem Dad zu erzählen. Nach dem Sprung war es kein Problem mehr. Man springt aus dem alten Mist raus und lässt ihn hinter sich. Bist du bereit?«

»Nein, Babe, ich bin überhaupt nicht bereit!«

Sie hielt seine Hand fest. »Ich zähle bis drei.«

»Das ist keine gute Idee, und wir haben noch unsere ganzen Klamotten an.«

»Eins!«

»Babe, wir können unsere Wertsachen nicht einfach so hier liegen lassen.«

»Zwei!«

Er blickte in die klaffende Tiefe. »Man kann überhaupt nicht sehen, wo man landen wird. Was ist, wenn da ein Fels aus dem Wasser ragt? Ich springe auf gar keinen Fall!«

»Drei!«

Martin wollte nicht springen.

Aber da Babe seine Hand festhielt und ihn mit sich zog, konnte er nicht anders, als mitzuspringen.

Der feste Boden verschwand unter seinen Füßen.

Er fiel in die Dunkelheit, fiel Richtung Rauschen, auf wogendes Wasser mit emporspritzender Gischt zu. Martin vergaß seine Trauer, seine Wut, die Gefühle von Schuld und Scham. Er vergaß die Überreste seines Bruders auf der Rückbank, die bohrende Frage nach der Identität des wahren Professors, zum Schluss vergaß er sogar sich selbst, in ihm existierte nur noch Angst, eine fundamentale Angst, das eigene Leben zu verlieren.

Er spannte den Körper an, erwartete, ja fürchtete den Aufprall.

Dann tauchte er ein, bis tief unter die Oberfläche.

Das Wasser lärmte um ihn, alle Luft aus seinen Lungen war auf einen Schlag fort, die Kälte traf ihn mit voller Wucht. Er riss sich von Babe los und schwamm hektisch in die Richtung, die oben sein musste.

Als er die Wasseroberfläche durchbrach, wieder Sauerstoff in seine Lungen drang, Babe strahlend neben ihm auftauchte, da war für einen kostbaren Moment nur noch Dankbarkeit in ihm, am Leben zu sein.

Dann aber tauchte fulminanter Ärger auf.

»Ich bringe dich um, hörst du?«, rief Martin über das Rauschen des Atlantiks zu Babe. »Wenn ich dich kriege, bringe ich dich um!«

Sie lachte nur und schwamm vor zum Strand.

Im Meer wie später an Land achtete Babe darauf, immer ein gutes Stück vor Martin zu sein, der beim Aufstieg mehrmals darüber nachdachte, nach vorne zu sprinten und sie die Klippe herunterzuwerfen. Aber sprinten war keine Option mehr für ihn, nur noch eine Erinnerung.

Oben angekommen war der Ärger verraucht, und sie sammelten – ohne dass Martin Babe ins Wasser schubste – ihre Wertsachen ein. Martin kam sein Kopf dabei unangenehm kühl vor. Er brauchte seine Kopfbedeckung zurück, so viel Frischluft konnte nicht gesund für die Kopfhaut sein.

Als er sein Handy hochhob, blickte er lange auf das schwarze Display, dann öffnete er das Menü mit den Einstellungen.

»Was machst du da?«

»Schmeißt du mich wieder rein, wenn ich es dir nicht sage?«

»Ich habe dich nicht reingeschmissen! Wir sind zusammen gesprungen!« Sie trat neben ihn und blickte auch auf das Display. »Warst du die ganze Zeit im Flugmodus?«

»Ich hatte keine Lust auf eine gepfefferte Handyrechnung. Meist rufen mich eh nur Kunden für Piratengeburtstage an.«

»Aber jetzt willst du von zu Hause hören?«

»Ja, jetzt ist es Zeit, wieder ins Leben zurückzukehren. Der blöde Sprung hat mir den Kopf gewaschen.«

»Sag ich doch!«

»Bin trotzdem sauer auf dich.«

»Ist okay, damit kann ich leben.«

Plötzlich gab das Handy ein Ping von sich und dann noch eins, ja, es hörte gar nicht mehr auf damit. Jedes Ping stand für eine SMS.

Die meisten stammten von seiner Kegelrunde. Außerdem tauchte eine unbekannte Nummer auf, immer wieder, jeden Tag mehrfach. Auch auf seinem digitalen Anrufbeantworter stapelten sich die Nachrichten.

»Alles gut?«, fragte Babe.

»So sieht das sonst nie bei mir aus«, erwiderte Martin. »Da bekommt man ja Angst, dass das Handy vor lauter Nachrichten explodiert.«

»So was kann gar nicht passieren.«

»Das war ein Scherz! Ich bin alt und nicht blöd.«

Martin tippte auf eine Sprachnachricht von Bendix.

»Martin, ich bin's, der Bendix!« Seine Stimme klang sehr nervös. »Hoffentlich hörst du das hier bald ab. Bei uns ist die Hölle los. Die

Polizei sucht dich! Dringend. Ich weiß nicht, wie ich es dir schonend beibringen soll, deshalb sag ich es einfach direkt: Lasses Tod war nicht natürlich, der ist umgebracht worden. Ruf mich bitte schnell an, und meld dich unbedingt bei der Polizei. Weil du weg bist und nicht zu erreichen, denken einige schon, du hättest Lasse … Also ich glaub das nicht!« Er atmete schwer. »Mensch, Martin, komm bloß schnell zurück.«

Wortlos tippte Martin auf die erste Sprachnachricht der unbekannten Nummer.

»BKI Flensburg, Erster Hauptkommissar Neuser. Melden Sie sich unverzüglich bei uns, Herr Störtebäcker. Es geht um den Mordfall Lasse Reinda.«

Weitere Sprachnachrichten wurden angezeigt, Martin scrollte in der Liste nach unten und wählte die letzte. Sie stammte von gestern.

»BKI Flensburg, Erster Hauptkommissar Neuser. Hiermit informiere ich Sie, dass wir einen Durchsuchungsbefehl für Ihr Haus beziehungsweise Ihre Mühle haben und uns nun Zugang verschaffen werden.«

Man hörte das Splittern der alten Holztür aus dem 19. Jahrhundert, die Martin selbst in mühevoller Kleinarbeit restauriert hatte. Mit einem lauten Piepen endete die Nachricht.

Martin blickte noch eine Weile auf das Display, obwohl es schon wieder erloschen war. Dann sah er zu Babe, die neben ihm stand und mit dem Kiefer mahlte.

»Ich muss sofort zurück nach Deutschland.«

Der Norman Manley International Airport war der zweitgrößte Flughafen Jamaikas und lag auf einer schmalen Landzunge südlich von Kingston, umgeben vom Meer. Martin hatte vom Sangster International Airport in Montego Bay, wo er vor Tagen gelandet war, keinen Rückflug bekommen. Zwar musste er jetzt in London Gatwick umsteigen, aber von da aus war es nur noch ein kleiner Hüpfer in die Heimat.

Jo'anna ließ es sich nicht nehmen, ihn zu fahren. Auch Isaac wollte am Flughafen Lebewohl sagen, nur Babe hatte sich geweigert, ihn zu verabschieden. Martin, dem tränenreiche Abschiede zuwider waren, konnte sie gut verstehen. Babe hatte fraglos norddeutsches Blut in den Adern.

Er blickte aus dem geöffneten Seitenfenster auf die schnell dahinziehende tropische Landschaft Jamaikas und zog an dem Ganja-Joint, den Isaac ihm gebaut hatte. Zwar nicht das starke Zeug, aber angeblich half es trotzdem sehr gut gegen Flugangst.

Allerdings nicht gegen Wehmut.

»Kommst du mal wieder?«, fragte Jo'anna und hielt den Blick starr geradeaus.

»Ich glaube, erst mal nicht, mir fehlt einfach das nötige Kleingeld dafür.« Er stieß den Rauch aus dem Fenster, wo ihn der Fahrtwind mit sich riss. »Dabei gefällt es mir ausgesprochen gut hier. Die Luft, die Sonne, das warme Meer. Ihr habt es schon echt schön.«

Jamaika gab aber auch alles, um ihm den Abschied schwer zu machen. Selbst die Behausungen der Armen sahen heute pittoresk aus. Martin kam die Insel vor wie eine von ihm verschmähte Frau, die sich noch einmal in Schale warf, um zu zeigen, was er Wunderbares verpasste.

Ein Polizeiwagen fuhr ihnen entgegen, und Martins Puls beschleunigte sich – was nicht am Marihuana lag. Er blickte zu Jo'anna. »Seid ihr euch sicher, dass es mit Christian keine Probleme geben wird?«

Von der Rückbank meldete sich Isaac. »Käpt'n, du kannst echt beruhigt chillen. Es wird null Probleme geben, ich hab ihn super im Koffer verstaut. Und alle Teile nummeriert, damit du ihn wieder so zusammenbauen kannst, wie es sich gehört. Was den Koffer betrifft, hab ich Grace' Trick angewandt und ein paar Jesus-Aufkleber draufgepappt, den macht definitiv keiner auf.«

Martin zog wieder an dem Joint. »Dann will ich dir das mal glauben.«

»Kannst du auch.« Isaacs Kopf erschien zwischen den beiden Vordersitzen. »Ich hab mich übrigens entschieden, jetzt bei der Polizei anzuheuern. Also nicht im Archiv, sondern richtig. Mum findet das zwar blöd, aber sie gibt es nicht zu.«

»Überhaupt nicht!«, erwiderte Jo'anna und schlingerte kurz mit dem Wagen. »Ich freu mich wirklich. Aber nur, wenn du dich benimmst und mir keine Schande bereitest.«

»Mum! Ich? Niemals!«

Sie stieß einen trockenen Lacher aus und drückte Isaacs Kopf zurück nach hinten.

»Er ist ein guter Junge«, sagte Martin. »Innen drin.«

»Aber ganz tief drinnen!«, erwiderte Jo'anna und erhielt dafür von Isaac einen Knuff gegen die Schulter.

Der Norman Manley International Airport kam in Sicht, für Martins Geschmack viel zu früh. Zu dem Gebäudekomplex gehörte auch ein Abschnitt für Mietwagenfirmen.

Eine davon bot Jeeps an.

Sämtlich in der Farbe silbern.

Martin zeigte darauf. »Werden die schon lange vermietet? Die silbernen Jeeps meine ich.«

»Sehe ich heute zum ersten Mal«, sagte Jo'anna. »Und ich bin häufiger hier.«

»Die gibt es erst seit Anfang des Monats, stand dick im ›Gleaner‹. Die Touristen fahren voll drauf ab«, wusste Isaac.

Martin dachte an Clarendon Distillers und den brandneuen silbernen Jeep, der ihnen dorthin gefolgt war. Hatte der Fahrer ihn hier geliehen? Dann wäre auch er erst kurz im Land gewesen. Die Chancen standen hoch, dass es sich bei ihm um den wahren Professor handelte, den Mörder seines Bruders. Und vielleicht hatte er nicht nur Christian auf dem Gewissen, auch wenn Martin nicht wusste, wie die Morde an seinem Bruder und Lasse zusammenhängen konnten.

In der letzten Nacht war ihm etwas klar geworden, das ihm den Schlaf geraubt hatte. Nur der Kegelrunde hatte er von der Reise nach Jamaika erzählt. Beim wahren Professor aus Flensburg, der vor Kurzem in Queenies Bar geprahlt hatte, konnte es sich deshalb nur um einen von drei Männern handeln: Rutger, Bendix oder Knut. Seit Lasses Tod seine besten Kumpel.

Martin schnippte den Stummel seines Joints aus dem Fenster. Das Zeug würde ihm fehlen.

Jo'anna parkte vor dem Eingang des Airports. »So, da wären wir. Isaac hilft dir mit dem Gepäck.«

»Was? Wieso ich?«

»Weil ich es sage, los jetzt. Oder meinst du, bei der Polizei ginge es anders zu, wenn man der Junior ist?«

Sie stieg aus, und Isaac tat es ihr grummelnd gleich. Dann lud er die Koffer aus.

»Von hier an gehe ich allein«, sagte Martin. »Ist besser so.«

In Jo'annas Augen waren Tränen, die sie schnell wegwischte.

Über das, was er jetzt tun würde, hatte Martin schon mehrfach nachgedacht. Er nahm ihren Kopf sanft in die Hände und küsste sie. Kein Schmatzer, sondern ein richtiger Kuss, mit allem Zipp und Zapp.

Das hatte er Jahre, ach was, Jahrzehnte nicht mehr gemacht.

Aber bei dieser Frau hätte er es sich nicht verziehen, wenn es keinen Kuss gegeben hätte. Es war irre aufregend.

Jo'anna versetzte ihm danach eine Ohrfeige, dass selbst die Passagiere in den startenden Maschinen den Klatscher hören mussten.

Dann griff sie sich seinen Kopf und küsste ihn zurück.

Sie konnte das wirklich verdammt gut.

Deshalb genoss Martin den zweiten Kuss auch noch mehr, obwohl seine Wange glühte.

Nachdem sie wieder Luft geholt hatten, zupfte Jo'anna ihre Kleidung zurecht. »Ja, dann.«

Martin nickte. »Genau.« Er klopfte Isaac auf die Schulter, der grinsend und kopfschüttelnd neben ihnen stand.

»Es war schön bei euch, und ich wollte … also …« Martin blies die Wangen auf. »Ich geh lieber, bevor ich irgendeinen sentimentalen Blödsinn quatsche.« Er zeigte zur Eingangstür. »Ihr wisst ja, was ich denke und so.«

Jo'anna strich ihm zärtlich über die immer noch glühende Wange. »Tut mir leid wegen der Ohrfeige. Aber die hattest du verdient.«

»Alles in Ordnung, alles richtig so. Macht es gut.« Martin bekam kein »Lebt wohl« über die Lippen.

Mit zusammengepressten Lippen wandte er sich ab und schaute nicht mehr zurück.

Vor dem Check-in erwartete ihn die nächste Überraschung: Babe. Sie winkte ihm zu.

Schnellen Schrittes ging Martin zu ihr. »Du wolltest doch nicht kommen! Aber ich freu mich sehr.« Er schloss sie in die Arme. Wahnsinn, machte das Marihuana emotional. Er kam sich fast schon wie ein Rheinländer vor.

Als er sie wieder losließ, blickte Babe unsicher auf den Boden. »Käpt'n, ich muss dir was beichten. Ich bin nicht hier, um mich zu verabschieden.«

»Nein? Warum dann? Holst du jemanden ab? Ich halte dich doch nicht auf, oder?«

Babe schüttelte den Kopf und zog eine Bordkarte aus der Hosentasche. »Ich komme mit dir, habe gerade schon eingecheckt. Jo'anna hat mir das Geld für den Flug geliehen und mir mit dem Visum geholfen.«

Martin blickte sie an, ihm fehlten die Worte.

»Oder ist das nicht okay?«, fragte Babe, blass werdend. »Sag doch was, Käpt'n!«

Martin öffnete den Mund, aber er wusste immer noch nicht, wie er es sagen sollte.

»Auch wenn du mich nicht dabeihaben willst«, sagte Babe mit zitternder Stimme, »werde ich fliegen. Dann nehme mir in Flensburg ein Hotelzimmer und gucke mir die Stadt meines Dads an.«

Martin überlegte immer noch, was die richtigen Worte wären. Dadurch, dass Babe ständig etwas Neues sagte, wurde es immer komplizierter.

»Du glaubst gar nicht, dass ich deine Nichte bin, oder?«, fragte sie und warf den Bordschein wütend auf den Boden. »Du willst einen Gentest machen lassen, nicht wahr? Kannst du gerne haben! Aber nur, wenn du mich überhaupt als deine Nichte willst. Ich will nämlich keinen Onkel, der das nur ist, weil er dazu gezwungen wird!«

Martin packte sie an den Schultern. »Ich bin so wahnsinnig glücklich, dass du mitkommst!« Jetzt kamen ihm doch tatsächlich die Tränen. Er hatte sich die ganze Zeit nicht eingestehen wollen, wie sehr es ihn schmerzte, Babe zu verlassen. »Und du bist meine Nichte, dafür brauche ich keinen Test.« Martin wollte, dass Babe Familie war. Für Babe, die sich so danach sehnte, aber mehr noch für sich selbst. Das Risiko eines DNA-Tests würde er nicht eingehen.

Er wusste, wie das Ergebnis sein musste.

Also war es so.

Seine Stimme wurde dermaßen laut, dass ein paar Leute im Terminal sich zu ihnen umdrehten. »Du bist meine Nichte, und zwar aus Überzeugung! So wie man bei uns in Flensburg Däne aus Überzeugung sein kann. Und ein Störtebäcker zu sein, ist ja wohl besser, als Däne zu sein, verdammt noch eins!«

Babe fiel ihm um den Hals. »Viel besser!«

Martin zog die Nase geräuschvoll hoch und hustete, damit diese ganze Gefühlsduselei wieder aufhörte. Die war er gar nicht gewohnt, und zu viel davon war sicher schlecht für die Gesundheit.

»Nach der Sicherheitskontrolle kaufen wir uns Rum«, sagte er. »Und dann betrinken wir uns richtig schön für den Flug. Okay, Nichte?«

»Aye, aye, Onkel Käpt'n!« Babe salutierte grinsend, dann hakte sie sich bei ihm unter.

Jamaikanischer Rum würde ihn ab jetzt immer an diese wundervolle Insel erinnern, dachte Martin. Und mit jedem Schluck ein wenig hierher zurückbringen.

Er wollte nie wieder anderen trinken.

Rum-Länder und Rum-Arten

Von Lasse Reinda

Eine Publikation des Rum-Museums
im Flensburger Schifffahrtsmuseum

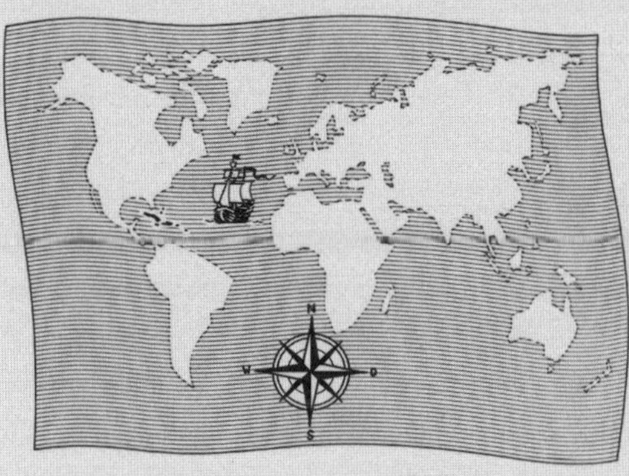

Abb. 9: Rum – ein weltweites Phänomen

Die Heimat des Rums ist die Karibik, aber mittlerweile wird er auch in vielen anderen Regionen der Welt erzeugt, zum Beispiel in Indien, Japan, den Philippinen oder auf den kanarischen Inseln.

Dabei gilt die Regel: Jeder macht, was er will. Das gilt zum Teil sogar innerhalb von Ländern. Außerdem ist es so, dass Rum-Distillerys oftmals mehrere Stile produzieren. Das alles führt dazu, dass man Rum nicht in ein Schema stecken kann. Seit 2017 gibt es zwar die sogenannte Gargano-Klassifizierung, die alles einfacher machen sollte, aber sehr kompliziert ist.

Rum wird sowohl von den Distillerys selbst als auch von unabhängigen Abfüllern vermarktet (der renommierteste davon ist Velier). Letztere kaufen Fässer auf und lassen sie zum Teil in Europa nachreifen, wo sie ihre Stammhäuser haben. Angesehener als die europäische Reifung ist allerdings die im jeweiligen Heimatland – was nicht bedeutet, dass in Europa gereifte Rums qualitativ minderwertiger sein müssen.

Wie beim Whisky gibt es mittlerweile auch eine Vielzahl an Rums, die nach der normalen Reifung noch eine Zeit in einem anderen, besonderen Fass verbringen, das vorher zum Beispiel exklusiven Wein enthielt.

Ein Wort zur Altersangabe auf Rum-Etiketten: Geben Sie nicht allzu viel darauf. Es gibt Länder, in denen nicht der jüngste verwendete Rum in der Cuvée maßgeblich dafür ist, sondern der älteste. Heißt praktisch: In einem offiziell zwölf Jahre alten Rum ist vielleicht nur ein Tröpfchen tatsächlich so alt und der Rest viel jünger.

Und zum Thema Nachzuckerung: Untersuchungen haben gezeigt, dass selbst die Hersteller teurer Premium-Rums, die behaupten, nicht nachzuzuckern, fröhlich in den Zuckersack greifen. Da hat das Endprodukt dann schon mal fünfzig Gramm pro Liter – und geht damit schwer in Richtung Likör (da müssen es mindestens hundert Gramm sein).

Unterscheidung nach Grundzutat:

Rhum Agricole
(Französischer Stil)

Rhum Agricole ist Rum aus frischem Zuckerrohrsaft, ursprünglich wohl eine Zubereitungsmethode der Schwarzbrenner. Als die Europäer anfingen, Zucker aus Rüben zu gewinnen, dadurch der Zuckermarkt zusammenbrach und keine Melasse mehr anfiel, perfektionierte man diese Technik.

Traditional / Industrial Rum
(Spanischer Stil & Englischer Stil)

Diese Art Rum wird aus Melasse gebrannt.

Unterscheidung nach Farbe:

Weißer Rum
(White/Silver/Clear/Crystal/Blanc/Blanco)

Weißer Rum ist meist nicht länger als ein Jahr gereift. Aber es gibt Ausnahmen wie den sieben Jahre gereiften Caroni Superb White Magic.

Brauner Rum
(Gold/Oro/Ambré)

Die Farbe erhält er durch die Reifung in Eichenholzfässern und/oder einen Zusatz von Karamell.

Dunkelbrauner Rum
(Dark/Black/Navy)

Dunkelbrauner Rum ist manchmal sogar fast schwarz. Er verdankt die Farbe der langen Reifung in Eichenholzfässern.

Unterscheidung nach Stil:

Rum ist flüssiges Fernweh, er träumt immer von fremden Gestaden. Spanischer Rum träumt von Brandy, französischer Rhum Agricole von Cognac und britischer Rum insgeheim von Whisky.

Englischer Stil

Dunkle Rums mit vollem, von der Melasse geprägtem Geschmack sind englisch. Typische Aromen sind Früchte und Tabak. Dies sind Pot-Still-Rums, die in Eichenholzfässern reifen.

Länder: Jamaika, Barbados, Trinidad & Tobago, Jungferninseln, Antigua, St. Lucia, Britisch-Guayana (Demerara), Belize, Mauritius

Französischer Stil

Der französische Rhum Agricole wird mit frischem Zuckerrohrsaft hergestellt, wodurch er eleganter, blumiger, fruchtiger gerät, manchmal duftet er nach frisch gemähtem Gras. In der Regel wird er – bis auf den raren Clairin von Haiti – im Column-Still-Verfahren erzeugt. Auf Martinique gibt es eine AOP (Appellation d'Origine Contrôlée) mit strengen Herstellungsvorschriften für Rhum Agricole, wie man sie auch vom Wein her kennt. Eine Besonderheit ist die Klassifikation nach der Mindestreifezeit in Eichenholzfässern:

VO:	drei Jahre	XO:	sechs Jahre
Hors d'Age:	zehn Jahre	VSOP:	vier Jahre

Geschmacklich erinnert gelagerter Rhum Agricole an Cognac.

Länder: Martinique (wichtigster Produzent), Guadeloupe, Marie-Galante, Haiti, Réunion, Französisch-Guayana

Spanischer Stil

Im Column-Still-Verfahren erzeugter Melasse-Rum mit kurzer Fermentation, der häufig im Solera-Stil reift, ist typisch spanisch. Geschmacklich ist er weich, rund und süß, in manchen Fällen sogar buttrig. Aber nicht so, dass man ihn sich aufs Brot streichen könnte!

Länder: Kuba, Puerto Rico, Dominikanische Republik, Venezuela, Guatemala, Nicaragua, Panama, Kolumbien, Peru, Costa Rica, Ecuador

BESONDERHEITEN:

Flavoured Rum

Flavoured Rum wird mit organischen Extrakten – zum Beispiel Kokosnuss, Vanille, Limone oder Mango – aromatisiert, manchmal in

Kombination mit Gewürzen wie Vanille. Er wird üblicherweise auf Eis getrunken und muss mindestens 37,5 Umdrehungen aufweisen.

Die Ursprünge dieser lustigen Panscherei liegen im Rhum arrangé von Guadeloupe, Madagaskar und Réunion. Bei diesem werden tropische Früchte oder Gewürze im Rum mazeriert.

Spiced Rum

Spiced Rum wird mit Gewürzen wie Vanille, Pfeffer, Anis oder Zimt aromatisiert, meist zusätzlich gesüßt und üblicherweise auf Eis getrunken.

NEUN

»Games People Play«

Die Maschine landete kurz vor 23 Uhr in Hamburg. Als die Räder den Asphalt berührten, kam es Martin vor, als wäre er auf den Boden der Tatsachen zurückgeholt worden.

Schon bei den ersten Schritten die Treppe hinunter zum Bus, der mit laufendem Motor auf dem Rollfeld wartete, spürte er, wie kalt und grau Deutschland war, so viel matter als Jamaika. Es lag ein Schleier über dem Land, der alles abdämpfte. Und doch war dies seine Heimat, und sie gab ihm das Gefühl hierherzugehören.

Eine Taxifahrt bis Flensburg war extrem teuer, aber Martin wollte keine Zeit verlieren.

»Ich werde heute sicher nicht schlafen können«, sagte er zu Babe, nachdem er sich angeschnallt hatte. »Hab ja im Flugzeug gepennt.«

»Was das ganze Flugzeug mitbekommen hat …« Babe machte nach, wie er geschnarcht hatte.

»Ich schnarche nicht. Das wüsste ich!«

»Klar, das wüsstest du. Weil du ja davon wach werden würdest.« Sie lachte.

Dann blickte sie fasziniert aus dem Fenster. Einfach alles, was sie hier sah, schien sie zu faszinieren.

Den Rest der Fahrt schwieg Martin. Flensburg zog ihn wie ein Magnet an, aber je näher er der Stadt kam, desto mehr schien sie ihn auch abzustoßen, als würde der Magnet beide Seiten gleichzeitig auf ihn richten. Das Gefühl blieb, selbst als seine Mühle vor ihm auftauchte. Die Polizei hatte die von ihm liebevoll mit Piratenschnitzereien versehene Eingangstür aufgebrochen und mit einem rot-weißen Absperrband beklebt.

Er bezahlte das Taxi, riss das Band ab und drückte die am Schloss gesplitterte Holztür auf. Nachdem er das Licht eingeschaltet hatte, sah er, dass der Flur komplett verwüstet war. Die Polizei hatte Beweise gesucht, die ihn mit dem Mord an Lasse in Verbindung brachten.

»Ist doch nirgendwo so schön wie Zuhause«, sagte Martin, als er kurz danach im Chaos des Wohnzimmers stand, inmitten von Büchern, Zeitschriften, Steuerunterlagen und Platten. Kaum ein Fleck des Bodens war unbedeckt.

Babe hielt die Hände vor den Mund. »Scheiße ...«

»Sieht hier nicht immer so aus, falls du dich das gefragt hast.«

»Hab ich mich tatsächlich ... nicht.«

»Komm wir gehen hoch, du kannst das Zimmer deines Vaters haben. Musst wahrscheinlich erst aufräumen, aber ich helfe dir dabei.«

»Ich helfe dir auch bei deinem Zimmer.«

»Ne, lass mal. Ich geh noch etwas spazieren.«

»Ich komm mit!«

»Willst du nicht schlafen?«

»Nö. Ich bin viel zu aufgeregt.«

Martin wollte allein sein, um besser nachdenken zu können. Aber es wäre grob, Babe allein in der Mühle zurückzulassen.

»Mir ist allerdings nicht nach reden!«

»Kein Problem. Mir reicht Flensburg gucken.«

Es war eine Lüge, das wusste Martin, sie würde die ganze Zeit schnattern.

»Na gut, dann komm halt mit.«

Er ging mit Babe zum Hafen, denn das Meer, die Förde, war flüssige Heimat. Hörte er das Klatschen der Wellen ans Ufer, war das der Soundtrack, der ihm sagte, dass er zu Hause war. Babe erwähnte auf dem Weg mehrfach, dass die Anzahl an Hochhäusern in Flensburg sehr überschaubar wäre. Um nicht zu sagen: gegen null ging. Sie hatte sich vorgestellt, das reiche Deutschland sei voller Hochhäuser. Und voller betrunkener Menschen in Lederhosen.

Schnell wurde ihr kalt, weswegen Martin die Jacke an sie abtrat. Er war sogar froh über die leichte nächtliche Abkühlung. Es war ein paar Tage her, dass die Temperatur so gut zu seinem wettergegerbten

Körper gepasst hatte. Für Babe dagegen, die das wohlig warme Jamaika gewohnt war, musste die Brise dem Schock der Geburt gleichkommen.

Sie spazierten vorbei an den alten Schiffen und am Wasser entlang. Es war so viel Salz in der Luft, dachte Martin. Der Wind auf Jamaika hatte sich dagegen angefühlt, als habe Gott dort den Zuckerstreuer benutzt.

Plötzlich stand er vor dem Haus, in dem er einst mit seinem Bruder gelebt hatte.

Und in dessen Garten das Unglück passiert war, die Ursünde, die alle anderen nach sich gezogen hatte. Christian war nur wenige Wochen nach dem Unglück abgereist – und jemand aus Flensburg war ihm gefolgt.

Er stieg über das niedrige gusseiserne Gatter in den Garten.

»Darf man das in Deutschland einfach so?«, fragte Babe.

»Nein«, antwortete Martin. »Also sei leise.«

Der Garten war perfekt gepflegt, alles stand geordnet in den Beeten, was wuchern konnte, war gestutzt. Das Licht der Straßenlaternen tauchte jeden Strauch und Busch, jede Knospe und jeden Grashalm in ein fahles Gelb.

»Sind die Pflanzen aus Plastik?«, fragte Babe und fasste zögerlich ein Blatt an.

»Das wäre zumindest konsequent«, sagte Martin und blieb vor einer großen, rechteckigen Blumenrabatte stehen. Passenderweise standen hier Friedhofsblumen, Stiefmütterchen.

Martin hasste diesen Ort aus tiefster Seele. Das Unglück, das hier geschehen war, hatte alle schönen Erinnerungen an seine Kindheit verdorben, so wie ein Tropfen Schweröl Tausende Liter lebenspendenden Wassers ungenießbar machte.

Still sprach er ein Gebet und segnete sich. Martin war nicht gläubig, aber er hielt es trotzdem für angebracht.

Einige Zeit stand er schweigend da.

Babe, die zwar keine Ahnung hatte, was los war, aber spürte, dass Martin sie brauchte, sagte zur Abwechslung einmal nichts, nahm nur seine kraftlose Hand in ihre.

Als Martin leise zu sprechen begann, sah er sie nicht an.

»Weißt du … dein Vater und ich … Wir sind hier aufgewachsen. Du weißt ja, dass Christian schon immer von Rum fasziniert war. Auch als er längst ausgezogen war und eine Wohnung an der Harrisleer Straße hatte, durfte er hier in der Garage und im Garten experimentieren. In dem Unterstand dahinten hatte Christian einen Maischebottich und eine kleine kupferne Brennblase aufgebaut. Aber genau hier befand sich sein ganzer Stolz. Hier war der Muck Pit. Er hatte ihn immer mit Stroh abgedeckt.«

»Alles gut mit deinem Kreislauf, du bist so blass?«

»Unterbrich mich bitte nicht, das ist gerade nicht so leicht.« Er nahm zitternd seine Kapitänsmütze ab. »Eines Abends war die Kegelrunde zu Besuch. Ich war damals nicht dabei, war beruflich unterwegs. Rutger hatte seinen Sohn mitgebracht, der war zu dem Zeitpunkt gerade mal vier Jahre alt. Ein aufgeweckter Bursche, der nur aus Lachen und Flausen zu bestehen schien. Wir hatten ihn alle ins Herz geschlossen. Rutger ist erst sehr spät Vater geworden, der Junge war ein kleines Wunder, weißt du.« Seine Hand krampfte sich um die Mütze. »Christian hatte extra ein Warnschild vor dem Muck Pit aufgebaut, aber ein Vierjähriger kann natürlich noch nicht lesen. Er hatte dem Jungen auch eingeschärft, dass er nicht dahingehen darf. Aber du weißt, wie Kinder sind.«

»Oh, nein …«

»Der Junge hatte einen Fußball dabei, so einen richtigen aus Leder, sein ganzer Stolz. Und den muss er wohl so geschossen haben, dass er auf dem Heu zu liegen kam. Er dachte wohl, dass er sich den holen kann, mit einem Ast. So hat man sich das zumindest nachher erklärt. Irgendwann fiel Rutger auf, dass sein Junge nicht mehr da war, und alle suchten ihn. Fanden ihn aber nicht, die ganze Nacht nicht. Erst am nächsten Tag stocherten sie in der Grube …«

Babe liefen die Tränen. »Wie grausam. Der arme Junge und die armen Eltern.«

Martin nickte. »Das hat Rutger meinem Bruder nie verzeihen können. Er war der Meinung, dass Christian die Grube besser hätte absichern müssen. Dass die ganze Anlage unverantwortlich gewesen sei. Mein Bruder war völlig fertig, er gab sich natürlich die Schuld am Tod des Kleinen. Und dann drückte er sie weg, wahrscheinlich weil sie viel zu schwer war. Kurze Zeit später flog er nach Jamaika.«

»Also wäre ich nie geboren worden, wenn dieser Junge nicht gestorben wäre?«

»So darfst du das nicht sehen. Und so kannst du das auch nicht sehen. Jamaika war immer schon Christians Traum. Er wollte lernen, wie man echten jamaikanische Rum macht. Er wäre früher oder später dahin.«

»Aber dann hätte er meine Mum vielleicht nicht kennengelernt. Oder sie hätten kein Kind zusammen bekommen.«

»Fühlst du dich jetzt etwa schuldig, dass du lebst?«

Babe wischte sich die Tränen mit dem Handrücken weg. »Nein, ich finde das Leben nur so schrecklich widersinnig.«

»Ja, das ist es. Das scheint mir der Kern zu sein.«

Rollladen wurden hochgezogen, ein Fenster geöffnet, und eine Stimme erklang aus dem ersten Stock.

»Was machen Sie in meinem Garten? Scheren Sie sich davon! Mein Mann ruft schon die Polizei!«

»Gehen Sie wieder ins Bett!«, rief Martin. »Das hier ist privat.«

»Privat? Der Garten ist privat, Sie unverschämter Mensch.«

»Ach, halten Sie doch den Mund! Was wissen Sie schon? Nichts wissen Sie, einen Scheiß wissen Sie! Wie können Sie so mit mir reden, nach allem, was hier passiert ist?«

»Ich komm gleich runter!«, rief die Frau.

»Ist mir doch egal.« Martin sah zu Babe. »Komm, wir gehen. Wir sind hier fertig.«

Während sie Richtung Gartentor gingen, zeterte die Frau weiter. »Ja, hauen Sie ab! Und kommen Sie bloß nicht wieder! Mein Mann hat ein Gewehr!«

Martin blieb stehen. »Und ich einen Enterhaken! Ich bin nämlich der Geist von Klaus Störtebeker! Und ich suche Sie von nun an jede Nacht heim! Harrharrharr!«

»Das war das Lachen von Captain Jack«, sagte Babe grinsend.

»Täuschend echt, oder?« Er atmete aus. »Das hat gerade gutgetan.«

Wieder war die Frau zu hören. »Was haben Sie gesagt? Sie sind ein Geist?«

Martin sah zu ihr hoch. »War nur Spaß. Wir kommen auch nicht wieder. Entschuldigen Sie die Störung, Frau Petersen. Wir haben nur Ihren prachtvollen Garten bewundert. Und schöne Grüße an Ihren Mann. Der ist jetzt auch schon acht Jahre tot, oder?«

»Woher kennen Sie … Wie kommen Sie dazu …?«

Schnell gingen sie um die Hausecke und stiegen über das Gartentor. Martin rechnete weder mit der Polizei noch damit, dass die alte Petersen ihnen hinterherkäme. Er würde ihr morgen einen Strauß Blumen schicken, falls sein Geld dafür noch reichte.

Mit einer Grußkarte.

Signiert von Klaus Störtebeker.

Martin hatte keine Lust, das Chaos in seinem Schlafzimmer zu beseitigen, und legte sich auf das alte Cord-Sofa im Erdgeschoss. Sein Körper zog den Stecker, und er war sofort weg. Aber nach wenigen Stunden öffnete er schon wieder die Augen und war so hellwach, als hätte ihm jemand einen Kübel Eiswasser über den Kopf geschüttet.

Da war es kurz nach fünf in der Frühe.

Er machte sich auf den Weg zur Polizeistation.

Sie befand sich nur wenige Schritte von der Hafenspitze entfernt, Norderhofenden 1.

Dem Beamten am Eingang sagte er nur: »Ich bin Martin Störtebäcker. Sie suchen mich.«

Er ließ ihn ein.

Dann hieß es warten.

Erster Hauptkommissar Henning Neuser, der die Mordkommission der Bezirkskriminalinspektion Flensburg leitete, traf um Punkt 7.30 Uhr ein. Er war jung, fokussiert, zackig, wie eine frisch geschmiedete Klinge. Sein Händedruck legte die Betonung deutlich auf den zweiten Wortteil.

»Folgen Sie mir bitte«, sagte Neuser und ging vor in einen nüchternen Verhörraum. Nachdem sie sich gesetzt hatten, erläuterte er den Ablauf der Befragung, startete die Aufnahme, nannte Tag, Uhrzeit und anwesende Personen, dann klärte er Martin über seine Rechte auf. Das klinisch Korrekte all dieser Handlungen, das fast unmenschlich Professionelle, war wie ein frostiger Lufthauch für Martin, der sich so an die karibische Wärme der Menschen gewöhnt hatte.

Einen Anwalt lehnte er ab. Warum sollte er auch einen brauchen? Er war völlig unschuldig.

Dann begann die Vernehmung. Ohne Rum, einen Teich mit Koi-Karpfen sowie – und das schmerzte am meisten – ohne Jo'anna.

»Ist es richtig, dass Sie eine Woche nach der Beerdigung von Herrn Lasse Reinda das Land verlassen haben?«

Martin nickte. »Ja, ist richtig.«

»Ist es außerdem richtig, dass Sie Ihre Lebensversicherung gekündigt haben sowie Hypotheken auf Ihr Haus, also Ihre Mühle, aufgenommen haben?«

»Auch richtig.«

»Hatten Sie vor zurückzukehren?«

Die Frage überraschte Martin. »Wieso sollte ich denn nicht zurückkehren wollen?«

»Ich stelle hier die Fragen. Antworten Sie bitte.«

»Klar wollte ich zurückkommen.«

»Sie hatten aber keinen Rückflug gebucht.«

»Ich wusste einfach nicht, wie lange ich genau auf Jamaika bleiben will.«

Neuser schrieb etwas in ein schwarzledernes Notizbuch. »Ist es richtig, dass Sie mit Herrn Reinda eine Wette laufen hatten, wer länger lebt?«

»Woher wissen Sie …?«

Neuser fuhr dazwischen. »Wie gesagt: Ich stelle die Fragen.«

Martin lehnte sich zurück und verschränkte die Arme vor der Brust. »Es ging in der Wette nicht darum, wer länger lebt.«

»Sondern?«

»Wer früher stirbt. Der gewinnt. Deshalb hat Lasse auch mein Uwe-Seeler-Trikot von der Meisterschaft 1960 mit ins Grab bekommen. Signiert und mit echtem Seeler-Schweiß.«

Kurz stahl sich ein Lächeln auf Neusers kantiges Gesicht. »Wussten Sie von der Erbschaft?«

»Welcher Erbschaft?«

»Warum waren Sie auf Jamaika nicht erreichbar?«

Martin fixierte die Augen des Hauptkommissars. »Können wir gerade noch mal auf die Erbschaft zurückkommen?«

»Wie oft muss ich noch sagen, dass ich hier die Fragen stelle?«

»Von mir aus können Sie so viele Fragen stellen, wie Sie wollen. Aber wenn ich keine Antworten von Ihnen bekomme, gibt es auch keine von mir.«

Neuser hob drohend den Stift. »Sie können hier nicht feilschen wie auf einem orientalischen Bazar.«

Martin sagte nichts, zog nur symbolisch den Reißverschluss über seinem Mund zu.

»Man hat mich schon vor Ihrer Starrköpfigkeit gewarnt.«

Martin schaffte es, trotz geschlossenem Mund breit zu grinsen.

Unruhig knetete Neuser die Finger seiner rechten Hand, bis sie einen lauten Knack von sich gaben.

»Lasse Reinda hatte keine lebenden Verwandten mehr und hat Sie als Alleinerben eingesetzt. Es ist nicht viel, aber da Sie kaum etwas besitzen, ist es in diesem Fall trotzdem eine relevante Summe.«

Martin musste lachen, und zwar schallend. »Davon hat der Drecksack mir gar nichts gesagt!« Ihm kamen die Lachtränen. »Wissen Sie was?«

»Nein, sagen Sie es mir bitte.«

»Ich habe dasselbe gemacht und ihm auch nichts davon erzählt!« Martin konnte gar nicht mehr aufhören zu lachen.

»Ich kann nicht begreifen, dass Sie dieser Umstand dermaßen amüsiert. Sie haben dadurch ein Mordmotiv.«

Martin hörte auf zu lachen und wischte sich die Tränen aus den Augen. »Als würde ich meinen besten Kumpel umbringen! Wir waren seit der Volksschule Freunde, das war etwas ganz Besonderes. Ich würde alles für einen weiteren Tag mit dem alten Trottel geben!« Martin sandte einen stillen Gruß in den Himmel. »Und jetzt lassen Sie das mit dieser schwachsinnigen Beschuldigung, sonst werde ich wirklich ärgerlich. Keiner will dringender wissen, wer Lasse umgebracht hat als ich. Wie kommen Sie überhaupt darauf, dass er ermordet worden ist?«

Neuser zog den Unterkiefer vor. »Eine Krankenpflegerin vom Diakonissenkrankenhaus hat eine Auffälligkeit in Zusammenhang mit Herrn Reindas Tod gemeldet. Die Leiche wurde daraufhin exhumiert, und der Verdacht bestätigte sich.«

»Was für ein Verdacht?«

»Darüber darf ich keine Auskunft geben.« Neuser blickte in sein Notizbuch. »Warum hatten Sie Ihr Handy auf Jamaika ausgestellt?«

»Weil ich Geld sparen wollte. Ganz einfach.« Martin strich über die glatte Tischplatte. »Und ganz ehrlich gesagt wollte ich auch mal eine Zeit lang nichts mehr aus Flensburg hören. Lasses Tod hat mich ziemlich mitgenommen, und jetzt ...« Martins Zunge war schneller als sein Geist gewesen.

»Ja? Was jetzt?«

Martin sah, dass Neuser seinen Stift im Anschlag hielt, um alles aufzuschreiben, was er sagte. Neuser war nicht der Typ, der ihm helfen würde. Er war der Typ, der Puzzleteile suchte, die Martin mit der Ermordung von Lasse in Verbindung brachten. Egal, wie sehr er sie verformen musste.

»Nichts.«

»Dachte ich mir. Wollen Sie mir etwas darüber erzählen, warum Sie heute Nacht bei Frau Petersen im Garten waren? Ein Nachbar hat Sie erkannt und detailliert beschrieben. Das macht Ihre Situation nicht besser.«

»Es war dunkel. Ich hatte mich verlaufen.«

»Witzig.« Neusers Gesicht sagte etwas anderes. »Was hat es mit dieser Christiane Holness auf sich, die mit Ihnen aus Jamaika gekommen ist?«

»Überwachen Sie mich?«

»Beantworten Sie ...«

»... die Frage, ich weiß. Christiane ist eine gute Freundin, sie wollte Deutschland sehen. Jetzt wohnt sie für eine Weile bei mir. Ist das verboten?«

»Nein. Ihr Vorname klingt allerdings nicht besonders jamaikanisch.«

»Ist mir nicht aufgefallen.«

»Soll das die ganze Zeit so weitergehen?«

»Nein.« Martin stand auf. »Ich gehe jetzt. Oder buchten Sie mich dafür ein, dass ich kurz angebunden bin?«

Neuser schlug das Notizbuch zu. »Sie können gehen.«

Martin ging um den Tisch herum zu ihm und beugte sich hinunter. »Da ich es nicht war: Wer ist die Nummer zwei auf Ihrer Verdächtigenliste? Geben Sie mir einen Tipp. Nur den Anfangsbuchstaben.«

»Das hier ist kein Spiel.«

»Dann eine andere Frage. Aber fragen Sie im Gegenzug nicht, warum ich sie stelle.«

»Herr Störtebäcker, bitte!«

»Können Sie irgendwie rausfinden, welche Flensburger im Frühjahr vor zwanzig Jahren nach Jamaika gereist sind? Ging ja nur mit dem Flugzeug.«

»Vergessen Sie's. Da gibt es keine Unterlagen mehr.«

»Dachte ich mir.«

»Ich nehme an, es geht um Ihren verschwundenen Bruder. Was hatte Lasse Reinda damit zu tun? Warum musste er sterben?«

Mit der nächsten Frage ließ Martin die Deckung etwas sinken. Womöglich würde das dazu führen, dass Neuser sich auf Jamaika umhörte und dort Puzzlestücke fand, die ihm halfen, den Verdacht gegen ihn zu erhärten. Und wenn er sie dafür ins Bild prügeln musste. Aber Martin konnte nicht anders, als das Risiko einzugehen. »Was ist mit den Leuten, die in den letzten Wochen nach Jamaika geflogen sind? Könnte man deren Namen herausfinden?«

»Warum fragen Sie?«

Martin zuckte mit den Schultern. »Rein interessehalber.«

Neuser lachte trocken. »Geht es um Personen, die nonstop von Frankfurt nach Kingstown geflogen sind oder über die USA? Bei den Maschinen über die USA stehen die Chancen besser, dass wir was finden, denn da speichern die Behörden ihre Fluggastdaten.«

»Keine Ahnung. Könnten Sie die Sache trotzdem überprüfen?«

»Das würde nur mit gutem Grund gehen, also Gefahr in Verzug, Geldwäsche, Drogenhandel. Gibt es da was?«

Konnte er Neuser trauen? Wenn der Kommissar ihm eine Liste mit Flensburgern besorgte, die in den letzten Wochen Jamaika besucht hatten, würde er mit großer Wahrscheinlichkeit auf den wahren Professor stoßen. Aber welche harten Beweise besaß er, die Neuser davon überzeugen konnten, dass diese Person seinen Bruder umgebracht hatte? Die Antwort war einfach: keine.

»Nein«, sagte er deshalb und ging zur Tür.

»Das dachte ich mir. Sparen Sie sich die Mühe, Nebelkerzen zu werfen, Herr Störtebäcker. Wir bekommen Sie schon.«

»Konzentrieren Sie sich auf die Nummer zwei Ihrer Liste. Denn eins ist ja klar: Wenn Sie mich nicht hierbehalten, haben die Arschlöcher, die meine Mühle verwüstet haben, nichts Belastendes gefunden.«

Darauf schwieg Neuser.

Dr. Simon Schäfer hatte den Flensburgern seit Beginn seiner Karriere zwei Dinge eindrücklich bewiesen: dass man auch in jungen Jahren einer der besten Hausärzte der Stadt sein konnte und dass auch Männer sich formidabel als Klatschtanten eigneten.

Aus letzterem Grund saß Martin nun in seiner Praxis. Wenn einer wusste, was dieser Krankenpflegerin an Lasse aufgefallen war, und dies auch weitererzählen würde, dann Schäfer.

Dabei hasste Martin es, zum Arzt zu gehen.

Er wusste, dass Arztbesuche für viele seiner Altersgenossen ein beliebtes Hobby waren und die Krankheiten, die man hier diagnostiziert bekam, hervorragende Gesprächsthemen darstellten, aber er redete ohnehin ungern mit anderen Menschen und zog es vor, nicht zu wissen, was seinem Körper fehlte. Vielleicht fiel es diesem dann gar nicht auf.

Eine Arzthelferin nahm ihm Blut ab, das im praxiseigenen Labor umgehend untersucht werden würde, notierte Blutdruck sowie Puls und schrieb ein EKG. Check-up hieß das Ganze und wurde von der

Krankenkasse bezahlt. Das letzte Mal hatte Martin kurz vor Antritt seiner Jamaikareise das Vergnügen gehabt. Das Ergebnis hing wahrscheinlich irgendwo zur Abschreckung für Patienten mit ungesundem Lebenswandel.

Bevor er zu Dr. Schäfer vorgelassen wurde, dauerte es aber noch eine ganze Weile. Um es in den Zeiteinheiten einer Arztpraxis zu sagen: fast eine ganze »Neue Revue«. In diesem Fall handelte es sich – wie es sich gehörte – um eine drei Monate alte.

»Herr Störtebäcker, Sie haben ja richtig Farbe auf Jamaika bekommen!« Dr. Schäfer strahlte ihn an. Er sah immer unangenehm gesund aus.

»Sagen Sie Käpt'n, tun alle.«

»Ich sag Ihren Namen einfach so gern!« Er zeigte lächelnd auf die Liege. »Setzen Sie sich, und machen Sie sich obenrum schon mal frei, damit ich Sie abhören kann.«

»Sie wissen doch längst, wie mies es um mich steht.« Martin hatte schon beim Reinkommen angefangen, das Hemd aufzuknöpfen. Er wollte keine Zeit verlieren, sondern direkt die Angel auswerfen. »Aber immerhin bin ich lebendiger als mein guter Kumpel Lasse.«

»Ja, traurige Geschichte.« Dr. Schäfer legte das Stethoskop zwischen Martins Schulterblätter. »Einfach tief atmen.«

»Das geht gerade noch.«

»Bringen Sie mich nicht zum Lachen!«

»Ich habe gehört, dass Lasse exhumiert worden ist.«

»Stand groß in der Zeitung«, erwiderte Dr. Schäfer und setzte das Stethoskop an eine andere Stelle. »Immer weiteratmen.«

»Aber warum denn?«

»Weil atmen grundsätzlich sinnvoll ist.« Dr. Schäfer lachte. Damit bewies er noch etwas: dass auch junge Männer alte Witze reißen konnten. »Entschuldigen Sie bitte. Tief einatmen.«

»Wenn Sie mir verraten, warum er ausgebuddelt wurde, höre ich gar nicht mehr auf mit dem Atmen.«

»Am besten lesen Sie die Zeitung. Da steht das alles genau drin.« Dr. Schäfer wechselte zur Brust.

»Ich würde lieber Ihre medizinische Sicht der Dinge hören.«

Dr. Schäfer nickte zufrieden und kehrte zu seinem Schreibtisch zurück. Mit ein paar Klicks holte er sich Martins Testergebnisse auf den Bildschirm.

»Was war denn jetzt mit Lasse?«, hakte Martin nach.

»Na gut, ich erzähle es Ihnen ... Aber das muss unter uns bleiben!« Er rollte mit dem Bürostuhl näher zum Schreibtisch.

»Ich schweige wie ein Grab. Bald wortwörtlich.«

»Sie haben wirklich Galgenhumor!« Dr. Schäfer sprach nun leiser. »Ich weiß es von einer Freundin, die auf der Intensivstation des Diakonissenkrankenhauses arbeitet. Einer ihrer Kolleginnen ist beim Tod von Herrn Reinda etwas aufgefallen. Das hatte sie wohl auch dem Notarzt mitgeteilt, aber der hat nichts darauf gegeben. Na ja, es war hektisch, und dass ein Mann in diesem Alter verstirbt, ist nicht ungewöhnlich.«

»Was ist ihr denn aufgefallen?«

»Eine Schwellung am Bein ... Also, das ist wirklich eine irre Geschichte. Die Polizei hält den Deckel drauf, niemand soll davon erfahren. Sie nennen das Täterwissen. Aber Sie sind ja Herrn Reindas bester Freund. Vielmehr: Sie waren es. Ach so, wollen Sie vielleicht erst das Ergebnis Ihrer Tests erfahren?«

»Nein, das kann warten.« Am liebsten bis nach meinem Tod, dachte Martin.

»Na gut, auch wenn ich Arzt bin und keine Informationsstelle.« Er schmunzelte.

»Natürlich.«

»Also ... Da war diese Schwellung. Aber vorher war da der Schrei. Der ist genauso wichtig. Schrei und Schwellung zusammen, die führen schließlich auf die Spur.«

»Ich kann Ihnen nicht ganz folgen.«

»Ich erzähle das, glaube ich, ganz falsch. Die Krankenpflegerin war zufällig an der Fischbude im Museumshafen, als es passierte. Sie wartete da in der Schlange, guckte sich gelangweilt um, man kennt das ja, und beobachtete einen alten Mann, der an seinem Schiff rumwerkelte.«

»Lasse auf seiner *Hoppetosse*.«

»Genau. Dann unterbricht er die Arbeit und zieht sich eine Spritze auf. Die Krankenpflegerin, als jemand aus dem Gesundheitswesen, schaut natürlich genau hin. Und denkt sich: Der Mann wird wohl Diabetes haben. Dann setzt er sich die Spritze – er benutzte keinen dieser modernen Pens – und brüllt im selben Augenblick vor Schmerzen auf. Alle schauen hin. Aber nur sie hat bemerkt, dass Spritzesetzen und Aufschrei nahezu zeitgleich passierten. Natürlich rennt sie sofort hin, kann aber nur noch den Tod feststellen. Das ging alles rasend schnell. Deshalb ja auch die spätere Diagnose: plötzlicher Herztod. Bei einem alten Mann mit Vorerkrankung weiß Gott naheliegend. Die Krankenpflegerin schaut sich die Stelle an, wo Herr Reinda sich gespritzt hat. Da war eine Rötung, wie ein Wespenstich, ganz anders als bei einer normalen Insulininjektion. Alte Leute weisen viele Rötungen auf, aber so eine eben nicht. Sie sagt das alles auch dem Notarzt, als er endlich eintrifft. Der meint, er kümmert sich drum, macht er aber nicht. Weder trägt er es ein, noch ruft er die Kripo. Beim plötzlichen Herztod eines über Siebzigjährigen ruft man die Polizei in der Regel ja auch nicht. Weil, auch das unter uns, die Jungs sind immer ein bisschen genervt, wenn sie ausrücken müssen, und doppelt genervt, wenn es falscher Alarm war. Die Pflegerin fährt auf jeden Fall am nächsten Tag in den Urlaub. Als sie zurückkommt, erkundigt sie sich, was denn jetzt aus diesem Mann mit seiner Schwellung geworden ist – und erfährt, dass sich keiner drum gekümmert hat und Herr Reinda einfach begraben wurde. Sie meldet sich bei der Polizei, die sofort exhumiert. Darf man keinem erzählen! Tun wir auch nicht.«

»Nein.«

Dr. Schäfer fuhr sich über das Kinn. »Mögen Sie Fisch?«

»Eigentlich nicht.«

»Ich finde ihn ja gegrillt am besten!«

»Vom Rost schmeckt alles lecker.«

»Vielleicht kennen Sie trotzdem das Petermännchen. Ein schöner Fisch, mit äußerst leckerem, festem weißem Fleisch. Bekommt man aber sehr selten, ist eher Beifang.«

»Ich verstehe nicht.«

»Wissen Sie, woher er seinen Namen hat? Ich habe das alles nachgelesen, nachdem ich von der Sache mit Herrn Reinda erfahren habe.«

»Sie haben mich verloren …«

»Also, der deutsche Name Petermännchen leitet sich vom niederländischen Pieterman ab. Und diese Bezeichnung wiederum bezieht sich auf den guten alten Petrus, den Schutzheiligen der Fischer, dem die Männer ein Opfer brachten, indem sie nach dem Fang ein paar giftige Tiere zurück ins Wasser warfen.«

Jetzt wusste Martin, von welchen Fischen Dr. Schäfer redete. »Das sind die Viecher, die sich im Schlamm und Sand vergraben, oder? Auf die man aus Versehen treten kann?«

»Sehen Sie, Sie kennen den Fisch!«

»Wollen Sie etwa andeuten, dass Lasse mit dessen Gift …?«

»Es ähnelt dem der Kreuzotter. Sitzt in der stacheligen Rückenflosse und den Kieferdornen. Den Fisch muss man deshalb immer mit einem Handschuh anpacken. Das Gift ist noch lange nach dem Fang aktiv.«

»Aber davon stirbt man doch nicht!«

»Wenn man drauftritt, nicht. Da kommt es zu einer heftigen Histamin-Ausschüttung sowie starken, schmerzhaften Schwellungen, die lange anhalten. Und nur in Ausnahmefällen zu Bewusstlosigkeit oder Herzstillstand. Aber im Fall von Herrn Reinda wird es wahrscheinlich nicht das Gift eines Petermännchens gewesen sein, das waren sicher mehrere. Und es wurde ihm wohl in sein Insulintöpfchen gegeben, dadurch hat er es sich dann selbst gespritzt. Wussten Sie, dass es sich bei dem Gift um Serotonin handelt? Ironischerweise ist das auch ein Glückshormon. Und der Wirkstoff der Brennnessel. Die Natur ist manchmal schon sehr merkwürdig.«

»Genau wie das Leben«, sagte Martin, der nicht fassen konnte, was er gerade gehört hatte. »Und das Sterben.«

»Ja, sehr wahr, wirklich. Aber zurück zu Herrn Reinda. Das war sehr klug gedacht mit dem Gift, das muss man anerkennen. Vermutlich ging der Täter davon aus, dass niemand nach dem Wirkstoff suchen würde. Oder er sich schnell abbaut. Aber das ist nicht der Fall!

In Köln hätte wahrscheinlich auch niemand das Blut auf Serotonin getestet – und man kann nur finden, wonach mach sucht. Aber wir sind am Meer, also haben die im Labor den Test gemacht, und der Gaschromatograf hatte einen Peak an der entsprechenden Stelle. Bingo!« Dr. Schäfer strahlte, als hätte er anstelle der Krankenpflegerin das Rätsel gelöst. »So, jetzt aber genug Zeit vergeudet, es warten schließlich noch andere Patienten. Und denen muss ich auch von Herrn Reindas Vergiftung erzählen.« Er lachte. »Ich mach nur Spaß.« Dr. Schäfer rollte zurück zum Monitor. »Was Ihre Ergebnisse betrifft …«

Martin winkte ab. »Ich will die gar nicht wissen. Sie haben mir ja schon beim letzten Mal gesagt, dass ich nicht mehr lange habe.«

»Herr Störtebäcker … pardon: Käpt'n! Was auch immer Sie im Urlaub gemacht haben, es hat Ihnen ausgesprochen gutgetan. Sport? Gute Ernährung? Viel frische Luft? Egal, Ihre Werte sind wie die eines zwanzig Jahre jüngeren Mannes. Damit haben Sie noch ein paar Jährchen.«

Martin starrte ihn an. »Sind Sie sicher?«

»Absolut.« Er klopfte auf den Monitor, wie auf einen altgedienten Gaul. »Steht alles hier.«

»Ich habe viel Rum getrunken«, sagte Martin.

»Na, dann: weitermachen!«, erwiderte Dr. Schäfer.

Martin stand auf und ging schnell zur Tür, bevor Dr. Schäfer es sich mit der Diagnose noch anders überlegte. »Diese ärztliche Anweisung befolge ich gern!«

Natürlich konnte es nicht am Rum liegen. Dem wurde viel nachgesagt, aber keinerlei gesundheitsfördernde Wirkung. Es musste das Klima gewesen sein. Vielleicht floss in seinen Adern karibisches Freibeuterblut, und in der alten Heimat fühlte es sich am wohlsten?

Martin ging schnell zurück zur Mühle, damit Babe nicht in einem menschenleeren Gebäude erwachte. Aber sie war längst auf und dabei, sich alles im Zimmer ihres Vaters genau anzuschauen.

Als er eintrat, hielt sie fasziniert eine LP in der Hand. »Wer ist Modern Talking?«

»Das war ein … Fehler. Hör dir das nicht an. Wollen wir frühstücken?«

»Klar, gerne.« Sie nahm eine weitere LP. »Und was bedeutet Formel 1? Ist das der Name des Hunds mit der großen Sonnenbrille auf dem Cover?«

Martin hatte keine Ahnung, wovon sie sprach. »Ich hab frische Rundstücke und ein bisschen Aufschnitt mitgebracht. Wir müssen über heute Abend reden.«

Sie stellte die LP zurück ins Regal. »Was ist denn heute Abend?«

»Meine besten Freunde kommen, die Kegelrunde.« Er drückte sich durch die enge Wendeltreppe hinunter. »Achtung, Kopf einziehen.«

»Kegeln?«

»Das ist ein Sport für Leute, die eigentlich keinen Sport treiben wollen. Aber wir kegeln gar nicht, haben wir nie.«

»Ihr seid komisch.«

»Das kannst du laut sagen.«

Martin trug einen kleinen Resopal-Esstisch raus in den Garten. Nach kurzer Zeit stand alles bereit fürs Frühstück, und sie setzten sich.

»Kaffee?«, fragte Martin und hob die Thermoskanne in die Höhe.

»Wie trinkt ihr den denn in Deutschland?«

»Heiß«, antwortete Martin und goss ihr ein. »Und manchmal mit Milch oder Zucker. Bedien dich einfach.« Aus den Augenwinkeln sah er, wie ein Streifenwagen ganz langsam an der Mühle vorbeifuhr. Das Seitenfenster wurde heruntergekurbelt, und Neuser schaute in seine Richtung. Der Hauptkommissar grüßte nicht, er lächelte nur selbstsicher. *Ich habe dich im Blick*, schien er zu sagen, *und ganz bald krieg ich dich dran*. Dann fuhr der Wagen schnell wieder an und verschwand.

Babe schien davon nichts mitbekommen zu haben, sie hielt versonnen die Tasse in der Hand, setzte sie dann an die Lippen, trank aber nicht, sondern guckte Martin an. »Wird er dabei sein?«, fragte Babe.

»Wer?«

Babe stand auf und ging zu dem Feuerplatz mit den alten Ascheresten. »Der Mörder meines Dads.«

Martin nickte. »Davon gehe ich schwer aus.«

Sie kniete sich auf den Boden und fuhr mit dem Zeigefinger durch das Schwarz. »Erzähl mir von den Leuten, die heute Abend kommen werden. Damit ich weiß, mit wem ich es zu tun habe.«

»Von denen spricht keiner gut Englisch, die werden kaum mit dir reden.«

»Ich habe ein bisschen Deutsch gelernt, weil ich immer gehofft hab, dass ich meinen Dad irgendwann … Es ist nicht viel, und Sprechen fällt mir schwer, aber Zuhören geht ziemlich gut.«

Martin goss sich eine Tasse Kaffee ein. »Hast du noch mehr Geheimnisse?«

»Ne, das war's. Jetzt weißt du alles.«

»Das glaube ich kaum.« Er zwinkerte ihr zu. Dann nahm er einen Schluck des heißen Kaffees und zeigte mit der Tasse in Richtung des größten Baumstumpfs, der um die Feuerstelle stand. »Da wird Rutger Rotermund sitzen. Er besitzt einen der Grenzshops, wo man dänische Waren zu günstigen deutschen Preisen kaufen kann. Du erkennst ihn an seiner Arbeitsweste, da ist alles drin, was man zum Überleben, Hausrenovieren und für den Bau einer Weltraumrakete benötigt. Rutger ist der Vater des toten Jungen.«

»Der, von dem du mir gestern erzählt hast?«

»Ja.« Martin zeigte auf den nächsten Stumpf. »Neben ihm sitzt Knut, der ist nämlich sein bester Kumpel. Das heißt, ne, ist er eigentlich nicht. Also Rutger ist Knuts bester Kumpel, aber nicht umgekehrt. Rutgers bester Kumpel ist Bendix, der sitzt auf Rutgers anderer Seite. Knut ist Elektriker durch und durch, in seinen Adern fließt kein Blut, sondern Strom. Der weiß alles über sein Metier, redet aber nicht viel. Lieber schraubt er an der *Alex* rum, das ist ein alter Passagierdampfer im Hafen. Die beiden führen eine sehr glückliche Ehe.« Martin stand auf und ging zum Baumstamm auf der anderen Seite von Rutger. »Hier wird Bendix Delfs sitzen.«

Babe versuchte, den Namen zu wiederholen. Es gelang ihr nicht. »Ganz schöner Zungenbrecher.«

Martin grinste. »Wird einfacher, wenn du etwas getrunken hast.« Er setzte sich auf den Stumpf. »Bendix hat wie Lasse früher bei Beate Uhse gearbeitet, die haben da Sexspielzeug und Dessous und so Tüdelkram verkauft. Bendix war in der Buchhaltung, saubere Sache. Ich glaube, der hat sich noch nicht mal ins Lager getraut.« Er zeigte auf den Baumstumpf neben sich. »Dort hat Lasse immer gesessen … Da kannst du jetzt hin.«

»Und wer sitzt daneben? Du?«

Martin hatte Imke bisher unerwähnt gelassen, aber es half ja nichts. »Da sitzt Imke, also Imke Hansen. Sie arbeitet im Supermarkt, die schnellste Kassiererin von hier bis Kiel, mindestens!« *Zudem trägt sie ein Tattoo am rechten Unterarm mit einem großen Herz, in dem der Name deines Vaters steht.*

Babe würde es nicht übersehen können.

Also raus mit der Wahrheit.

»Sie war die Freundin von Christian. Für sie wird es also ein kleiner Schock sein, von dir zu erfahren.«

Babe ging zu Imkes Platz und schürzte die Lippen. »Dann sag es nicht.«

»Aber was werden sie dann denken, wer du bist?«

»Deine junge Gespielin.«

»Nein, das will ich nicht.« Martin schüttelte so heftig den Kopf, dass sogar sein Bart mitschwang. »Wir sagen die Wahrheit, auch wenn das wehtut. Sie erfahren es früher oder später sowieso.«

Sie trat zu Martin und gab ihm einen Kuss auf die Wange. »Du bist einer von den Guten, weißt du das?«

Martin erwiderte nichts, Komplimente waren ihm immer unangenehm. »Einer davon ist der wahre Professor. Imke scheidet schon mal aus. Bleiben nur noch drei.«

»Und wie wollen wir rausfinden, wer der Mann ist, der meinen Dad ermordet hat?«

»Ich habe eine Idee. Aber lass uns erst mal frühstücken. Mit vollem Bauch plant es sich besser.«

Babe zog eine Schnute. »Können wir vielleicht auch essen und gleichzeitig planen?«

»Überredet. Hauptsache, ich kriege langsam mal was Ordentliches in den Bauch.«

Sie nahmen wieder am Tisch Platz, und Martin wartete, bis Babe ihr erstes Rundstück gegessen hatte, bevor er wieder sprach. »Wir werden den Täter am Cocktail erkennen!«

Babe griff sich ein weiteres Rundstück. »Welchen trinkt er denn?«

»Queenie zufolge hat sich der wahre Professor in den Mary Pickford verliebt – einen Cocktail, der bei uns total unbekannt ist. Heute Abend wird es ihn geben, außerdem Caipirinha und Piña Colada. Wir müssen genau auf die Reaktionen der Anwesenden achten. Wer trinkt was und wie viel? Wer ist überrascht vom Geschmack des Mary Pickford, und wer freut sich, den Drink mal wieder im Glas zu haben?«

Babe schlug mit der Faust auf den Resopaltisch. »Verdammt, bist du schlau!«

»Ich habe den Eindruck, das liegt in der Familie.« Er zwinkerte ihr zu. »Allerdings bin ich nicht schlau genug, um zu wissen, wie man diese Cocktails mixt. Aber Lasse hat mal etwas über Cocktails für das Rum-Museum geschrieben, da werde ich also gleich mal hingehen und mir die Unterlagen besorgen.«

»Brauchst du nicht.« Babe nahm sich von der Kochmettwurst. »Ich kann die alle mixen. Hab in einer Bar gejobbt, bis ich die Kohle für mein Taxi zusammenhatte. Ich bin eine Spitzenklasse-Barkeeperin.«

»Perfekt.« Martin klatschte in die Hände. »Dann gehen wir gleich Cocktailzutaten shoppen in Flensburg. Sollte ein Leichtes sein!«

Das war es nicht, aber irgendwann hatten sie alles zusammen. Und Frau Petersen zur Entschuldigung für die nächtliche Ruhestörung Blumen gebracht. Sowie Eierlikör. Einen ganzen Karton.

Der Abend konnte kommen.

Martin verriet Babe nicht, dass er Angst davor hatte. Denn die infrage kommenden Männer waren seine besten Freunde, seit Jahrzehnten. Er wollte nicht, dass einer davon ein Mörder war.

Insgeheim hoffte er, keiner von ihnen würde den Mary Pickford mögen.

Die Zeit bis zum Abend verlief wie die Rum-Reifung auf Jamaika, sie raste. Gegen Mittag rief Jo'anna bei Babe an und löcherte sie mit Fragen. Leider hatte sie von Jamaika aus bisher nicht klären können, wer in letzter Zeit aus Flensburg ins Land gekommen war. Sie versprach aber, am Flughafen nachzufragen, falls Babe ihr Fotos der fraglichen Männer schicken würde. Am Abend wollte sie unauffällig einige schießen.

Am Nachmittag widmeten Babe und der Käpt'n sich schließlich der Frage, wohin mit Christians Skelett. Bisher hatten sie es vermieden, sich darüber allzu viele Gedanken zu machen. Klar war Martin nur gewesen, dass es nach Flensburg musste, um hier begraben zu werden.

Der mit Knochen gefüllte Koffer hatte die ganze Zeit im Flur gestanden. Martin wollte ihn weder ins Zimmer seines Bruders stellen, das nun Babes war, noch ihn im Garten vergraben. Schließlich entschied er, ihn in der großen hölzernen Schiffsattrappe unterzubringen, dem Zentrum aller Piratengeburtstage. Es war ein stilechter Platz für ein Skelett, und Christian hatte immer schon Spaß verstanden. Sogar den von Lasse.

Um für eine lockere Stimmung zu sorgen, legte Martin kurz vor dem Eintreffen der Gäste seine Freibeuterkluft an. Samt Stoffpapagei auf der Schulter.

»Solche hellroten Aras gibt es überhaupt nicht auf Jamaika«, kommentierte Babe belustigt. »Da gehört eine Rotspiegelamazone hin oder besser noch ein Wimpelschwanz.«

»Das mit der Besserwisserei hast du definitiv nicht von mir …«

»Aber ich hab recht!«

»Das ist ja auch kein jamaikanisches Piratenkostüm, sondern das eines karibischen Piraten. Und Plüschi ist der Piratenvogel schlechthin.«

»Das biegst du dir ja schön zurecht.«

»Sei nicht so frech zu deinem Onkel!«

Andererseits wussten Piraten Frechheit zu schätzen. Sie gehörte quasi zur Berufsqualifikation. Martin warf Babe deshalb einen anerkennenden und nur leicht mürrischen Blick zu.

Gerade als sie den Plattenspieler und eine Box herausgetragen hatten, damit Martins Reggae-LP laufen konnte, traf mit Imke der erste Gast zur Cocktailparty ein.

Sie ging schnurstracks und wortlos zu Martin, umarmte ihn lang. Dann blickte sie ihn mit zuckenden Pupillen an.

»Und?«, fragte sie nur.

»Er ist … im Meer umgekommen, schon vor zwanzig Jahren. Deshalb hat er sich nie mehr gemeldet.«

Sie nickte. Etwas in der Art hatte sie wohl erwartet. Martin meinte sogar, Erleichterung in ihrem Gesicht zu sehen. Vielleicht war es gar keine traurige Nachricht gewesen, vielleicht wäre es viel schlimmer, wenn Christian noch leben würde und sich die ganze Zeit nicht bei ihr gemeldet hätte.

Imke zeigte auf den Tisch mit den ganzen Cocktailzutaten. »Mixt du uns heute etwas Feines?«

»Nein, das wird eine echte Expertin übernehmen.« Er zeigte auf Babe, die sich gerade einige Meter entfernt um das Feuer kümmerte.

»Und sie ist … deine Freundin?«, fragte Imke.

Imke brauchte nicht abschätzig zu blicken, ihr Tonfall ließ keinen Zweifel daran, was sie dachte. Martin wappnete sich innerlich. Er würde ihr nun eine weitere Nachricht überbringen müssen, und diesmal war sie definitiv schlecht. Sie hatte immer ein Kind mit Christian gewollt, aber der hatte vor der Verpflichtung zurückgeschreckt.

»Sie ist Christians Tochter.«

Imke fuhr sich durch die kurzen Haare. »Oh.«

»Ja.«

»Oha.«

»Ich war auch überrascht. Babe wurde erst nach Christians Tod geboren. Er hat nie erfahren, dass sie existiert.«

Imke musterte Babe. »Wie alt ist sie?«

»Wird dieses Jahr zwanzig.«

»Christian hat also nicht viel Zeit verschwendet auf Jamaika.«

»Wohl nicht.«

Sie tastete die Taschen nach Zigaretten ab. »Hast du ihre Mutter kennengelernt?«

»Nein. Sie lebt nicht mehr. Babe hat nur mich als Familie. Und ich nur sie. Babe ist ein großer Glücksfall.«

»So, so.« Imke presste die Lippen aufeinander. »Ich freue mich für dich. Und für sie. Also für euch.« Sie zog eine Zigarette aus der Packung, zündete sie an und zog auffallend lang daran.

Der nächste Gast war Knut, der auf seinem alten beigefarbenen Heinkel-Tourist-Roller angescheppert kam, zur Begrüßung nur »Käpt'n« sagte und die rechte Pranke hob. Nachdem er sein Gefährt aufgebockt hatte, griff er sich schnurstracks eins von den Flens, die in einem Eimer mit Eis auf Temperatur gebracht worden waren. Dann setzte er sich auf seinen Baumstumpf, verschmolz mit diesem zu einer festen Einheit und hüllte sich in Schweigen wie andere Menschen in eine warme Decke.

Rutger und Bendix trafen zusammen ein und waren bester Laune. Anscheinend hatten sie bereits vorgeglüht. Sie grölten schon von Weitem: »Kääääääääääpt'n!« Im Näherkommen bemerkten sie den Tisch mit den Zutaten für die Drinks des Abends.

»Oh, Cocktails, wie schön!«, sagte Rutger und zog einen Strohhalm aus seiner Multifunktionsweste. Schnell brachte Martin sie auf den Stand, was Babe und den Tod seines Bruders betraf – sie nahmen es mit norddeutscher Abgeklärtheit auf. So als würde sie nichts von dem, was der Käpt'n sagte, überraschen.

Martin musterte seine Freunde unauffällig. Hatte einer von ihnen besonders Farbe bekommen?

Tatsächlich hatten sie das alle. Auch in Flensburg waren die letzten Wochen sehr sonnig gewesen. Verdammter Klimawandel.

Martin positionierte sich schließlich vor dem Tisch. Vor ihm prasselte das Lagerfeuer, über ihm wurde es langsam dunkel. Die ersten Sterne trauten sich ans Firmament und probierten aus, ob es für anmutiges Funkeln schon düster genug war.

Die Spiele konnten beginnen.

»Schön, dass ihr alle da seid! Mir hat das Kegeln mit euch echt gefehlt, auf Jamaika kann das nämlich keiner!« Er erntete ein paar Lacher. »Zur Feier meiner Wiederkehr wird Babe heute Abend Cocktails mixen.« Martin nickte ihr zu, und sie begann mit der Zubereitung. »Ihr könnt euch natürlich auch am Flens festhalten, aber ihr würdet etwas verpassen.« Martin setzte zu einer harmlosen, eigentlich beliebigen Alltagsfrage an, die an diesem Abend jedoch enormes Gewicht hatte.

»Und was habt ihr so die ganze Zeit gemacht, als ich weg war? Jeden Abend miteinander getrunken?« Er blickte in die Runde, keiner zuckte zusammen.

»Schön wär's! Bei mir hat sich keiner blicken lassen oder auch nur gemeldet«, sagte Imke. »Kein gar nix. Also bis bekannt wurde, dass Lasse ermordet worden ist, da wurde dann natürlich heftig telefoniert.«

»Ich kann es immer noch nicht fassen«, sagte Rutger. »Und wenn man was nicht fassen kann, muss man drüber schnacken. Hat in dem Fall aber kaum, also eigentlich nix geholfen.«

»Du warst wahrscheinlich die ganze Zeit auf der *Alex*«, sagte Martin zu Knut.

»Ja, jeden Tag. Der geht es gut.«

»Du bist halt die Seele unserer Truppe, Käpt'n«, sagte Bendix. »Du hältst alles zusammen. Ohne dich macht jeder sein Ding.«

»Aber ihr beide habt euch doch getroffen, oder?«, fragte Martin und zeigte auf Bendix und Rutger.

»Jetzt, wo du es sagst«, antwortete Rutger. »Ne.«

»Wir hätten alle im Urlaub sein können, und keiner hätte es gemerkt!« Imke schüttelte fassungslos den Kopf. »Also gut, dass du wieder da bist, Käpt'n! Und sogar pünktlich zur Rum-Regatta.«

Martin schluckte seine Enttäuschung herunter. Es würde nicht so einfach werden wie gehofft. »Babe hat drei Cocktails für euch vorbereitet. Daiquiri, Piña Colada und ihren Lieblingsdrink, einen Mary Pickford. Wehe, ihr trinkt die Bar nicht leer! Wer weiß, ob wir noch mal so jung zusammenkommen.«

Ganz sicher nicht, dachte Martin. Das hier ist eine Abschiedsparty.

»Womit ist denn dieser Mary Dingenskirchen?«, fragte Bendix unschuldig.

»Keine Ahnung«, erwiderte Martin. »Ich bin auch gespannt. Weiß einer von euch, was da reinkommt?« Er schaute zu Knut und Rutger.

»Ich kann mir so was nie merken«, sagte Knut.

»Hauptsache, es dreht ordentlich«, erwiderte Rutger. »Also der Alkohol und dann auch die Welt, ihr wisst schon, wie ich das meine.«

Babe mixte, als hätte sie nie etwas anderes getan. Ein paarmal warf sie den neu gekauften Cocktailshaker sogar in die Luft.

Imke wählte eine Piña Colada, Knut den Daiquiri, und Rutger sowie Bendix entschieden sich für den Mary Pickford. Martin behielt sie genau im Auge. Wenn er einen Cocktail zum ersten Mal trank, nippte er zu Beginn erst mal vorsichtig. Ein Nippen, das dem Testen des Badewassers mit dem kleinen Zeh glich.

Bendix hingegen sprang direkt hinein.

»Nich lang schnacken, Kopp innen Nacken!«

Bendix sprang im Grunde in alles Alkoholische hinein. Mit Anlauf. Wenn Trinken wie ein Sprung ins Wasser war, dann machte Bendix stets eine Arschbombe.

Rutger schnüffelte zuerst an dem Mary Pickford, nickte dann und nahm einen großen Schluck. Danach strahlte er über das ganze Gesicht und wandte sich an Bendix. »Genau so muss der schmecken!«

Martin trat neben ihm. »Hast du den schon mal getrunken?«

Rutger stellte den Cocktail ab. Wie ein kleines Kind, das mit der Hand in der Pralinenschachtel erwischt wurde und diese nun schnell zurücklegte.

»Jahre her. Also bestimmt, wenn nicht mehr!«

»Und dann kannst du dich noch so genau an den Geschmack erinnern?«

»Ja, kann ich. Natürlich. Wieso fragst du? Ich achte halt darauf, was ich trinke. Nicht so wie der hier.« Er schlug dem neben ihm stehenden Bendix so hart auf den Rücken, dass ihm fast das Cocktailglas aus der Hand fiel. »Bei dem streift der Alkohol beim Trinken nicht mal die Mundschleimhaut, so schnell kippt der ihn runter!« Er lachte. Etwas zu laut. »Jetzt probiere ich aber mal die anderen Cocktails, die sind ja noch mehr mein Ding.«

Klar, dachte Martin, der wahre Professor sollte besser nicht zugeben, wie gern er Mary Pickford trinkt …

Es war Zeit für seine zweite Überraschung. »Gibt auch etwas zu futtern. Als Grundlage für die Cocktails. Ich habe einen ganz besonderen Fisch besorgt.« Martin stellte sich so, dass er alle im Blick hatte. »Petermännchen!«

Es war Imke, der die Luft wegblieb, die sich dann aber schnell wieder fing.

»Alles gut?«, fragte Martin.

»Ja, ich war nur … überrascht.« Sie suchte nach Worten. »Bin vor Jahren mal auf so ein Vieh getreten, und das tat höllisch weh.«

»Keine Sorge, die heute Abend sind ungiftig. Und saulecker. Petermännchen à la Eichendorff. Eigentlich werden die dafür in Rotwein mariniert. Ich bin allerdings auf Rum ausgewichen. Natürlich aus Jamaika.« Und er hatte kein Petermännchen genommen. War nicht zu bekommen gewesen. Stattdessen Knurrhahn. Der war jetzt so klein geschnitten und mit so viel Rum getränkt, dass selbst ein Veterinär ihn nicht mehr hätte bestimmen können.

Rutger, Knut und Bendix verzogen keine Miene.

Das war der Nachteil von Norddeutschen: von Natur aus unbeeindruckt. Würde die Welt untergehen, in Schleswig-Holstein wäre kein Aufschrei zu hören. Nur das leise Ploppen von Flens-Flaschen.

Doch Martin hatte erfahren, was er wollte.

Und was er befürchtet hatte.

ZEHN

»Some Guys Have All The Luck«

Um elf Uhr konnte keiner mehr gerade stehen, bei manchen haperte es sogar mit dem Sitzen.

Martin schmiss alle raus.

Offiziell wegen Kopfschmerzen.

Das Hirn tat ihm tatsächlich weh, aber nur weil er nicht verstehen konnte, was eben offensichtlich geworden war.

»Rutger?«, fragte Babe, als sie allein waren.

»Rutger«, antwortete Martin. »Wahrscheinlich wollte er seinen Sohn rächen.«

»Und jetzt?« Sie nahm sich einen Drink und musste dafür nicht viel mixen: Rum pur.

»Tja, was jetzt? Beweise haben wir keine, die gibt es auch nicht. Wir brauchen ein Geständnis.«

»Also willst du, dass er in den Knast wandert, und nicht, dass er …«

»Dazu bin ich nicht fähig! Du?«

Babe trank ihr Glas in einem Zug leer. »Nein. Aber wäre ich in dem Fall gern. Er hätte es verdient!«

Martin ging zum Feuer und trat es aus. »Wir müssen es so machen wie Isaac und ich bei Appleton. Den Verdächtigen zum Reden bringen und alles mit dem Handy aufnehmen. Also du musst es mit dem Handy aufnehmen, weil ich das nicht hinbekomme, und Rutger darf nichts davon mitbekommen!«

»Und wie willst du ihn zum Reden bringen?«

Martin sah in das letzte Glutnest, wo das Glühen langsam an Kraft verlor. »Ich weiß es nicht. Aber ich werde ihm keine Waffe an den Kopf halten, ich habe auch gar keine.«

»Schwierig.«

»Auf jeden Fall.«

Babe trat vor den Baumstumpf, auf dem Rutger eben gesessen hatte. Plötzlich drehte sie sich zu Martin. »Sag ihm, Queenie hätte ihn auf einem Foto erkannt! Er kann ja nicht wissen, dass für sie alle Weißen gleich aussehen.«

Martin blickte zu ihr und strich sich durch den Bart. »Spielst du Poker? Oder wo hast du so viel übers Bluffen gelernt?«

»Die Idee ist gut, oder?«

»Sie ist … gut. Sogar sehr gut.«

»Ich weiß. Bin halt schlau. Liegt doch in der Familie.«

»Überspringt aber manchmal eine Generation.« Martin lachte. »Hat dein Handy genug Saft? Dann machen wir uns nämlich direkt auf den Weg, bevor Rutger einpennt.«

Babe checkte es. »73 Prozent. Reicht.«

Martin griff sich zwei der offenen Rum-Pullen. »Kann nicht schaden, Rutgers Prozente ebenfalls oben zu halten.«

Er machte sich nicht die Mühe, seine Piratenmontur mit dem auf die Schulter montierten Papagei abzulegen: Er zog in die Schlacht, da passte das doch hervorragend.

Rutger lebte nur eine gute Viertelstunde Fußweg entfernt. Er hatte sich vor Jahren den Traum eines reetgedeckten niederdeutschen Hallenhauses erfüllt, das nun zwischen modernen Bauten wie ein kleines Freilichtmuseum wirkte.

In seinem Wohnzimmer brannte noch Licht. Rutger nahm wohl einen Absacker. Das tat er immer, egal, wie viel er vorher getrunken hatte. Traditionen musste man pflegen.

Statt einer Klingel gab es einen großen gusseisernen Türklopfer in Form eines Ankers. Martin pochte damit weder lauter noch öfter als sonst gegen die Tür. Das hätte Rutger warnen können.

Es dauerte etwas, dann ging das Licht im Flur an, sie hörten, wie Schlüssel in zwei Schlössern gedreht wurden, schließlich öffnete sich die Tür. Einen Spaltbreit. Und Rutger lugte hinaus.

»Käpt'n? Bist du das?«

»Ja, Rutger. Ich bin es.«

»Ich wollte gerade, also ich war auf dem Weg ins Bett. Gute Nacht, bis morgen oder wann auch immer.« Er wollte die Tür wieder schließen.

Aber Martin war schneller. »Queenie hat dich auf einem Foto erkannt. Du bist der wahre Professor.«

Rutgers Augäpfel bewegten sich träge in den Höhlen, sie schienen einen Halt in der Welt zu suchen, den diese nicht mehr bot. »Das hatte ich befürchtet …«

»Lass uns reden«, sagte Martin.

»Ich dachte mir schon, dass du irgendwann kommst.« Er trat zurück und öffnete die Tür. Rutger trug schon Hauspantoffeln, aber immer noch seine Arbeitsweste. »Geht schon mal durch ins Wohnzimmer, ich komme nach.«

»Nein, du gehst vor.«

»Aber ich …«

»Du gehst vor, Rutger.«

Rutger warf einen sehnsüchtigen Blick auf die Tür mit der Beschriftung WC. »Ein wenig werde ich wohl noch einhalten können.«

»Gut.«

Babe schloss hinter ihnen die Haustür. Zu dritt betraten sie das riesige Wohnzimmer.

»Setzt euch«, sagte Rutger, der selbst keinen allzu festen Stand mehr hatte. Seiner Stimme merkte man die Promille dagegen kaum an.

Sie nahmen auf den Polstersesseln am Kamin Platz. Kein Holzscheit knisterte und qualmte darin, nur ein falsches Feuer in einer Glutplastik. Der Rest des Raums lag im Dunkeln.

»Du warst auf Jamaika«, kam Martin direkt zur Sache und blickte zu Babe, die ihr Handy schon auf dem Oberschenkel liegen hatte und ihm zunickte.

»Ach, Martin. Muss das sein?«

»Wieso nennst du dich ›der wahre Professor‹? Was soll das alles?« Er stellte die halb leeren Rum-Flaschen auf den Tisch. »Falls du noch Sprit brauchst, um endlich mit der Wahrheit rauszurücken …«

»Der Wahrheit?«

»Ja, der Wahrheit. Los jetzt.«

Rutger zog den Korken aus einer der Pullen und setzte sie direkt an die Lippen. Danach war kaum noch etwas drin, und er wischte sich den Mund mit dem Ärmel trocken.

»Ja, ich bin der wahre Professor, und ich war bei dieser Queenie.«

Martin spürte, wie sich seine rechte Hand zu einer Faust ballte, aber er hielt sie im Zaum. Mit gebrochenem Kiefer gestand es sich schlecht.

»Das mit dem Professor ist ein Scherz von Bendix, Knut und mir. Christian sagte ja immer, also früher, er sei eine Art Professor, was Rum angeht, und dass wir alle keine wirkliche Ahnung hätten. Da haben wir uns einen Spaß draus gemacht zu sagen, dass wir die wahren Professoren sind. Eine kindische Sache.«

»Warum bist du mir überhaupt nach?« Martin wollte den Redestrom am Fließen halten. Es war nicht die Zeit für Vorwürfe. Die kämen später noch, das war sicher.

Rutger blickte in das falsche Feuer. »Ich wusste ja, dass du auf Christians Spuren wandeln würdest ...«

Martin hielt es nicht mehr im Sessel. »Warum hast du nicht hier versucht, mich umzubringen? Warum extra dafür nach Jamaika fliegen?«

Rutger legte den Kopf schief. »Dich umbringen? Warum sollte ich dich um Himmels willen umbringen? Sag mal, spinnst du jetzt total?«

»Stell dich nicht dümmer, als du bist! Du hattest Panik, ich finde heraus, dass du Christian damals ermordet hat. Als Rache für ...«

Rutger griff sich die andere Rum-Flasche und setzte sie so hastig an, dass sie gegen seine Vorderzähne schlug. Schnell trank er auch diese leer. »Ich bin nach Jamaika, weil ich gehofft hab, dass du Christian findest!«

»So ein Schwachsinn, du wusstest, dass er schon lange tot ist, schließlich hast du ihn selbst umgebracht. Der Typ, der euch in der Luminous Lagoon rausgefahren hat, konnte sich noch genau daran erinnern, dass er einen angeblichen ›wahren Professor‹ an Bord hatte.«

Rutger sah die leere Flasche an. »Was für eine Lagoon? Nie gehört. Ich wollte Christian wiedersehen, wollte ihm in die Augen schauen.« Er blies die Wangen auf. »Und ich wollte ihm endlich vergeben.«

»Was?«

»Wir reden nie über das, was damals passiert ist, weil ihr alle Angst habt, es würde alte Wunden bei mir aufreißen. Ihr glaubt, wenn ihr es nicht erwähnt, würde ich nicht dran denken. Aber ich denke immer dran, irgendwie. Ich hab meinen einzigen Sohn verloren, meine Ehe ist darüber in die Brüche gegangen, und ich hab meine Frau und den Kleinen unglaublich geliebt, das kannst du mir glauben. Das geht nicht weg. Wird es auch nie. Aber ich hab die Wut losgelassen, den Hass, hatte ich beides, viel davon, aber ich wollte mich nicht davon in den Abgrund ziehen lassen. Genau das wollte ich ihm sagen. Und ihn umarmen, denn er war immer ein so guter Freund, ein Spinner, ein Verrückter, aber ein Freund. Der unter dem schrecklichen Unfall meines Jungen auch sehr gelitten hat.« Rutger ließ die leere Flasche lautstark auf den Boden fallen. »Jetzt weißt du alles.«

Martin war sprachlos. Aber nur für einen Moment. »Warum hast du mir das nicht einfach gesagt und bist offiziell mitgekommen? Warum das Versteckspiel?«

»Na, weil ich Angst hatte, du würdest ablehnen. Das war ja deine persönliche Mission, ich dachte, da will man keinen dabeihaben. Da ging es nur um dich und deinen Bruder. Und hättest du Nein gesagt, was du getan hättest, ganz sicher, dann hätte ich gegen deinen ausdrücklichen Wunsch handeln müssen. Das wollte ich nicht. Ich wollte ungesehen bleiben.«

»Du sagst also, dass du meinen Bruder damals nicht umgebracht hast?«

»Ich war dieses Jahr zum ersten Mal auf Jamaika. Sehr schöne Insel. Sehr viel Wasser drumherum.«

»Warum hast du dann auf mich geschossen?«

»Habe ich nicht. Hör auf, mir so einen Scheiß zu unterstellen! Ich schieße nicht auf Leute und bringe auch keinen um.«

»Am Doctor's Cave Beach? In der Nähe von Queenies Bar?«

»Das muss jemand anders gewesen sein. Bei Queenie hab ich nur getrunken. Und nicht zu knapp. Die haben gestaunt, das kann ich dir sagen! Ich hab Flensburg alle Ehre gemacht! Und am nächsten Tag bin ich zurück, weil ich schrecklich Heimweh hatte.« Martin beschloss, die nächste Frage ohne große Erklärungen zu stellen, um Rutgers alkoholumnebeltes Hirn zu einer spontanen, ehrlichen Reaktion zu bringen.

»Was ist mit dem Petermännchen?«

»Das war lecker«, antwortete Rutger. »Schmeckte aber ein bisschen wie Knurrhahn.«

Martin blickte zu Babe. »Kann man so gut schauspielern, wenn man sturzbesoffen ist?«

»Nur wenn man sehr viel Übung darin hat.«

Rutger stutzte. »Hat sie gerade Deutsch gesprochen? Oder träume ich das?«

Martin baute sich vor Rutger auf. »Wer hat Lasse umgebracht?«

»Soll ich das jetzt etwa auch gewesen sein?«

»Wenn du es nicht warst, wer dann?«

»Na, ich war es ganz bestimmt nicht.«

»Wer dann?«, fragte Babe und schnaufte ungeduldig.

»Sie spricht Deutsch, jetzt habe ich es ganz deutlich gehört!«

»Beantworte ihre Frage.«

»Ich weiß es wirklich nicht. Aber ich glaube, es hat was mit alten Rechnungen zu tun.«

»Werd deutlicher!«

»Ich muss aber dringend pinkeln!«

»Danach!«

Rutger pfefferte die leere Flasche auf den gefliesten Boden, wo sie klirrend zerbarst. »Du bist ein echter Arsch, Käpt'n!«

»Jetzt erzähl endlich!«

Rutger griff nach der Flasche auf dem Tisch und warf auch sie zu Boden. Nach ein paar schweren Atemzügen blickte er Martin an, die Augen weit aufgerissen. »Lasse wusste, dass er stirbt.«

»Natürlich wusste er das. Immerhin hatte er insgesamt fünf Bypässe. Und das Vorhofflimmern hat in den Wochen vor seinem Tod auch wieder zugenommen.«

»Jawohl. Lasse ist ermordet worden, wäre aber sowieso bald gestorben. Schon komisch.«

»Das ist nicht das Wort, das mir dazu einfällt.«

Rutger wischte mit dem Ärmel über die Tischplatte und wäre dabei fast aus dem Sessel gefallen. »Lasse wollte reinen Tisch machen. Er hat seine Exfrauen besucht und sich entschuldigt! Bei allen dreien! Fürs Fremdgehen! Dabei hat er ja nur, also ausschließlich, mit drei Frauen in seinem Leben geschlafen, aber halt meist mit zweien zur gleichen Zeit, ohne dass die beiden von der jeweils anderen wussten.«

»Ich weiß das doch, was willst du mir damit sagen?«

»Lasse wollte beichten. Alles, restlos alles.«

Langsam begriff Martin, worauf Rutger, der wie immer nicht gerade den direktesten Weg nahm, hinauswollte: »Du glaubst, der Mörder hatte Angst, dass Lasse mir, seinem besten Kumpel, auch noch das Herz ausschüttet.«

»Davon ist auszugehen!«

»Wenn Lasse also etwas über Christians Ermordung gewusst hätte …«

»Dann hätte er es dir vor seinem Tod noch erzählen wollen. Ganz offenbar wollte jemand genau das verhindern.«

Aber der Täter hatte nicht gewusst, dass Lasse schon vor Jahren einen Brief an Martin verfasst hatte, der diesen im Fall seines Dahinscheidens über alles Wichtige informieren würde.

»Und wer zur Hölle …?«

»Nur Lasses Freunde wussten von der Beichttour … Darf ich jetzt strullern gehen?«

»Aber Lasse hatte nicht viele Freunde.«

Von Rutger kam keine Antwort mehr, stattdessen erhob er sich ächzend aus dem Sessel und ging fluchend Richtung WC.

Auf dem Heimweg hing Martin schweigend seinen Gedanken nach, die ihm wie eine starke Böe vorkamen. Er spürte ihre Wucht, aber er bekam sie nicht zu packen.

Zurück in der Mühle setzten sie sich auf zwei der Baumstümpfe um das erloschene Feuer.

»Wenn wir Rutger glauben«, brach Babe schließlich die Stille, »was ich nicht tue, dann können es nur Knut und Bendix gewesen sein.«

»Die haben aber beide kein Motiv. Weder für einen Mord an meinem Bruder noch an Lasse. Das hatte nur Rutger.«

Babe holte sich noch ein Bier, auch wenn das Eis im Kübel längst geschmolzen war. Sie hatte sichtlich Freude am Plopp beim Öffnen. Es ging ihr gar nicht ums Trinken. »Lassen wir das Motiv mal außen vor.«

»Wie kann man das außen vor lassen? Es ist das Wichtigste! Der Grund für einen Mord ist keine Kleinigkeit.« Martin gestikulierte beim Reden so heftig, dass der Papagei auf seiner Schulter aussah, als würde ihn ein Erdbeben durchschütteln.

»Wir müssen es anders angehen, Käpt'n.«

»Aha. Wie denn?«

»Die wichtige Frage ist: Wer käme am ehesten auf die Idee, ein Fischgift zu verwenden? Rutger, Bendix oder Knut?«

Martin musste nicht nachdenken. »Knut, der ist Angler.«

»Dann müssen wir morgen früh zu ihm.«

»Sollte er dahinterstecken, bekommen wir ihn niemals zum Reden. Knut spricht sowieso schon wenig. Wenn es darum geht, einen Mord zu gestehen, schweigt er sicher komplett. Und wie gesagt: kein Motiv!«

»Ein Schritt nach dem anderen. Wir gehen morgen zu ihm und reden. Dann sehen wir weiter. Jetzt da einzubrechen und nach dem Gift zu suchen, macht sicher keinen Sinn, das ist bestimmt längst entsorgt.« Sie setzte sich neben Martin und legte den Kopf besänftigend an seine Schulter. »Haben wir einen Plan? Oder hast du eine bessere Idee?«

»Nein.«

»Na, siehste! Dann geh ich jetzt schlafen, und wir sehen uns beim Frühstück. Du holst wieder Rundstücke. Die sind nämlich echt lecker.« Sie gab ihm einen Kuss auf die Wange. »Es ist nicht zu Ende, bis die fette Dame singt. Und ich sehe hier nirgendwo eine.«

Die Zuversicht der Jugend, dachte Martin. Wenn es die in Tüten gäbe, wäre sie der Renner.

Nach dem Frühstück machten sie sich sofort auf den Weg zu Knut. Martin wusste zwar, wo er wohnte, aber war noch nie bei ihm zu Hause gewesen. Die Kegelrunde traf sich entweder in einer Pinte oder – meistens – bei Martin. Eine Tradition, die sicher damit zu tun hatte, dass Martin dadurch als Einziger Geschirr spülen musste.

Knut lebte direkt am Hafen, in dem schon alles für die an diesem Tag beginnende Rum-Regatta vorbereitet war. Flensburgs Volksfest zog mittlerweile Zehntausende an. Wer Fischerhemden oder Buddelschiffe brauchte, war hier richtig, und auch wer Böttcher, Schmiede oder Segelmacher bei der Arbeit beobachten wollte, denn das konnte man auf dem Gaffelmarkt.

Knuts Haus war schmucklos, und man sah ihm an, dass sein Bewohner lieber an der *Alex* rumschraubte, als hier auch nur eine Schindel auszuwechseln.

Ohne Umschweife drückte Martin auf den Klingelknopf unter dem unleserlichen handgeschriebenen Namensschild, und nach kurzer Zeit wurde die Tür geöffnet.

Allerdings nicht von Knut.

Sondern von Bendix, dem der Schweiß auf der Stirn stand.

»Was macht ihr beide denn hier?«, fragte er.

»Dasselbe könnten wir dich fragen. Ist Knut da?«

»Ne, der hat bei der Regatta zu tun. Dieses Jahr sind über hundertdreißig Boote dabei.«

»Historische, segelnde Berufsfahrzeuge«, korrigierte Martin, dem die korrekte Bezeichnung von Lasse einst eingebläut worden war. Hinter Bendix führte eine Treppe in den Keller hinunter – und dort brannte Licht. »Kommst du von unten?«

Bendix kratzte sich am Kinn und schaffte es dabei, wie ein zaudernder Willy Brandt auszusehen. Bald hatte er alle deutschen Kanzler durch. Vielleicht schwenkte er dann über zur Kanzlerin. Er war der klassische Komplettist.

»Ich zeig das da im Keller eigentlich nicht so gern rum«, sagte er.

»Aber?«, fragte Martin, denn ein »Aber« lag in der Luft.

»Jetzt bist du schon mal da. Und Babe auch. Also kommt mit runter. Müsst nur echt alles für euch behalten!«

Martin folgte ihm, Babe hinterher. Die Sache im Keller mochte zwar nichts mit der Suche nach Lasses Mörder zu tun haben, aber ihre Neugierde scherte das nicht.

Das Untergeschoss sah genauso heruntergekommen aus wie der Rest des Hauses. Putz fiel von den feuchten Wänden, die Türen hingen schief in den Angeln, die Neonröhren an den Decken flackerten.

Aber eine Tür sah anders aus. Nicht nur neu und intakt, sondern auch massiv und mit einer Lüftung im obersten Viertel.

»Bei mir in der Wohnung ist einfach kein Platz, darum hab ich den Raum hier bei Knut gemietet. Er bekommt jedes Jahr einen guten Karton Rum dafür.«

Bendix tippte kurz etwas auf seinem Handy, dann öffnete er die Tür und legte im Inneren einen Lichtschalter um. Die Leuchten in diesem Raum flackerten nicht, sie waren Teil eines ausgeklügelten Lichtsystems, das indirekt Decke und Boden anleuchtete, aber den in Regalen lagernden Schätzen nicht zu nahe kam.

»Meine Altersvorsorge«, sagte Bendix und breitete die Arme aus. »Ich würde mal sagen: Das hier ist die wertvollste Rum-Sammlung von ganz Flensburg. Mein Lebenswerk!«

»Und davon erzählst du nix?« Hatten eigentlich alle seine sogenannten Freunde Geheimnisse vor ihm? Er hatte immer gedacht, Bendix trinke alles, Hauptsache Alkohol, und wenn es WC-Reiniger war. Jetzt entpuppte er sich plötzlich als Rum-Connaisseur.

»Man kann nicht vorsichtig genug sein.« Bendix lachte entschuldigend.

Babe trat an eines der gemauerten Regale und zog eine Flasche heraus.

Sie stammte von Hampden.

»Vorsicht mit dem guten Stück!«, rief Bendix. »Da hast du gleich die paradigmatische Marke für Rum gefunden. Die Buddel stammt aus der Endemic-Birds-Serie mit den achtzehn Single-Cask-Abfüllungen für diverse Länder. Die sind extrem selten, und ich habe sie alle. Es gab vorher nicht wirklich viele 100%-Tropical-Aged-Rums von Hampden. Die aber sind welche, noch dazu Single Cask, das erklärt natürlich den Hype. Und die Freaks sind natürlich am meisten hinter den Abfüllungen mit extrem hohem Estergehalt her.« Es floss nur so aus Bendix raus, als hätte man ein Rum-Fass angestochen. »Nahezu ohne Einschränkung ist Tropical-Aged-Rum bei Sammlern anerkannter als Continental Aged, weil er als echter und authentischer gilt. In der Tat hat er eine höhere Dichte und Stoffigkeit im Rum-Charakter und -Geschmack. Natürlich gibt es genauso tolle Continentals oder Rum-Abfüllungen, die einen Mix aus beiden Reifungen darstellen. Die Fixierung auf Tropical Aged ist eine dogmatische Sicht in der Hardcore-Rum-Szene. Übrigens das Markenzeichen von Velier, die ausschließlich Tropical Aged abfüllen.«

Babe legte die Flasche vorsichtig zurück, kein Wunder bei dem Gerede von teuren Rums. Martin ging zu einem anderen Regal und nahm sich eine Flasche. Auf dieser stand Caroni.

»Und wieder ein Volltreffer!«, kommentierte Bendix, als wäre es ein Elfmeterschießen. Martin lächelte ihn an und dachte, was für eine Belastung es sein musste, solch eine Sammlung zu besitzen und sich selbst ein Schweigegelübde auferlegt zu haben.

»Das ist eine der Abfüllungen von Velier, die sind ganz schwer zu bekommen. Und Caroni sowieso, das ist ja eine Closed Distillery. Ich habe auch deren 1974er, der ist ja eine Legende! Aber zurück zu Velier, da stehen die Sammler drauf, die sind viel angesehener als andere unabhängige Abfüller. Cadenheads, Silver Seal, Samaroli und Moon sind auch gut, aber Velier steht weit über allen. Bristol ist nur bei bestimmten Abfüllungen gesucht, dann gibt es noch Berry Bros und Duncan Taylor, aus Deutschland ist Rum Artesanal der Shooting Star. Ach, ich könnte da echt ewig drüber reden.«

»Wie viel ist das alles wert?«, fragte Martin.

»Die Flasche, die du gerade in der Hand hältst, liegt bei mindestens siebentausend Euro und steigt quasi monatlich im Wert. Dahinten habe ich noch einiges an Foursquare aus Barbados, der geht gerade durch die Decke, genau wie der alte Guyana-Demerara da an der Wand, vor allem Enmore und Uitvlugt.«

»Trinkst du den Rum auch?«, fragte Babe.

»Sie spricht ja Deutsch«, sagte Bendix.

»Du ja auch«, erwiderte Martin. »Bekommen wir jetzt vielleicht einen Schluck?«

Bendix lachte. »Nein, wo denkt ihr hin! Meine Schätze sind reine Geldanlage.« Plötzlich wurde er sehr ernst. »Ich hätte euch das wohl besser nicht erzählt.« Er zeigte mit dem Kinn auf Babe. »Vor allem ihr nicht, wir kennen uns ja kaum.«

»Du kannst ihr voll vertrauen«, sagte Martin.

»Ich muss gerade mal kurz weg. Fasst bitte nichts an! Angucken geht, aber keine Flasche mehr rausziehen oder so. Ich bin gleich wieder da, geht nicht weg.«

Babe sah ihm nach. »Ist er immer so nervös?«

»Nein.« Martin überschlug die Anzahl der Flaschen. »Das müssen fast fünfhundert sein, das ist kein kleines Vermögen mehr, sondern ein großes …«

Babe schien seinem Gedanken gefolgt zu sein. »Genug, um dafür zu töten.«

Martin ging zu dem Regal, über das Bendix mit Kreide »Jamaika« geschrieben hatte, und zog eine Flasche nach der anderen vorsichtig hervor. Es waren einige sehr alte darunter, weißer wie brauner Rum, mit Etiketten, die er noch nie gesehen hatte und die aus einer anderen Zeit zu stammen schienen.

Auf einer lag besonders viel Staub, und er holte sie besonders sachte aus dem Regal.

Auch sie stammte von Hampden.

Und auf dem Etikett befand sich Christians Handschrift.

Hier der versprochene Gruß aus Jamaika für deine geheime Sammlung!

Mit einem Mal verdunkelte sich das schmale Oberlicht zur Straße, und ein Schuss fiel. Sie hörten keinen Pistolenknall, aber eine Flasche explodierte.

Es war die in Martins Hand.

Nur den Bruchteil einer Sekunde später fiel der nächste Schuss.

»Runter!«, brüllte Babe und riss den vor Schreck erstarrten Martin mit sich auf den Boden.

Die nächsten Schüsse schlugen auf dem grauen Estrich ein, die Wucht der Einschläge ließ ihn heftig aufplatzen.

Und sie kamen näher.

Babe robbte Richtung Fenster, Martin tat es ihr gleich. Dort war der Winkel für den Schützen schlechter.

Das wusste dieser anscheinend auch, denn er feuerte nun häufiger und wild in alle Richtungen. Aus den kaputten Flaschen in den Regalen ergossen sich Unmengen teuren Rums auf den Boden.

Dann endeten die Schüsse abrupt.

»Sollen wir hoch?« Babe sah Martin fragend an.

»So schnell es geht!«, antwortete er. »Renn vor, ich komm hinterher.« Martin erhob sich und hatte den Eindruck, jeder Knochen seines Körpers gäbe ein Knacken von sich. »Und pass auf dich auf!«

Aber da war Babe schon längst aus dem Keller hinausgestürmt.

Als Martin aus dem Haus rannte, traf ihn das grelle Sonnenlicht mit der Wucht eines Aufwärtshakens. Es dauerte einen Augenblick, bis sich seine Augen an die Helligkeit gewöhnt hatten und er zwei Personen entdeckte, die sich durch die Menschenmasse Richtung Bootshafen pflügten. Die vordere trug ein durchsichtiges blaues Regencape zum einmaligen Gebrauch, das sie über den Kopf gezogen hatte, die hintere fiel durch ihren dunklen Wuschelkopf auf.

Beide waren zu weit weg, als dass Martin eine Chance gehabt hätte, sie zu erreichen. Er sah sich um, suchte nach einer Möglichkeit – und fand sie. Ein Teenager war wenige Meter entfernt vom Fahrrad gestiegen, um sich das Handy ans Ohr zu halten.

Martin nahm seine Mütze ab, strich die von der Frischluft überraschten Haare streng nach hinten und trat zu dem Jungen.

»Polizei!« Dann leiser. »Jamaika.« Und geflüstert. »Wir sind gut befreundet.« Er zeigte seinen Seniorenausweis, aber nur für einen Sekundenbruchteil, und sprach wieder lauter. Jetzt benutzte er seine Piratenstimme. »Dein Fahrrad ist konfisziert, du kannst es morgen in der Polizeistation abholen.«

»Ey, alter Bartmann, warum sprichst du so komisch? Und was soll der Scheiß? Warum gerade mein Bike?«

Da der Junge das Handy immer noch am Ohr hielt, hatte Martin eine Hand mehr zur Verfügung und nutzte den taktischen Vorteil, um den Teenager zu überrumpeln. Er griff das Fahrrad und wuchtete sich schnell auf den Sattel. Der war viel schmaler, als er Sattel in Erinnerung hatte, auch der Lenker war falsch, so gerade, und die Schaltung hatte mehr als drei Gänge. Aber das Fundamentale war Gott sei Dank gleich: Wenn man in die Pedale trat, bewegte sich das Rad.

Es bockte wie ein junges Pferd, schlingerte noch dazu, und da die Klingel nicht zu finden war, musste Martin mehrfach: »Weg frei!« brüllen, aber ansonsten war alles prima.

Allerdings hatte er Babe aus dem Blick verloren.

Gleichzeitig Radfahren und Ausschauhalten stellte sich als schwierig heraus, erst auf Höhe des Hafens Niro Petersen fand er den imposanten Haarschopf wieder.

Babe hatte den Flüchtenden fast eingeholt!

Plötzlich bog dieser in den Hafen ab, Babe hinterher, Martin auch, verlor die beiden aber wieder aus den Augen. Er sah sie erst auf dem Steg wieder, zumindest Babe. Sie raufte sich die Haare und blickte zu einem kleinen Motorboot, das mit viel zu hohem Tempo auf die Förde fuhr. Am Außenborder saß das blaue Regencape.

»Shit!«, brüllte Babe.

Martin stieg vom Fahrrad und suchte den Ständer, fand ihn aber nicht und legte es auf dem Holzsteg ab. »War das Bendix? Oder jemand anderes? Hast du den Typen erkennen können?«

»Nein, nicht mal von der Seite …«

»Der könnte sonst wohin fahren. Selbst nach Dänemark.«

»Dann müssen wir sofort hinterher!«, sagte Babe und sondierte den Hafen. »Da vorne ist ein Boot, und der Besitzer ist gerade zu der Frau auf dem Segelschiff gegangen.« Als Martin zögerte, setzte sie hinzu: »Der Typ eben hat versucht, uns umzubringen!«

Ohne eine Antwort abzuwarten, rannte sie den Steg hinunter und sprang ins Boot – was sehr souverän aussah. Martin eilte hinterher – wahrscheinlich etwas weniger souverän. Im Handumdrehen hatte Babe das Boot losgemacht und den Außenbordmotor gestartet.

Als sie aus dem Hafen fuhr, blickte der Bootsbesitzer verdutzt vom Segelschiff herüber. Martin dachte darüber nach, sich wieder als Polizei auszugeben, entschied sich dann aber für einen anderen Ansatz.

»Piratengeburtstage Störtebäcker!«, brüllte er.

Das sorgte für noch mehr Verwunderung.

Nur langsam sank der Adrenalinpegel in Martin, stiegt dann aber umso rasanter: Er begriff, dass sie mitten durch die Rum-Regatta rasten, hinein in Fahrtrinnen, aufsprühende Gischt und das Brüllen von Seglern, denen sie im Weg waren. Das Ziel der Regatta war entsprechend des Mottos »Lieber heil und Zweiter als kaputt und breiter« zwar eher geselliges Segeln als strammer Wettkampf: Der Zweitplatzierte erhielt eine prächtige Drei-Liter-Buddel Rum, der Erste dagegen nur einen läppischen symbolischen Preis, was dazu führte, dass viele Skipper es vermieden, die Ziellinie als Erster zu überqueren. Aber all das bedeutete nicht, dass Kollisionen ausgeschlossen waren. Kutter, Ewer, Jagten, Topsegelschoner und Galeassen, mit weißen oder roten Segeln, zum Teil so groß und massiv, dass es wirkte, als würde eine mehrstöckige Mauer durch das Wasser der Förde gezogen, waren plötzlich überall um sie.

Martin wurde mit einem Mal klar, dass er sich in einem Boot befand. Keine bunte Nussschale, die angenehm pröttelte und einen zur »Pelican Bar« schaukelte, sondern ein schnelles Motorboot, gesteuert von seiner wild gewordenen Nichte.

»Wir kommen näher!«, rief sie über den röhrenden Motor.

Er.

Befand.

Sich.

In.

Einem.

Rasenden.

Boot.

»Was mache ich hier? Das ist totaler Wahnsinn! Halt an!«

Babe achtete nicht auf ihn. »Wenn sich gleich eins von den großen Schiffen vor ihn setzt, haben wir ihn!«

»Halt! Endlich! Jetzt! Sofort! An!«

Babe verfolgte das Boot noch einige Sekunden länger ungerührt weiter, stieß dann aber einen wütenden Brüller aus, steuerte fort von der Fahrtrinne der Regatta und stellte den Motor in den Leerlauf.

Erst jetzt merkte Martin, was sein Magen von der Spritztour hielt.

»Mein Gott, ist mir schlecht.«

Babe suchte den Horizont ab. »Ich kann das Boot mit dem Schützen nicht mehr sehen.«

Martin atmete mehrmals tief ein und aus. Sollte eigentlich helfen, tat es aber nicht.

»Was glaubst du, wer der Schütze ist?«

»Es könnte Bendix sein«, antwortete Babe. »Vielleicht ist er aus dem Keller gegangen, um von draußen auf uns zu schießen.«

Martin machte mit dem Atmen weiter, vielleicht bemerkte sein Magen es irgendwann. »Bendix hätte uns einfach im Keller erledigen können. Die Waffe hatte einen Schalldämpfer, niemand hätte die Schüsse gehört. Draußen waren jede Menge Leute.«

Babe nickte zögerlich. »Einerseits hast du recht, andererseits hätten wir ihn im Keller überwältigen können. Und das wollte er nicht riskieren.«

»Hm.« Martin war nicht überzeugt. »Aber hätte Bendix wirklich in Kauf genommen, dass eine seiner wertvollen Rum-Flaschen beschädigt wird? Hätte er uns nicht eher in meiner Mühle erschossen?«

Babe hing ihren Gedanken nach. »Vielleicht war es auch Knut. Ist er ein Typ, der immer ein Regencape dabeihat?«

»Ne, dem ist Regen egal. Genau wie Sonne. Dem ist Wetter egal.«

»Aber Rutger, der hat doch bestimmt ein Cape in seiner Multifunktionsweste, oder?«

»Da kannst du drauf wetten. Steuerst du bitte zurück in den Hafen? Wenn es geht, umfahr die Wellen großräumig.«

Babe wendete das Boot und tuckerte Richtung Flensburg. »Also Rutger.«

»Ich weiß es nicht.«

»Aber wir müssen es wissen! Und zwar schnell. Denn ansonsten schießt der Typ wieder auf uns, und nächstes Mal trifft er vielleicht. Ich ziehe es vor, noch nicht zu sterben.«

»Immerhin haben wir das Wochenende nach Christi Himmelfahrt, da ist einem ein Platz auf dem himmlischen Oberdeck bestimmt sicher. Nicht so schnell!«

»Noch langsamer, und wir fahren rückwärts.«

»Dann fahr gerader, weniger auf und ab. So wie ein Bus.«

Babe seufzte so laut, dass es über dem Motorgeräusch zu hören war.

Weil das mit dem Atmen immer noch nichts brachte, nahm Martin die Horizontlinie fest in den Blick. »Rutger klang gestern Nacht glaubwürdig, finde ich. Im Wein liegt die Wahrheit, und im Rum liegt noch mehr davon. Egal, wie schmutzig sie ist.«

Babe schlug auf das Dollbord. »Weißt du, was mir gerade eingefallen ist?«

»Du wirst es mir sicher sofort sagen. Aber dabei weiterhin schön darauf achten, sachte zu lenken!«

»Kurz bevor wir in den Rum-Keller gegangen sind, hat Bendix auf seinem Handy herumgetippt. Vielleicht hat er Knut geschrieben, dass er sich verkleiden und kommen soll!«

»Dann würden beide drinhängen …« Martin bevorzugte eine Lösung, bei der nur einer seiner engsten Freunde ein Mörder war. »Nein, keiner von denen ist ein kaltblütiger Killer.«

»Ach nein? Aber irgendjemand ist nach Jamaika gereist, um meinen Dad zu erschießen. Und dieser Jemand hat auch auf dich angelegt und deinen Kumpel vergiftet. Viel kaltblütiger geht es ja wohl kaum.« Babe reckte den Kopf. »Jetzt wird das Wasser leider ein wenig unruhig, da kann ich nichts für. Guck auf den Horizont.«

»Da ist nicht genug von da, dass mir nicht mehr übel ist!« Martin versuchte es noch mal intensiv mit dem Atmen. Durch die Nase ein, durch den Mund aus, und blickte dabei starr auf den Horizont, der nicht stillstehen wollte. Immerhin kam Flensburg näher.

Aber dann knallte eine hohe Welle mit voller Wucht gegen den Bug, Gischt spritzte hoch und wie aus einem riesigen Kübel über Martin, durchnässte ihn bis auf die Haut. Weil er gerade mit Ausatmen beschäftigt war und ihm der Mund offen stand, verschluckte er außerdem einen Schwall eiskalten Wassers. Es landete direkt in der Luftröhre, und er bekam einen heftigen Hustenanfall. Wütend spuckte er das salzige Wasser wieder aus.

»Gottverdammte Scheiße, ich hasse das Meer!«

Er brüllte so laut, dass die Besatzungen der nahen Schiffe es hören konnten und ihn entgeistert anschauten.

Martin hatte das noch nie jemandem anvertraut.

Aber es tat verdammt gut, dass er es nun in die Welt geschrien hatte.

Denn durch dieses peinliche Geständnis, das durch Salz und Schmerz herausgetrieben worden war, kam ihm eine Idee. Sie war so klasse, dass Martin darüber sogar seine Übelkeit vergaß.

»Ich glaube …« Er spuckte wieder aus, denn er hatte immer noch Salzwasser im Mund. »… es gibt eine Ursünde, und zwar den Mord an meinem Bruder. Alle anderen Taten sind daraus unausweichlich hervorgegangen. Egal, wer dafür verantwortlich ist, er tut es nicht, weil er Freude am Morden hat, sondern weil er einfach keine anderen Möglichkeiten sieht. Weißt du, Babe, die Jungs sind meine Freunde, und einen Freund bringst du nicht einfach so um. Freunde sind verdammt wertvoll, je älter man wird, desto mehr begreift man das. Wenn dich also etwas so weit treibt, es doch zu tun, dann muss es etwas sein, das schwer auf dir lastet, das dich kaputt macht. Etwas, das ein Loch in dich gerissen hat, ein Loch, das kein Rum der Welt füllen kann. Wir müssen Salz in das Loch streuen, und zwar so viel, dass der Täter vor Schmerz aufschreit!«

»So wie du gerade, du Mädchen.«

»So wie ich gerade, ich Käpt'n.«

Das Wasser der Förde wurde ruhiger, Martin auch. Er hing seinen Gedanken nach, wie man das mit dem Salz anstellen konnte.

Sie brachten das Boot zurück in den Hafen, und Martin drückte dem fluchenden, mit einem Anwalt drohenden Besitzer alle Scheine aus seiner Geldbörse in die Hand. Das Fahrrad stellten sie vor der Polizeistation ab, da würde es schon keiner klauen.

Danach rief er sofort seine drei Freunde an und lud sie für den Abend ein. Er behauptete, noch eine ganz besondere Überraschung aus Jamaika für sie zu haben. Alle sagten zu.

Bendix allerdings erst nach einem heftigen Wutanfall, in dem er ihnen vorwarf, etliche seiner wertvollen Flaschen zerstört zu haben. Er hätte die Bescherung gefunden, nachdem er von einem geschäftlichen Telefonat zurückgekehrt sei. Auch die Fensterscheibe sei komplett zerstört. Was um Himmels willen hätten sie da nur angestellt?

Martin wusste nicht, ob er Bendix das Gezeter abkaufen sollte. Es erschien ihm etwas drüber zu sein. Aber vielleicht war das bei Sammlern ja so.

Es dauerte lange, bis Martin ihm alles haargenau erklärt hatte. Danach bat er Bendix darum, dass er erst am nächsten Tag Polizei und Versicherung informierte.

Hauptkommissar Neuser würde den Vorfall sonst wahrscheinlich als Vorwand nutzen, ihn sofort einzubuchten.

Dann hieß es, ans Werk zu gehen, es war viel zu tun.

Martin suchte in seiner Mühle alles Notwendige zusammen.

»Sagst du mir jetzt endlich, was du vorhast?«, fragte Babe und setzte sich auf den Boden. Sitzblockade. Bis eine Antwort kam.

»Ach, habe ich dir das noch nicht erzählt?«

»Nein!«

»Ich bin zu sehr in Gedanken.«

»Ja!«.

Er setzte sich zu ihr auf den Boden. Das fühlte sich sehr jugendlich an. »Mir ist eben auf dem Boot noch etwas klar geworden. Bei uns gibt es die Redewendung ›sich fühlen wie ein Fisch im Wasser‹. Das bedeutet, dass jedem in seiner natürlichen Umgebung am wohlsten ist und er sich darin auch am sichersten bewegt. Wenn ich den Mörder meines Bruders stellen will, muss ich ihn in mein Wasser locken, denn da schwimmt keiner besser als ich.«

»Und das bedeutet … ?«

»Ich bin kein Käpt'n, ich bin ein alter Narr, der einen Käpt'n spielt. Wenn man so will, bin ich ein Theaterschauspieler. Also öffne ich heute Abend meine Bühne.«

»Und da reibst du das Salz in die Wunde des Täters?«

»Genau.«

»Und an welchem deiner Freunde befindet sich die Wunde?«

»Das ist das Beste an der Idee: Es ist völlig egal. Wir reiben alle drei tüchtig ein!«

Als sie am Abend die Pechfackeln im Garten anzündeten, lagen lange Stunden hinter ihnen.

»Bereit?«, fragte Martin.

»So was von!«, antwortete Babe.

»Dann ab mit dir. Wir sehen uns gleich.«

»Du bist echt cool, weißt du das? Also für dein Alter.«

»Mein Alter tritt dir gleich in den Hintern! Mach, dass du auf Position kommst!«

Babe ging schnell zum Piratenschiff. »Ich hab's mir überlegt.« Sie grinste breit. »Du bist doch nicht cool. So gar nicht.«

»Zu spät, ich habe es genau gehört. Kannst du nicht mehr zurücknehmen.«

»Wohl!«

»Auf Jamaika vielleicht, aber ganz sicher nicht in Flensburg. Bei uns gibt es Gesetze gegen so was!«

Babe kam nicht mehr dazu, schnippisch zu antworten, sondern verschwand schnell im Piratenschiff, denn Rutger fuhr mit seinem weißen Benz vor. Umständlich wuchtete er sich aus dem Sitz.

»Fackeln, Käpt'n? Ist das eine Tradition, also so ein jamaikanischer Brauch, den du mitgebracht hast?«

»So in etwa. Lass dich überraschen.« Martin gab Rutger die Hand und klopfte ihm mit der anderen auf den Oberarm. Männer, die ein paar Jahrzehnte jünger waren, umarmten sich mittlerweile ja ständig, aber in seinem Alter war so ein Abklopfen das Äquivalent dazu.

»Nimm erst mal einen Schluck Rum, ist das gute Zeug aus Jamaika. Lange auf der Insel gereift.«

»Kaum bist du ein paar Tage da gewesen, klingst du schon wie ein Experte.«

»Zum Wohl!«, sagte Martin und stieß mit ihm an, nippte aber selbst nur.

Rutger trank. Erst einen kleinen Schluck, dann einen großen und gleich noch einen. »Meine Herren, der ist ja wirklich, ganz im Ernst, großartig!«

»Sag ich doch. Nimm dir ruhig noch etwas.«

Martin hatte drei Flaschen einer richtig guten Abfüllung von Hampden mitgenommen, die es nicht im normalen Verkauf gab. Viel Ester, gereift in den besten Fässern der Distillery. Die Flaschen besaßen nicht mal maschinelle Etiketten, waren noch von Ziggy handbeschriftet worden.

Knut traf auf seinem alten Heinkel-Tourist-Roller ein, Bendix kam zu Fuß.

»Ich habe bis eben gebraucht, um alle meine Flaschen zu prüfen und den Schaden zu protokollieren!«, sagte er statt einer Begrüßung.

»Wovon redest du?«, fragte Rutger. »Was für Flaschen?«

»Später«, schritt Martin ein. »Heute Abend soll es um etwas anderes gehen.«

Bendix sah sich überrascht um. »Wo ist Imke?«

»Heute nur wir Männer«, antwortete Martin. »Deshalb ist Babe auch nicht da.« Er hob sein Glas. »Auf Christian!«

Alle mussten mittrinken.

Und Martin verzichtete dezent auf den Hinweis, dass sie alle Overproof-Rum in den Gläsern hatten, den man eigentlich mit Vorsicht zu genießen hatte.

Als er das Glas wieder gesenkt hatte, meldete sich Rutger zu Wort. »Was hast du vor, also was soll das hier werden?«

Martin hob wieder das Glas. »Auf meinen Bruder!«

Wieder tranken alle.

Jetzt meldete sich Bendix zu Wort. »Nun mach es doch nicht so spannend, Käpt'n!«

»Ich muss mir noch Mut antrinken«, log Martin und schenkte allen großzügig nach. »Auf den Professor!«

Wieder hoben alle das Glas.

Danach sahen ihn die drei erwartungsvoll an.

Nach einem langen Räuspern sprach Martin. »Ich hab euch gestern eine Sache verschwiegen. Nämlich dass ich Christians Überreste gefunden habe.«

»Wo?«, fragte Rutger. »Also wo genau auf Jamaika?«

»Am Ufer des Atlantiks.«

Bendix nahm einen Schluck. »Nach zwanzig Jahren? Da kann dann aber nicht mehr viel …«

»Nein, viel ist nicht mehr von ihm übrig«, erwiderte Martin. »Nur Knochen. Aber er trägt immer noch seine geliebte Störtebeker-Kette.«

»Und das sagst du uns erst heute?«, fragte Rutger vorwurfsvoll. »Warum hast du gestern nicht schon ausgepackt?«

»Ich will eine echte Piratenbeerdigung für Christian«, antwortete Martin. »Nur Männer. Wir gehen alle ins Piratenschiff und singen Freibeuterlieder. Für meinen Bruder!« Er hob das Glas.

Druckbetankung.

Nur Martin trank weiterhin nichts.

Zwei Flaschen waren geleert, als sie das Schiff betraten. Das Innere war duster bis auf eine einzelne Kerze, die am anderen Ende des Boots brannte. Sie war allerdings kaum zu erkennen, so eingenebelt war der Raum.

»Jamaikanische Duftkerze«, sagte Martin mit einem Augenzwinkern. »Heftig, aber rein pflanzlich.«

Es war Marihuana. Das starke Zeug. Babe hatte etwas mitgebracht, eigentlich für den Eigengebrauch. Aber sie hatte alles der guten Sache geopfert.

Alle Luken hatten Martin und sie verschlossen. Dadurch würden Rutger, Knut und Bendix nun nichts anderes einatmen als den Rauch des Rauschmittels.

Martin sorgte dafür, dass alle hineingingen, blieb selbst aber am Eingang stehen – dem einzigen Platz mit Frischluft. Dann fing er wie geplant an zu singen. »*Fuffzehn Mann auf des toten Manns Kiste!*«

»*Ho, ho, ho und 'ne Buddel mit Rum!*«, erwiderten die anderen drei lautstark.

Und wer aus voller Kehle sang, der atmete auch aus voller Lunge ein.

»*Fuffzehn Mann schrieb der Teufel auf die Liste*«, sang Martin weiter.

»*Schnaps und Teufel brachten alle um! Ja!*«, kam es aus den Kehlen.

Das Ganze wiederholte Martin noch zweimal.

Obwohl er kaum Alkohol in seiner Blutbahn hatte und nur wenig des Rauchs einatmete, spürte Martin, wie die Welt sich an den Rändern aufribbelte, als sei sie dort nicht fest genug gewebt worden.

Dies war der Moment, als Babe das Stroboskoplicht einschaltete und irres Lachen gemischt mit Schreien aus den Boxen drang.

Martin schloss die Eingangstür hinter sich. Jetzt musste es schnell gehen.

Das glühende Aquarium sprang an, den Effekt hatten sie durch eine Lichterkette erzielt, die sonst seinen Weihnachtsbaum schmückte. »Looming Lagoon« stand mit roter Farbe auf der Glasscheibe.

Dann erwachten die Spots zum Leben und strahlten die von der Decke hängenden Petermännchen an – samt giftiger Stacheln. Sie hatten über die Grenze nach Dänemark fahren müssen, um sie zu besorgen, und mehr als fünf hatten sie nicht auftreiben können.

Rutger, Bendix und Knut drehten sich wie Kreisel.

Jetzt trat Babe aus dem Dunkel, das Gesicht so mit Schwarzlichtfarbe eingeschmiert, dass es wie der Kopf eines Skeletts wirkte.

»Du hast meinen Dad getötet!«, rief sie.

»Du hast meinen Bruder getötet!«, rief Martin.

Sie sagten es in den Raum, jeder konnte gemeint sein.

Auf Knopfdruck sprang das Skelett von Christian aus dem Sarg.

Die nächsten Worte kamen vom Band. Babe hatte den Text von Martin einsprechen lassen und die Stimme dann mit einer Handy-App tief und hallig verfremdet. Sie klang wie bei einer Live-Übertragung aus der Gruft. Darunter Schmerzensschreie und Heulen gemischt.

»Warum hast du mich umgebracht? Sag es, oder alle sterben!«

Martin hielt die Luft an. Nicht nur wegen des Marihuanas.

Hatte das Salzwasser die Wunde getroffen?

Er schaute zu Rutger, Bendix und Knut.

Sie standen alle wie erstarrt.

Keiner sprach.

Verdammt!

Dann erklang Christians vermeintliche Stimme wieder. »Warum hast du mich umgebracht? Sag es, oder alle sterben!«

Dann Stille.

Eine Stille, die geradezu brutal war nach der vorherigen Kakofonie.

Bis auf einen Spot, der grell auf die drei Männer in der Mitte des Raums strahlte, gingen alle Lichter aus.

Martin hielt die Luft an. Und zählte die Sekunden. Eins, zwei, drei, vier …

»Ich …«, war plötzlich eine leise, kratzige Stimme zu hören, »ich war das.«

Jedes Wort war wie aus Schmerz gebaut und aus Erlösung.

»Für das, was er Imke angetan hat, bevor er nach Jamaika ist. Am Telefon hat er mit ihr Schluss gemacht. Und gesagt, dass sie nicht die Richtige für ihn wäre und er sie sowieso nie geliebt hat. Sie war völlig fertig, hat nur noch geweint, ich hatte jeden Tag Angst, dass sie sich was antut«, fuhr die Stimme fort. »Da war ich für sie da. Habe sie getröstet. Aber es wurde nicht besser. Da bin ich nach Jamaika und hab das für sie getan. Weil es gerecht war.«

Der Rauch lichtete sich etwas. Martin sah ins Gesicht des Mörders seines Bruders.

»Und weil ich sie geliebt habe.«

Es war Knut.

»Seitdem sind Imke und ich zusammen.« Knut atmete schwer. »Aber ich kann mich seitdem selbst nicht mehr leiden. Eigentlich ertrag ich mich nur noch, wenn ich bei der *Alex* bin. Die ist eine Maschine, der ist es egal, ob einer ein Mörder ist. Der ist nur wichtig, dass sich einer um sie kümmert.«

Martin riss die Eingangstür auf und trat ins Freie. Er musste bei klarem Verstand bleiben, um mit Knut zur Polizei zu fahren. Selbst wenn Babe alles wie geplant auf Handy mitgeschnitten hatte, würde erst eine Aussage bei Neuser alles bombenfest machen.

»Kommt raus!«, rief er hinein.

Nacheinander torkelten sie ins Freie, keiner sprach ein Wort. Vielleicht hielten sie alles für einen bösen Traum. Zuletzt kam Babe, blieb aber nahe dem Schiff stehen, in sicherem Abstand zu den unter zweierlei Drogen stehenden Männern.

Martin packte Knut fest am Arm. »Wir fahren zur Polizei. Du sagst denen jetzt alles!«

Der alte Freund blickte ihn aus leeren Augen an.

Police Office, Jamaica. Kurz zuvor.

Die Tür zu Jo'annas Büro wurde scheppernd aufgerissen, und Isaac stürzte atemlos hinein.

»Mum!«

Jo'anna hob eine Hand hoch. »Sekunde! Ich bin gerade an etwas Wichtigem dran. Außerdem wäre Anklopfen schön. Du wirst es nicht glauben, aber die meisten Menschen auf der Welt halten es so.« Sie tippte etwas auf ihrer Computertastatur. Betont langsam. Sonst lernte der Junge es nie.

»Der Käpt'n ist doch am Doctor's Cave Beach angeschossen worden.« Isaac drehte den Stuhl vor ihrem Schreibtisch und setzte sich rücklings darauf, als wäre er der Sattel eines Pferds. »Die Patronenhülse hast du ins Labor gegeben.«

Jo'anna stöhnte auf. »Du musst mir nicht sagen, was ich schon weiß! Und jetzt lass mich in Ruhe arbeiten, ich habe endlich handfeste Beweise für die illegal eingestellten Arbeiter bei der Distillery, die dich deinen Job gekostet haben. Muss nur noch diese verflixten Unterlagen ausfüllen.«

»Die Schießerei am Strand ist nie richtig untersucht worden!«

Jo'anna tippte weiter. »Wenn einer etwas davon mitbekommen hätte, wäre sicher eine Zeugenaussage gemacht worden.« Ah, da war ja die Box, die sie anklicken musste.

»Mum, ehrlich? Wie lang machst du diesen Job schon? Wer aus MoBay würde sich bitte melden, wenn er irgendwo eine Schießerei mitbekommt? Niemand, der noch einen Rest Verstand hat! Außerdem hat der Schütze ja einen Schalldämpfer benutzt.«

Jo'anna gab auf. »Worauf willst du hinaus? Sag es, und dann lass mich endlich meine Arbeit machen!«

Hinter Isaac trat eine nette ältere Dame ein. Sie sah, dachte Jo'anna überrascht, aus wie eine jamaikanische Jane Marple.

»Der junge Inspector hat so von Ihnen geschwärmt«, sagte sie.

Zu Jo'annas Überraschung sprang Isaac auf und bot der alten Dame seinen Platz an. Mit einem Lächeln setzte sie sich und legte sich ihre kleine Handtasche auf den Schoß.

»Er mir sogar von seinem Ganja abgegeben«, ergänzte sie und kicherte auf stilvolle englische Art.

»Erzählen Sie der Chefin, was Sie mir bei unserem Gespräch mitgeteilt haben.«

»Ja, gern.« Sie sah sich um. »Hätten Sie vielleicht einen Tee für mich? Der tut mir immer so gut.«

»Selbstverständlich«, sagte Jo'anna und dann an ihren Sohn gewandt: »Tee, schnell.«

Isaac war da schon längst auf dem Weg. Der Junge überraschte sie wirklich. Vielleicht wurde ja doch noch etwas Anständiges aus ihm.

»Wie heißen Sie?«, fragte Jo'anna.

»Mary Westmacott«, antwortete die alte Dame und holte ihr Portemonnaie aus der Handtasche. »Benötigen Sie meinen Ausweis?«

»Ich lasse gleich eine Kopie davon machen.« Jo'anna nahm ihn an sich. »Sie wollen also eine Aussage zu der Schießerei am Doctor's Cave Beach machen? Leben Sie in der Nähe des Strands?«

»Nein, aber ich bin da so gern und beobachte Leute, das ist mein Hobby. Es gibt doch kein interessanteres Wesen als den Menschen.«

Isaac kehrte mit einer dampfenden Tasse Tee zurück. Sie stand auf einem Untersetzer mit zwei Keksen. »Hier, bitte, Miss.«

»Danke, Sie sind so ein wohlerzogener junger Mann. Ihre Mutter kann stolz auf Sie sein.«

Dann blickte sie zu Jo'anna, die meinte, ein kurzes Augenzwinkern zu sehen. Oder war das Einbildung? Mit abgespreiztem kleinem Finger nahm Mary Westmacott einen Schluck.

Isaac setzte sich auf den Schreibtisch. »Sie hat eine irre Information, Mu… Miss Desmond.«

»Ich bin gespannt, Jung… Junior Inspector.« Jo'anna schnitt ihm hinter dem Rücken der Dame eine Grimasse.

Mary Westmacott setzte die Tasse ab. »Wo soll ich am besten anfangen?« Sie drehte die Tasse so, dass der Griff exakt nach rechts ausgerichtet war. »Ach ja, ich weiß: Nach der Schießerei kam eine sehr hübsche junge Frau zu mir, ganz fantastische Haare hatte die. Der habe ich erzählt, was ich gesehen hatte. Also dass der Schütze mittelgroß war, viel mehr konnte ich ja nicht mit Bestimmtheit sagen. Noch nicht mal, ob es ein Weißer oder ein Schwarzer war, nur ein Monymusk-Logo auf dem T-Shirt hatte ich ausmachen können. Das Licht war schlecht, wissen Sie. Und meine Augen sind nicht mehr die jüngsten. Genau wie der ganze Rest.« Sie schmunzelte.

»Es geht noch weiter«, sagte Isaac und strich sich über den Nacken.

»Die Sache ließ mich nicht los, man ist ja doch neugierig«, fuhr Mary Westmacott fort. »Am nächsten Tag habe ich mich deshalb umgehört. Den ganzen Tag habe ich mit Leuten am Doctor's Cave Beach gesprochen, einer alten Frau wie mir erzählen die Leute immer viel. Schließlich traf ich jemanden, der abends am Strand joggen gewesen war und den Schützen auch gesehen hatte. Von viel näher dran als ich! Zuerst wollte er nicht reden, weil er Angst hatte, Ärger zu bekommen. Vor allem wenn die Polizei Wind davon bekäme, dass er etwas weiß.«

Isaac warf Jo'anna einen triumphierenden Blick zu.

»Eine völlig unberechtigte Angst«, sagte Jo'anna. »Was hat der Mann denn gesehen, was Ihnen nicht aufgefallen ist?«

»Darum geht es nicht. Er hat etwas gesehen, was ich falsch gesehen habe.«

»Ich verstehe nicht.« Jo'anna lehnte sich vor.

»Der Schütze, der Mann …«

»Ja?«

»War gar kein Mann, es war eine Frau. Mit kurzen Haaren.«

Jo'anna wählte umgehend die Nummer des Käpt'ns.

Aber er hob nicht ab.

Martin zog Knut zum Ausgang des Gartens, als plötzlich eine Stimme erklang.

»Lass ihn sofort los! Er geht ganz bestimmt nicht mit dir zur Polizei!«

Martin drehte sich um und sah sich ihr gegenüber.

Der Person mit der Waffe.

Einer Waffe, auf der ein Schalldämpfer steckte.

Eine Waffe, deren Lauf an Babes Schläfe gepresst war.

Imke.

»Jetzt biste überrascht, was?«, fragte Imke und drückte den Lauf fester gegen Babes Kopf. »Wo ich bin, fällt euch allen sowieso nicht auf. Ich bin euch allen doch komplett egal. Nur Knut nicht. Ich lass mir nicht auch noch das Letzte nehmen, was ich habe!«

»Knut ist Christians Mörder«, sagte Martin.

»Ich weiß, er hat es für mich getan. Ich wollte, dass er die Drecksau umbringt. Habe rumgeheult und geflucht und Christian den Tod gewünscht. Und eine Pistole besorgt, war nicht billig, aber das war es mir wert. Hat über zwei Monate gedauert, bis Knut so weit war, dann hat er es für mich gemacht. Da wusste ich, dass ich mich auf ihn immer verlassen kann. Und er kann sich auf mich verlassen!« Sie blickte in die Runde. »Euch haben wir natürlich nicht erzählt, dass wir zusammen sind, ihr hättet nur dumme Sprüche gemacht.«

Knut zeigte auf die Waffe. »Wie bist du an die gekommen? Die hatte ich doch weggesperrt!«

»Knut, man kann alles von dir erfahren, wenn du schläfst. Dann bist du richtig redselig.« Imke blickte Martin an. »Jetzt lass ihn endlich los. Sonst war es das mit deiner Nichte. Du musst nicht meinen, dass es mir auf einen Mord mehr ankommt. Wirklich nicht.«

Martin löste den Griff und Knut ging schweigend zu Imke.

»Hast du Lasse …?«, fragte Martin.

»Er war selbst schuld, wirklich. Warum wollte er unbedingt reinen Tisch machen? Jahrelang hat er dir gegenüber das Maul gehalten, obwohl er den Verdacht hatte, dass dein Bruder umgebracht worden ist. Ja sogar ahnte, wo es passiert ist. Und dann wird Lasse, dieser Idiot, auf seine letzten Tage redselig! Ich konnte nicht zulassen, dass er die Sache ans Licht bringt! Und er wäre doch sowieso gestorben. *Er* hat uns diese ganze Scheiße hier eingebrockt.«

Knut schüttelte träge den Kopf. »Ach, Imke …«

Babe zitterte am ganzen Körper und atmete schwer. Das zu sehen, war für Martin schlimmer, als stünde er an ihrer Stelle. Sie warf ihm einen Blick zu, der wohl sagen sollte: *Alles wird gut*. Was für ein tapferes Mädchen.

Imke schob sich mit ihr langsam Richtung Auto.

»Warst du das etwa auch auf Jamaika?«, fragte Martin sie. »Am Doctor's Cave Beach? Hast du da auf mich geschossen?«

Imke lächelte trocken. »Du weißt doch, wie sehr ich Strandspaziergänge liebe.«

»Und gestern in Knuts Keller?«

»Ja, Martin, das war ich auch. Seit dem Mist mit dem Petermännchen war mir klar, dass du mir auf der Spur bist. Und seitdem überlege ich, was ich tun soll. Hätte ich euch im Keller erwischt, wäre mir das hier erspart geblieben.«

»Und was jetzt? Bringst du uns alle um? Ernsthaft?«

Sie ging ein paar Schritte mehr Richtung Auto, nahm die Waffe dabei aber keine Sekunde von Babes Schläfe. »Wenn einer von euch versucht, uns aufzuhalten, dann mach ich das. Wenn ihr das nicht wollt, müsst ihr Knut und mich nur fahren lassen. Ich habe einiges an Rum aus Bendix' Keller geholt, den machen wir zu Geld und fangen damit irgendwo neu an. Setz dich ins Auto, Knut!«

Er torkelte zum Wagen.

Aber dann schwankte er einfach daran vorbei zu seinem Roller.

Knut hatte jahrzehntelange Erfahrung darin, betrunken zu fahren, das Marihuana machte da keinen großen Unterschied. Routiniert startete er die Maschine.

Imke drehte sich zu ihm um. »Knut? Was machst du? Setz dich ins Auto!«

Knut antwortete nicht, Knut fuhr und ließ Imke zurück, die vor Schock die geladene Waffe sinken ließ.

Babe sprintete los wie eine Hundert-Meter-Läuferin aus dem Block und schaffte es in die Sicherheit des Piratenschiffs.

Sie würde die Polizei rufen, dachte Martin. Jetzt wird alles gut.

Aber dann hob Imke schwer atmend die Pistole.

Und drehte sich zu Martin, den Lauf der Waffe auf seinen Kopf gerichtet.

Martin blickte in die dunkle Mündung, aus der jede Sekunde sein Tod auf ihn zurasen würde.

Und merkte, dass er ihn nicht willkommen heißen wollte.

Er wollte noch etwas auf dieser Welt bleiben und sich darum kümmern, dass Babe ihren Weg fand.

Martin warf sich zur Seite, kurz bevor sich der erste Schuss löste.

Imke kam schnellen Schrittes auf ihn zu, hielt die Waffe weiter starr auf ihn.

Selbst wenn er sich wegdrehte, konnte sie ihn aus dieser Distanz nicht verfehlen.

»Imke, nein!«, sagte er und riss die Hände schützend empor. »Warum?«

»Weil jetzt sowieso alles aus ist«, antwortete sie mit einer Kälte in der Stimme, die keine Hoffnung mehr in sich trug. Imkes Welt war leer, und sie wollte, dass alle anderen es spürten.

Das erste Petermännchen touchierte sie am Ohr, aber das zweite traf sie mitten ins Gesicht, sodass es richtig klatschte.

Imke schrie auf, ließ die Pistole fallen und packte sich dorthin, wo das Gift des Fisches schon sein Unheil verrichtete.

Martin stand schnell auf und griff sich Imkes Waffe. Dann erst blickte er in die Richtung, aus der die Fische gekommen waren.

Dort stand eine Babe, die trotz Tränen in den Augen lächelte. »Du bist nicht der Einzige in der Familie, der werfen kann!«

»Gib du der Polizei Bescheid«, rief er zu ihr und rannte los zu Rutgers Mercedes, in dem bestimmt noch der Schlüssel steckte.

»Und was machst du?«

»Ich weiß genau, wo Knut hin ist.«

Auf der *Alex* brannte Licht.

Knuts Roller lag vor dem Bootsanleger, er hatte ihn einfach umfallen lassen.

Martin überlegte kurz, ob er eine Waffe mit auf das Schiff nehmen sollte, aber im Benz lag natürlich keine, nur eine blaue Parkscheibe aus Pappe, ein zwanzig Jahre alter Straßenatlas und ein Wackeldackel mit Halsstarre. Aber Knut würde sowieso nur hier sein, um Abschied von seiner *Alex* zu nehmen.

Er wäre keine Bedrohung.

Und er brauchte sicher einen Freund.

Martin fand ihn im Maschinenraum des alten Dampfschiffs, wo er in einer Ecke kauerte und etwas in seinen Armen wiegte und streichelte, als sei es ein Kind.

Alles sah friedlich aus.

Aber als Martin näher kam, erkannte er ein metallisches Schimmern, Kabel und einen Auslöser in Knuts Hand.

Das vermeintliche Kind war eine Rohrbombe.

Knut blickte langsam auf.

»Käpt'n, dachte mir, dass du kommst.«

»Knut, du …«

»Nu lass mich mal reden. Wird auch das letzte Mal sein.« Er hustete trocken, seine Stimmbänder waren etwas aus der Übung. »Ich hab damals Mist gebaut, und jetzt ist Zahltag. Ich bin dafür verantwortlich, dass Christian tot ist, und wegen Imke irgendwie auch dafür, dass Lasse nicht mehr bei uns ist. Man kann nicht alles reparieren wie einen alten Kahn. Mein Leben ist kaputt, durch und durch, das Schiff ist schon längst gesunken.«

Martin trat vorsichtig näher und kniete sich hin, damit er auf Augenhöhe mit dem alten Freund war. »Knut, es wird nichts besser, wenn noch jemand stirbt.«

»Doch, das wird es. Für mich. Das ist kein Opfer, Käpt'n, das ist purer Egoismus. Komm noch einen Schritt näher, und ich zünde die Bombe. Das Ding ist voll mit explosivem Blumendünger, die Anleitung hab ich aus dem Internet.«

»Was ist mit Imke? Sie liebt dich.«

»Nein, sie braucht mich. Manche Menschen verwechseln das, aber das ist was ganz anderes. Ich war nur zweite Wahl. Genau wie bei Rutger als Kumpel. Ich war überall zweite Wahl, mein Leben lang. Damit habe ich mich abgefunden. Nur bei der *Alex* war ich erste Wahl.« Er blickte sich im Maschinenraum um und lächelte sogar ein wenig. »Geh bitte runter vom Schiff, Käpt'n. Sonst fliegst du nämlich mit mir in die Luft.«

»Ich bewege mich keinen Zentimeter ohne dich hier weg.«

Knut seufzte. »Wenn ich die *Alex* jetzt nicht sprenge, werden sie mich hier wegzerren, und das ertrage ich nicht. Bleib hier, und du gehst mit mir hoch.«

»Knut …« Martin streckte die Hand aus.

»Komm nicht näher! Ich mein's ernst.«

Er hob den Auslöser drohend empor.

Aber Martin wollte nicht gehen. Nicht allein. Und er hatte noch so viele Fragen.

»Wie war es, als du Christian getötet hast?«

Knut nickte, er verstand offensichtlich, warum Martin das wissen musste.

»Christian war glücklich auf Jamaika, Käpt'n. So richtig. Er war da angekommen. Und er hat nicht mitbekommen, als es passiert ist. Christian saß im Sand und hat aufs Meer geguckt, war eine schöne Nacht. Er hat gerade vor sich hingemurmelt, es könnte nirgendwo schöner sein. Da hab ich geschossen. Er war sofort tot. Weißt du, es war nicht in Ordnung, dass er so glücklich war, nach dem, was in dem Garten passiert ist, und allem, was er Imke angetan hat. Hätte das Leben ihn bestraft, hätte ich es vielleicht nicht getan.«

»Es gab nichts zu bestrafen, es war ein Unfall!«

»Nachlässigkeit ist eine Sünde. Ich zähle jetzt bis zehn, dann zünde ich. Deine Entscheidung. Zehn.«

»Knut! Du stehst unter Drogen. Der Rauch, das war Marihuana. Gras. Haschisch.«

»Neun.«

Martin hätte wütend sein müssen. Aber es war nicht so. Vor ihm saß ein alter Freund und war elend. Ein alter Freund, den er trotz allem nicht verlieren wollte.

»Du bist immer noch mein Kumpel …«

»Ich will deine Vergebung nicht, ich will gar nix mehr. Acht.«

»Die *Alex* ist doch dein Vermächtnis!«

»Sieben. Die anderen können sich eh nicht richtig um die *Alex* kümmern. Das alte Mädchen würde langsam verkommen, zerfallen, das hat sie nicht verdient. Wenn ich gehe, geht die *Alex* mit mir. Die *Alex* und ich, wir gehören zusammen. Sechs.«

Plötzlich stand Babe im Türrahmen. Sie brauchte nichts zu sagen, sie sah Martin bloß an.

Er war alles, was sie noch hatte.

Babe streckte ihre Hand aus.

»Fünf«, sagte Knut.

»Komm«, sagte Babe. »Bitte!«

Als Martin die Tränen in ihren Augen sah, ergriff er ihre Hand und ließ sich aus dem Raum ziehen.

Ein letztes Mal drehte er sich noch zu Knut um. »Grüß meinen Bruder und Lasse von mir, ja? Sag ihnen, ich muss noch etwas bleiben.«

Knut nickte. »Mach's besser als ich, Käpt'n.«

Martin wollte noch etwas erwidern, aber Babe zog ihn weiter und zog heftiger, begann zu laufen.

Von draußen strahlte Blaulicht in die *Alex*. Es kam von allen Seiten. Knut zählte jetzt laut, brüllte die Zahlen fast.

Als sie auf das Deck traten, war er bei zwei angekommen, und Martin sah die Einsatzwagen von Polizei und Feuerwehr. Bestimmt ein Dutzend standen am Ufer. Martin machte auch Neuser aus, der ein Megafon in der Hand hielt, neben ihm Rutger und Bendix, Imke musste mit Handschellen in einem der Streifenwagen sitzen. Ob sie wohl zur *Alex* schaute?

Babe riss ihn mit sich die Gangway hinunter. Als sie an deren Ende ankamen und das Ufer betraten, schrie Knut: »Eins!«

Dann hielt die Welt für einen Moment den Atem an.

Babe warf sich mit Martin auf den Boden.

Und die *Alex* explodierte.

Selbst im Sterben blieb Knut ein ordentlicher Handwerker. All das geborstene Holz und Metall des Dampfschiffs, die Tausenden Glassplitter, all der Unrat, der in die Luft geschleudert wurde und prasselnd herunterfiel, tat dies Richtung Wasser. Keines der neben der *Alex* liegenden Schiffe wurde in Mitleidenschaft gezogen.

Das, was von der *Alex* danach noch übrig war, sank wie ein Stein. Kein langes, quälendes Ringen mit dem Tod. Die *Alex* verabschiedete sich ohne große Schau.

Sie war eine echte norddeutsche Deern.

Erst als das Prasseln aufgehört hatte, hoben Martin und Babe ihre Köpfe wieder, die sie zuvor mit den Armen geschützt hatten.

»Es ist vorbei«, sagte Babe.

Ja, dachte Martin, etwas ist zu Ende gegangen.

Und zwar viel mehr als die Suche nach seinem Bruder.

EPILOG

»Hinter dem Horizont«

Zu Hause ist dort, wo man dich vermisst, wenn du nicht da bist, heißt es.

Also ging Martin zurück nach Jamaika.

Hier hatte er einen Bruder gesucht und eine Nichte gefunden.

Und mehr über sein Leben in Flensburg gelernt als all die Jahrzehnte, die er in der Stadt verbracht hatte.

Deshalb hatte er die Mühle und seinen ganzen Besitz verkauft. Nur die Plattensammlung nicht, die hatte er mit auf die Reise genommen, damit sich die Vorstellung der Jamaikaner von deutscher Musik um Reinhard Mey, Hannes Wader, Achim Reichel, Udo Lindenberg und auch um Klaus & Klaus erweiterte.

Nun stand er auf dem Gelände von Hampden am Muck Pit, um mit einer Holzkelle etwas aus der stinkenden, fliegenvernebelten Masse zu holen, die von der Viskosität an Rübensirup erinnerte.

Es war Teil eines neuen Plans.

»Hast du es endlich geschafft?«, fragte Babe.

»Falls nicht, erschieße ich dich. Aber kein Druck«, sagte Jo'anna, die sich ein Taschentuch vor die Nase hielt.

»Ich hab nur die ersten beiden kläglich gescheiterten Versuche filmen können, weil du mit deinem Rücken alles verdeckt hast!«

Martin drehte sich zu ihnen und hielt die Kelle mit der dunklen Brühe in die Höhe.

Dafür erntete er Klatschen, Johlen und einen Käpt'n-Ruf von Babe.

Martin war dabei, einen Rum zu machen, der »The Professor« heißen würde. Als Hommage an Christian und dessen unerfüllten Traum.

Wie in einer Prozession brachten sie die besondere Ingredienz zu einem Maischebottich im Inneren der Distillery. Das Zuckerrohr für die blubbernd gärende Melasse hatte er selbst gepresst und auch den Saft eingekocht. Die Fässer zur Lagerung wollte er eigenhändig herstellen.

Bis der Rum fertig und abgefüllt wäre, würde es noch Jahre dauern.

Trotzdem hatte Martin das Projekt begonnen.

Oder gerade deswegen.

Diesmal war es keine Wette mit Lasse, sondern mit dem Schicksal. Und es ging nicht um den Tod, sondern um das Leben.

Martin vertraute darauf, dass der Rum im jamaikanischen Klima schneller reifen würde als er selbst.

»Gehen wir noch mal zu Dad?«, fragte Babe, nachdem Martin den Muck in die Maische geschüttet hatte.

Sie hatten Christians Überreste ganz in der Nähe beerdigt, sogar ein Priester war dabei gewesen und ein Reggae-Musiker, der Bob Marleys »Redemption Song« mit Gitarre dargeboten hatte. Marley hatte den »Erlösungssong« aufgenommen, als schon Krebs bei ihm diagnostiziert worden war. Trotz des spürbaren Schmerzes besaß der Song auch so viel Schönheit.

Während sie sich dem kleinen Holzkreuz näherten, das in den Flensburger Stadtfarben blau-gelb gestrichen war, bemerkte Martin zufrieden, dass sein Plan bezüglich Christians letzter Ruhestätte voll aufging. Er hatte den Ort so gewählt, dass Christian den Duft der Distillery stets erschnuppern konnte, und in diesem Moment wehte ein Schwall Rum-Aroma generös hinüber.

Sie stellten sich um das Kreuz und senkten die Köpfe. Martin nahm sogar die Kapitänsmütze ab. Er hatte mittlerweile zwar seine alte aus der Asservatenkammer der Jamaica Constabulary Force zurückerhalten, trug aber trotzdem das Modell weiter, das Babe ihm geschenkt hatte. Irgendwie stand es jetzt für sein neues Leben.

Martin zog einen Flachmann aus der Gesäßtasche, schraubte ihn auf und goss einen großen Schluck davon über die Erde.

»Prost, kleiner Bruder.«

Babe hakte sich von einer Seite bei ihm unter und Jo'anna von der anderen. Dann nahmen sie alle auch einen Schluck und stießen auf diese Art mit Christian an.

»Oh, ich muss los!«, sagte Babe plötzlich und tippte auf ihre Armbanduhr. »Vorlesung! Und das Thema sind ...«

»... Hochhäuser?«, fragte Martin.

»Ne, doofe Bungalows!« Sie zog eine Schnute, aber ihre Augen lachten.

Babe hatte im letzten Monat angefangen, an der Carribean School of Architecture zu studieren. Martin finanzierte es und hätte nicht gewusst, wie er sein Geld sinnvoller nutzen konnte. Der Campus lag im Osten Kingstons an der Old Hope Road.

Das passte doch wunderbar.

Hochhäuser würde Babe schon noch früh genug sehen. Seiner Meinung nach wurden sie sowieso überschätzt. Warum hoch oben leben, wenn sich am Boden doch die schönsten Dinge fanden? Bäume, Blumen, das Meer und Jerk-Food-Restaurants.

»Und du musst auch los«, sagte Jo'anna zu Martin. »Pass diesmal gut auf die Streichhölzer auf! Lass sie dir nicht wieder anzünden!«

Es hatte sich herausgestellt, dass auch viele jamaikanische Kinder sich einen zünftigen Piratengeburtstag wünschten. Um dem auf der Insel sehr bekannten und einst gefürchteten Piraten Blackbeard ähnlich zu sehen, hatte Martin seinen Bart rabenschwarz gefärbt. Als besonderes Extra hatte Babe ihm Streichhölzer hineingeflochten, denn von Blackbeard hieß es, er hätte seine Angriffe mit brennenden Streichhölzern im Bart durchgeführt.

»Und ich muss dringend ins Police Office. Es sieht gut aus, was die Illegalen betrifft. Heute kriegen wir die Drahtzieher dran. Deshalb fährt Isaac dich.« Jo'anna gab ihm einen zärtlichen Abschiedskuss. Es war noch keiner von der routinierten Art, sondern mit einer Prise Leidenschaft versehen.

Isaac stöhnte auf. »Mum, muss das echt sein?«

»Ja, muss es, Herr Polizeianwärter. Gewöhnen Sie sich besser dran.«

Martin spendierte Isaac ebenfalls einen Schluck aus dem Flachmann.

Auf dem Weg zurück zum Wagen, während tropische Vögel um ihn fremdartige Laute ausstießen und die Sonne durch hohe Palmen auf ihn fiel, dachte Martin über sein Leben nach. Es war nicht immer leicht gewesen und würde jetzt sicher nicht damit anfangen. Manchmal kam es ihm vor, als sei er ein Boxer, der schon in der Ringecke hing, aber dem der Gegner trotzdem weiter einen Schlag nach dem anderen versetzte. Geld war eigentlich immer knapp gewesen, seine Eltern waren zu früh gestorben, genau wie sein Bruder, eine Frau hatte er in Flensburg nie gefunden, eine Familie mit kleinen Störtebäckers nie gegründet.

Aber jetzt war er hier auf Jamaika, machte seinen eigenen Rum und hatte eine Nichte, die ihn alten Trottel regelmäßig auslachte. Zudem eine wunderschöne Frau, der es gut gefiel, wenn er sie küsste. Ihr Sohn mochte sich das zwar nicht anschauen, hatte aber grundsätzlich nichts dagegen einzuwenden.

Das war doch schon was.

Als sie am Auto ankamen und Martin einen letzten Blick auf die Distillery warf, kam ihm ein altes Flensburger Sprichwort in den Sinn.

Wenn das Leben dir miesen Rum gibt, mach einen tropischen Cocktail daraus.

Und vergiss ja das Schirmchen nicht.

RUM-GLOSSAR

Von Lasse Reinda

Eine Publikation des Rum-Museums
im Flensburger Schifffahrtsmuseum

Von Aged Rum
bis Zuckerrohr

AGED RUM – Gelagerter Rum nennt sich »Aged Rum«. Auch weißer Rum kann gelagert worden sein. Es gibt keine Vorschriften, wie lange ein Rum gelagert sein muss, damit er so genannt werden kann.

ANGEL'S SHARE – Angel's Share, zu Deutsch »Anteil der Engel«, ist eine Bezeichnung für den Alkohol, der sich bei der Fasslagerung verflüchtigt.

ARRAK – Diese südostasiatische Spirituose gilt als eine der ältesten, wenn nicht gar die älteste Spirituose der Welt. Arrak wird aus gekochtem Reis und Zuckerrohrsaft oder aus Palmsaft erzeugt.

BAGASSE – Die Zuckerrohrreste, die nach der Pressung anfallen, werden Bagasse genannt. Sie werden manchmal der Melasse beigemischt.

BLACK TOT DAY – An diesem traurigen Tag, dem 31. Juli 1970, endete der tägliche Rum-Ausschank (»tot« bedeutet im Englischen »Schlückchen«) an Angehörige der Royal Navy.

BLEND/BLENDED RUM – Blending meint die Mischung verschiedener Rums: oftmals Rums verschiedener Fässer, Tanks, Altersstufen. Es gibt nicht nur Blends von Rums aus einer Distillery, sondern auch von mehreren, ja sogar Blends von Rums aus verschiedenen Ländern.

Navy Rums sind klassische internationale Blends. Ursprünglich stammten die verwendeten Rums vorrangig von englischen Überseegebieten wie Jamaika, Barbados, Guyana und später Trinidad. Aber wenn es dort nicht genug gab, wurde auch in anderen Ländern gekauft.

BRAUNER RUM – Brauner Rum erhält seine Farbe durch die Lagerung in Fässern – und/oder die Zugabe von Zuckercouleur oder Karamell.

CACHAÇA – Im Grunde ist diese klassische Caipirinha-Zutat ein ausschließlich in Brasilien erzeugter Rhum Agricole, also aus frischem Zuckerrohrsaft hergestellt. Der Alkoholgehalt des fertigen Erzeugnisses muss zwischen 38 und 48 % liegen, in der Produktion darf Zucker zugesetzt werden. Außerdem – bei anderen Rums unüblich – darf auch Fermentationsbeschleuniger zugegeben werden. Damit vergärt die Maische schneller, aber aromatisch wird das Erzeugnis weniger komplex.

Bei »Aged Cachaça« muss mindestens 50 % des Flascheninhalts ein Jahr gereift sein. Was ehrlich gesagt lächerlich wenig ist. Bei »Cachaça envelhecida« muss dagegen die gesamte Menge mindestens ein Jahr in Fässern mit einem Fassungsvermögen von höchstens siebenhundert Litern gereift sein.

Es gibt sagenhafte sechstausend Cachaça-Distillerys in Brasilien. Neben den industriellen auch kleinere, handwerkliche, in denen der »Cachaça artesanal de Alambique« hergestellt wird, welcher geschmacklich an Rhum Agricole erinnert.

Für die Lagerung des Cachaça sind zwanzig verschiedene Holzarten zugelassen, darunter auch die klassische Eiche.

Liegt der Alkoholgehalt über 48 %, muss das Erzeugnis »Aguardiente« (»brennendes Wasser«) genannt werden.

CLAIRIN – Clairin ist ein haitianischer Rhum Agricole, der aus frischem Zuckerrohrsaft hergestellt und im Pot-Still-Verfahren zweifach destilliert wird. Eine weitere Besonderheit ist, dass man für die Fermentierung natürliche Hefe verwendet, also keine industriellen Reinzuchthefen. Clairin wird meist unverdünnt abgefüllt.

COCKTAIL – Ein alkoholisches Mischgetränk, üblicherweise aus zwei oder mehr Zutaten, darunter mindestens einer Spirituose, ist ein Cocktail. Erstmals schriftlich definiert wurde »cock tail« im Jahr 1806: »stimulierendes Getränk aus Spirituosen aller Art, Zucker, Wasser und Bitters«.

COLUMN STILLS – Column Stills werden auch Coffey Stills genannt, nach ihrem Erfinder, dem irischen Ingenieur Aeneas Coffey. Sie weisen eine Säulenform auf, daher ist diese Form des Brennens auch als Säulendestillation bekannt. Hierbei handelt es sich um einen kontinuierlichen Brennprozess, wodurch in kurzer Zeit größere Mengen gebrannt werden können. Das entstehende Destillat enthält auch weniger Fuselöle und bis zu 98,5 % Alkohol. Kurz gesagt wird oben die Maische eingelassen, und von unten kommt Dampf. Auf den verschiedenen Glockenböden kondensiert Alkohol unterschiedlicher Volumenstärke, der dort abgezogen werden kann.

DEMERARA-RUM – Obwohl es heute nur noch eine einzige Distillery auf Guyana gibt, hat der hier erzeugte Demerara-Rum besondere Bedeutung. Zum einen ist er neben dem Rhum Agricole von den französischen Antillen der einzige mit einer geschützten Herkunftsbezeichnung, zum anderen wird er zum Teil nicht in Brennblasen aus Metall destilliert, sondern in hölzernen. Die gibt es sonst nirgendwo auf der Welt.

In der Diamond Distillery der Demerara Distillers Limited (DDL), der einzigen, die von Hunderten im Land übrig geblieben ist, befinden sich heute auch die Brennblasen anderer, aufgegebener Distillerys. Den Namen »Demerara« wählte man, weil er in der Sprache der Ureinwohner »Guyana« bedeutet (ein Fluss in der Nähe der Distillery heißt aber ebenfalls so).

Der bekannteste Demerara-Rum ist der »El Dorado«, allerdings wird dieser nur zum Teil in hölzernen Brennblasen erzeugt. Ausschau halten sollte man nach exklusiven Abfüllungen aus den beiden Wooden Pot Stills und der Wooden Continuous Coffey, die nach ihren ehemaligen Distillerys Versailles, Port Mourant oder Enmore benannt sind.

DUNDER – Der Rückstand, der sich nach der Destillation im Brennkessel findet, heißt Dunder. Dieser besitzt einen hohen Gehalt an

Säuren – die zusammen mit Alkohol in der Maische Ester-Moleküle bilden. Vor allem auf Jamaika wird mit Dunder gearbeitet.

ECHTER RUM – Importierter originaler Rum, jedoch mit Wasser auf Trinkstärke (min. 37,5 %) herabgesetzt, ist sogenannter »Echter Rum«.

ESTER – Ester sind Verbindungen aus Säure und Alkohol, die für wichtige Aromen verantwortlich sind.

FLAVOURED RUM – Rum, der mit organischen Extrakten – zum Beispiel Kokosnuss, Vanille, Limone oder Mango – aromatisiert wird, nennt sich »Flavoured Rum«.

FLENSBURGER RUM-VERSCHNITT – Flensburger Rum-Verschnitt durfte bis 2008 noch als »Rum« bezeichnet werden, dann machte die EU diesem Etikettenschwindel einen Strich durch die Rechnung. Roh-Rum aus Jamaika mit extrem hohem Estergehalt wird mit neutralem Agraralkohol und Wasser vermischt. Und der Mindest-Rum-Gehalt? Fünf Prozent.

KUNST-RUM – Kunst-Rum ist in Österreich unter dem Namen »Inländer-Rum« bekannt. Er wird aus Rum-Alkohol der Zuckerrübe und Aroma hergestellt. In Deutschland ist er als »Stroh-Rum« bekannt – er dient vor allem zum Flambieren.

MAISCHE – Im Fall von Rum meint Maische eine Art Zuckerrohrwein, der durch Fermentation, also alkoholische Gärung, entsteht.

MARKS/MARQUES – Fast ausschließlich bei Rums aus Jamaika befinden sich mitunter kryptische Abkürzungen auf den Etiketten. Dies sind Marks bzw. Marques, gemeint sind damit aber keine Rum-Marken, sondern genau definierte Herstellungsstile, die beim Jamaica Spirit Pool hinterlegt sind. So produzieren die aktuell sechs Distillerys Stile von bereits nicht mehr existierenden. Zum Beispiel brennt Long Pond einen ST#C, was für Simon Thompson Cambridge Estate steht, eine Distillery, die einst aufgekauft wurde.

Andere Beispiele für solche Stile sind MLC (Monymusk Light Continental), LPS (Long Pond Special) oder VRW (Vale Royale Wedderburn). Die bekanntesten Stile sind Plummer und Wedderburn, weil sie einen hohen Estergehalt haben. Bei Plummer 150–200 g/hl AA, bei Wedderburn 200–300 g/hl AA (Gramm pro Hektoliter von absolutem Alkohol). Der Stil mit dem höchsten Estergehalt ist der Continental (700–1600 g/hl AA). Stärker als mit einem Estergehalt von 1600 darf Rum nicht exportiert werden.

MELASSE – Der flüssige Rest des eingekochten Zuckerrohrsafts nach der Zuckerproduktion ist die sirupartige Melasse.

MUCK PITS – Restflüssigkeiten der Distillery kommen in diese Gruben, dazu Breiapfel (Sapodilla), Jackfruit und Bananen. Fügt man das Ergebnis der Maische hinzu, erhält man mehr und andere Ester-Verbindungen und damit »funky« Aromen.

ORIGINAL RUM – Importierter Rum, der unverändert verkauft (bis zu 74 %) wird, ist »Original Rum«.

OVERPROOF-RUM – Overproof-Rum weist einen Alkoholgehalt von über 57,25 % auf. Das englische »proof« bedeutet »Beweis«. Der Beweis ist hierbei, dass Schießpulver brennt, wenn es mit solch hochalkoholischem Rum benetzt ist – arbeitet man mit einem anderen Rum, wird das Pulver unbrauchbar.

POT STILL/BATCH DESTILLATION – Pot Stills sind bekannt durch ihre typische Alambic-Brennblasenform, die an einen Tropfen erinnert. Jede Charge (Batch) muss aufwendig neu angesetzt werden. Es handelt sich um eine diskontinuierliche Brennform und dadurch um eine viel kostenintensivere und weniger produktive als bei Column Stills. Die entstehenden Alkohole sind aber aromatischer. Fast immer wird zweimal destilliert, manchmal auch bis zu viermal.

RHUM AGRICOLE – Rhum Agricole (französischer Stil) ist Rum aus frischem Zuckerrohrsaft.

SINGLE CASK/SINGLE BARREL – Diese Bezeichnung bezieht sich auf einen Rum aus einem einzigen Fass. Manchmal ergibt ein Fass weniger als hundert Flaschen.

SKIMMING – Skimming ist die Schaumkrone, die sich beim Sieden des Zuckerrohrsafts an der Oberfläche bildet. Diese kann zur Maische hinzugegeben werden.

SOLERA – Eine besondere Art der Reifung und Lagerung nennt sich Solera. Im Mittelpunkt steht eine Art Fässerpyramide. Geht es an die Abfüllung des Rums in Flaschen, bedient man sich nur an den Fässern der untersten Reihe. Diese werden dann jeweils mit Rum aus den genau darüberliegenden Fässern aufgefüllt, die wiederum Nachschub aus den Fässern aus der Reihe darüber bekommen – und immer so weiter. In die oberste Reihe kommt schließlich der frisch produzierte Rum hinein. Dadurch entsteht der spezielle Solera-Rum, der immer eine Mischung aus verschiedenen Jahrgängen darstellt. Bei einer »Solera 20« ist nur der älteste – aber auch kleinste – Rum-Anteil zwanzig Jahre alt. Das System sorgt für einen sehr gleichbleibenden Geschmack.

SPICED RUM – Rum, der mit Gewürzen wie Vanille, Pfeffer, Anis oder Zimt aromatisiert wird, ist »Spiced Rum«.

TUZEMÁK – Dieser tschechische Fusel hieß früher Tuzemský Rum – seit dem EU-Beitritt des Landes ist das vorbei. Er wird aus Kartoffeln oder Zuckerrüben hergestellt, ein Rum-Äther wird beigefügt. 2023 ist Schluss mit dieser Praxis.

ZUCKERROHR – Zuckerrohr ist ein Riesengras und hat seinen Ursprung in Papua-Neuguinea. Es wird drei bis vier Meter hoch, seine Stängel sind bis zu fünf Zentimeter dick, und 10–13,5 % des Zuckerrohrs bestehen aus Zucker. Seit 350 vor Christus nutzt man es zur Produktion von Zucker und fermentierten, also alkoholischen, Getränken.

RUM-REZEPTE

Von Lasse Reinda

Eine Publikation des Rum-Museums
im Flensburger Schifffahrtsmuseum

Hot Buttered Rum

(Heißgetränk)

Zutaten:

100 g Butter (weich und ungesalzen)
100 g feiner brauner Zucker
1 TL Zimt (gemahlen) sowie ein wenig mehr zum Bestreuen
1/2 TL Kardamom (gemahlen)
1/2 TL Gewürznelken (gemahlen)
1 Messerspitze Muskatnuss
1 Prise Salz
24 cl Rum

Zubereitung:

Die Butter mit braunem Zucker, Zimt, Kardamom, Gewürznelken und Salz zu einer glatten Masse verrühren. Mit jeweils vier cl Rum auf sechs Tassen verteilen. Mit kochend heißem Wasser auffüllen, leicht verrühren und mit Zimtpulver dekorieren.

Rum-Topf

Einen Rum-Topf bereitet man über mehrere Monate zu.
Man benötigt für folgendes Rezept einen Topf oder ein Glasgefäß
mit mindestens sieben Litern Fassungsvermögen.

Zutaten:

Alle 4 Wochen 500 g Obst
Alle 4 Wochen 0,5 l braunen Rum (mit mindestens 54 %)
Alle 4 Wochen 250 g braunen Zucker oder Kristallzucker
(für die ersten beiden Fruchtsorten 500 g)

Mögliche Früchte
(alphabetisch), alles entkernt und in mundgerechten Stücken:
Ananas (geschält)
Äpfel (geschält)
Aprikosen (abgezogen)
Birnen (geschält)
Erdbeeren
Himbeeren
Holunderbeeren
Kirschen
Mirabellen (halbiert)
Pflaumen oder Zwetschgen (halbiert)
Quitten (geschält)
Wassermelone (ohne Schale)
Weintrauben

Zubereitung:

500 Gramm Früchte und 500 Gramm Zucker in einer Schüssel vorsichtig vermischen und zwei Stunden ziehen lassen. In den Rum-Topf geben und 0,5 l Rum dazugeben. Die Früchte müssen nicht nur komplett bedeckt

sein, sondern der Rum muss sogar einen Daumen breit über den Früchten stehen. Falls die Früchte an die Oberfläche kommen sollten, müssen sie beschwert werden.

Den Rum-Topf luftdicht verschließen (Folie). Kühl und trocken lagern.

Falls der Rum-Pegel sinkt: nachfüllen.

Alle vier Wochen 500 Gramm Obst mit 250 Gramm Zucker vermengen, zwei Stunden stehen lassen, dann in den Rum-Topf und mit Rum übergießen. Die Rum-Menge variiert, als Faustregel gilt jedoch immer: Die Früchte müssen komplett bedeckt sein, und der Rum muss einen Daumen breit darüber stehen.

Wenn das Gefäß voll ist, dann ist es voll. Vier Wochen nach der letzten Obstzugabe kann mit dem Genuss begonnen werden.

HINWEIS:

Wenn Sie ein Gefäß mit weniger Fassungsvermögen haben, dann rechnen Sie einfach die Mengen entsprechend um!

Feuerzangenbowle

Für dieses Rezept benötigen Sie eine Feuer- oder Zuckerzange aus Edelstahl aus dem Haushaltswarenbedarf.

Zutaten (für 6 Personen):

1 Zuckerhut
1 Orange (in Scheiben)
1 Zitrone (in Scheiben oder Zesten)
2 Liter guter, trockener Rotwein
500 ml Orangensaft
5 Sternanis
5 Gewürznelken
1 Stange Zimt
350 ml Rum (mindestens 54 %, besser höher),
z. B. Wray & Nephew Overproof oder Pussers Navy Strength
Zusätzlich möglich: Pimentkörner und Wacholderbeeren

Zubereitung:

Den Rotwein erwärmen, aber nicht kochen. Orangensaft und Gewürze hinzugeben. Der Rotwein muss während des ganzen Prozesses erwärmt werden, zum Beispiel indem man ihn auf eine kleine Herdplatte stellt oder mit einer Kerze über einem Stövchen erhitzt.

Feuerzange am Topfrand befestigen und Zuckerhut horizontal darauf platzieren. Vorsichtig mit Rum beträufeln, bis er vollständig getränkt ist, dann anzünden. Jetzt karamellisiert er und tropft in den Rotwein.

Wenn der Alkohol nahezu verbrannt ist, wieder Rum über den Zuckerhut träufeln.

Erst nachdem der Zuckerhut vollständig geschmolzen ist, Orangenscheiben und Zitronenzesten in den Topf geben. Diese einen Moment ziehen lassen und die Feuerzangenbowle in Punsch- oder Teegläsern ausschenken.

Lachs mit Mango-Rum-Chutney

Zutaten (für 4 Personen):

Für das Chutney:
100 g brauner Zucker
80 ml Apfelessig
60 ml brauner Rum
2 reife Mangos
1 rote Chilischote (ohne Kerne)
3 Knoblauchzehen
2 cm einer Ingwerknolle, geschält
20 g kandierter Ingwer
1 Messerspitze Piment
1 Stängel Minze
Salz und Pfeffer

Außerdem:
800 g Lachsfilet oder 4 Lachsfilets
2 EL Pflanzenöl
Basmatireis

Zubereitung:

Für das Chutney Chilischote, Knoblauch, Ingwer und kandierten Ingwer klein hacken, die Mangos in Würfel schneiden.
In einem Topf Essig, Rum und Zucker mit 60 ml Wasser aufkochen. Wenn der Zucker gelöst ist, die vorbereiteten Zutaten hinzufügen sowie den Piment. Bei niedriger Temperatur fünfzehn bis zwanzig Minuten einköcheln lassen, bis die gewünschte Konsistenz erreicht ist. Zum Schluss mit Salz und Pfeffer abschmecken und klein gehackte Minzblätter hinzugeben.
Den Lachs in einer Pfanne mit heißem Öl von jeder Seite ca. vier Minuten anbraten. Idealerweise ist er im Inneren noch glasig.
Den Basmatireis entsprechend der Packungsangaben zubereiten.

Tote Tante

(Heißgetränk)

Zutaten (für 2 Personen):

500 ml Milch
100 g Zartbitterschokolade
200 ml Sahne (steif schlagen)
10 cl brauner Jamaika-Rum
Schokostreusel oder Kakaopulver zum Bestreuen

Zubereitung:

Die Milch aufkochen und auf kleiner Stufe warm halten. Die Schokolade grob hacken und hinzufügen. Unter Rühren auflösen. In zwei Tassen füllen und jeweils 5 cl braunen Rum hinzufügen. Wer das Getränk sehr heiß liebt, sollte den Rum vorher erhitzen. Alles mit einer dicken Schicht Schlagsahne abdecken und mit Schokostreuseln bestreuen.
Nicht umrühren, sondern durch die Sahne trinken!

Rum-Kugeln

Zutaten (für 80 Rum-Kugeln):

700 g Bitterschokolade
(mindestens 60 % Kakaoanteil)
250 ml Sahne
8 cl Overproof-Rum (80 %) oder weniger, je nach Vorliebe
150 g blanchierte und geriebene Mandeln
100 g geriebene Haselnüsse
150 g gehackte Pistazien
150 g Schokostreusel

Zubereitung:

Die Bitterschokolade im Wasserbad schmelzen. In einem anderen Topf die Sahne erhitzen, nicht kochen. Dann mit einem Schneebesen langsam in die Schokolade einrühren, bis sich eine gleichmäßige Masse bildet. Lauwarm werden lassen, anschließend den Rum zugeben, Mandeln und Haselnüsse unterheben.

Über Nacht abgedeckt im Kühlschrank stehen lassen.

Rumkugeln formen. Die gehackten Pistazien und Schokostreusel vermischen und darin wälzen.

Die Rumkugeln halten sich drei Wochen im Kühlschrank, wenn sie nicht vorher schon weggenascht werden.

JO'ANNAS RUM-KUCHEN

ZUTATEN:

Für den Rührteig:
275 g Mehl
2 Pck. Vanillepuddingpulver zum Kochen
250 g Zucker
2 TL Backpulver
1/2 TL Salz
120 g weiche Butter
100 g mildes Sonnenblumen- oder Rapsöl
100 ml Milch
4 Eier (Größe M, Zimmertemperatur)
100 ml jamaikanischer Rum (am besten Spiced Rum, z.B. Michler's Old Bert Jamaican Spiced)
2 TL Vanille-Extrakt

Für den Rum-Sirup:
100 g Butter
6 EL Wasser
175 g Zucker
1/4 TL Salz
1 Pck. Vanillezucker
120 ml jamaikanischer Rum (am besten Spiced Rum)

Außerdem:
Fett und Mehl für die Backform

ZUBEREITUNG:

Den Ofen auf 175°C Ober- und Unterhitze vorheizen. Eine Gugelhupfform einfetten und mit etwas Mehl ausstreuen. Für den Teig das Mehl mit Puddingpulver, Zucker, Backpulver und Salz vermischen. Zuerst die weiche Butter, dann das Öl unterrühren. Ziel ist eine sandige Textur. Als Nächstes die Milch unterrühren, danach die Eier, eins nach dem anderen. Erst zum Schluss kommen der Vanille-Extrakt und der Rum dazu. So erhält man einen gleichermaßen samtigen wie flüssigen Teig.

Diesen in die Gugelhupfform geben und für fünfzig Minuten backen – mittels Stäbchenprobe den Kuchen testen. Den Kuchen zehn Minuten abkühlen lassen, dann Löcher mit einem Spieß hineinstechen.

Für den Sirup alle Zutaten vermischen und rund zehn Minuten einkochen, bis die Flüssigkeit viskos wie Honig ist. Die Hälfte davon über den Gugelhupf gießen und einziehen lassen, dann den Kuchen stürzen.

Ein weiteres Viertel darüber gießen, über Nacht stehen lassen.

Vor dem Servieren den Rest des Sirups darübergeben.

Mit Sahne oder/und tropischen Früchten genießen.

DANK

Zuerst einmal möchte ich mich bei all meinen Freunden und Freundinnen ganz herzlich für ihre großartigen, immer wieder zum Besten gegebenen Witze bedanken, sobald ich ihnen von meiner Arbeit an diesem Rum-Krimi erzählte. Ja, es war wirklich zum Rumkugeln, die Zeit ging rum wie nix, ich komme gerne mal bei euch mit Rum rum, alle Wege führen zum Rum, aber »Rum sehen und sterben« werde ich nicht …

Für jeden schlechten Witz müsst ihr mir einen Rum ausgeben!

So habe ich das jetzt ausgemacht.

Da kommt ihr nicht drumrum!

Natürlich habe ich beim Schreiben dieses Romans Reggae gehört, vor allem den klassischen Roots-Reggae. Aber es war eine andere Musik, die für mich zum Soundtrack von »Rum oder Ehre« wurde, nämlich die Gospel-Musik der »Blind Boys of Alabama«, vor allem ihr Album »Down in New Orleans« und das zusammen mit dem wunderbaren Marc Cohn eingespielte »Work To Do«.

Diese alten, zum Teil waidwunden, aber immer kraftvollen und beseelten Männerstimmen kamen mir vor, als könnte der Käpt'n zwischen ihnen stehen und mitsingen. Auch wenn Shantys eher sein Ding sind.

Apropos Musik: »Gimme Hope, Jo'anna« ist von Eddy Grant, einem Südafrikaner, und meint die Stadt Johannesburg. Da es solch ein schöner Reggae-Song ist, hat er in diesem Roman aber trotzdem den Namen einer Jamaikanerin inspiriert.

Und ein kleiner Hinweis an alle Jamaika-Urlauber: Machen Sie es lieber nicht wie der Gast in der »Pelican Bar« und ritzen nicht einfach etwas in die Bohlen ein. Das wird nicht gern gesehen, und es gibt einen Carver, der das mit Freunden gegen Bares übernimmt.

Mein Dank geht an meine Erstleser: meine Kollegin Sabine Trinkaus, meinen Agenten Lars Schultze-Kossack, Dr. Kerstin Wolff und meinen Vater. Ganz herzlich danke ich auch meiner Lektorin Antonia Marker und meiner Verlegerin Sabine Cramer, die es geschafft haben, dass ich mich schon bei meinem zweiten Roman für DuMont ganz wie zu Hause fühle (eigentlich ist ihnen das sogar schon beim ersten gelungen).

Für fachlichen Rat geht mein Dank an Dörthe und Lars Stolberg vom Reiseblog »Touchin' Jamaica«, Jens Gehlert von »Limited Whisky Investment« und Ira Schneider von »Die Fotoküche«. Dank geht auch an alle, die mich bei Lasses letztem Geheimnis beraten haben, vor allem Daniel Molitor, Sven Linnartz und Christian Havenith.

Bei Kindern sagt man, es braucht ein Dorf, um sie zu erziehen. Bei einem Buch ist es ähnlich, selbst wenn es nur einen Vater oder eine Mutter hat, gibt es viele Onkel und Tanten, Schwippschwager und Großcousinen, die ebenfalls beteiligt sind. Die nächste Verwandte dieses Romans ist meine Lebensgefährtin Vanessa, der ich für ihre Liebe danke und für ihre Nachsicht, für ihre Wärme und für ihren Humor. Alles unerlässlich für ein Leben mit jemandem, der einen Roman nicht nur schreibt, wenn er an der Tastatur sitzt, sondern eigentlich in jeder wachen Sekunde (und manchmal auch in schlafenden).

Ich danke meinen Kindern, die ihren Vater mit jedem Roman für eine gewisse Zeit teilen müssen. Obwohl sie Teenager sind, lassen sie sich manchmal sogar dazu herab, mit mir zu reden. Und da es ihnen mittlerweile voll peinlich ist, wenn ich ihnen sage, dass ich sie sehr lieb habe, schreibe ich es einfach hier hin. Das müsste doch voll okay sein.

Dank geht auch an meine kleine, schnurrende Katzenherde, Harry und Sally, die mir Gesellschaft geleistet und dafür gesorgt haben, dass diesen Roman zu schreiben keine einsame Angelegenheit war. Allerdings haben sie eindringlich gefordert, dass im nächsten Buch wieder eine Katze vorkommen muss, sonst würden sie das Schnurren einstellen. Also habe ich ihnen das versprochen.

Und nicht zuletzt geht mein Dank an Sie, liebe Leserin, lieber Leser. Ein Buch, das nicht aufgeklappt und gelesen wird, ist etwas sehr Trauriges. Dank Ihnen musste das Exemplar in Ihren Händen dieses Schicksal nicht erleiden! Ohne seine Leserschaft ist ein Autor nur ein einsamer Rufer im Wald. Und ich bin viel lieber in Gesellschaft.

FSC
www.fsc.org
MIX
Papier aus verantwortungsvollen Quellen
FSC® C083411

Erste Auflage 2021

Umschlaggestaltung: Lübbeke Naumann Thoben, Köln
Umschlagabbildungen: Kompass/Pistole/Segelschiff:
© Alamy Stock Foto; Papagei: © Shutterstock;
Glas: ©123 rf/ Erin Cadigan
Alle Illustrationen im Innenteil: © Rüdiger Trebels
Satz: Fagott, Ffm
Gesetzt aus der Dante, der DTL Documenta Sans und der Iron & Brine
Druck und Verarbeitung: CPI books GmbH, Leck
Gedruckt auf säurefreiem und chlorfrei gebleichtem Papier
Printed in Germany
ISBN 978-3-8321-8398-1

www.dumont-buchverlag.de